Sœurs sorcières

Livre 2

L'autrice

Jessica Spotswood a grandi dans une petite ville de Pennsylvanie. Au lycée, elle écrivait déjà des romans historiques, pleins de scènes de badinage et de baisers fougueux (elle les juge aujourd'hui épouvantables). Elle a ensuite fait des études de théâtre à l'université de Washington avant de s'avouer, diplôme en poche, qu'elle préférait l'écriture au théâtre. Elle s'est alors plongée dans la lecture des livres de son enfance, puis de littérature jeunesse contemporaine. Sa trilogie *Sœurs sorcières* a tout de suite rencontré un succès international. Elle vit à Washington avec son mari dramaturge et son chat Monkey.

Dans la même série, disponibles en poche :

Les sœurs sorcières, livre 1
Les sœurs sorcières, livre 3 (avril 2022)

Jessica Spotswood

Sœurs sorcières

Livre 2

Traduit de l'anglais (États-Unis)
par Rose-Marie Vassallo et Papillon

Nathan

Loi n° 49 956 du 16 juillet 1949 sur les publications
destinées à la jeunesse : novembre 2021.

L'édition originale de ce livre a été publiée pour la première fois
en 2013, en anglais, par G. P. Putnam's Sons, sous le titre
The Cahill Witch Chronicles : book 2, *Star Cursed*.

ISBN : 978-2-266-31483-1
Dépôt légal : novembre 2021

Pour Steve, mon merveilleux mari,
qui me met en permanence au défi de mieux faire,
mais qui m'aime telle que je suis.

Chapitre 1

Je me sens en pleine imposture.

Nous sommes trois dans ce couloir étroit d'un immeuble qui sent le chou bouilli : Alice Auclair, Mei Zhang et moi. Nous portons toutes trois la même tenue – lourde cape de laine noire sur robe de bombasin noir et raide, bottines noires à talons, dont la pointe dépasse à peine sous nos jupes qui balaient le sol. Et sous nos trois capuches nous sommes coiffées de même, cheveux tirés en arrière, sans mèche folle. C'est l'uniforme de l'ordre des Sœurs ; et bien qu'aucune de nous n'en soit encore membre à part entière, nous sommes en mission de charité. Panier au bras, empli de pain et de légumes produits au couvent, nous allons les yeux baissés, n'échangeant que de rares mots et toujours à mi-voix.

Nul ne doit soupçonner, jamais, ce que nous sommes en réalité.

Alice frappe à une porte. De fines boucles en onyx se balancent à ses oreilles au modelé de coquillage. Même en visite chez les pauvres, Alice aime à laisser voir qu'elle est issue du beau monde. Un jour, sa vanité la perdra.

Pour un peu, cette pensée me réjouirait.

Mrs Anderson nous ouvre. C'est une jeune veuve – vingt-trois ans à peine –, aux cheveux d'un blond un peu plus clair que le mien, à la mine soucieuse en permanence. Elle nous fait signe d'entrer, et, dans la pénombre de novembre, ses mains volettent comme des papillons de nuit.

« Merci d'être venues, mes Sœurs.

— De rien, répond Alice, plissant le nez devant le deux-pièces exigu. C'est notre mission d'aider les malheureux.

— Je vous en suis reconnaissante. » Mrs Anderson me presse la main entre ses paumes glacées. Elle porte encore son alliance, bien que son mari soit mort depuis trois mois déjà. « Du temps de mon Frank, nous n'étions pas malheureux. Nous arrivions toujours à joindre les deux bouts. Je n'aime pas ça, vous savez, vivre de la charité.

— Je vous comprends », dis-je. Je lui souris aussi sincèrement que je peux et retire ma main. D'une certaine façon, nous lui mentons, et sa gratitude me met mal à l'aise.

« Vous avez traversé de rudes épreuves, ajoute Mei, bientôt, les choses iront mieux pour vous. » La fièvre maligne qui a frappé la ville en août dernier a emporté Mr Anderson et leur fils aîné, laissant Mrs Anderson se débrouiller avec les deux enfants restants.

« C'est dur, pour une femme, d'être seule au monde », dit celle-ci, et elle range la bouteille de lait dans la glacière. « Je travaillerais bien à la boutique quelques heures de plus, si je pouvais. Mais la nuit tombe si tôt à cette saison ! Et je n'aime pas rentrer seule le soir à la maison.

— Les rues ne sont pas sûres pour une femme seule, la nuit », approuve Mei.

Petite et râblée, elle s'étire sur la pointe des pieds pour caser un pot de beurre de pommes sur une étagère haut perchée, à côté des autres bocaux.

« Et il y a tant d'étrangers dans ce quartier ! compatit Alice. Les trois quarts ne connaissent même pas dix mots d'anglais. » Sa capuche glisse un peu en arrière, et une boucle dorée retombe sur son front pâle. À la voir, on ne devinerait jamais combien elle est médisante. « Allez savoir d'où ils viennent ! »

Mei s'empourpre. Ses parents ont émigré avant sa naissance – de la Confédération d'Inde & de Chine –, mais ils parlent encore chinois chez eux. Au couvent, elle est la seule Chinoise et elle en est bien consciente. Alice le sait, évidemment. Elle prend un malin plaisir à remuer le couteau dans la plaie.

La Cate Cahill d'autrefois aurait dit son fait à Alice, du tac au tac et sans mâcher ses mots ; mais Sœur Catherine se contente d'aider Mei à déballer les patates douces et à poser la courge musquée sur la table de bois éraflée. Les Sœurs ne peuvent pas s'offrir le luxe d'élever la voix – du moins, jamais en dehors des murs du prieuré. En public, nous devons être des modèles de féminité.

J'ai horreur de ces visites aux pauvres.

Oh ! pas par manque de compassion. J'ai sincèrement de la peine pour eux. Mais je ne peux m'empêcher de me demander ce qu'ils ressentiraient, s'ils savaient.

L'ordre des Sœurs feint d'être une communauté de femmes pieuses consacrant leur vie à la charité au nom du Seigneur. Nous distribuons de la nourriture aux plus démunis et soignons les malades. C'est la réalité. Mais une autre réalité est que nous sommes sorcières, toutes autant que nous sommes, à la fois pleinement en vue et sans que nul ne s'en doute. Si les gens apprenaient ce que nous sommes vraiment, leur gratitude se muerait en frayeur. Ils nous verraient en pécheresses, aussi dangereuses que dévoyées, et nous dénonceraient pour nous faire enfermer à l'asile – ou pire.

On ne peut pas leur en vouloir. C'est ce que les Frères prêchent à l'église, à longueur de sermon, dimanche après dimanche. Et rares sont ceux qui oseraient s'opposer à eux. Ce serait trop risqué, or ces pauvres gens ont déjà bien assez de misère sur le dos.

Même cette brave Mrs Anderson, si gentille soit-elle avec nous, n'hésiterait sans doute pas à nous dénoncer, pour protéger ses enfants. En vérité, tous agiraient de même.

« Sœur Catherine ! Vous revoilà ! »

Un gamin déboule de la chambre, des osselets plein les mains. Il est tout barbouillé de la confiture de mûres apportée la semaine passée, en direct du cellier de Sœur Sophia. Alice se met prudemment hors de portée de ses petits doigts poisseux.

« Bonjour, Henry ! »

C'est seulement la troisième fois que je viens chez les Anderson, mais Henry et moi avons très vite été bons amis. Il souffre de la solitude, je pense. À présent que sa mère travaille à l'extérieur, sa petite sœur et lui passent leurs journées auprès d'une voisine âgée. Ce ne doit pas être très drôle pour lui.

« Henry, voyons ! le gronde sa mère. N'embête pas Sœur Catherine.

— Laissez, il ne m'ennuie pas du tout. »

Je tire de mon panier le dernier bocal – des tomates en conserve, rouges et juteuses, avec leurs graines flottant dans la pulpe –, puis je m'agenouille devant le gamin. Mon regard tombe sur les paillasses à même le sol, un peu plus loin, d'où dépassent des brins de paille. La dernière fois que nous sommes venues, il y avait là un vieux lit traîneau en acajou, plutôt élégant, et un petit lit gigogne assorti pour Henry ; Lavinia Anderson a dû les vendre. À présent, le couvre-pieds bleu de son trousseau de mariage borde avec soin la grande paillasse, et les vêtements sont rangés dans des cageots.

Henry s'assied, il lance les osselets sur le plancher et me dédie un grand sourire ébréché. Je manque un peu d'entraînement, mais j'ai été championne d'osselets dans mon jeune temps. Un souvenir me revient soudain : Paul McLeod accroupi face à moi sur l'allée pavée de notre jardin, le soleil d'été qui tape dur, et autour de nous l'odeur de l'herbe fraîchement coupée.

Il n'y a pas si longtemps, ces souvenirs de mon complice d'enfance m'auraient fait sourire. Ce n'est plus le cas. J'ai mal agi envers Paul, et je ne pourrai jamais lui présenter mes excuses.

Et encore, ce n'est pas lui que j'ai le plus gravement blessé. Cette pensée-là me tenaille.

« Je me suis entraîné ! » annonce Henry, en tirant sur sa manche trop courte, dont le poignet élimé s'arrête au milieu de son avant-bras. « Hier, je suis monté jusqu'à quatre-vingt-dix. Je parie que je peux vous battre, maintenant, Sœur Catherine.

— On va voir ça. »

Je prends position devant lui, pendant qu'Alice et Mei se serrent à côté de Mrs Anderson sur le canapé brun fatigué, et baissent le front, mains jointes, pour une prière. Je devrais me joindre à elles, mais ma relation avec le Seigneur n'est pas des plus solides ces temps-ci. Certes, je suis en bonne santé, et à l'abri des regards inquisiteurs des Frères. Mais il m'est difficile de rendre grâces, alors que tous ceux que j'aime sont à Chatham et que je suis seule ici, à New London.

Mes sœurs me manquent. Finn me manque. La solitude creuse en moi un grand vide.

Henry et moi avons chacun dépassé soixante-dix lorsque, brutalement, on tambourine à la porte. Ce son me glace, et l'osselet rouge passe à côté de mes mains tendues.

Dans son berceau de bois, la toute petite s'agite. Sa mère, qui s'est levée pour aller ouvrir, se penche sur elle au passage : « Chhhut, Eleni. » La tendresse dans sa voix me pince le cœur. Mère… Elle aussi continue de me manquer.

Mrs Anderson ouvre la porte, et un cauchemar familier s'encadre dans l'embrasure. Deux Frères sont là, cape noire et mine austère, qui entrent immédiatement, sans en être priés. Mon cœur bat en désordre. Qu'avons-nous fait ? Comment nous sommes-nous trahies ? Alice et Mei se sont levées. D'un pas incertain, je m'empresse de les rejoindre.

Henry court se réfugier contre sa mère. Un Frère chauve et courtaud, aux yeux d'un bleu perçant dans un visage longiligne, s'avance résolument.

« Lavinia Anderson ? Frère O'Shea, du Conseil de New London. Et Frère Helmsley, poursuit-il, désignant son compère, un ventru à barbe rousse. On nous a signalé un manquement à la décence. »

Ouf. Il ne s'agit pas de nous. Vertige de soulagement, immédiatement suivi d'une culpabilité lancinante. Lavinia Anderson est une femme sans reproche, bonne mère, dure à la peine. Pourquoi diantre les Frères s'en prennent-ils à elle ? Je la vois presser un poing sur sa bouche, son alliance luit dans le jour qui décline.

« Je n'ai rien fait d'indécent, sir.

— C'est à nous d'en juger, n'est-ce pas ? » O'Shea se tourne vers nous avec un petit sourire suffisant. Il bombe le torse, tel un coq qui se rengorge. Je le prends en grippe instantanément. « Bonjour, mes Sœurs. En tournée de charité, à ce que je vois ?

— Oui, sir. » Alice incline le front, mais j'ai surpris un éclair frondeur dans ses yeux bleus.

« Malheureusement, votre bienfaisance s'exerce en pure perte sur quelqu'un qui ne la mérite pas, gronde Helmsley. La pauvreté n'excuse pas le dévergondage. À peine cette traînée a-t-elle perdu son homme qu'elle cherche à en aguicher un autre ! Si ce n'est pas une conduite scandaleuse… »

Sur l'épaule menue de Henry, la main de Mrs Anderson se crispe.

« Niez-vous avoir autorisé un homme à vous raccompagner chez vous hier soir ? Un homme sans parenté avec vous ? demande sèchement Frère O'Shea.

— Je ne le nie pas, répond-elle à mots prudents, d'une voix qui chevrote un peu. Mr Alvarez est un client de la boulangerie. Il s'en allait en même temps que moi, il a proposé de me raccompagner.

— En tant que veuve, Mrs Anderson, votre conduite se doit d'être au-dessus de tout soupçon. Vous n'avez pas à courir les rues avec des hommes qui ne vous sont rien. Assurément, vous êtes au courant. »

Je me mordille la lèvre et baisse la tête. Quel choix avait-elle ? Rentrer chez elle seule à pied, au risque de se faire accoster, voire agresser ? Se payer un retour en fiacre, alors qu'elle n'a pas trois sous devant elle ? Prier ses employeurs de lui fournir une escorte ? Ce genre de problème ne se pose jamais pour des jeunes filles de bonne famille comme Alice ou moi. Avant de rejoindre les Sœurs, nous étions chaperonnées dans tous nos déplacements par des serviteurs, des gouvernantes. Une dame bien comme il faut se déplace en voiture fermée, au lieu de cheminer à pied dans la saleté des rues, exposée aux regards et aux gestes déplacés.

Mais Mrs Anderson ne peut se payer ni voiture ni employée de maison. Elle n'a ni parents ni mari pour veiller sur elle. Les Frères exagèrent. Que voudraient-ils qu'elle fasse ? Qu'elle reste chez elle et meure de faim ?

« Je ne courais pas les rues avec un homme ! proteste Lavinia, tête haute. Je pleure mon mari tous les jours ! » Elle regarde O'Shea droit dans les yeux.

« Et menteuse par-dessus le marché. » O'Shea adresse un signe de tête à Helmsley, qui gifle la jeune femme à la volée.

Je tressaille, comme si Frère Ishida venait de me gifler une nouvelle fois. D'instinct, ma main se porte à ma joue. La petite entaille qu'y avait laissée son anneau a cicatrisé, mais je n'oublierai jamais cette indignité – ni sa jubilation mauvaise.

Lavinia vacille, se prend les pieds dans le berceau. Le bébé pousse un hurlement.

Henry se jette contre les jambes de Helmsley. « Touchez pas à ma maman ! »

Il ne devrait pas voir cela. Cette scène n'est pas pour un enfant.

Je me tourne vers O'Shea, initiateur manifeste de cette visite.

« Sir… Ne devrions-nous pas emmener les petits dans l'autre pièce ?

— Non. Qu'ils voient leur mère pour ce qu'elle est : une moins que rien ! » Il prend Henry par ses épaules frêles et le secoue. « Et toi, tu arrêtes, tu m'entends ? Tout de suite. Ta mère est une menteuse. Elle trahit ton papa, elle salit sa mémoire. »

Henry ouvre des yeux immenses.

« Papa ?

— Ce n'est pas vrai ! proteste Lavinia, et elle fond en larmes. Le trahir, moi ? Jamais !

— Votre voisin affirme vous avoir vue bras dessus, bras dessous avec Mr Alvarez », enchaîne Helmsley, s'approchant d'elle.

Il mesure une tête de plus qu'elle. Elle se rétracte, recule contre le mur au papier peint fané.

« J'ai trébuché sur un pavé qui dépassait, il m'a rattrapée au vol. C'est tout ce qui s'est passé, je le jure ! Cela ne se reproduira pas. Je rentrerai à la maison avant la tombée de la nuit, à partir de maintenant. »

Ce qui signifie pour elle plusieurs heures de paie en moins, sacrifice que ses faibles moyens peuvent difficilement lui permettre.

« La place d'une femme est dans son foyer, Mrs Anderson », déclare O'Shea. Il libère Henry, se tourne vers Frère Helmsley avec un ricanement. « Voilà ce qu'on gagne à autoriser les femmes à travailler à l'extérieur. Elles perdent de vue toute bienséance. Elles se détournent du Seigneur.

— Et se mettent en tête qu'elles peuvent se débrouiller aussi bien que les hommes, renchérit Helmsley.

— Vous croyez que c'est pour le plaisir que je vais travailler ? » lâche Lavinia, et je voudrais pouvoir lui plaquer ma main sur la bouche. Discuter avec eux ne peut qu'aggraver son cas. « Cet emploi, je l'ai pris après la mort de mon mari. Avant, je restais chez moi. Mais nous ne pouvons pas nous contenter de la charité des Sœurs. Nous finirions tous par mourir de faim !

— Suffit ! rugit O'Shea, et il la rejoint en deux enjambées. Votre rébellion ne plaide pas en votre faveur, madame. Et vous devriez remercier le ciel des grâces qui vous sont accordées. »

Mrs Anderson respire un grand coup, se forçant à sourire à travers ses larmes.

« Je vous demande pardon, dit-elle doucement, posant sur Mei et moi un regard suppliant. Je vous suis très reconnaissante. Je… ferai tout ce qui me sera demandé. Je peux le jurer sur les Écritures, si vous voulez : je n'ai rien fait de mal.

— De mieux en mieux, grommelle O'Shea. Un parjure, en plus. »

La vilaine face barbue de Frère Helmsley s'éclaire, et j'ai le pressentiment qu'un piège se referme sur Lavinia Anderson.

« D'après votre voisin, madame, Alvarez vous aurait gratifiée d'un baisemain avant de vous quitter. Le niez-vous ?

— Je… Non, mais… » Elle s'affaisse contre le mur. « Permettez que je vous explique !

— Vous avez dit assez de mensonges pour la journée, Mrs Anderson. Les choses sont claires, je pense. Vous êtes en état d'arrestation pour conduite immorale. »

Dans son berceau, la petite se met à hurler. Henry aussi pleure, agrippé aux jupes de sa mère.

« On peut empêcher ça », nous glisse Alice de biais, ses lèvres remuant à peine. Elle parle si bas et les enfants pleurent si fort que j'ai failli ne pas l'entendre, mais je saisis d'emblée ce qu'elle suggère.

L'idée est tentante, mais dangereuse. User de nos dons hors du prieuré revient à nous mettre toutes en danger. Et l'intrusion mentale est la forme de magie la plus rare, la plus redoutable qui soit. Forcer l'esprit d'autrui, y implanter des idées ou y effacer un souvenir est une opération hasardeuse. Effacer, en particulier, risque de détruire des souvenirs associés. Pratiquée de façon répétée sur un même sujet, l'intrusion mentale laisse dans son esprit des séquelles dévastatrices. Jadis, au temps où les sorcières gouvernaient la Nouvelle-Angleterre, certaines ont abusé de cette arme pour venir à bout de leurs opposants. Les Frères ne manquent pas de le rappeler pour effrayer les populations, même si, en réalité, ce don est si rare que de tout le couvent Alice et moi sommes les seules élèves à le posséder.

« Non, implore Mei, ses yeux noirs pleins d'effroi. Ne nous en mêlons pas. Ce ne sont pas nos affaires.

— Quatre personnes, souffle Alice. À nous deux, c'est faisable. » Elle glisse sa main soyeuse dans la mienne. « On compte jusqu'à trois. »

Ce que font les Frères est inacceptable. Il ne me déplairait pas d'user de magie sur eux. Mais Alice est plus confiante que moi en ses pouvoirs. Je n'ai jamais pratiqué l'intrusion mentale sur plus d'une personne à la fois. De toute manière, j'ai peu d'expérience et, surtout, je me vois mal opérer sur un enfant. Et si nous manquions notre coup, si nous endommagions irrémédiablement le cerveau de Henry ?

Je retire ma main de celle d'Alice. « Non, pas question. Trop risqué. »

Puis il n'est plus temps. Helmsley ligote les poignets de Lavinia avec de la grosse corde.

O'Shea nous prend à témoin.

« Voyez, mes Sœurs, nous n'en avons jamais terminé. Désolé de vous faire assister à une telle scène », ajoute-t-il, bien qu'à l'évidence il soit plutôt ravi d'avoir un public. Du geste, il désigne le pain et les légumes sur la table. « Vous devriez aller porter ceci à d'autres nécessiteux. Aucune raison de tout laisser perdre.

— Bien, sir. » Alice pose le panier vide sur la table et s'emploie à tout remettre dedans.

« Et les enfants, sir ? » demande Mei à O'Shea.

Il a un haussement d'épaules, et sa dureté me pétrifie.

« À l'orphelinat. S'il n'y a personne pour s'occuper d'eux, on les embarque.

— Il y a une voisine », dis-je très vite.

C'est le moins que je puisse faire. J'espère seulement qu'elle va bien vouloir les prendre. Deux bouches de plus à nourrir, ce n'est pas rien. Si Lavinia est condamnée aux travaux forcés sur un navire-prison, il se peut qu'elle rentre chez elle d'ici quelques années – et encore faut-il qu'elle réchappe des maladies et du labeur harassant. Mais si elle est envoyée à l'asile de Harwood, ce sera sans retour. Elle ne reverra plus jamais ses enfants.

« Oui, dit Lavinia d'une voix étranglée. Mrs Papadopoulos, deux portes plus loin dans le couloir. Henry, va avec Sœur Catherine. Ne t'inquiète pas, je reviens très vite. » Elle lui sourit, lui lisse les cheveux d'une main, mais sa voix se brise sur le mensonge. « Tu es mon grand garçon, tu sais.

— Assez traîné. » Helmsley l'arrache à son fils et l'entraîne hors de la pièce.

J'entends la malheureuse trébucher dans l'escalier et j'en perds le souffle. Aurais-je pu empêcher tout cela ? Suis-je devenue aussi dure de cœur, aussi lâche que les Frères eux-mêmes ?

« Viens, Henry », dit Mei, tendant la main.

Mais le gamin lui passe devant en hurlant : « Maman ! Reviens ! » Il se lance à la poursuite de sa mère comme un petit fauve en sanglots. Mei se précipite derrière lui et je suis le mouvement, maudissant l'escalier raide et mes bottines à talons.

Dans la rue, Henry a rattrapé sa mère et il enfouit le visage dans sa jupe. Un petit attroupement se forme déjà, composé surtout des garnements d'origines diverses, notamment espagnole et chinoise, qui jouaient au stickball dans le terrain vague d'en face. Au-dessus de nous, des rideaux s'agitent aux fenêtres ; je me demande lequel de ces voisins à l'affût a dénoncé Lavinia.

« Non ! supplie Henry. N'emmenez pas ma maman !

— Voyez comme il a peur, plaide sa mère, soulevant en vain ses poignets liés. Laissez-moi au moins lui dire au revoir. »

Le long visage de Frère O'Shea se durcit encore.

« Une mère comme vous ? Il sera mieux sans ! »

Helmsley la pousse vers leur véhicule, mais elle fait un faux pas et s'écroule sur le pavé, petit tas de jupons noirs et de cheveux blonds.

« Ramenez le garçon à l'intérieur », nous ordonne Frère O'Shea. Son regard est d'acier.

« Maman ! » hurle Henry, et il se débat, envoie des coups de pied à Mei qui tente de le maîtriser.

Du coin de l'œil, je vois les garçons attroupés s'agiter avec fièvre, je les entends marmonner entre eux. J'ai un haut-le-cœur. Je revois l'arrestation de Brenna, cette façon dont les badauds ont renchéri, la traitant de sorcière et lui jetant des pierres.

Un grand adolescent lance le bras en arrière. Je me retiens de crier, il vise, il tire.

Le caillou frappe O'Shea pile entre les omoplates. Il se retourne, furibond. J'échange un regard avec Mei et réprime un sourire.

Jamais encore je n'avais vu quiconque faire acte de résistance envers les Frères. C'est héroïque. Quoique pas très malin. Mais ce sont des garçons, pas des filles. Pour eux, le risque est moindre.

Les cailloux volent, frappent O'Shea et Helmsley dans le dos, sur les épaules, sur les mollets. Les jets s'accompagnent de vociférations dans des langues étrangères. Par-dessus son épaule, O'Shea aboie quelque chose sur le respect, puis il capitule et se hisse en hâte dans leur calèche, en poltron qu'il est. Helmsley relève Lavinia d'un coup sec et la traîne vers le véhicule.

Juste comme Mei se penche pour empoigner Henry, un caillou la frappe sur le côté de la tête. Elle crie quelque chose en chinois aux garçons. D'un bond en avant, je rattrape Henry par le collet. Il enfouit contre ma hanche son petit visage barbouillé de larmes, tandis que la voiture des Frères s'éloigne, emmenant sa mère prisonnière. La grêle de cailloux cesse instantanément. Les rideaux retombent et ne bougent plus. Tout est terminé – sauf pour Lavinia Anderson, dont le calvaire commence.

Je me tourne vers Mei.

« Ça va ? »

Un filet de sang s'écoule de sa tempe.

« Oui. C'est trois fois rien. Il y en a un qui ferait bien d'apprendre à viser, conclut-elle en riant, mais elle me semble un peu chancelante.

— Aidez Mei à monter dans notre calèche, me dit Alice qui vient de surgir derrière moi. Je retourne là-haut chercher nos paniers et emmener Henry chez Mrs Papadopoulos. Elle est avec le bébé, elle avait entendu le bruit. »

Au même instant, notre cocher, Robert van Buren, accourt vers nous, un journal sous le bras. Il fait partie des très rares personnes à connaître la vérité sur les Sœurs. Sa fille Violet est sorcière elle aussi. C'est l'une de nos camarades de classe.

« J'ai vu tout ce branle-bas depuis l'autre bout de la rue, dit-il, un peu essoufflé. Juste comme je sortais de la boutique. Oh ! Miss Zhang. Pas trop de mal ? Je vous ramène tout de suite au prieuré. » Il l'aide à monter en voiture.

« Ça paraît vilain ? » me demande Mei, vacillante. Elle incline la tête de côté pour me montrer sa blessure, puis s'affaisse sur la banquette de cuir.

J'ai un petit choc ; l'estafilade est profonde.

« Non, dis-je, ça n'a pas l'air grave. Sœur Sophia vous fera disparaître ça en un rien de temps. »

Avec mon gant de satin noir, j'essuie la fine coulée de sang qui serpente sur sa joue ronde.

Il est bien dommage que Mei ne puisse pas se guérir elle-même. Soigner les autres est sa spécialité. Dans le cours avancé de Sœur Sophia, elle est l'une des trois élèves guérisseuses qui vont en mission prodiguer leurs soins à l'hôpital Richmond et à Harwood. Mes six semaines de couvent m'ont permis de découvrir que bon nombre de sorcières sont plus particulièrement douées pour telle ou telle branche de la magie : les illusions, par exemple, ou les animations d'objets, les guérisons, l'intrusion mentale. Encore une information sur nos semblables que Mère n'avait pas pris la peine de me fournir avant sa mort.

Mei ferme les yeux.

« Peut-être pourriez-vous me guérir, vous ? suggère-t-elle d'un filet de voix.

— Moi ? Jusqu'ici, je n'ai jamais rien fait de plus que de calmer un petit mal de tête. »

Elle rouvre ses yeux sombres et sourit.

« Moi, j'ai confiance en vous, Cate. »

Je me demande bien pourquoi. Pour ma part, je ne me fais guère confiance.

Mais soudain une pensée me frappe : depuis quand suis-je devenue quelqu'un qui hésite à apporter de l'aide ? Mei a toujours été chaleureuse envers moi. L'empêcher de perdre connaissance dans une mare de sang est bien le moins que je puisse faire.

« Bon, je vais essayer. »

Je me penche sur elle, pose mes mains sur les siennes. Les sortilèges de guérison diffèrent des autres sortilèges : ils nécessitent un contact physique. J'éveille en moi ces fibres de magie que je sais tapies dans mon être, en réseau à travers mon corps, à la façon des nerfs et des muscles. J'aimerais mieux ne pas les avoir ; j'aimerais mieux ne pas être sorcière. Mais elles sont là et sorcière je suis. Puisque je n'y peux rien, autant m'efforcer d'en faire bon usage.

Je me concentre sur la gentillesse de Mei, elle qui est toujours la première à voler au secours des autres. Je me concentre sur mon désir de lui retirer son mal – si je le peux.

La magie monte en moi comme une lame de fond, aussi cuisante qu'un bain brûlant. Elle déferle par le bout de mes doigts, sa puissance me prend de court, me laisse vide d'énergie, à bout de souffle. La vague a été violente. Redoutable.

« Oh », fait Mei.

Elle me présente sa tête de côté pour que je voie. Ses cheveux noirs sont encore poissés de sang, mais l'estafilade a disparu. Totalement.

« Vous ne sentez plus rien ? Rien du tout ? »

Je suis un peu abasourdie, mais tente de ne pas trop le laisser paraître.

Mei se palpe la tempe du bout des doigts. Et rayonne.

« Non, non, ce n'est même plus sensible. Merci, Cate !

— De rien. Je suis bien contente d'av… »

Je me cramponne à la banquette ; j'ai failli tomber. J'ai les jambes en coton.

Sœur Sophia nous a mises en garde contre ce phénomène. Par contrecoup, mon estomac se soulève, je titube jusqu'à la portière ouverte – juste à temps. Mon dernier repas, ou ce qu'il en reste, se retrouve sur les pavés.

Je m'essuie la bouche de mon gant propre, puis me retourne vers Mei, gênée.

« C'est normal, après un sortilège de guérison », me rassure-t-elle.

Et elle m'aide à reprendre place en face d'elle. Je me blottis sur la banquette, ferme les yeux, et pose sur mes bras mon front qui cogne.

C'est alors qu'un petit bruit de talons se fait entendre. Alice escalade le marchepied, puis laisse tomber sur le plancher nos paniers vides.

« Eh bien, Cate, qu'est-ce qui vous arrive ? Je ne vous croyais pas du genre à tourner de l'œil à la vue d'une goutte de sang. »

Je serre les dents, et Mei répond à ma place :

« Elle m'a guérie. Regardez ! »

Seigneur, je donnerais cher pour être à Chatham, dans mon lit ! Mrs O'Hare, notre vieille cuisinière, m'apporterait une compresse froide pour ma tête et une infusion de menthe poivrée. Je la vois comme si j'y étais, je respire presque l'odeur de menthe, je sens la taie d'oreiller familière sous ma joue. Des larmes brûlent mes paupières closes. Invisibles, fort heureusement. Alice me traiterait de pauvre petite fille qui veut rentrer à la maison.

« Ah ? fait-elle simplement. Allons, elle n'est peut-être pas complètement bonne à rien, alors. »

À travers mes cils, je la vois se glisser sur la banquette à côté de Mei et croiser élégamment les chevilles tandis que la voiture s'ébranle. Ses jupes sont impeccables, comme toujours, à croire que ni la boue ni la poussière des rues n'osent l'atteindre. J'aimerais bien savoir comment elle fait.

« Elle est meilleure guérisseuse que vous, c'est sûr », assène Mei, lissant sa frange noire sur son front. La frange est à la mode. Mei s'est fait couper la sienne par Violet la semaine passée. Je redoutais un résultat hideux, mais pas du tout, cette coupe lui va très bien. « Même pour une griffure de rien, vous n'y arrivez pas. »

Alice lève les yeux au plafond.

« De toute manière, le don de guérisseuse est une branche mineure de la magie. Il va très bien à Cate, au fond. »

Je me redresse et, le dos bien droit, je fais la sourde oreille pour me concentrer sur le spectacle du dehors. Entre les rideaux de la portière, la rue fourmille de monde et le vacarme est continu : pas des chevaux, grincements des roues, concert des marteaux et des scies sur les chantiers de construction, éclats de voix dans une douzaine de langues différentes et cris des vendeurs ambulants vantant leur marchandise à tout venant.

Je ne suis pas fille de la ville. Elle m'écrase. Maura se griserait de tant d'agitation, du frisson de la nouveauté en permanence renouvelée. Moi, le calme de la maison me manque, les chants d'oiseaux, le concert des grillons en été. Je suis seule ici, entourée d'étrangers. Sans mes sœurs, sans Finn, sans mes plantes… qui suis-je ?

En tout cas, je ne suis pas celle que les Sœurs voudraient que je sois.

« Cate n'a même pas eu le cran de faire de la magie là-bas, reprend Alice, jouant avec l'un de ses pendants d'oreilles. Elle est bien trop timorée. Surtout, surtout, ne prendre aucun risque, pas même pour venir en aide à quelqu'un !

— Oh, ça va, la coupe Mei. N'essayez pas de nous faire croire que vous vouliez venir en aide à cette pauvre Mrs Anderson. En réalité, vous cherchiez un prétexte pour faire de l'intrusion mentale. Ce n'est pas comme si vous vous mettiez à la place des gens que nous allons voir. Pensez-vous qu'ils ne remarquent pas combien vous les regardez de haut ?

— Je me moque bien de ce qu'ils remarquent ou pas, réplique Alice, plissant son nez fin. Vous ne voudriez tout de même pas que je fasse comme s'ils étaient mes égaux ? Ils ont commis la sottise de venir ici, pour commencer. Et cette autre sottise, continuer de faire des enfants, alors qu'ils n'arrivent même pas à les nourrir. »

Mei se tait, choquée. Son père est tailleur ; sa mère, brodeuse à domicile. Et il leur faut encore élever un garçon et quatre filles, tous plus jeunes que Mei. Elle m'a confié l'autre jour qu'elle se sentait coupable d'être ici, chez les Sœurs, au lieu d'aller travailler. Ses parents sont fiers de sa prétendue bourse d'études au couvent ; ils ne savent pas qu'elle est sorcière.

J'interviens à sa place : « Chacun a ses soucis, Alice. Un brin de compassion ne vous tuerait pas.

— Oh, je sais ! Ce doit être si dur et si pénible d'être Cate Cahill. Se faire arracher comme ça à sa province. Et s'entendre répéter qu'on est celle qui va tout sauver ! »

De nouveau, elle roule des yeux blancs. Pour un peu, je lui dirais ce qu'on me disait quand j'étais petite, lorsque je faisais ce genre de grimace : un jour, tu resteras comme ça !

Mais elle poursuit sa tirade : « Notez que, sur ce point, j'ai des doutes. Nous sauver, une créature aussi quelconque et timide que vous ? »

Quelconque, je veux bien. Je ne suis jamais passée pour une grande beauté. Mais timide ? J'en rirais presque. C'est entendu, je fais profil bas pour éviter les ennuis. Je me garde bien d'étaler mes pouvoirs, si c'est ce qu'elle attend. Et, depuis six semaines que j'ai franchi les portes du prieuré, je ne me suis réellement liée avec personne. De toute manière, avec les Sœurs qui se bousculent pour me donner des cours particuliers, je suis occupée du matin au soir.

Malgré tout, c'est bien la première fois que je m'entends qualifier de timide.

Je me tourne vers elle, un sourcil levé.

« C'est ainsi que vous me voyez ? »

Elle tripote une de ses manchettes de lapin noir. Même sa tenue de Sœur comporte des petits détails chics, alors qu'un uniforme, on pourrait le croire, a pour but l'uniformité.

« Oui. En dehors de votre supposé pouvoir d'intrusion mentale, vous n'êtes encore qu'une novice, comme nous. Si la guerre devait éclater demain, dites-moi un peu de quoi vous seriez capable... Cette histoire de prophétie, moi, je commence à penser que c'est une pure invention.

— Je ne demanderais pas mieux que c'en soit une », dis-je très vite.

Et je me tais, résolument tournée vers la rue, juste comme nous quittons l'avenue animée qui longe l'estuaire pour nous engager dans une artère plus calme, en direction du quartier tranquille où se situe le prieuré.

Voilà environ cent vingt ans, les sorcières qui régnaient sur la Nouvelle-Angleterre – les Filles de Perséphone – se firent renverser par les prêtres de l'ordre des Frères. Au cours du demi-siècle suivant, toute femme soupçonnée de sorcellerie finit brûlée vive, noyée ou pendue. Les rares d'entre elles qui échappèrent à la Terreur entrèrent dans la clandestinité. De nos jours, il ne doit plus se trouver, dans tout le pays, que quelques centaines de sorcières. Mais peu avant la Terreur, une sibylle avait fait une prophétie. Si on en croit cette prédiction, trois sœurs, toutes trois sorcières, devraient atteindre l'âge de décision vers le tournant du XXe siècle, et l'une d'elles, douée du pouvoir d'intrusion mentale, devrait se révéler la plus puissante sorcière depuis des siècles. Elle serait même capable d'assurer le retour du règne de la magie. Mais sa capture par les Frères, si tel devait être le cas, provoquerait une deuxième Terreur.

Les Sœurs croient dur comme fer que je suis cette sorcière-là. Celle que désigne la prophétie.

J'en suis bien moins convaincue qu'elles. Mais elles m'ont proposé un marché : la liberté de mes sœurs cadettes contre la mienne. Et j'ai jugé sage d'accepter. C'est un sacrifice bien placé.

Ma mère ne vouait pas à l'ordre des Sœurs une confiance aveugle, et à vrai dire moi non plus.

Dans la rue, les becs de gaz viennent tout juste d'être allumés. Notre voiture passe en cahotant devant une suite de grandes belles demeures, trônant chacune sur sa pelouse méticuleusement entretenue, puis nous faisons halte à l'entrée du prieuré – notre couvent. C'est une immense bâtisse de deux étages, à fenêtres en ogive, tout en pierre grise patinée par le temps. Devant la façade, à l'avant, rien d'autre qu'un perron de marbre blanc qui mène à la grande entrée ; mais à l'arrière du bâtiment, abrité des regards par un haut mur de pierre, s'étend un beau jardin avec de vieux érables, des massifs qui doivent regorger de fleurs à la belle saison, et le jardin potager de Sœur Sophia.

Alice m'arrache à mes réflexions. « Vous n'y tenez même pas, à être celle qu'annonce la prophétie, n'est-ce pas ? » dit-elle, remontant sa capuche sur ses cheveux blonds relevés en coque sur le haut de sa tête.

« Je ne tiens pas à voir mourir l'une de mes sœurs. »

Même Alice ne sait que répondre. C'est la raison pour laquelle je me retrouve séparée de Maura et de Tess : la prophétie précise que l'une des trois sœurs ne verra pas le XXe siècle, parce qu'une autre l'aura tuée. Or les Sœurs ont estimé que Maura ne semblait pas maîtriser parfaitement ses pouvoirs. Étant donné le caractère funeste de la prophétie – étant donné aussi, il faut le dire, le caractère explosif de Maura –, elles ont redouté que ma sœur me fasse du mal. Or elles ne veulent pas exposer au moindre risque la précieuse salvatrice annoncée.

J'ai tenté de faire valoir combien est grotesque l'idée que Maura puisse me faire du mal. Totalement impensable. Depuis que notre mère est morte et que notre père est devenu l'ombre de lui-même, Maura, Tess et moi sommes les unes pour les autres tout ce que nous avons au monde. Les Sœurs ne mesurent pas à quel point nous sommes soudées, toutes les trois. Pour Tess et Maura, je serais prête à tout.

Mais je continue d'émerger en larmes de cauchemars où je me vois, impuissante, me pencher sur leurs corps sans vie.

Chapitre 2

« Ah ! vous êtes de retour », s'écrie Rilla Stephenson, entrant dans la modeste chambre que nous partageons, elle et moi.

Je sursaute. À plat ventre sur mon lit étroit, j'étais en train de relire une lettre en provenance de la maison. *La* lettre, devrais-je dire. Je n'en ai reçu qu'une, et j'en connais le contenu par cœur.

Chère Cate,

Père est rentré chez nous la semaine passée. Ne pas t'y trouver a été pour lui une mauvaise surprise, mais il a accepté ta décision de bonne grâce.

Il me prie de te transmettre sa bénédiction et ses affectueuses pensées. Il me paraît amaigri, et tousse encore plus que d'ordinaire, mais il a promis de rester auprès de nous jusqu'à ce que le Nouvel An soit passé – même s'il tient absolument à laisser à Elena le soin d'assurer nos leçons.

Après ton départ, Maura a gardé la chambre une semaine, mais elle est à présent entièrement rétablie. Elle se concentre sur l'étude, et fait des progrès notables. J'ai même peur qu'elle ne se surmène. J'ai insisté pour qu'elle t'écrive aussi, mais elle assure que tu dois mener une vie tellement bien remplie que tu te soucies peu de savoir ce qui se passe à la maison. Je me doute bien qu'elle se trompe. J'espère qu'elle va bientôt se réconcilier avec l'idée d'être ici et non à ta place.

La semaine dernière, nous avons donné un thé à la maison, et il y est venu beaucoup de monde. J'avais fait un gros gâteau dont j'étais fière, et tous les invités ont demandé de tes nouvelles. Mrs Ishida a dit qu'elle ne savait pas à quand remontait la dernière fois qu'une jeune fille de Chatham avait rejoint l'ordre des Sœurs. Elle m'a chargée de te transmettre ses meilleurs vœux.

Tu me manques terriblement, Cate. Même avec Père de retour, la maison est triste sans toi. Penny a eu des chatons dans le fenil, trois blancs et un noir, et Mrs O'Hare me gronde parce que je vais trop souvent les voir. Mais à cela se résume l'excitation de la semaine.

J'espère que tu vas bien, que nous ne te manquons pas trop. Écris-moi vite.

Avec toute mon affection,

Tess.

En pensée, je vois ma petite sœur, si vive, avec ses boucles blondes, ses yeux gris auxquels rien n'échappe, et une vague de nostalgie m'envahit. Jusqu'à une date récente – je suis arrivée ici voilà six semaines à peine –, j'avais Tess sous les yeux du matin au soir, depuis le jour de sa naissance. Je me souviens même de son premier cri – un grand soulagement, après la venue d'un petit frère mort-né –, et de son petit visage rouge et fripé, la première fois que je l'ai vue. Quant à Maura… Nous sommes trop proches en âge pour que j'aie le souvenir d'une époque sans Maura. Elle a toujours été là pour se chamailler avec moi et me faire rire.

J'en veux à l'ordre des Sœurs de nous avoir séparées. J'en veux à nos dons de magie qui leur ont dicté de le faire. Si nous étions des filles comme les autres…

Mais nous ne sommes pas des filles comme les autres. Inutile de ruminer là-dessus.

« Si vous descendiez au salon avec moi ? » suggère Rilla.

À la maison, j'ai toujours eu ma chambre. C'est encore étrange, pour moi, de partager celle d'une inconnue. Il y a là deux lits de cuivre, étroits et hauts sur pied, deux armoires, une table de toilette – et strictement aucune intimité. Rilla sait que la maison me manque, elle fait tout pour tenter de m'égayer. Elle me lit des passages de ses atroces romans gothiques ; elle m'apporte des tasses de chocolat chaud avant l'heure du coucher ; elle partage avec moi les bonbons au sucre d'érable que sa mère lui envoie depuis leur ferme du Vermont. Elle est gentille, mais rien de tout cela n'a jamais guéri un cœur broyé.

« Non, merci, lui dis-je. J'ai de la lecture à faire. En bas, avec tous ces bavardages, j'ai du mal à me concentrer. » Je m'assieds, empoigne le livre d'histoire de la Nouvelle-Angleterre qui traîne au bout de mon lit.

« Cate », soupire Rilla, cherchant son chemin à travers la chambre encombrée. Son lit est sous l'unique fenêtre, le mien contre le mur perpendiculaire. « Vous n'allez pas rester comme ça repliée sur vous indéfiniment. Vous n'avez vraiment pas envie de connaître un peu mieux les autres ? »

Pas spécialement, non. Elles ont les yeux sur moi en permanence, à croire qu'à tout moment je vais manifester je ne sais quel pouvoir mirifique. En conséquence, j'ai toujours l'impression de les décevoir.

« Ce soir, non. Peut-être demain ?

— Vous dites ça tous les jours. » Elle se perche d'un bond sur son lit. « Je sais que vous donneriez cher pour être ailleurs. Personne n'ignore que vous êtes ici contre votre gré, vous n'en faites pas mystère. Mais nous voilà déjà presque en décembre. Depuis le temps que vous êtes à New London, vous ne pourriez pas essayer de faire contre mauvaise fortune bon cœur ?

— Mais j'essaie ! J'essaie tant que je peux », dis-je, piquée au vif.

Depuis que j'ai guéri Mei, avant-hier, on m'a retirée du cours de botanique – le seul à me plaire vraiment – pour me placer en classe de guérison avancée. Mei, qui y est aussi, n'arrête pas de me prier de jouer avec elle aux échecs à l'heure du thé. Rilla se fait un devoir de s'asseoir avec moi à table et lors de nos cours en commun, alors qu'il serait si simple pour elle – et assurément plus drôle – de se joindre aux filles qui partagent son entrain plutôt que d'escorter cette huître qu'on a installée dans sa chambre.

L'ai-je remerciée une seule fois ?

« Vous êtes sûre de faire tant d'efforts ? » Sa question, en écho à mes pensées, a une pointe d'acidité qui me surprend. Elle passe une main sur sa joue, tout éclaboussée de taches de son qui me rappellent Finn chaque fois que je la regarde. « Je ne veux pas dire : faire des efforts en cours ou pour distribuer de la nourriture aux pauvres, je veux dire : pour vous sentir un peu plus chez vous ici. Regardez votre moitié de chambre ! »

Je regarde. Et je mesure soudain combien mon territoire diffère du sien. De son côté, une courtepointe jaune vif, cousue d'une main malhabile, garnit le lit, et des romans, des tasses vides, des vêtements s'éparpillent alentour. De mon côté, rien. Je n'ai même pas demandé qu'on m'envoie ici mon tapis orné de roses ni l'aquarelle de Mère représentant le jardin. Je n'ai sorti de ma malle que le strict minimum. Je me dis que c'est pour éviter de trop m'étaler – mais ne serait-ce pas plutôt pour être prête à repartir d'un moment à l'autre ?

« Moi, j'essaie d'être amicale avec vous, Cate. Mais les trois quarts du temps vous réagissez comme si j'étais un moucheron qui vous tourne autour. Jamais vous ne me demandez si ma journée a été bonne. Vous n'avez même pas cherché à savoir comment j'ai atterri ici ! »

C'est dit avec drôlerie, mais avec un accent de déception aussi, et j'en suis ébranlée. Rilla paraît de si bonne composition d'ordinaire ! J'étais loin de me douter qu'elle était sensible à ma froideur, et plus encore qu'elle en était blessée.

« Pourtant, je prends votre défense, vous savez, quand les autres disent que vous affichez des airs supérieurs et qu'il n'y a pas moyen de vous approcher. Mei aussi vous défend. Mais il va falloir que vous y mettiez du vôtre. »

D'un mouvement gracieux, elle hisse ses jambes sur son lit et les replie sous elle. Elle porte une nouvelle robe aujourd'hui – en brocart jaune, avec d'énormes manches gigot orangées, un nœud de taffetas orange sous la poitrine et une mousseline de soie orange à l'ourlet. Cette tenue lui va bien. Ai-je songé à le lui dire ? Mais je suis si prise par mes cours, par la pensée de Maura et de Tess, si prise par…

Je me sens coupable, et riposte d'autant plus vivement : « Peut-être qu'il m'arrive d'avoir envie d'être un peu seule cinq minutes ! Peut-être que j'ai d'autres choses en tête que la nouvelle robe d'une telle ou la dernière sortie de cette méchante langue d'Alice ! » Malgré moi, je serre mon livre sur ma poitrine comme un bouclier.

Rilla rosit. « Moi non plus, il n'y a pas que ces choses-là qui m'intéressent et vous le savez très bien – ou en tout cas vous le sauriez si vous preniez la peine d'échanger avec moi. Nous sommes toutes au courant : pour nous autres sorcières, les choses ne vont pas fort. Mais rien ne nous oblige à y penser en permanence. Ça ne vous ferait pas de mal de vous détendre un moment, de temps en temps.

— Peut-être », dis-je très bas, émue par l'accent de déception dans sa voix.

Je pourrais faire un effort. Me joindre aux parties d'échecs, ou de dames, ou aux jeux de charade de l'après-souper ; feuilleter les magazines de mode en provenance de Dubaï, discuter des dernières arrestations auxquelles ont procédé les Frères, ou de l'attitude que devrait adopter à ce propos l'ordre des Sœurs. C'est ce que les autres attendent de moi, je le sais. Je pourrais me faire des amies, ici, pour peu que j'y mette du mien.

Mais ce serait accepter l'idée que j'habite ici désormais ; que ma place est parmi ces inconnues, que mon avenir est au sein de l'Ordre, pas auprès de Finn. Ce serait accepter qu'il n'y aura pas de retour en arrière ; et que, malgré les manigances auxquelles se sont livrées les Sœurs pour me faire venir au prieuré, malgré toutes mes protestations, c'est bien ici que j'ai ma place.

Je respire un grand coup, m'adosse à ma tête de lit, allonge mes jambes devant moi.

« Et vous, Rilla, qu'est-ce qui vous a amenée ici ? »

Elle se méfie. « Vous souhaitez vraiment le savoir, ou c'est par politesse que vous posez la question ?

— Non, c'est pour savoir. » Je suis sincère. « Et je m'en veux de ne pas vous l'avoir demandé plus tôt.

— Bof. J'ai fait quelque chose de complètement idiot. » La chandelle éclaire mal, mais je vois les oreilles de Rilla virer au rouge. « Il y avait un garçon, Charlie Mott, j'avais le béguin pour lui. Grand, brun, avec un beau cheval noir. Je mourais d'envie qu'il me remarque. Un samedi soir, on était toute une bande d'amis partis faire une balade en traîneau, et je m'étais arrangée pour être assise à côté de lui. Mais de l'autre côté il y avait Emma Carrick ; et à un moment donné, je l'ai vu, lui, enlacer Emma par la taille. J'en ai été folle de rage. Je crois que j'ai un peu perdu la tête. Je me disais : si seulement elle était moins jolie ! Et d'un seul coup, sans que j'aie rien demandé, elle est devenue moche comme tout. Couverte de boutons, le nez comme ça… » De la main, elle mime une caricature de nez. « Quand Charlie l'a vue changée, il s'est écarté d'elle vite fait. Et moi, je n'ai pas pu me retenir. J'ai éclaté de rire. »

Dieu du ciel ! La dernière chose à faire. D'un autre côté, j'imagine Finn prenant la main d'une autre – et je la comprends.

« Emma pleurait, pleurait, et moi, je n'étais pas fière, bien sûr, alors j'ai tout arrangé. Mais elle s'est mise à crier que je lui avais jeté un sort parce que j'étais jalouse. Les garçons ont dirigé le traîneau droit vers l'église et m'ont dénoncée. Charlie Mott ne voulait même plus poser les yeux sur moi.

— Mais Sœur Cora est intervenue à votre procès.

— Oui. » Rilla remonte les genoux sous son menton avec un soupir. « Et elle m'a amenée ici. Sinon c'était Harwood, bien sûr. »

Notre prieure, Sœur Cora – je l'ai appris – dispose d'un vaste réseau, constitué de gouvernantes et d'anciennes élèves du couvent. Chaque fois que l'une d'elles soupçonne qu'une accusation de sorcellerie pourrait être fondée, elle prévient d'urgence Sœur Cora. Si celle-ci peut se rendre à temps sur les lieux, elle fait libérer l'accusée en manipulant les Frères et les témoins, le plus souvent par intrusion mentale. Et elle intègre sa protégée à l'ordre des Sœurs.

« Arrive-t-il que des filles refusent de la suivre ? »

Rilla ouvre des yeux ronds.

« Refuser ? Il faudrait être folle ! Quand on s'est vue entourée d'une horde de Frères... » Elle écarte de son front une mèche brune. « Au moins, ici, on se sent en sécurité. Grâce aux Sœurs, on apprend à maîtriser ses pouvoirs. Pour vous, je ne sais pas, mais pour moi, ce n'est pas inutile, n'est-ce pas ? »

L'ordre des Sœurs a été fondé en 1815 par Frère Thomas Dolan, en guise de refuge pour sa sœur Leah. Au début, elles n'étaient qu'une poignée de sorcières, opérant en secret sous couleur de piété. Puis, en 1842, elles décidèrent d'accueillir sous le manteau d'autres jeunes sorcières et de leur apprendre à développer leurs pouvoirs. Sœur Cora a fait partie de ces toutes premières élèves. Depuis, elle n'a cessé d'intervenir dans les procès et d'œuvrer pour accroître les effectifs du couvent. Aujourd'hui, on compte une cinquantaine d'élèves et une douzaine d'enseignantes, plus deux douzaines de gouvernantes en mission à travers tout le pays, et une centaine d'anciennes élèves – telle Mrs Corbett, notre voisine à Chatham –, qui opèrent comme agents de renseignement. La plupart des filles qui font leurs études ici ne deviennent pas membres de l'Ordre à part entière. Passé dix-sept ans, elles repartent et s'en vont mener une vie ordinaire d'épouses et de mères.

Choix auquel je n'aurai pas droit, évidemment. Pas si je suis celle qu'annonce la prophétie.

« Vous n'avez jamais le cœur gros en pensant à chez vous ? dis-je après un silence. Vos frères ne vous manquent pas ?

— Si, bien sûr. » Machinalement, Rilla jette un regard au ferrotype au-dessus de son lit, un portrait d'elle et de ses frères : Teddy et Roby, des jumeaux de dix ans ; Jeremiah, qui en a douze ; et Jamie, quatorze. Cinq lutins bouclés, à la mine espiègle sous leurs taches de rousseur. « Mais c'était un peu dur d'être la seule fille, vous vous en doutez. Surtout sorcière. Dur de garder le secret. »

Garder un secret, Rilla ? J'ai peine à l'imaginer. Un pareil moulin à paroles…

« J'ai l'impression que Jamie – oh ! il faut que je dise James, maintenant ; j'oublie tout le temps…

Je crois que James se doutait de quelque chose. Et Mère est au courant, bien sûr. Elle aussi est sorcière, mais pas très douée. À part une illusion ou deux… Non que je sois tellement meilleure qu'elle, vous l'avez sûrement remarqué. Je suis nulle en animation d'objets, et pas plus douée en guérison. J'ai de la chance que les Sœurs aient bien voulu me garder, en réalité.

— De la chance, dis-je très bas. Si seulement je pouvais penser la même chose ! » Notre petite chambre, trop haute de plafond pour être jamais chaude, paraît presque douillette en cet instant, avec ses rideaux tirés, la flamme de la chandelle qui danse, et Rilla et moi conversant à voix basse. « Vous ne vous demandez jamais ce qu'aurait pu être votre vie si vous n'aviez pas été prise sur le fait ? »

Elle lâche un petit rire. « J'aurais continué à confectionner des bonbons au sirop d'érable, j'imagine. Et puis je me serais mariée, et j'aurais élevé une ribambelle de garnements, comme ma maman. » Elle me lance un de ces bonbons qu'elle appelle des suçons, et je le fourre dans ma bouche. « Seulement voilà, j'ai été prise, donc il ne sert à rien de revenir là-dessus. J'avais toujours rêvé d'avoir des sœurs, et maintenant j'en ai des douzaines. Je ne suis pas malheureuse ici. »

Je lisse ma courtepointe bleue toute froissée. « Et ça ne vous chagrine pas de n'avoir pas eu le choix ?

— C'est toujours mille fois mieux que Harwood. Nous sommes au chaud et bien nourries, nous avons un toit sur nos têtes. On peut difficilement appeler ça une prison. »

Mais pour moi, c'en est une. Même si venir ici a été ma décision, parler de *choix* serait grandement exagéré.

Et je n'arrive pas à faire mon deuil de la vie que je n'aurai pas.

Je ne suis pas censée penser à lui, mais les souvenirs sont têtus. Ils reviennent à chaque instant, sans préavis. Tout semble les convoquer. Ils passent et repassent dans ma tête, plaisir et torture à la fois : Finn qui me taquine pour mon amour des pirates ; Finn qui m'embrasse jusqu'au vertige sous la gloriette ; Finn qui me demande en mariage et me fait don de l'alliance de sa mère.

Et cette dernière image, Finn qui m'interroge, à la fin de l'office où je devais annoncer nos fiançailles : *Pourquoi ?*

Bien franchement, je croyais pouvoir lui dire oui, rester à Chatham et vivre heureuse.

Naïve que j'étais ! Jamais les Sœurs ne l'auraient permis. Pas question, alors que l'une des filles Cahill semble en mesure de leur rendre le pouvoir.

Que pense Finn de moi à présent ? La question me taraude, mais Rilla n'a pas tort : il faut que j'arrête de ruminer.

Je me lève. « Bon, on descend ?

— Vrai ? Vous êtes prête ? » Elle se dresse comme un diable qui jaillit de sa boîte.

« Oui. Je vais essayer de faire des progrès en amitié, Rilla. Ne me rayez pas trop vite de vos tablettes. »

Elle rit et saute à bas de son lit.

« Oh, n'ayez crainte. Il en faut plus pour me décourager. »

Je mets un peu d'ordre dans mes livres et Rilla fait provision de bonbons à emporter au salon, lorsqu'on frappe à la porte. Elle s'empresse d'aller ouvrir… à Sœur Cora en personne.

« Bonsoir, Marilla. Vous allez bien ? » Les yeux de Sœur Cora sont d'un bleu perçant, pur saphir. Ils me rappellent ceux de Maura.

« Oui… très bien, balbutie Rilla, prise de court. Et vous, ma Sœur ?

— J'ai connu mieux, reconnaît la prieure, et elle pince les lèvres. Catherine, auriez-vous l'obligeance de vous joindre à moi pour un thé ? »

Avec ses cheveux blancs nattés en diadème autour de la tête, Sœur Cora a quelque chose d'une vieille reine. Assise dans son fauteuil à fleurs, vêtue d'une robe gorge-de-pigeon à parements de fourrure blanche, elle parle de petits riens tout en versant le thé.

Elle prend son temps, et mes pensées galopent. Est-il arrivé quelque chose à Maura ou à Tess ? A-t-elle du nouveau concernant la prophétie ? La prieure ne convoque pas une élève à prendre le thé dans son bureau pour deviser de la pluie ou du beau temps.

Je n'y tiens plus. « Puis-je quelque chose pour vous, ma Sœur ? »

Elle me considère par-dessus le liseré d'or de sa tasse.

« J'aimerais pouvoir vous faire confiance, Catherine. »

À croire qu'elle a des doutes.

« Et moi de même à votre égard », dis-je d'un ton égal, lissant ma jupe bleu marine.

Elle rit, d'un opulent rire de gorge qui fait songer à une serveuse de taverne plus qu'à une reine.

« C'est de bonne guerre, Catherine. Vous n'êtes pas ici de votre plein gré, je le sais. Je devrais vous présenter des excuses, mais ce serait un peu hypocrite de ma part, n'est-ce pas ? J'aimerais que vous me fassiez confiance, et cependant j'entends bien qu'une telle confiance ne se bâtit pas en un jour. Malheureusement, nous avons peu de temps. Tenez. »

Elle me tend une tasse de thé, son petit doigt m'effleure la main. Au contact de sa peau, je tressaille.

Sœur Cora est malade. Un mal la ronge, un mal qui gagne du terrain. Je cherche à le frapper de mon pouvoir, je le sens comme une nuée noire en elle – mais je me rétracte, mue par l'instinct de conservation. Ma tasse m'échappe des mains. Le thé éclabousse le taffetas de ma robe et se mêle aux éclats de porcelaine blanche sur le tapis vert vif.

« Oh, pardon ! » dis-je.

Elle esquisse un geste, et les vestiges de la tasse s'envolent vers la corbeille à papier à côté de son bureau.

« Vous le sentez donc, murmure-t-elle.

— Vous êtes malade », dis-je dans un souffle.

Même la lueur de la chandelle, pourtant si flatteuse au teint, ne masque pas combien sont ridés son visage et sa gorge, ni les veines bleues qui courent sur ses mains parcheminées. Elle doit avoir au moins soixante-dix ans.

« Je suis proche de la fin, rectifie-t-elle. Sophia fait de son mieux, mais elle ne peut plus m'assurer, chaque jour, que quelques heures de répit. Ce qui me tracasse le plus est la question de savoir qui va me succéder. Il a été convenu qu'Inez dirigerait le couvent jusqu'à ce que la très puissante sorcière annoncée parvienne à sa majorité. Je vais être franche avec vous, Catherine. Vous aurez dix-sept ans en mars, et j'aimerais mieux qu'Inez ne dirige pas l'ordre des Sœurs plus longtemps que nécessaire. Il faut absolument que vous sachiez quels sont au juste les enjeux.

— Les enjeux ? Je les connais ! » dis-je d'un ton sec, trop sec, et je me lève d'un bond. La peur me gagne. Protéger mes sœurs, j'en ai pris le pli, mais me retrouver en charge d'une centaine de personnes et plus ? Je ne saurais que faire, ni comment assurer leur sécurité. Je pensais avoir des années devant moi avant qu'il me soit demandé de sortir du rang et de mener la danse. « Je suis sorcière. Mes sœurs sont sorcières. Mes meilleures amies sont sorcières. Croyez-vous que je souhaite voir les filles comme nous se faire brûler vives, ou noyer, ou pendre ? Je donnerais cher pour savoir comment mettre fin à ces atrocités, mais je n'en sais *rien*. Et je ne sais pas non plus ce que vous attendez de moi. »

Sœur Cora prend une gorgée de thé.

« Veuillez vous rasseoir. Je vais vous l'expliquer. »

Je me pose dans le fauteuil voisin du sien, referme les mains sur la nouvelle tasse de thé qu'elle me tend. Le prieuré a été récemment modernisé de fond en comble, entièrement rénové, jusqu'à inclure des radiateurs à gaz et des toilettes avec chasse d'eau. Mais les pièces sont hautes de plafond, et hautes aussi les grandes fenêtres en ogive. Le vent de novembre s'insinue partout et par toutes les fentes. Depuis mon arrivée ici, je ne me suis jamais tout à fait réchauffée.

« Vous êtes une fille intelligente, Catherine, commence Sœur Cora. Vous avez perçu, j'en suis sûre, la ligne de fracture qui divise l'ordre des Sœurs à l'heure actuelle. Certaines sont lasses d'attendre, lasses d'assister aux injustices criantes faites aux femmes en général et aux sorcières en particulier. Maintenant que nous vous avons trouvée, elles veulent une guerre ouverte, immédiate, contre les Frères. L'heure est venue pour nous, clament-elles, de reprendre le pouvoir. Elles sont prêtes à frapper par n'importe quel moyen. Avez-vous entendu ici ou là ce type de discours ?

— Parfois. » J'ai surtout entendu les diatribes enflammées d'Alice, au salon, après le souper.

« D'un autre côté, il y a celles qui estiment qu'il faut savoir attendre. Qui redoutent le coût en vies humaines que représenterait ce conflit. Je suis de ce bord-là. Déclarer la guerre avant d'y être prêt ne peut mener qu'au désastre. »

J'absorbe une petite gorgée de mon thé, délicieusement épicé ; du gingembre, peut-être. « Et que devons-nous faire, alors, selon vous ?

— Attendre que vous soyez prête à tenir votre rôle. J'ai foi en Perséphone et en cette prophétie, Catherine. Même si elle demeure un peu obscure. » Même si je n'ai pas commencé le moins du monde à faire mes preuves, autrement dit. « Et, en attendant, rassembler toutes les intelligences de bonne volonté. J'ai des espions au sein de l'ordre des Frères. L'un d'eux est membre du Conseil suprême. Il sera sur les rangs pour succéder à Covington, et il fait son possible pour s'assurer que ceux qui sont de notre bord se retrouvent à des postes clés. Rien de tout cela ne se fera du jour au lendemain, mais je pense que c'est la meilleure voie.

— La plus sûre, en tout cas. Moins de risque pour nous toutes de finir massacrées dans nos lits. »

Elle esquisse un sourire, ironique, désabusé, et je me rends compte soudain qu'elle a dû être très belle. Il en reste quelque chose dans l'ovale du menton, dans le port de tête.

« C'est ce que je m'efforce d'empêcher à tout prix, oui. En cas de guerre ouverte, nos chances de l'emporter seraient minces. Les Frères sont des milliers, et nous, quelques centaines.

— Mais Frère Covington pourrait rester en place vingt ans de plus encore, fais-je observer. Il est très apprécié. Plein de charme.

— Nous pourrions contribuer à faire en sorte que tel ne soit pas le cas. Les temps changent, Catherine. Le mécontentement grandit parmi les couches populaires. On commence à trouver que les Frères ont la main lourde. » J'acquiesce en silence ; je revois ces garçons jetant des pierres à O'Shea et Helmsley. « Mais si nous allons trop vite, si nous inquiétons… Il ne faudrait surtout pas répéter les erreurs du passé. »

Je parcours du doigt le rebord de ma tasse. La prudence de Sœur Cora me plaît bien. Combien de fois Maura m'a-t-elle reproché d'hésiter, d'atermoyer ?

« Je ne suis pas pressée de mener une guerre, si c'est ce que vous souhaitez savoir », dis-je à mi-voix.

Son sourire se fait chaleureux. « Je suis ravie de l'entendre, parce que j… »

La porte s'ouvre à la volée, et Sœur Gretchen fait irruption dans la pièce, essoufflée d'avoir gravi l'escalier au pas de charge. « Cora ! Pardonnez-moi de vous déranger. Nous avons en bas deux membres du Conseil de New London qui demandent à vous voir. Je les ai introduits au parloir. »

Sœur Cora empoigne l'agenda relié de cuir ouvert devant elle sur sa table et chausse ses lunettes en demi-lune. « Nous n'avions pas rendez-vous. Ont-ils dit ce qui les amenait ?

— Non », répond Sœur Gretchen, et le va-et-vient de ses boucles accompagne ce non. « Mais O'Shea n'a pas l'air patient.

— Il ne l'est pas. Odieux personnage. J'aurais mieux aimé qu'ils envoient Frère Brennan, marmonne Sœur Cora, et elle se carre dans son fauteuil. Peste soit d'eux. »

Son regard bleu croise celui de Sœur Gretchen, couleur de noisette fraîche et très doux. Un échange muet semble avoir lieu entre elles deux. Si j'en crois Rilla, elles s'entendent comme larrons en foire, meilleures amies qu'elles sont depuis leurs jeunes années sur les bancs du couvent. Si Mère et Zara étaient encore ensemble, communiqueraient-elles de cette façon, par le regard ?

Rilla et moi en serons-nous capables un jour ?

« Et si vous veniez avec nous, Catherine ? m'invite Sœur Cora. Une visite comme celle-ci, sans tambour ni trompette, ce n'est pas bon signe. Pour nous, ou pour d'autres. Mais si vous venez, il faut absolument que vous restiez bouche close, quoi qu'ils aient à nous dire. Cela vous sera-t-il possible ?

— Oui. » Mais je tremble intérieurement. Que peuvent vouloir les Frères à cette heure ? De quoi s'agit-il donc, qui ne puisse attendre demain ?

« Allons-y, alors, dit Sœur Cora. N'abusons pas de leur patience. »

Sœur Gretchen lui offre son bras, elle refuse d'un petit geste. Elle ne boite pas, mais marche précautionneusement, comme si le moindre mouvement la faisait souffrir. Gretchen et moi la suivons.

Au parloir, où nous parvenons enfin, deux Frères sont assis côte à côte sur le canapé olive. Toute la pièce respire l'austérité, avec ses teintes sombres et ses sièges garnis de crin de cheval, aux accoudoirs de bois lourdement ouvragés. Des portraits des prieures d'antan ornent les murs. De lourdes tentures de velours ensevelissent la pièce sous l'obscurité. C'est ici que Sœur Cora reçoit les parents d'élèves et les Frères en visite.

C'est ici que, le jour de mon arrivée, j'ai souffleté Mrs Corbett – Sœur Gillian Corbett, notre voisine à Chatham, qui me chaperonnait pour m'amener à New London. Elle était en train de m'assurer qu'elle veillerait sur mes sœurs à ma place. Elle a cru devoir ajouter qu'il serait bon pour Tess et Maura d'échapper un peu à ma tutelle – et là, j'ai perdu mon sang-froid. Je lui ai flanqué une gifle, à cette face enfarinée avec triple menton. Le souvenir me fait sourire, mais mon sourire s'efface à la vue des Frères et de leurs mines sinistres. Ce sont ceux qui ont arrêté Lavinia Anderson.

À notre arrivée, O'Shea se lève. « Sœur Cora, je vous présente Frère Helmsley. Frère Helmsley, je vous présente… Sœur Gertrude, c'est bien cela ?

— Sœur Gretchen, rectifie Cora. Et voici l'une de nos jeunes novices les plus prometteuses, Sœur Catherine. »

Je suis plus grande que lui, mais n'ose le regarder dans les yeux. J'incline le front et réprime un frisson. Ce parloir est glacial. La flambée qui crépite dans l'âtre vient sans doute d'être allumée en toute hâte, à l'arrivée des visiteurs.

« C'est un réconfort de voir une jeune femme se vouer au Seigneur plutôt que d'aller se pavaner dans les rues comme tant de dévergondées », déclare O'Shea.

Manifestement, il ne m'a pas reconnue, et pour une fois je suis ravie de l'anonymat qu'assure l'habit de nonne.

D'un geste, Frère O'Shea désigne le parquet, et nous nous agenouillons toutes les trois.

« Que Dieu vous bénisse et vous garde, aujourd'hui et tous les jours de votre vie.

— Loué soit-Il », répondons-nous en chœur, nous remettant sur pied avec plus ou moins d'agilité.

Après quoi, bien qu'en ces murs nous soyons chez nous, nous restons plantées là jusqu'à ce que Frère O'Shea, s'étant rassis, nous signifie que nous pouvons nous asseoir nous-mêmes. Sœur Cora prend place dans le fauteuil de soie marron près du feu, et Sœur Gretchen sur le pouf à franges à côté d'elle. Je reste campée derrière, les nerfs plus tendus que des cordes de violon.

« Vous le savez peut-être, commence Frère O'Shea, notre Ordre a entamé son congrès annuel. » Comme si nous pouvions ne pas être au courant ! La ville est envahie de Frères par centaines, et Sœur Cora nous a recommandé de nous montrer particulièrement prudentes durant leurs trois semaines de débats. « C'est pour nous une période de profonde réflexion. Nous prions le Seigneur de nous éclairer, de nous montrer comment guider au mieux notre troupeau indocile et faillible. Aujourd'hui même, Il nous a prodigué sa sagesse. Deux nouvelles mesures ont été votées.

— Deux ? » s'étonne Sœur Cora.

C'est du jamais-vu. Parfois, il s'écoule des années sans que le Conseil national n'adopte de mesure nouvelle. Mes mains se serrent l'une sur l'autre et, machinalement, je fais tourner autour de mon annulaire la bague à perles fines de Mère.

« Quand nous avons su ce qui se passait en France, nous avons compris que la situation réclamait des mesures d'urgence, poursuit Frère O'Shea, croisant les chevilles. Afin d'éviter la contagion. »

La contagion ? Je ne prête qu'une oreille distraite aux nouvelles de l'étranger, mais je n'ai pas entendu parler d'épidémie.

Frère Helmsley garde le silence, montagne d'homme sur le petit canapé. Apparemment, son rôle est d'en imposer, pas de faire des discours.

Frère O'Shea marque une pause, peut-être pour ménager ses effets. Je regarde ses doigts, en éventail sur son genou : roses et lisses, avec des ongles impeccables. Ma pensée s'envole vers les mains de Finn : criblées de taches de son, parfois maculées d'encre, ou les ongles noirs de terre au sortir d'une journée au jardin.

Finn. Est-il à New London ? Les nouveaux membres, que je sache, accompagnent toujours Frère Ishida au congrès annuel de l'Ordre pour leur cérémonie d'initiation.

Donc, il doit être là ; pourtant, il n'a pas essayé de me voir. M'en veut-il à mort ? Ce serait son droit le plus strict. Il a rejoint l'ordre des Frères dans l'intention de me protéger, et je suis partie sans explication. Mais la pensée qu'il ait pu si vite se détourner de moi, renoncer à nos projets, cette seule pensée me fait mal.

« Les Français ont accordé le droit de vote aux femmes, poursuit Frère O'Shea. Ce qui était à prévoir, étant donné leurs liens avec l'Arabie. Mais cela nous a obligés à tout reconsidérer. Nous devons faire en sorte que nos femmes à nous n'aient pas à se mêler de politique, qu'elles se contentent d'assurer le bien-être du foyer et d'élever leurs enfants dans le respect du Seigneur. Les nouvelles mesures que nous prenons ont pour but de rappeler aux femmes où est leur vraie place.

— Naturellement, approuve Sœur Cora, la tête légèrement inclinée, telle une tulipe sous la pluie. Et notre rôle est de vous soutenir autant que faire se peut. »

Frère O'Shea s'éclaircit la voix. « J'espère que votre soutien demeurera inébranlable, y compris pour celles de ces mesures qui vont concerner l'ordre des Sœurs. »

Frère Helmsley sourit et fait ployer ses grands doigts. Espère-t-il une rébellion, qui lui permette de procéder à une arrestation ce soir même ? Mon cœur cogne sous mes côtes.

« La première mesure, en vigueur immédiatement, est l'interdiction faite aux femmes de travailler hors du foyer. » O'Shea bombe le torse avec satisfaction.

Immédiatement, je pense à Marianne Belastra, qui est parvenue à nourrir les siens en reprenant la librairie de son mari à la mort de celui-ci. À Mrs Kosmoski, couturière à Chatham. Aux veuves, comme Lavinia Anderson, qui n'auront plus que la charité pour subvenir aux besoins de leur famille. C'est ce que souhaitent les Frères, je suppose. Une dépendance absolue.

« Des dérogations sont-elles prévues pour les veuves ? » s'enquiert Sœur Gretchen. Elle-même est veuve, sans enfants. Elle est revenue à l'ordre des Sœurs à la mort de son mari.

« Non. L'unique exception concerne les infirmières. Pour des raisons de décence, comme vous le comprenez. Bien. La seconde mesure, également en vigueur sans délai, est l'interdiction faite, à partir de ce jour, d'apprendre à lire aux filles. Nous ne pouvons rien, il va de soi, pour celles qui ont déjà appris, mais à l'avenir nous bannissons cet apprentissage, aussi inutile que dangereux. Les filles peuvent s'en remettre aux connaissances de leurs pères, de leurs maris et de l'ordre des Frères. Elles n'ont nul besoin de s'encombrer de savoir. »

Un silence choqué tombe sur le parloir. Plus un son, hormis le chuintement léger des becs de gaz, de part et d'autre de la cheminée.

Je pose les yeux sur Sœur Cora et Sœur Gretchen, délibérément impassibles.

Une vie sans livres ? Je ne l'imagine même pas.

Une vie sans les récits de Père sur les dieux et les déesses de la Grèce antique ; sans histoires de pirates ; sans contes de fées ; sans poèmes. Sans l'espoir d'un Ailleurs ni d'un Autrement, ni d'une autre liberté. Sans aventures, sans découvertes au-delà de l'ici et maintenant. Quelle sombre vie ce serait !

Je songe à ceux que j'aime, en qui j'ai entière confiance. Maura. Tess. Finn. Marianne. Tous lecteurs insatiables. En quoi ce nouveau décret va-t-il affecter leurs vies ?

Je me surprends à serrer les poings et ordonne à mes doigts de se faire souples. Surtout, ne pas sembler prête à la bagarre !

« Vous allez devoir rappeler vos gouvernantes, dit Frère O'Shea.

— J'entends bien, murmure Sœur Cora, la nuque raide. Je vais leur écrire sur-le-champ. Notre école reste-t-elle ouverte ?

— Pour le moment. » C'est dit d'un ton rogue ; clairement, il le regrette. « Vendredi soir, à Richmond Square, un grand feu sera allumé, tout comme dans la plupart des localités au cours des jours à venir. Nous demandons aux fidèles d'apporter tous les ouvrages en leur possession qui entrent dans la catégorie romans, contes de fées, ce genre de futilités, afin qu'ils soient jetés au bûcher. »

Ma main se porte à ma bouche, horrifiée. Le regard d'aigle de Frère O'Shea la repère.

« Pardon, sir », dis-je, feignant d'éternuer.

Il se raidit sur le canapé, le dos plus droit qu'une planche, et précise : « Nous comptons bien sur vous, mes Sœurs, pour apporter votre contribution.

— Naturellement, affirme Sœur Cora. Vous pouvez toujours compter sur nous.

— Je suis ravi de vous l'entendre dire. » Il plisse les paupières et regarde chacune de nous tour à tour. « Il me reste un point à évoquer, un point essentiel. Nous avons découvert une sibylle à l'asile de Harwood. »

J'ordonne à mes traits de ne rien laisser voir. Brenna.

C'est Brenna Elliott, forcément.

« Une sibylle ? répète Sœur Cora. En êtes-vous sûrs ?

— Certains. Voilà des semaines que nous l'avons à l'œil. Oh ! tout a commencé par des vétilles. Cet orage que nous avons eu. Puis une fille qui volait de menus articles aux autres. Le nourrisson d'une infirmière, mort d'une fièvre. » Comme si, pour cette infirmière, il s'agissait d'une vétille. « L'infirmière a accusé la suspecte d'avoir jeté un sort au bébé, et c'est ce qui nous a mis la puce à l'oreille. Et voilà que maintenant la suspecte raconte qu'une autre sibylle va se manifester. Qui pourrait bien renverser l'opinion publique à l'égard des sorcières ; car elle-même serait une sorcière très puissante, et capable de cette ignominie, l'intrusion mentale. »

Le silence monte et emplit toute la pièce.

« Voulez-vous dire… ? » balbutie Sœur Cora.

À cet instant, une bûche craque dans l'âtre. L'espace d'une seconde, l'effroi tord les traits de Frère O'Shea. Puis il avale sa salive – sa pomme d'Adam marque le coup – et la frayeur s'efface.

« Oui, répond-il. Cette nouvelle sibylle sur le point de découvrir ses pouvoirs, c'est la sorcière de la prophétie. Celle que nous guettons, prêts à la traquer, depuis bientôt un siècle. »

Prêts à la traquer. Je me fige si totalement que je sens mon pouls battre dans mes veines et l'air circuler dans mes poumons. Je suis une statue vivante.

C'est de moi que parle O'Shea.

Mais je n'ai pas eu la moindre vision prémonitoire. Pas encore. Sur le point de découvrir ses pouvoirs, dit-il. Les prophéties sont toujours si péniblement vagues ! Je pourrais commencer à avoir des visions d'un instant à l'autre. Aujourd'hui même, ou la semaine prochaine, ou dans un an.

La terreur galope en moi. Ces visions, je n'en veux pas. Diriger l'ordre des Sœurs me suffira amplement. Je ne veux pas supporter, en plus, le poids de l'avenir sur mes épaules.

« À l'évidence, il nous faut débusquer cette créature, où qu'elle se cache. »

O'Shea se tait un instant. Helmsley fait craquer ses jointures, méthodiquement, une à une, comme s'il se délectait de cette perspective.

« Il ne s'est encore jamais trouvé de sibylle qui soit également sorcière, reprend O'Shea, et capable d'intrusion mentale par-dessus le marché. Je n'ignore pas que nous ne plaisons pas à tout le monde – il y a toujours eu des médisances dans notre dos –, et je redoute la frénésie que cette femme pourrait déchaîner contre nous, en usant de son pouvoir pour attiser la colère des foules. Il en va de l'avenir de la Nouvelle-Angleterre, Sœur Cora. Il faut trouver cette furie et l'empêcher de nuire. Tendez l'oreille. Entre femmes, les langues sont plus déliées, à ce que je crois savoir. Si vous avez connaissance du moindre indice douteux – du plus léger soupçon d'intrusion mentale ou de prémonition –, vous devez nous le signaler sans délai.

— Nous… n'y manquerons pas », bredouille Sœur Cora.

Frère O'Shea se lève, et Sœur Gretchen aide Cora à se remettre sur pied.

Mon cœur bat comme un marteau d'enclume durant les bénédictions de rigueur.

Lorsque les Frères ont arrêté Brenna, ils ont parlé d'hallucinations à son propos. Ils affirmaient dérisoire de penser qu'une femme pouvait savoir ce que seul sait le Seigneur. Et voilà qu'ils accordent foi à ses dires ?

Peut-être s'est-elle trompée. Elle est à moitié folle. Toutes les sibylles tombent-elles dans la folie ? Cette pensée me fait froid dans le dos.

Sitôt les Frères repartis, sitôt que claque derrière eux la lourde porte sur la rue, Sœur Cora se tourne vers moi. Elle pose les mains sur mes épaules, et son vieux visage se plisse en un origami soucieux.

« Catherine… Avez-vous parfois eu des visions ? Des prémonitions ?

— Non.

— Ni jamais éprouvé le sentiment qu'une chose allait se produire, jamais eu de rêve qui soit devenu réalité ? Je sais que tout cela a de quoi vous effrayer, mais il faut que je sache, voyez-vous. Il nous faut la vérité pour pouvoir vous protéger. »

Je lui rends son regard, solennelle. Elle est de ma taille très exactement ; grande, pour une femme. « Jamais, ma Sœur. Je le jure. »

Gretchen regagne la pièce vivement, après avoir raccompagné les Frères à la porte.

« Et vos cadettes ? demande Cora.

— Pas à ma connaissance. Elles m'en auraient parlé, sûrement ?

— Sauf si la chose s'est manifestée depuis votre départ de Chatham, réfléchit Sœur Cora à voix haute. Et cela complique tout. Il faudrait avoir les termes exacts de la prophétie. Vous connaissez la sibylle dont ils ont parlé, n'est-ce pas ? Elle est de Chatham aussi.

— Oui. Brenna Elliott. » Brusquement, je revois la dernière image que j'ai d'elle. Titubante aux mains des gardes, sa jupe souillée de boue. Elle hurle et les gardes la giflent.

« Brenna sait-elle ce que vous êtes ? s'enquiert Gretchen.

— C'est difficile à dire. Si la question est : "lui en ai-je parlé ?", la réponse est non. Mais Brenna sait des choses dont nul ne l'a informée. »

Je me détourne pour présenter mes mains au feu.

Et si Brenna parle de moi aux Frères ?

« Une sibylle au cerveau dérangé, c'est bien la dernière chose dont nous ayons besoin », marmonne Sœur Cora, les yeux sur le jardin aux arbres surlignés de givre.

Là-dessus, Sœur Inez nous rejoint à longues enjambées. Dans l'intimité du prieuré, la plupart des enseignantes s'autorisent des notes de couleur dans leur tenue, mais pas Sœur Inez, qui nous initie à l'art des illusions. De la tête aux pieds, elle est toujours vêtue d'un noir intraitable.

« Il serait assez facile d'éliminer cette menace, fait-elle observer, se joignant à la conversation sans préambule.

— C'est encore une enfant, Inez ! intervient Sœur Sophia, notre ronde et jolie professeur de guérison, arrivée sur ses talons. Et une enfant malade, qui plus est. Je ne crois pas que l'éliminer soit la solution requise. »

L'éliminer ? J'ai été lente à saisir, tant la chose me paraît impensable. Il n'est tout de même pas question de tuer Brenna ?

Inez hausse les épaules. Ses cheveux bruns sont perpétuellement tirés en chignon sévère sur sa nuque et, sous ses pommettes saillantes, ses traits sont perpétuellement pincés. « Vous les connaissez : désormais, ils doivent la surveiller comme le lait sur le feu. Vous avez un moyen, vous, de l'extraire de là-bas ? Ou de la contraindre à rester bouche close ? S'agissant d'une sibylle, je doute que ce soit possible !

— Vous aviez une fois de plus l'oreille collée à cet évent, Inez ? ironise Gretchen, acerbe.

— J'ai compris que des ennuis se préparaient dès que j'ai eu vent de ce qui se passait en France, enchaîne Inez sans battre un cil. Qui sait ce que cette créature fêlée va leur révéler, un de ces jours ? Elle nous met toutes en danger, en particulier Miss Cahill. Disposer d'une sibylle et de ses prémonitions – des vraies, pas des fumeuses –, voilà qui devrait nous permettre de reconquérir notre pouvoir. Il est hors de question de risquer de tout perdre à cause de scrupules infantiles. »

Disposer d'une sibylle. Je serre la mâchoire. L'ordre des Sœurs ne dispose pas, ne disposera jamais de moi. Sibylle ou non, je ne suis pas une marionnette.

« J'ai des yeux et des oreilles à Harwood », intervient Sœur Cora. Lorsqu'elle prend la parole, les autres font silence. « Je donnerai l'instruction de surveiller Brenna de près. À mon avis, il est trop tôt pour suggérer quoi que ce soit d'aussi radical. D'ailleurs, nous pourrions avoir l'usage de Brenna.

— Ils vont arrêter des filles à tire-larigot, à partir de maintenant, insiste Inez. Sous n'importe quel prétexte. Vous pensez bien qu'ils vont prendre toutes leurs précautions. À l'idée qu'une sibylle risque de monter l'opinion contre eux… »

J'effleure la manche de Sœur Cora, veillant bien à ne pas toucher sa peau.

« Si les choses empirent, dis-je à mi-voix, il faudrait que Maura et Tess soient ici, elles aussi. »

Je regrette ces mots tout aussitôt. Est-ce la chose à dire – est-ce la chose à faire –, proposer que mes sœurs viennent ici ? Serait-ce une erreur grossière, ou au contraire la rectification d'une erreur ?

Cora esquisse un geste à l'intention des autres. « J'aimerais être seule un instant avec Catherine, s'il vous plaît. »

Inez se rembrunit, mais elle quitte la pièce sur les talons de Gretchen et de Sophia. Cora referme la porte sur elles, et va tout droit tirer le cordon qui pend au mur, à côté de la bouche de ventilation. Le grincement du volet qui se rabat lui fait venir aux lèvres un sourire furtif, puis elle pose sur moi son regard bleu.

« Je vais immédiatement écrire à Elena, dit-elle, afin qu'elle nous amène vos sœurs. Mais auparavant il y a une chose, je pense, qui est devenue urgente… » Je retiens mon souffle ; qu'attend-elle de moi encore ? « Il est grand temps que vous rencontriez votre marraine. »

Ma marraine, Zara Roth, est internée à Harwood. Je n'ai aucun souvenir d'elle. J'étais encore toute petite quand elle a été arrêtée pour détention d'ouvrages interdits. C'était une érudite qui étudiait les prophéties et la vie des sibylles, et je crois pouvoir dire que sur ce sujet elle en sait plus long que personne au monde.

« Mais elle est à Harwood », dis-je.

Et elle y est parce que Sœur Cora, à son procès, n'est pas intervenue en sa faveur. Ma mère avait une dent contre les Sœurs, et je sais à présent que c'était pour cela, au moins en partie.

Sœur Cora se laisse choir dans le canapé en étouffant un petit cri de douleur.

« En effet, admet-elle, et je veux que vous alliez lui parler. Pour chercher à en apprendre le plus possible sur les précédentes sibylles – à quel âge elles ont eu leurs premières visions, comment celles-ci sont apparues. Entre l'incendie du Grand Temple et Brenna, deux autres sibylles se sont manifestées. Les deux fois, les Frères ont mis la main sur elles avant nous. Zara doit savoir comment. Nous ne laisserons pas la même chose vous arriver. Nous vous protégerons, Catherine.

— Vous voulez m'envoyer à Harwood ? Délibérément ? »

J'en perds ma voix. Cet asile est un cauchemar à lui seul. Depuis des années pèse sur moi la menace de finir là-bas.

« Vous n'iriez pas seule, me rassure Sœur Cora. Sophia s'y rend toutes les semaines pour assurer des soins infirmiers. S'il y avait un autre moyen… Je n'aime pas du tout l'idée de vous envoyer en ces lieux. Mais Zara est une forte tête. Elle n'adresse la parole à personne. Depuis son emprisonnement, elle ne nous a jamais pardonné. »

Je m'assieds dans la bergère, dont la soie est si lisse que je manque de glisser par terre.

« Et qu'est-ce qui vous fait croire qu'elle me parlera, à moi ? »

Sœur Cora sourit. « Vous êtes sa filleule. Elle vous le doit bien.

— Et moi, je suppose, je vous dois d'aller là-bas en échange de la protection de Tess et de Maura ?

— Même sans cela, je vais faire venir vos sœurs ici. Cette dernière prédiction laisse planer un doute. Un doute sur la question de savoir laquelle de vous trois est la sibylle annoncée. Il semble que votre pouvoir à vous, Catherine, soit le plus grand, mais si l'une de vous… *quand* l'une de vous commencera à avoir des visions… alors nous aurons la réponse à la question. » Les yeux bleus de Cora plongent dans les miens. « La décision vous revient, Catherine. Mais je crois vraiment qu'il serait sage de requérir l'avis de Zara. Elle pourrait vous être d'un grand secours. »

Je refoule ma peur et lève le menton.

« Vous avez raison. Il est plus que temps que je fasse connaissance avec ma marraine. »

Chapitre 3

Le ciel est couleur de cendres.

La danse des flammes jette de vilaines ombres sur la foule qui se presse autour de Richmond Square. Il y a là des centaines, des milliers de personnes : ouvriers vêtus de toile rapiécée, avec chapeau de feutre avachi ; hommes d'affaires en tweed, avec cravate chic ; garnements qui jouent et s'agitent ; marchands ambulants qui proposent des sucres d'orge, des bolées de cidre, des marrons grillés dans des cornets de papier. Les femmes sont regroupées d'un côté, les unes bavardant entre elles, des marmots dans les bras, les autres rappelant à l'ordre des gamins excités, d'autres encore muettes, repliées sous leur cape. L'air s'est fait mordant sitôt le soleil couché.

Et d'autres encore, peut-être, s'efforcent de passer inaperçues, comme les Sœurs. En tout cas, personne ne s'avancera pour prononcer un mot contre les Frères. Alice multiplie les fanfaronnades depuis qu'elle a eu vent des derniers décrets, mais elle ne se risquera pas à user de magie, pas au milieu d'une foule pareille. Pas avec des centaines de Frères présents sur cette place, escortés de leurs gardes. Pas avec ce bûcher au milieu, comme prêt à nous recevoir.

Pour un peu, on pourrait se croire transporté un siècle en arrière, au temps où des bûchers comme celui-ci crépitaient un peu partout à travers la Nouvelle-Angleterre. Des bûchers dans lesquels on brûlait des femmes au lieu des livres.

Cette pensée n'a rien d'inédit, mais elle me soulève toujours le cœur.

Jamais je n'avais vu autant de Frères à la fois. Ils se pressent autour de l'estrade de fortune, on croirait un vol de corbeaux. J'en ai le cœur qui bat plus vite, je sens la frayeur se ruer dans mes veines, et en même temps je m'en veux d'avoir peur.

Sœur Cora nous a menées au milieu de l'assistance, parmi les familles assemblées. Devant moi, une femme en cape grise chantonne une berceuse à un nourrisson coiffé d'un bonnet de laine rouge. Son garçon plus grand, emmitouflé dans un immense cache-nez du même rouge, lui échappe pour rejoindre un petit copain. « Ne va pas trop loin, Jimmy ! » lui crie-t-elle.

Je me retourne vers Rilla pour lui suggérer que nous nous achetions du cidre, et c'est alors que je le vois, lui.

Finn.

En lisière de la foule, pas très loin de nous, à côté de Frère Ishida.

Il n'a pas changé ; ou plutôt si, il a changé.

Sa tignasse : toujours la même, drue, embroussaillée. Son visage : c'est tout juste si je ne distingue pas les taches de son familières. Ses lèvres : toujours aussi pleines et colorées. Et derrière ses épaisses lunettes, je devine son regard chocolat, mélancolique.

La longue cape noire des Frères lui tombe jusqu'aux chevilles et recouvre ses poignets. Comme il esquisse un geste, l'anneau de l'Ordre à son doigt reflète les flammes un instant. Le remords m'écrase. Depuis la mort de son père, trop de charges déjà pesaient sur lui ; mais ces épaules plus affaissées, j'en suis la cause. Quoi qu'il ait été obligé de faire ces dernières semaines, la responsabilité m'en revient.

C'est pour moi qu'il a rejoint l'ordre des Frères.

Mon regard tombe sur l'herbe écrasée à mes pieds. Brusquement, j'ai trop chaud, je suffoque malgré l'air vif. D'une main fiévreuse, je dénoue le ruban qui retient ma capuche et celle-ci tombe en arrière, livrant à la vue de tous mes nattes blondes enroulées sur mes tempes.

Je brûle de m'élancer, de rejoindre Finn, de le prendre par la main et de l'entraîner je ne sais où, ailleurs. En un lieu tranquille où je pourrais lui dire la vérité : je l'aime et je l'aimerai toujours, quoi qu'on m'oblige à faire.

Et lui, m'aime-t-il encore ? Pourra-t-il jamais me pardonner ?

Je lève les yeux de nouveau, et cette fois nos regards se croisent. Je recule en chancelant, cherche d'instinct le bras de Rilla. Mes sentiments à moi doivent se lire sur mes traits, mais les siens… Je ne peux rien y déchiffrer. Est-ce que je lui manque, si peu que ce soit ? Cette terrible faim, cette envie folle de courir vers lui et de me jeter dans ses bras – il doit éprouver la même chose, n'est-ce pas ?

« Finn », dis-je dans un souffle. Son nom sur mes lèvres est soupir, chant d'amour, supplique.

Il se détourne.

Une bonne trentaine de pas et des centaines de gens nous séparent, mais je me sens rejetée.

« Cate ? » Ma compagne de chambre a les yeux sur moi, son regard brun clair m'interroge. Combien de fois a-t-elle murmuré mon nom sans réaction de ma part ? « Cate, ça ne va pas ?

— Si, si. » Ma voix se casse. D'un doigt, j'écrase la larme que je sens venir. Je retiens mon souffle pour me retenir de pleurer.

Mais quelque chose qui bouge, comme un éclair rose, attire mon regard. Sachi, Sachi Ishida, ma meilleure amie de Chatham, et sa demi-sœur, Rory Elliott, agitent leurs mouchoirs comme des forcenées pour attirer mon attention ! Je remets ma capuche sur ma tête, elle seule peut camoufler ces larmes stupides et traîtresses qui montent malgré tous mes efforts. Je glisse à Rilla : « Pardonnez-moi, je vois des filles que je connais. »

Je me fraie un chemin à travers la foule, louvoie entre des enfants en pleine partie de chat perché. Sachi et Rory ont une place de choix, à l'arrière de la cohue, sous un érable. Il y a bien deux ou trois gamines à tresses qui jouent près de cet arbre, mais pas un adulte à portée d'oreille. Je me jette dans les bras de Sachi, au risque de la renverser. C'est contraire à la bienséance, mais peu m'importe. Elle m'étreint avec fougue, et la fourrure de sa capuche me chatouille le nez, puis Rory m'effleure les joues, en imitant, par jeu, de gros baisers sonores. Si quelqu'un m'avait dit, il y a deux mois, qu'un jour je tiendrais ces deux-là pour des amies de cœur, que je leur ferais fête comme je le fais ce soir, je l'aurais traité de fou.

« Quelle joie de vous voir, vous deux ! Mais pourquoi êtes-vous à New London ?

— Nous pourrions vous poser la même question, ma Sœur », répond Rory.

Les yeux noirs de Sachi s'attardent sur mon visage.

« Mais qu'est-ce qui vous a pris de rejoindre l'ordre des Sœurs, Cate ? »

Je jette un coup d'œil de côté. Tout près de nous, une petite fille blonde se prend les pieds dans son cerceau et s'écroule. Son amie, de type indien, l'aide à se relever et lui époussette sa cape. La scène m'a laissé le temps d'improviser une réponse :

« Je ne vois pas ce que vous voulez dire. Je suis très heureuse à New London.

— Menteuse. » Rory n'est pas fille à mâcher ses mots. « Et vous venez de pleurer, ça crève les yeux.

— Vous n'êtes pas obligée de tout nous dire maintenant, intervient Sachi. Père est ici jusqu'à la fin du congrès de l'Ordre. Finn aussi, d'ailleurs. Vous l'avez vu, j'imagine. Il vous a parlé ? »

Je fais non de la tête, la gorge nouée de nouveau.

« Oh, Cate, dans quel état vous êtes », me dit Sachi d'une voix douce. Elle me tend son mouchoir, rose vif et bordé de dentelle.

« A-t-il… » Je me tamponne les yeux, en appelle à ma fierté, perds la bataille. « A-t-il parlé de moi, dit quelque chose à mon propos ? »

Sachi s'assombrit.

« À moi ? Non. Mais je ne suis pas précisément sa confidente. Père l'a en très haute estime, vous savez. Belastra par-ci, Belastra par-là, il n'arrête pas de répéter combien Finn est intelligent, et quelle superbe décision il a prise en obligeant sa mère à fermer sa librairie, et tout ça. Mais en venant ici, dans la calèche, par moments – les fois où Père somnolait et où personne ne semblait le regarder –, je voyais bien que Finn avait l'air malheureux comme les pierres. Un peu comme vous maintenant », conclut Sachi, m'effleurant le bras de sa main gantée. Elle porte des gants neufs, en satin rose et à boutons de nacre, et Rory a les mêmes en rouge. Totalement inadaptés à la saison, mais bien jolis.

Finn, malheureux comme les pierres ? C'est d'un égoïsme éhonté, mais la pensée me réconforte un peu. Je fourre le mouchoir de Sachi dans ma poche et feins de ne pas chercher Finn des yeux dans la foule.

« Vrai ? dis-je seulement, d'une voix presque normale.

— Vrai. Mais vous n'êtes pas la seule à avoir du nouveau dans la vie », enchaîne Sachi. Elle lève son gobelet de cidre pour trinquer avec Rory, bien que celle-ci n'ait pas l'air d'humeur à trinquer. « Je suis fiancée ! »

D'un coup, mon attention revient. « À votre cousin Renjiro ?

— Père n'a jamais voulu entendre parler de qui que ce soit d'autre. »

Frère Ishida dirige le conseil des Frères de Chatham. Il est loin de se douter que ses filles sont toutes deux sorcières – pas plus qu'il ne se doute, d'ailleurs, que Sachi sait pertinemment qu'il est le père de Rory. Rory elle-même n'est pas au courant. Sachi est d'avis que cela vaut mieux ; avec son penchant pour le xérès, Rory se comporte souvent en écervelée.

Hormis leurs cheveux sombres et lisses, les deux demi-sœurs n'ont pas grand-chose en commun. Rory est grande et plantureuse, un tantinet vulgaire ; Sachi est petite et menue, tout en raffinement et délicatesse. Mais les deux sont à la pointe de la mode avec leurs bottines en vachette, leurs capuches bordées de fourrure et ces robes de couleurs vives, garnies de dentelle, qui se laissent entrevoir sous leurs capes. À première vue, on les prendrait pour de jeunes mondaines évaporées – parfaitement inoffensives. On se tromperait.

Quoi qu'il en soit, Rory n'a pas l'air enchantée par les fiançailles de Sachi.

« Elle ne peut quand même pas l'épouser, Cate. Il a avalé un manche à balai ! plaide-t-elle avec son sourire de lapin. Et c'est là qu'on a pensé à vous.

— Pensé à moi ? Mais comment – pourquoi ?

— Je ne vois vraiment qu'un seul moyen d'y couper… hésite Sachi, et ses joues se font d'un rose plus vif que ses gants. Ce serait si vous vouliez bien… me recommander auprès des Sœurs. »

Stupidement, je lui fais écho : « Auprès des Sœurs ? »

Je jette un regard machinal au groupe dont je me suis écartée. Vues d'ici, c'est à peine si on distingue les Sœurs les unes des autres, silhouettes noires sagement alignées. Je n'arrive même pas à repérer Rilla. Ce serait une aubaine pour moi d'avoir une amie à New London, une amie de cœur à qui confier tous mes secrets. Et Sachi est sorcière, aussi, même si elle ignore encore ce qu'est l'ordre des Sœurs en réalité.

Faut-il qu'elle soit au désespoir pour envisager de se cloîtrer jusqu'à la fin de ses jours !

« Croyez-vous qu'elles m'accepteraient ? Je ne suis pas très pieuse, c'est vrai, mais je suis assez douée, le ciel en est témoin, pour faire semblant d'être ce que je ne suis pas.

— Je ne sais pas trop, dis-je prudemment, bien que mon cœur bondisse de joie à cette perspective. Je pourrais parler à Sœur Cora, intercéder en votre faveur. Vous viendriez aussi, Rory ? »

Celle-ci lâche un éclat de rire rauque et repousse sous sa capuche une mèche de cheveux d'un noir de jais.

« Moi ? Bonne sœur ? Merci bien !

— Vous désirez vraiment retourner à Chatham et épouser Nils ? s'écrie Sachi. Vous allez devenir sa chose, sa possession. Et vous êtes dix fois plus intelligente que lui. Ne me dites pas que vous voulez…

— Eh si ! tranche Rory. Je veux être épouse et mère. Je veux être une fille comme les autres. Ce que je n'ai jamais pu être. Et je veux que, plus tard, ma fille à moi le soit. »

Les mains de Sachi se resserrent sur son gobelet. « Mais si vous retournez à Chatham, nous serons séparées.

— Être séparées, vous et moi, a toujours fait partie du programme. Vous viendrez me rendre visite pour les fêtes. » Rory sourit. « Et il faudra que j'apprenne à bien me conduire, j'imagine, puisque vous ne serez plus là pour plaider en ma faveur auprès de votre père. Je ne veux pas finir comme ma cousine Brenna.

— Jamais Père ne vous enverrait à Harwood », assure Sachi, baissant la voix malgré le vacarme alentour.

Rory a une grimace sceptique.

« J'en suis moins certaine que vous. J'ai dans l'idée qu'il ne serait pas fâché de me voir débarrasser le plancher. »

Par respect pour Sachi, je n'interviens pas, mais je soupçonne que Rory a raison.

Rory s'adosse au tronc de l'érable et pince les lèvres, le regard perdu au loin dans les flammes.

« Espèce de vieux chafouin. Il n'avait pas le droit.

— On vous en trouvera un autre exemplaire, lui dit Sachi, glissant un bras sous le sien d'un geste consolateur. Peut-être, de retour à la maison, pourrez-vous demander à Mrs Belastra…

— Ce ne sera pas pareil ! Ce ne sera pas le mien.

— Le vôtre quoi ? dis-je sans comprendre. Que s'est-il passé ? »

Sur le devant de la place, des gardes sortent de la cathédrale, escortant une grande silhouette carrée, tout en noir, qui ne peut être que Frère Covington. La foule converge vers l'estrade. Covington passe pour un orateur-né. Certains n'hésitent pas à faire de longs voyages pour entendre ses sermons, alors même que chacun peut les lire dans *The Sentinel* dès le lendemain.

« Père a tenu à apporter sa contribution au grand feu, explique Sachi. Il a profité de notre absence, avant-hier, pour aller farfouiller dans les affaires de chacune, et il a pris plusieurs de nos livres. Dont l'un auquel Rory tenait beaucoup.

— *Cassandra* », précise Rory.

Tess aussi adorait cet album quand elle était petite. Mais ces aventures d'une poupée qui prenait vie pendant le sommeil d'une fillette me donnaient plutôt la chair de poule.

« Je le connaissais par cœur, poursuit Rory. Page 13, il y a une tache de confiture. Maman était de si bonne humeur ce jour-là qu'elle ne m'avait même pas grondée. Nous avions organisé un goûter pour mes poupées.

— Avec votre mère ? s'étonne Sachi. Un goûter pour vos poupées ? »

Autour de nous, les enfants ramassent leurs jouets et retournent auprès de leurs parents, chacun attendant le début de la cérémonie.

« Elle n'a pas toujours été comme maintenant, précise Rory d'une voix mouillée, enfonçant les mains dans ses poches. Quand j'étais petite, elle était gentille. Elle cousait des robes pour mes poupées. Nous inventions les aventures qu'elles vivaient pendant que je dormais, comme dans *Cassandra*. »

Je cherche dans ma mémoire, j'essaie de retrouver cette version de la mère de Rory. Elle a sans doute été en son temps une personne respectable, mais je n'en ai pas le souvenir.

Je n'ai connu d'elle que cette femme prostrée, sortant peu de chez elle, censée souffrir des nerfs, mais en réalité rongée par la boisson. C'est miracle qu'elle n'ait pas été arrêtée. Ou peut-être ne l'est-ce pas du tout. Peut-être Frère Ishida se méfie-t-il de ce qui pourrait ressortir au grand jour en cas de procès.

N'avoir plus de mère, je sais ce que c'est. Mais je n'imagine pas ce que signifie n'avoir plus de mère alors qu'elle est encore à la maison.

Sachi enlace Rory d'un bras et nous faisons quelques pas vers l'estrade, où le bel homme en noir vient de monter. Pommettes hautes, tempes poivre et sel, il a tant de prestance que sur lui la cape noire passe-partout des Frères fait l'effet d'un costume bien taillé. C'est la première fois que je le vois, mais c'est Frère Covington assurément. Toute la Nouvelle-Angleterre sait que Frère William Covington dirige le Conseil national.

Il se tient dressé comme un chêne, dominant l'assistance qui fait silence de proche en proche. Les pères perchent les plus petits sur leurs épaules, afin de leur permettre de mieux voir. Une douzaine de gardes en livrée noir et or encerclent l'estrade. Je tends l'oreille et me compose une expression d'intense respect. Frère Covington commence à parler, avec des intonations veloutées.

« Bien chers fidèles, vous savez tous pourquoi nous voici rassemblés. La fiction mène l'imagination dans des directions dangereuses. Elle entraîne les jeunes esprits, tout particulièrement ceux des filles, dans des jeux malsains d'affabulation et de fantaisie, autant dire dans des mensonges à base de "et si ? et si ?" En vérité, peu importe ce qui se passerait avec des si. Seule importe la réalité concrète. Ici, maintenant. Seul importe le chemin que le Seigneur a tracé pour nous. » Lentement, Covington parcourt la foule du regard, et il esquisse un geste qui pourrait me faire penser que c'est à moi qu'il s'adresse. « Nous devons cultiver en nos filles de tout autres vertus. Nous devons leur apprendre à devenir des enfants obéissantes, des épouses humbles et dévouées. Pures. Dociles. Et chastes. S'il leur vient des interrogations, s'il leur vient des désirs qu'elles ne comprennent pas, c'est au Seigneur qu'elles doivent les offrir – et ce, par notre intermédiaire à nous, représentants du Seigneur ici-bas. »

Le ciel a viré au bleu d'encre. Le feu crépite et crache de la fumée, mais l'air du soir s'est refroidi d'un coup. De l'autre côté de la grand-rue, la cathédrale Richmond dresse son imposante silhouette noire qui avale les étoiles. Je plonge les mains dans mon manchon et cherche des yeux Finn dans la foule, tout en feignant de boire les paroles du sermon.

« Je vous ai demandé à vous tous, fidèles, d'apporter de quoi nourrir notre feu. Je suis heureux de constater que vous êtes nombreux à avoir apporté des livres. » Une forêt de bras se lève, chacun brandissant son offrande. « Dans un instant, je vous inviterai à vous approcher, mais tout d'abord… »

Deux gardes traînent une femme vers le feu. Elle sanglote, se débat, mains liées derrière le dos. Un troisième garde tire une charrette à bras croulant sous les livres.

« La femme que voici, Hannah Maclay, se livrait à un trafic d'ouvrages interdits. Allant jusqu'à les vendre en pleine rue, ici même, à New London. »

À ces mots s'élève une immense huée. Les cous se tendent, se contorsionnent pour voir. Des enfants se précipitent en avant, aussitôt retenus par leurs mères.

La mère de Finn était – jusqu'à une date toute récente – libraire de son état.

« Cette femme a intoxiqué les esprits de quantité de femmes et d'enfants avec ses romans à quatre sous et ses contes de fées pernicieux tant appréciés à l'étranger. Elle prétend qu'ils sont un trésor et non une perversité. Je veux lui montrer ce soir – vous montrer à tous, ici rassemblés – combien ils sont peu de chose en vérité. »

Deux des gardes se saisissent de livres à pleines brassées et les jettent dans les flammes. Les pages se tordent et noircissent, les mots qu'ils renfermaient perdus à jamais. Hannah Maclay échappe au garde qui la tenait, il la rattrape, la secoue et…

Elle s'écroule avec un cri aigu – droit dans les flammes. Sa cape noire prend feu. Ses longs cheveux aussi. Dieu du ciel, vont-ils la laisser brûler ? Personne ne bouge. La foule s'est figée. Les enfants perchés sur les épaules se mettent à hurler, leurs pères, pris de court, les déposent à terre en hâte. Moi aussi, je voudrais crier. Mes pouvoirs en moi frémissent, je les sens monter dans ma gorge. Je suis prête à lancer en silence un sortilège d'animation qui la tirera du feu, mais je me rends compte à temps que ce n'est pas moi que les Frères accuseraient de sorcellerie : c'est elle ! Et, la croyant sorcière, ils seraient bien capables de la renvoyer dans les flammes.

Je ravale ma tentation de magie et supplie le ciel à la place. Faites que les gardes n'aient pas le cœur aussi sec qu'il y paraît. Un long moment s'écoule encore, puis ils s'avisent de la tirer du feu.

Elle bat l'air de ses bras, se convulse, pousse des cris déchirants. Ils la jettent à terre, la roulent dans une cape pour étouffer les flammes et la cacher aux regards. On ne l'entend plus du tout.

La foule est silencieuse. Je regarde du côté des Sœurs. Cette fois, je vois Rilla, les deux mains sur la bouche. Devant elle, la femme au bébé à bonnet rouge serre celui-ci dans ses bras ; elle s'est légèrement détournée, comme pour le protéger du spectacle. Son petit garçon se cramponne à ses jupes.

Je reporte mon attention sur Frère Covington. Je ne suis pas la seule à guetter ce qu'il va dire.

Son beau visage s'est fait grave. Il hoche la tête tandis que les gardes emportent la femme enveloppée. Est-elle encore en vie ? Elle est tellement silencieuse…

« Accident regrettable, commente-t-il. Dû à sa seule indocilité. »

Accident ? Je n'en suis pas certaine. Le tout m'a paru assez bien orchestré. Une sorte de mise en garde.

Serrées l'une contre l'autre, Sachi et Rory sont plus pâles que la cendre.

La cérémonie se poursuit comme si de rien n'était. Comme si nous n'avions pas vu une femme se faire happer par le feu, y trouver la mort peut-être. Ou à tout le moins se faire grièvement brûler, marquer pour la vie.

Un cortège de Frères s'avance. Chacun tient un livre à la main et chacun, tour à tour, jette celui-ci dans les flammes avec un lent hochement de tête, comme on célèbre un sacrement. Le silence est aussi solennel qu'à l'église.

Maura et Tess ont-elles déjà reçu la lettre de Sœur Cora ? Sont-elles encore à Chatham, contraintes elles aussi d'assister à un grand feu comme celui-ci ? Je les connais. Elles vont y voir un sacrilège, mourir d'envie d'intervenir. Même pour Père, il va être très dur d'assister à pareil spectacle.

La femme poussée dans le feu pourrait être Marianne Belastra.

« Elle ne faisait de mal à personne ! siffle soudain Rory entre ses dents. Et mon livre non plus. C'est de la folie furieuse ! »

Son père vient de se porter en avant. Rory a les yeux braqués sur le mince volume qu'il tient à la main – un petit livre avec une poupée sur la couverture et, en rose vif, un titre : *Cassandra*.

« Il est bien obligé, murmure Sachi, tendue. Il faut qu'il se conforme aux règles. Il déteste les exceptions, tu le sais bien.

— Même pour ses filles ? » Rory serre les dents.

Ses filles ? J'ai un choc. Rory est au courant ?

« Même pour elles », confirme Sachi, et son regard lourd croise le mien. Quand donc a-t-elle tout dit à Rory ?

« Vous lui donnez raison, alors ? » s'indigne cette dernière.

Elle a haussé le ton ; autour de nous, les regards convergent vers elle.

« Chut ! fait Sachi, et elle l'entraîne de force en arrière, sous l'érable. Bien sûr que non, je ne lui donne pas raison. Je suis de votre côté. Je suis toujours de votre côté, Rory. »

Mais Rory tremble de rage. « Je le déteste », crache-t-elle, les yeux rivés sur Frère Ishida qui jette le petit livre au feu.

Et brusquement les flammes fusent, elles bondissent d'au moins vingt pieds de haut. Les Frères reculent en catastrophe, assaillis par le souffle de la fournaise. Des cris s'élèvent de l'assistance, de tous côtés on combat les escarbilles qui sautent sur les vêtements, on les écrase sous les semelles, on grommelle, horrifié.

« Sorcellerie ! clame Frère Covington. Acte de sorcellerie ! »

Et c'est alors que je comprends : le petit livre a pris la voie des airs, il émerge de la fumée, il vole à tire-d'aile par-dessus la foule terrorisée ; il passe au ras des têtes des Sœurs et se dirige droit sur nous.

Dans le regard vide de Rory danse le reflet des flammes.

C'est elle. C'est elle qui vient de provoquer le phénomène. Elle a perdu le contrôle de ses pouvoirs.

Je me rapproche d'elle et lui souffle : « Rory… » Vite, qu'elle revienne à elle ! Le livre est presque sur nous, et dès lors…

Sachi se dresse sur la pointe des pieds et intercepte le petit volume au vol. Elle le plaque contre sa poitrine, le recouvre de ses bras croisés, comme elle le ferait d'un trésor infiniment précieux.

Autour de nous, la foule s'écarte avec des cris d'effroi. On nous montre du doigt. « Sorcellerie ! », « Magie ! », « Que Dieu nous aide ! » Du coin de l'œil, je vois une jeune fille en chinchilla blanc en train de tomber en syncope. Un solide gaillard à rouflaquettes la rattrape dans sa chute. La plupart des gens, il va de soi, n'ont jamais été témoins de sortilèges. Deux garnements barbouillés s'élancent dans notre direction, curieux de nous voir de plus près, mais leurs mères les rappellent à grands cris.

Je jette un regard du côté des Sœurs. Elles ont toutes les yeux braqués sur nous – Sœur Cora, Sœur Inez, Alice, Rilla. Mais c'est moi qui suis leur point de mire, pas Sachi ni Rory. Je sens mon visage prendre feu. Je ne devrais pas être sous cet érable, je ne devrais pas attirer l'attention ! Mais je ne vais pas m'éclipser maintenant. Je ne peux pas laisser mes amies en plan.

« Sachi, non ! » proteste Rory, et elle tente d'arracher le livre à sa sœur.

Mais Sachi la repousse brutalement. Rory tombe à la renverse.

« Ne m'approchez pas ! » gronde Sachi.

Dieu du ciel, qu'a fait là Rory ? Mes pensées se bousculent en vain. Comment renverser le cours des choses ? Rien à faire. C'est irrémédiable. Déjà les gardes des Frères se fraient un chemin vers nous. Ils sont proches. Et tout le monde a vu Sachi user de magie – ou plutôt cru voir que c'était elle.

Rory se relève d'un bond, de la boue sur le menton, sur les mains, sur la jolie fourrure de sa capuche. Je la prends par le bras et la tire en arrière un bon coup, juste comme les gardes nous rejoignent. Un grand barbu frappe Sachi à la tempe avec la crosse de son pistolet, et elle s'effondre mollement.

D'un bras ferme, j'enlace Rory pour l'immobiliser, tout en semblant la réconforter. Elle se débat, enfonce ses ongles dans ma peau.

« Lâchez-moi ! crie-t-elle, et son haleine est brûlante contre mon oreille. Il faut que je leur dise que c'est moi qui ai fait ça ! Lâchez-moi ! »

Mais à quoi bon le sacrifice de Sachi si Rory doit se faire arrêter aussi ? Je la rabroue haut et fort, afin que tout le monde m'entende : « Non, Rory ! N'approchez pas d'elle ! C'est une sorcière ! »

Et brusquement Frère Ishida est devant nous. Le teint terreux, les traits figés par le choc, il regarde sa fille à terre aux pieds des gardes, petit tas de laine noire, de fourrure grise et de dentelle rose. J'en suis presque peinée pour lui. Par une légère entaille, un filet de sang s'écoule de la tempe de Sachi. L'idée me vient, absurde, que je pourrais la refermer sans peine, rien qu'en l'effleurant. Mais il n'en est pas question, bien sûr. Pas devant une foule de témoins.

Un jeune garde blond crache dans sa direction : « Saleté !

— On devrait la balancer dans le feu, ouais ! » affirme un autre, son arme pointée sur elle, comme prêt à tirer au moindre battement de cil.

Seigneur, non. Par pitié, non.

« Sachiko, sorcière ? marmonne Frère Ishida, désemparé. Ma fille, sorcière ? »

Un garde plus âgé se penche et charge Sachi sur son épaule comme il le ferait d'un sac de farine.

« C'est votre fille, sir ? Condoléances.

— Où… Où l'emmenez-vous ?

— À la prison, en attendant son procès. Encore que, après ce qu'on a vu, y a pas vraiment besoin de procès, pas vrai ? » Le garde hoche la tête. « Feriez mieux de pas rester là, sir. »

Rory gémit à mi-voix : « Oh non, non, non, non. »

Je la prends par les épaules et la secoue. « Taisez-vous. Immédiatement. Reprenez-vous un peu. »

Elle me regarde une seconde, puis enfouit son visage dans mon cou et me murmure à l'oreille : « Cate, oh ! Cate, je vous en supplie, ne les laissez pas l'emmener. Elle est tout ce que j'ai au monde. S'il vous plaît ! »

Bien qu'elle se soit comportée en idiote, j'en ai le cœur meurtri pour elle.

« Frère Ishida… »

La voix de Finn.

Il est là, debout, tout proche, à me toucher presque. Il parle d'un ton égal, toute émotion lissée. J'ouvre sur lui de grands yeux stupides.

« Sir, dit-il, permettez-moi de ramener Miss Elliott à l'auberge pour vous. Elle est en état de choc. »

Frère Ishida ne jette pas un regard à Rory. Même en un tel instant, elle est si peu pour lui.

« Oui, bien sûr. Merci, Belastra. Je vais seulement… »

Les mots lui manquent. Il emboîte le pas aux gardes.

Et nous voici seuls tous les trois, isolés comme sur une île, loin de ceux qui dévorent la scène des yeux. Une bonne moitié de l'assistance se tient à distance prudente, mais les amateurs de sensations fortes se sont un peu rapprochés, au contraire. Les joues en feu, je tapote le dos de Rory. Sœur Cora réclamera ma tête pour ce geste.

Sur l'estrade, Frère Covington a repris la parole, il parle du mal qui ressortira toujours, de la lumière du Seigneur et de celle des hommes de vertu qui restera inextinguible… Il a l'air plutôt satisfait de l'incident. Dans l'intervalle, le brasier s'est apaisé. La cérémonie redémarre. Sœur Cora et Sœur Inez conduisent vers le feu un groupe d'élèves du couvent, chacune munie d'un livre en provenance de notre bibliothèque.

La voix de Covington me parvient de très loin. « Nous avons pu constater, ce soir, que les sorcières tiennent si fort à préserver leurs idoles maléfiques qu'elles sont prêtes à user de magie au milieu d'une assemblée de justes. Ce qui ne fait, bien sûr, que souligner le bien-fondé de notre combat. »

Je sens mes jambes mollir. Entre mes bras tremblants, Rory s'alourdit effroyablement.

« Laissez-la-moi, dit Finn, me déchargeant d'elle. Je la ramène à sa chambre en ville. Vous devriez rejoindre votre congrégation, Sœur Catherine. »

Sœur Catherine. Voilà ce que je suis pour lui. J'en perds contenance. Je lève les yeux vers lui, balbutie : « Je ne… Je… »

Il me coupe la parole : « Miss Elliott devrait savoir mieux contenir ses émotions. Une femme qui se respecte n'en fait pas étalage en public. Et vous trouver en sa compagnie attire l'attention sur vous d'une manière qui ne convient pas à une Sœur. »

J'en reste sans voix. Quelle froideur ! Après ce qui vient d'avoir lieu, pas même un mot de réconfort ? Il n'y a pas que Rory à être sous le choc.

Je me ressaisis et presse la main de Rory, très vite. « Je passerai vous voir dès que possible. Ou bien rendez-moi visite au prieuré. Vous n'êtes pas seule au monde, Rory. Vous m'entendez ? »

Par-dessus l'épaule de Finn, elle m'observe, et je vois battre ses cils noirs, collés de larmes. Je répète fermement : « Vous n'êtes pas seule », puis je me détourne et traverse l'espace de pelouse qui me sépare des Sœurs.

Rilla s'avance vers moi, me saisit la main.

« Oh, Cate, c'est affreux… Vous la connaissiez bien ? Prenez un peu de mon cidre, ça va vous réchauffer. »

J'en avale une gorgée, sa douce tiédeur apaise ma gorge. Je respire son arôme de cannelle et rends le gobelet.

« Merci, Rilla.

— Vous n'avez pas l'air bien solide sur vos jambes, Cate. Tenez, appuyez-vous sur moi. » Elle m'offre son épaule. Il me revient qu'elle est l'aînée d'une fratrie. Réconforter, consoler, elle sait faire. « Seigneur, quelle soirée de cauchemar ! »

J'en ai les larmes aux yeux. Je ne mérite pas tant de gentillesse. Je n'ai pas été une amie pour elle. Je ne l'ai été pour personne. Pire : je viens de voir Sachi se faire frapper, puis emmener, et je suis restée les bras ballants.

À quoi bon tous mes pouvoirs si je ne peux même pas venir en aide à ceux que j'aime ?

J'enfonce les mains dans les poches de ma cape, et mes doigts rencontrent un bout de papier plié. Un petit bout de papier qui n'y était pas voilà une heure, j'en suis certaine. Je le retire de ma poche, y jette un regard furtif, sans le déplier.

Cate, est-il écrit dessus. C'est l'écriture de Finn.

Chapitre 4

Faute de place dans les voitures, certaines d'entre nous rentrent à pied au prieuré. Le trajet est long, l'air de la nuit pince. Nous marchons en rang par deux le long des trottoirs pavés, les mains dans nos manchons de fourrure ou dans les poches de nos capes de laine. De part et d'autre de notre cortège, des gens pressés nous dépassent – pères de famille portant des enfants endormis, épouses qui, d'une main gantée, s'accrochent au bras de leur mari. Un homme à l'haleine douteuse me bouscule au passage sans le moindre mot d'excuse.

Nous quittons le quartier des bâtiments officiels pour entrer dans celui des halles et du marché. De jour, c'est une ruche bourdonnant de va-et-vient entre les boutiques – boucheries, crèmeries, échoppes variées –, mais à cette heure-ci tout est fermé. Aux étages, des lueurs qui dansent témoignent que les commerçants sont rentrés chez eux après l'autodafé. À l'approche de notre quartier résidentiel, les passants se font plus rares. La plupart des New-Londoniens qui occupent les belles demeures du voisinage ont les moyens de se déplacer en voiture. Au passage, je hume les odeurs des jardins bien tenus. Il y a quelques jours encore, j'y ai respiré le parfum de roses tardives le long d'une grille en fer forgé.

Comme nous gravissons le perron du prieuré, je ne peux me retenir de lancer un regard à la fenêtre de ma chambre, au second. J'y monterais bien directement.

Mais Sœur Cora nous attend à l'intérieur, les traits tout fripé de soucis. Sitôt la dernière d'entre nous dans l'entrée, elle lève une main pour réclamer le silence.

« Le spectacle auquel nous avons assisté bien malgré nous, ce soir, aura été une terrible épreuve. Je suis navrée que vous ayez dû voir de telles scènes. Mais que ce soit pour nous un rappel : nous devons à tout prix maîtriser nos pouvoirs. Ce qui est arrivé à cette jeune sorcière pourrait arriver à n'importe laquelle d'entre nous qui perdrait le contrôle d'elle-même. Avec l'acharnement des Frères à débusquer la prochaine sibylle, nous devons redoubler de prudence.

— Mais elle s'est comportée en idiote, aussi ! » décrète Alice, ouvrant sa cape sur une robe de brocart noir, à large ceinture de velours du même coloris.

« Cette fille était mon amie, dis-je sans réfléchir, et aussitôt je rectifie, horrifiée : Elle *est* mon amie. » Sachi n'est pas morte.

Alice croise les bras sur sa généreuse poitrine.

« Oui, et en restant plantée près d'elle lorsqu'elle s'est fait arrêter, vous avez attiré l'attention sur nous toutes, bravo ! Je suis surprise que les gardes ne vous aient pas interrogée.

— Je suis certaine que Catherine aurait su parfaitement répondre, intervient Sœur Cora, et elle lève la voix de nouveau : Soyez prudentes, mesdemoiselles, et ne perdez pas espoir. Les temps sombres ne dureront pas éternellement. »

Sur ce, elle tourne les talons et gravit l'escalier, silhouette sombre absorbée par les ombres. Mes compagnes accrochent leurs capes aux patères, puis se dispersent. Bon nombre partent vers leurs chambres aux étages. D'autres se dirigent vers la bibliothèque, encore que je doute qu'elles aient la tête à étudier. D'autres encore gagnent le salon, sans doute avides de discuter des tragiques événements de la soirée. Rilla me rattrape comme je pose la main sur le pommeau de la rampe de l'escalier.

« Venez prendre un chocolat chaud, Cate. Je ne crois pas qu'être seule ce soir soit une bonne idée. »

Être seule est pourtant ce que je souhaite. Mais j'ai promis de me montrer un peu plus sociable, n'est-ce pas ? Je me laisse donc entraîner vers le salon des élèves. Il y a deux salons au prieuré, qui représentent les deux facettes de notre couvent, l'une publique et l'autre privée. Le salon de devant sert aux réceptions officielles, et le salon des élèves, à l'arrière, nous est exclusivement réservé. C'est là que nous prenons le thé à la fin des cours, et que se retrouvent, en fin de journée, celles qui désirent bavarder entre elles. La pièce est accueillante avec ses rideaux de vichy bleu aux fenêtres, son éclairage généreux et ses tapis crochetés de couleurs vives. Il y a là un piano, un échiquier sur une table basse, une corbeille à tricot et des piles de magazines de mode.

Mei se laisse choir dans un fauteuil à grands carreaux bleus, je m'assieds à ses pieds sur le pouf assorti, et Rilla court à la cuisine nous préparer un chocolat chaud. Alice et Violet prennent place comme d'habitude sur le grand canapé fuchsia, quelques autres filles sont assises sur différents sièges répartis à travers la pièce. Durant plusieurs minutes, on n'entend plus que le craquement des bûches dans l'âtre.

« Ma mère a toute une collection de romans cachée dans une niche de sa penderie, confie la petite Lucy Wheeler au bout d'un moment, depuis la banquette du piano.

— Ma tante enseigne les danses interdites, lui fait écho Daisy Reed, grande fille au teint cacao et au parler indolent. Elle donne ses leçons dans la grange. Les filles dansent la valse entre elles, et mon oncle joue du violon pour les quadrilles. C'est ma grand-mère qui a appris tout ça à ma tante Sadie, et elle le tenait de mon arrière-grand-mère. »

Assise à côté de Lucy, la petite sœur de Daisy, Rebekah, se mordille un ongle. « Mais il ne faut pas que notre papy le sache, ajoute-t-elle, parce qu'il est au Conseil de notre ville. »

Mei tire de sa poche son petit chapelet de perles en ivoire gravé et nous le montre. « Chez nous, on pratique encore la religion du vieux pays. Et on parle chinois entre nous. En tant qu'immigrés, on est suspects, quoi qu'on fasse.

— Mon père est en infraction à la loi des Frères tous les jours », renchérit Violet van Buren, fille du cocher de ce couvent et, accessoirement, meilleure amie d'Alice. « Lui, s'il se faisait prendre, il serait exécuté sur-le-champ. »

Alice hausse les épaules.

« Vous avez fini, oui, vous toutes ? À vous entendre, on vous croirait mortes de frousse. C'est ce qu'ils cherchent, vous savez. À vous rendre incapables d'agir, incapables de les défier.

— Mais je n'ai plus que mon père au monde. Si je le perdais, je n'aurais plus personne », plaide Violet d'une voix étranglée, et ses yeux s'embuent, de grands yeux à reflets violines qui s'accordent bien à son prénom.

Alice lève les yeux au ciel.

« Vous devriez en être fière, de votre père, enfin, Vi ! La plupart des gens ne sont que des veaux. »

Vi retire les épingles de ses cheveux et les pose avec soin sur le bras du canapé, puis elle passe les doigts dans ses lourdes mèches ébène. Tout, plutôt que de croiser le regard d'Alice.

« Mais je le suis, fière de lui. N'empêche, je me fais du mauvais sang.

— Je me demande s'il n'y a pas plus de gens montés contre les Frères que nous l'imaginons », dis-je à mi-voix. Je ne sais trop pourquoi j'ai prononcé ces mots, juste comme je me faisais cette réflexion, mais tous les regards convergent vers moi. « La pierre qui a frappé Mei l'autre jour n'était pas pour elle. C'étaient les Frères que ces garçons visaient. Je n'avais encore jamais vu ça.

— J'étais dans ma famille, hier matin, dit Mei, délaçant ses bottines. Baba n'est pas très porté sur la politique, mais vous auriez dû l'entendre, sur cette nouvelle loi qui interdit aux filles de travailler à l'extérieur. Ma sœur Li a eu ses seize ans le mois dernier, et tout de suite elle s'est trouvé un emploi de brodeuse chez un corsetier. Bien payé, en plus. Baba espère qu'ils vont lui permettre d'effectuer ce travail à la maison, mais si ce n'est pas le cas…

— Pour ceux qui ont des sous, ça ne fera pas de différence, déclare Alice. Ni leurs femmes ni leurs filles ne travaillent à l'extérieur, de toute manière. »

Et ses talons martèlent en sourdine une petite danse agacée.

Une gêne m'envahit. Père a commencé comme humble professeur de lettres, mais la compagnie de transport maritime que lui a léguée un oncle a fait de lui un riche négociant, si bien que ni mes sœurs ni moi n'avons jamais eu de souci sur ce plan. Finn se tourmentait à l'idée que si je l'épousais les gens parleraient de mésalliance, de mariage au-dessous de ma condition. Il craignait que je ne lui en veuille un jour de devoir coudre moi-même mes boutons et cuisiner nos repas. C'est l'une des raisons qui l'ont poussé à s'engager chez les Frères : pouvoir subvenir aux besoins d'une épouse.

Mes pensées reviennent sans trêve au billet qu'il a glissé dans ma poche.

Rejoignez-moi au portail du jardin ce soir à minuit. J'ai à vous parler.

C'est tout.

« Mon père discute rarement de politique avec moi, enchaîne Alice, mais j'ai dans l'idée que ce nouveau décret ne doit lui faire ni chaud ni froid.

Pourtant, les Frères écouteraient peut-être quelqu'un comme lui, quelqu'un qu'ils respectent. Alors que je les vois mal prêter l'oreille à des ouvriers ou à des boutiquiers.

— Mais si les gens étaient assez nombreux à s'insurger… » Je m'interromps ; je suis comme une enfant, assise sur ce pouf, les genoux à hauteur du menton.

Je me relève, mais Alice rétorque déjà : « Ça n'y changerait rien du tout. C'est à nous de faire bouger les choses. » Elle ouvre les mains. « Vous ne le voyez donc pas ? "Les temps sombres ne dureront pas éternellement", nous chante Sœur Cora. C'est bien joli, mais ils ne prendront pas fin tout seuls. Et si vous permettez, Cate, on ne va quand même pas rester les bras croisés jusqu'à ce qu'il vous vienne des illuminations ! »

Bien visé. Même si elle n'imagine pas à quel point me sentir bonne à rien me tourmente. Je rétorque tout à trac :

« Si je pouvais les faire venir, ce serait fait !

— Vraiment ? dit-elle, goguenarde, et je m'absorbe dans la contemplation du tapis.

— C'est vrai qu'il faut faire quelque chose, à la fin ! » s'écrie Lucy. À douze ans, elle est la benjamine du couvent, comme le montrent ses joues rondes et ses longues nattes caramel. « On ne peut pas laisser les Frères enfermer des filles comme ça, surtout s'ils se mettent à les pousser dans le feu !

— Voyez ? Même Miss Goinfrette le comprend ! » claironne Alice avec son tact habituel, et j'en ai de la peine pour Lucy, à qui son goût pour les sucreries vaut d'être un brin trop potelée. « Mais surtout,

Cate, ne vous faites pas d'illusions. Ces gens qui s'insurgent, comme vous dites, ils se moquent royalement du droit des femmes. C'est leur garde-manger qui les intéresse. Les Frères règnent sur eux par la terreur. Peut-être devrions-nous en faire autant. Peut-être est-ce le seul moyen de diriger.

— Ce ne serait pas ce genre de méthode, précisément, qui a précipité la chute des Filles de Perséphone ? » fais-je observer.

Mais la fin de ma réplique se détache sur fond de silence. Toutes mes compagnes ont les yeux tournés vers la porte. Je me retourne lentement.

Sœur Inez s'encadre dans l'embrasure. « Miss Cahill ? Puis-je vous dire un mot, s'il vous plaît ? »

Sa voix a conservé un fort accent espagnol, musical et chaleureux, qui contraste avec le reste de sa personne. On dit qu'elle a passé la frontière, jeune fille, depuis les territoires espagnols du Sud, et rallié à pied la Nouvelle-Angleterre afin d'y rejoindre d'autres sorcières. Cette épopée lui assure une aura romantique, mais je plains le garde-frontière qui aurait croisé son chemin. Son regard perçant comme une baïonnette l'aurait proprement éventré.

« Oui, ma Sœur », dis-je, et je la suis.

Elle me mène dans sa salle de classe mal éclairée, et va s'asseoir derrière son grand bureau de chêne, droite comme un I.

« Les temps sont bien sombres pour les Filles de Perséphone, Miss Cahill, commence-t-elle sans préambule. Et sombres, ils le seront plus encore avant que cette ténébreuse période prenne fin. Les Frères nous ont rappelé ce soir de quoi ils sont capables. » Elle redresse une pile de copies d'élèves, la repousse de côté. Sur le dessus, je reconnais l'écriture brouillonne de Rilla. « Je suis d'avis qu'il est temps pour nous de prendre le taureau par les cornes. Pour ce faire, il nous faut une tête de file. Quelqu'un qui sache diriger. Une petite ombre triste errant dans les couloirs ne fera pas l'affaire. Nous toutes ici avons besoin que vous soyez forte.

— Je suis forte. » L'agacement me fait me dresser comme un I, moi aussi.

« Montrez-le. » Sa main se porte à la broche d'ivoire sur son col. Comme toujours, elle est vêtue de noir des pieds au menton, sans autre fantaisie que cette broche.

« Jusqu'ici, j'ai fait tout ce que vous m'avez demandé de faire. Si vous attendez de moi autre chose, dites-le, et je le ferai. »

C'est vrai, à la fin ! J'ai renoncé à tout. À Finn. À mes sœurs. À mon jardin. J'ai abandonné tout ce que j'aimais pour venir ici. Que pourrais-je donner de plus ?

« Vous avez le don d'intrusion mentale, reprend Sœur Inez à mi-voix. Contre nos adversaires, c'est notre arme la plus puissante. Je veux voir de quoi vous êtes réellement capable. »

J'hésite, les yeux sur l'épais dictionnaire relié de cuir à l'angle de son bureau.

« Vous souhaitez que j'exerce ce pouvoir sur vous ? »

Honnêtement, je ne connais personne qui puisse souhaiter pareille épreuve, et elle ne semble pas de celles qui se laissent faire si facilement.

« Non. » Elle a un petit rictus fugace, comme si je venais de prononcer une énormité, et elle marque une pause.

La lampe à pétrole siffle doucement sur son bureau. Vu sous cet angle, son verre bleuté se révèle duveté de poussière. Apparemment, pour Sœur Inez, le décor n'a guère d'importance. Sa salle de classe est presque exempte de touches personnelles. Chez elle, pas de fleurs fraîches dans de jolis vases...

« Non, poursuit-elle, je veux seulement que vous retourniez au salon et que vous persuadiez de venir me rejoindre ici un maximum de vos compagnes. Avec une intervention aussi minime, il n'y a pour ainsi dire aucun risque, vous n'avez pas à vous inquiéter. »

Je me mords la lèvre. Assurément, elle n'irait pas mettre ses élèves délibérément en danger, mais...

« J'ai scrupule à le faire, dis-je en choisissant mes mots. M'introduire dans leur esprit sans leur consentement, ça ne me paraît pas... Je ne l'ai peut-être pas bien laissé voir, ma Sœur, mais je désire me faire des amies, ici. Comment espérer qu'elles m'accordent leur confiance si, de mon côté, je leur joue ce genre de tour ?

— Si vous vous y prenez correctement, elles n'en sauront jamais rien. Vous n'êtes pas ici pour vous faire des amies, Miss Cahill ; et elles ne sont pas vos égales. Vous êtes la sibylle annoncée par la prophétie. Elles n'ont pas à vous faire confiance, ni même à vous apprécier. Ce qui importe, c'est qu'elles vous respectent. Si elles vous craignent quelque peu... ce n'en sera que mieux, sans doute. »

Je suis troublée. Elle a peut-être raison, mais si je dois diriger, ce n'est pas ce genre de chef que je veux être.

« Et pourquoi maintenant ? » dis-je, m'asseyant derrière un pupitre du premier rang.

Ses épais sourcils se froncent à se toucher presque.

« Vous aimeriez mieux attendre une situation d'urgence ? Pour découvrir alors que vous n'en êtes pas capable ? Je suis bien déçue de vous voir si timorée. »

Je croise les mains sur le bois froid et rugueux.

« J'ai la certitude de pouvoir le faire en cas de nécessité. Mais je ne le ferai pas dans le seul but de vous plaire. Ni contre ma conscience. Je ne suis pas une marionnette, qui exécuterait des tours sur commande. »

Elle accuse le coup, les yeux sur moi, un peu décontenancée, mais je soutiens son regard.

« Bien sûr que non, vous n'êtes pas une marionnette, dit-elle enfin, redressant la pile de copies déjà parfaitement droite. Je vous prie de m'excuser. Tout cela doit être très lourd pour vous, je le comprends. Nous ne savons même pas encore si vous êtes celle qu'annonce la prophétie, à présent qu'il est question de cette autre sibylle. Mais jusqu'à preuve du contraire, nous ferons comme si c'était vous. Et si tel est le cas… il n'est pas exclu que vous soyez amenée à prendre en charge la direction de l'Ordre plus tôt que prévu.

— Parce que Sœur Cora est mourante.

— Elle vous l'a dit ? » Une seconde ou deux, Inez paraît désarçonnée. « Bien ; c'est le cas. Ce sera miracle si elle voit le Nouvel An. Et lorsqu'elle nous aura quittées, nombreuses seront celles qui se tourneront vers vous pour sa succession, sur la simple foi de la prophétie, malgré votre jeune âge et votre inexpérience. Je veux que vous sachiez ceci : quand ce temps sera venu, quand nous aurons perdu Cora, vous pourrez compter sur moi. Vous n'êtes encore qu'une enfant, Miss Cahill. De lourdes décisions, des choix parfois déchirants incombent à celle qui occupe ce poste. Je seconde Cora depuis des années. Je pourrai prendre ces décisions avec vous – les prendre pour vous, si vous le souhaitez. »

Elle se lève, contourne son bureau. « Vous atteindrez votre majorité en mars, mais même alors rien ne pressera. C'est avec joie que je tiendrai les rênes aussi longtemps que vous le souhaiterez. » Elle pose sur mon épaule une main anguleuse. « Comprenez-vous ce que je dis là ?

— Oui, ma Sœur. » Elle m'offre une porte de sortie ; c'est tentant. « Merci, ma Sœur.

— Parfait. À demain, en cours, ici même. »

Je me lève à mon tour ; je suis congédiée. Je ne peux pas me départir de l'impression étrange que je viens de passer un examen, mais je ne saurais dire si j'ai réussi ou échoué.

L'horloge de parquet sonne douze coups. J'observe Rilla, blottie en chien de fusil sous son édredon jaune. Son ronflement léger me rassure. Je traverse la chambre sur la pointe des pieds et ouvre la porte, retenant mon souffle.

Le vieil escalier craque, je marche sur des œufs, mais me voici enfin en bas. À la cuisine, je prends le temps de bien refermer ma cape et de rabattre la capuche sur ma tête. Le vent de novembre arrache à la cheminée de petits mugissements lugubres.

Comparé au froid du dehors, celui de l'intérieur du couvent n'est rien. À peine ai-je un pied dans le jardin que l'air m'assaille le visage et les mains. L'eau du bain d'oiseaux est déjà prise en glace. Je longe à grands pas la serre de Sœur Evelyn, et ses vitres embuées me font regretter de n'être pas plutôt à l'intérieur.

Le vent s'insinue sous ma cape et repousse ma capuche en arrière, mes cheveux me fouettent le visage. Un quartier de lune bien découpé jette des ombres sur les dalles d'ardoise de l'allée. Il suffirait qu'une de mes compagnes logées côté jardin mette le nez à sa fenêtre, et je serais repérée.

Le jardin du prieuré, enclos de hauts murs, s'étend derrière l'édifice, le long d'une petite rue tranquille, parallèle à celle de devant. Un portail en fer forgé, tout au fond, donne sur cette ruelle. J'actionne le loquet glacé et tire le lourd battant. Une grande silhouette longiligne jaillit de l'ombre. Une fraction de seconde, la joie me paralyse. Puis je m'élance en avant, sans réfléchir, ivre d'espoir.

« Pourquoi ? »

La capuche noire masque le visage, mais je reconnaîtrais cette voix entre mille. Simplement jamais, au grand jamais, elle n'a été aussi coupante.

Je me fige, clouée sur place ; à croire qu'une paroi de verre nous sépare.

Pourquoi ? C'est le dernier mot qu'il m'a adressé, ce fameux jour, à l'église. Le premier qu'il prononce à présent.

Nous sommes si près l'un de l'autre. Si j'avançais la main…

« Nous avions un plan. J'en ai accompli ma part. J'en attendais autant de vous. Je m'attendais à vous entendre annoncer nos fiançailles. Que s'est-il passé, Cate ? Avez-vous… »

Le vent lui arrache sa capuche, et ses cheveux, dans le clair de lune, m'ont l'air plus en bataille que jamais. Il respire un grand coup, cherche à se maîtriser. « Vos sentiments pour moi ont-ils changé ?

— Non ! » J'en perds le souffle. Me croit-il si lunatique, si volage ?

« En ce cas, dites-moi au moins pourquoi vous avez agi ainsi. » Ses épaules sont raides sous sa cape noire, et cette façon de me toiser dans la pénombre… C'est pire que de la froideur.

Je suis censée lui répondre que c'est fini, que nous ne pouvons pas faire route ensemble. Censée le convaincre que je n'en ai aucune envie. Qu'il vaudrait mieux pour lui m'oublier, retourner à Chatham, en trouver une autre que moi. Je devrais faire en sorte qu'il me déteste.

J'ai déjà dit de gros mensonges, mais celui-là, non, je ne vais pas pouvoir.

« Répondez-moi. »

Le ton est sec, mais ses yeux cherchent les miens dans le clair-obscur. Je suis tentée de tout lui dire. De le laisser me réconforter, me convaincre, abolir toutes mes peurs sous ses baisers.

La première fois que j'ai embrassé Finn, dans ce réduit chez sa mère, ses lèvres affamées sur les miennes, ses mains légères comme des plumes autour de ma taille, j'ai laissé le vertige balayer ma raison – et l'instant d'après nous étions entourés d'une nuée de plumes. Des plumes crissaient sous mes ballerines, des plumes se posaient sur les piles de livres, sur sa tignasse embroussaillée.

En ce moment même, je sens la magie frémir en moi à fleur de peau, avivée par ce mélange de peur, de remords, d'amour, de honte. Comme attisée par la présence du corps de Finn si près du mien. Jamais personne n'avait fait naître en moi cet élan fou, cette immense faim sans nom.

« Si je suis… celle qu'annonce la prophétie, j'ai des devoirs envers les autres filles. Envers les autres… sorcières. »

Nous avons beau être seuls dans le jardin sous le ciel de nuit, j'ai baissé la voix pour prononcer le mot.

« Et envers moi, rien ? Ni envers vous-même, d'ailleurs ? » Ses épaules retombent. « Cela ne vous ressemble pas, Cate. Être ici, à New London, chez les Sœurs. Ce n'était pas votre désir. Pas celui de la jeune fille dont je suis tombé amoureux, en tout cas. Mais j'ai peut-être compris de travers…

— Non ! » J'ai crié plus fort que je ne l'aurais souhaité, mais le doute dans sa voix me fait trop mal. « Non, je suis toujours la même.

— En ce cas, qu'est-ce qui a changé ? J'ai entendu parler de la prédiction de Brenna. Les Frères remuent ciel et terre pour vous trouver. Ils ne renonceront pas tant que… » Sa phrase reste en suspens, mais j'en connais la fin aussi bien que lui : tant que moi, Cate, je serai en vie. « Ou bien est-ce déjà une certitude ? Vous avez eu des visions ? Vous auriez dû me le dire. Vous auriez pu me confier…

— Je sais. Non, je n'ai pas encore eu de visions.

— Mais alors, pourquoi ? Ont-elles menacé vos sœurs ? » Sa voix s'adoucit, mais l'impatience est là, qui le fait piaffer.

« Non. »

À ce stade, c'était moi qu'elles voulaient, pas Maura ni Tess. Je les ai suppliées de prendre Maura – c'était son souhait à elle, de toute manière, et elle aurait été éloignée d'Elena –, suppliées de me laisser à Chatham, pour veiller sur Tess. Elles ont refusé. Elles ont assuré qu'une sorcière de mon envergure n'avait sa place que chez les Sœurs.

Ce souvenir m'arrache un frisson.

« Mère a renoncé à la librairie pour nous. C'était sa vie, le travail de toute une vie. Le rêve de mon père. Et moi, j'ai rejoint les Frères, qui incarnent tout ce que je déteste. Je l'ai fait pour vous, Cate, et vous, vous êtes partie – comme si rien de tout cela ne comptait ! » Il élève la voix, se détourne de moi. Ses mains gantées s'agrippent aux barreaux du portail.

« Je vous demande pardon. » Ce n'est pas assez, bien sûr. J'enfonce les mains dans mes poches pour me retenir d'ouvrir les bras. « Je n'aurais pas voulu m'en aller de cette façon, sans rien dire. J'espérais pouvoir tout vous expliquer. Je ne voulais pas vous blesser, surtout pas.

— Mais vous l'avez fait. En ce moment même, vous le faites. » Sa voix se durcit. Il se retourne vers moi. « Maintenant, expliquez-vous. C'est le moins que vous me devez. »

Mon regard se pose sur les fenêtres du prieuré plongé dans l'ombre. « Nous ne devrions pas rester ici, à découvert », dis-je, et je l'entraîne à l'écart du portail, un peu plus loin vers l'autre bout du jardin.

Les buis sont brodés d'une dentelle de givre. Nous nous réfugions dans un angle abrité, où l'air glacé repose, immobile. Ici, entre les feuillages, on ne se croirait pas au cœur d'une grande ville. On pourrait être en pleine forêt.

J'hésite à lui livrer la vérité. C'est retirer un poids de mes épaules, mais pour le faire peser sur les siennes. D'un autre côté, sans doute vaut-il mieux qu'il sache quels sont les enjeux. Et dans quel danger il se met chaque fois qu'il m'approche. Ainsi pourra-t-il décider si m'aimer en vaut la peine.

La crainte qu'il ne décide le contraire lutte contre mon désir de le mettre à l'abri du danger. Pour finir, je chuchote :

« Ce n'étaient pas mes sœurs qu'elles menaçaient.

— Votre père ?

— Non. »

Et brusquement il comprend. Il ferme les yeux derrière ses lunettes, lâche tout bas un chapelet de jurons, puis murmure : « C'était moi.

— Oui. Et elles disaient aussi qu'elles dénonceraient votre mère. Ou Clara. » Ma voix s'étrangle.

« Qu'elles aillent au diable ! » gronde Finn entre ses dents, et il abat sa paume contre le mur qui nous sépare du jardin voisin. « Vous auriez dû me le dire. Nous aurions mis au point quelque chose. Là, nous sommes coincés l'un et l'autre, vous avec la moitié de la ville à vos trousses, et moi avec les Frères qui jettent des livres au feu. J'ai failli voler un cheval et rentrer tout droit à la maison, vous savez. Pour un peu, maintenant encore…

— Vous ne feriez qu'attirer plus encore les soupçons sur votre mère. »

Malgré moi, j'esquisse un pas vers lui. Ma main est près d'effleurer son bras, mais sa voix cingle, et je recule.

« Je le sais. Je ne peux pas quitter l'ordre des Frères. J'y ai réfléchi. Plutôt deux fois qu'une.

— Je suis désolée, Finn. Vraiment désolée. »

C'est affreusement plat, mais que dire d'autre ?

Il passe une main dans ses cheveux.

« Vous m'avez manqué. Terriblement. Vous êtes partie, je n'y ai rien compris, j'ai cru devenir fou. Et les choses empirent à Chatham. Ils ont – nous avons – arrêté deux filles en l'espace d'un mois. Et c'est la même chose partout, à travers toute la Nouvelle-Angleterre. Harwood regorge d'innocentes. »

Il en vibre d'amertume. Dieu sait ce qu'il a été contraint de faire.

« Deux ? Qui ?

— Mina Coste, d'abord. Pour conduite immorale. »

Dans le clair de lune, son front se plisse, et pour un peu je tendrais la main afin de le lisser. Mina est la benjamine des enfants du patron de l'unique pension de famille à Chatham ; une toute jeune fille fluette, aux cheveux d'un blond paille, au rire facile.

« Son père l'a surprise un soir à filer dehors par la fenêtre de sa chambre. Elle a refusé de dire où elle allait. Il l'a frappée, Cate, frappée devant nous, et Ishida l'a pour ainsi dire félicité de lui taper dessus. Et moi, j'étais planté là. Planté là sans rien faire ! »

Je serre les poings. Je ne lui connais pas ce ton-là. Il s'est toujours indigné des décrets des Frères, mais cette rage à peine contenue est nouvelle. Et j'en suis la cause, à ma façon.

« Ce devait être horrible pour vous.

— Pour moi ? Moins que pour elle. Et je ne pouvais rien faire. » Il ricane, sarcastique. Est-ce bien lui ? « Après quoi, c'est Jennie Sauter qu'ils ont surprise le nez dans un vieil atlas. J'ignore où elle l'avait trouvé. La malheureuse, chez elle, personne ne sait lire, il n'y a pas un livre dans leur ferme. Elle cherche à s'instruire, à comprendre le monde, et eux… »

Il se tait un instant. Je ne trouve rien à répondre. Il respire un grand coup et poursuit : « Les choses vont s'aggraver, j'en ai peur. Je ne sais plus que faire. D'un côté, je voudrais rentrer à la maison pour protéger Mère et Clara ; de l'autre, je voudrais rester ici. Pour veiller sur vous.

— Pour que nous puissions veiller l'un sur l'autre », dis-je très bas en m'inclinant vers lui.

Il sourit presque : je vois le coin de son œil se plisser dans la moitié éclairée de son visage. Le poids sous mes côtes s'allège un peu. Se pourrait-il qu'il me pardonne, après tout ?

Il chuchote : « Un peu d'attention de votre part ne serait pas de refus. J'ai vraiment été misérable sans vous.

— Moi aussi. Je ne peux pas dire à quel point vous m'avez manqué. » Je sens son regard se poser sur mes lèvres, et l'air se charger d'électricité entre nous. « Mais peut-être pourriez-vous leur expliquer que vous avez changé d'avis, que vous renoncez… »

Il m'interrompt : « Quitter l'ordre des Frères ? C'est considéré comme haute trahison, une fois passé la cérémonie d'initiation. » Il retire le gant de sa main droite et fait miroiter sous la lune l'anneau d'argent à son doigt. « Mais surtout, finalement, je crois et même j'espère pouvoir me rendre plus utile de l'intérieur que de l'extérieur. »

Il y met tant de ferveur que je ne résiste plus. Je fais un pas en avant. Il m'attire contre lui, ses lèvres douces sur ma tempe.

« Cate, murmure-t-il d'une voix enrouée.

— Je sais… »

D'un doigt, je caresse sa barbe naissante, puis j'enroule les bras autour de sa taille. Ma tête se pose sur son épaule, je respire son odeur indéfinissable, peut-être d'encre et de thé – l'odeur de Finn.

La joie m'étouffe. Je me demandais si ce bonheur-là me serait rendu un jour. Ses mains se prennent dans mes cheveux, descendent le long de mon dos, retracent le contour de mes hanches – comme pour chercher à s'assurer que c'est bien moi, là, dans ses bras, moi saine et sauve. Ses lèvres se déplacent de ma tempe à ma pommette. Je lève mon visage vers lui, quête son baiser.

Je ne suis pas déçue. L'espace d'un instant, l'univers entier n'est que Finn – ses lèvres, ses mains. Puis je m'écarte en douceur, j'enfouis mon visage froid dans la tiédeur de son cou. Il m'étreint plus fort.

« Seigneur, vous êtes gelée.

— Non, non, ça va. »

Au-dessus de nous, l'horloge de la tour sonne la demie de minuit.

« Vous devriez rentrer, maintenant. Et si quelqu'un s'apercevait que vous n'êtes pas au lit ?

— Pas de danger. Ma compagne de chambre dort comme un sonneur.

— Celle qui a les cheveux courts et des taches de rousseur ? Celle qui vous a donné de son cidre ?

— Oui, elle est très gentille », dis-je, stupidement ravie à la pensée qu'il m'observait, aussi conscient de ma présence que je l'étais de la sienne. Cette fois, je m'écarte pour de bon et lève les yeux vers lui. « Et Rory ? Comment est-elle ?

— À bout de nerfs. Je lui ai donné un doigt de whisky et j'ai attendu qu'elle s'endorme.

— Merci de vous être occupé d'elle. » Je suis près d'ajouter que cela ne me surprend pas, que cela lui ressemble bien, cette sollicitude, mais je garde la remarque pour moi. J'hésite un instant, puis je précise : « Le sortilège, soit dit en passant, c'était elle qui l'avait lancé. Rory. Elle avait perdu le contrôle de ses pouvoirs. »

Et je lui révèle tout – que Sachi et Rory sont du même père, et sorcières toutes les deux, elles aussi. Il en reste sans voix.

Je connais la réponse, mais je pose la question : « Sachi va être envoyée à Harwood ?

— Je ne vois pas comment elle pourrait y échapper. » Il en est accablé. « Pas avec autant de témoins. »

Il a raison, je le sais, mais j'ai le cœur en miettes.

Nous faisons silence un instant, puis il prend ma main et enlace ses doigts dans les miens.

« Croyez-vous que vous pourriez vous risquer dehors de cette façon une autre fois ? Peut-être pas deux nuits de suite, mais…

— Après-demain ?

— Dimanche, donc ; oui. Ce ne sera jamais trop tôt. Cate, je… je vous aime. »

La magie de ces mots est toujours aussi vive. Nos lèvres s'effleurent, frôlement de papillon.

« Moi aussi, je vous aime. Il ne faudra jamais en douter. Jamais. »

C'est une folie, un risque fou, ces rendez-vous nocturnes. Pour lui comme pour moi. Et après-demain me paraît horriblement loin – surtout avec mon expédition à Harwood dans l'intervalle. Pourtant, tout en me glissant à l'intérieur de la bâtisse, je me sens soudain animée d'une énergie neuve. J'userai de mes pouvoirs, je m'en fais serment, pour contribuer à faire changer les choses.

Et je me sens moi-même changée. Tout se passe comme si ces dernières semaines il n'y avait eu entre ces murs qu'une pâle et triste copie de Cate ; à présent, revivifiée par l'amour de Finn et par la perspective de revoir bientôt mes sœurs, j'ai retrouvé toute ma vigueur.

Cette confiance nouvelle tient bon jusqu'au moment où je me glisse dans la cuisine, que seules éclairent les dernières braises dans l'âtre, et où je me penche pour délacer mes bottines.

« Bonsoir, Miss Cahill. »

Sœur Inez. Postée à côté de la cheminée, assise sur un haut tabouret. Vêtue de son éternelle robe noire – dort-elle dedans ?

« Votre compagne de chambre s'est réveillée et a découvert votre lit vide. Elle s'est affolée, redoutant quelque terrible accident – un enlèvement, peut-être. »

Je me force à rire.

« Rilla lit trop de romans. Je n'arrivais pas à dormir, alors je suis allée faire un tour au jardin.

— À cette heure de la nuit ? Par ce beau temps ? » Elle quitte son tabouret, allume une bougie et la plante sur la table de chêne. « Je ne suis pas complètement demeurée. Et j'ai bien vu que vous n'étiez pas seule. »

Je me raidis. A-t-elle déjà prévenu quelqu'un ? Dois-je effacer de sa mémoire cette image de nos deux ombres ? Si oui, il faudra que j'en fasse autant pour Rilla, afin de l'empêcher de poser à Sœur Inez des questions perturbantes. J'en ai le tournis.

« Ne vous affolez pas », dit-elle, renvoyant en arrière la longue tresse qui lui descend jusqu'à la taille. Elle a beau approcher la quarantaine, sans doute, c'est à peine si ses tempes grisonnent. « Je n'ai pas l'intention de faire le moindre mal à Frère Belastra. »

Elle l'a donc reconnu ? De si loin ? Pour masquer mon désarroi, j'accroche ma cape à la patère du corridor, près de la porte, bien qu'il m'en coûte de quitter Sœur Inez des yeux. C'est comme tourner le dos à un serpent venimeux.

De ses longs doigts, elle tapote sur la table, et l'anneau argenté des Sœurs reflète la flamme de la bougie. « Si je comprends bien, vous voilà réconciliés ? Il vous a pardonné votre désertion ? »

Désertion ! Comme si j'avais eu le choix. Je me contente d'acquiescer vaguement.

« Et… il sait ce que vous êtes ? Il connaît le secret de l'ordre des Sœurs ? N'essayez pas de me mentir.

— Il ne dira rien à personne. Il a beaucoup plus de sympathie pour nous que pour l'ordre des Frères. »

J'hésite à m'avancer vers elle et me tiens près de la porte, le dos contre le papier peint jaune que la suie a terni de gris.

« À la bonne heure. » Elle sourit. « Frère Belastra est un jeune homme intelligent, à ce qu'on dit. Justement, un poste d'assistant est à pourvoir auprès de l'un des membres du Conseil suprême, Frère Denisof. Si Belastra postulait, je pourrais faire en sorte que sa candidature l'emporte. Il resterait ici, à New London. Et songez à tout l'intérêt qu'aurait l'ordre des Sœurs à l'avoir pour allié. »

Égoïstement, je suis tentée. Dans deux ou trois semaines, le congrès du Conseil national s'achèvera, et Finn repartira pour Chatham aux côtés de Frère Ishida. Qui sait quand nous nous reverrons ensuite ?

« Cet arrangement, naturellement, ne serait connu que de nous trois, précise Sœur Inez. Inutile de mettre au courant qui que ce soit d'autre ; pas même Cora. »

J'avance d'un pas. La flamme de la chandelle fait luire les poêlons de cuivre pendus au mur au-dessus du fourneau. Je hasarde : « Mais elle a déjà un espion à la direction du Conseil, n'est-ce pas ? »

Inez durcit le ton : « En effet. Mais si vous et moi faisions alliance, nous pourrions être redoutables. Cora se résigne à laisser souffrir aux mains des Frères des dizaines de filles – souffrir, quand ce n'est pas mourir. Elle prétend qu'il faut savoir faire des sacrifices. Mais du train où vont les choses, des années pourraient s'écouler avant que nous n'obtenions des Frères une parcelle de pouvoir – et, même alors, ce ne serait qu'une infime parcelle. Un pouvoir *partagé*. » Manifestement, l'idée de partage ne lui sourit guère. « Alors que si les choses se faisaient à mon idée… ce ne serait qu'une affaire de mois et nous reprendrions le pouvoir. Vous pourriez vous marier, Mr Belastra et vous, au lieu de vous voir à la sauvette. »

Je pose les yeux sur la pâte à pain que Sœur Sophia a mise à lever au coin de la table. « J'ai déjà fait ma déclaration d'intention. Je ne peux pas me marier.

— Si la mascarade de l'ordre des Sœurs n'était plus nécessaire, vous pourriez faire ce que bon vous semble. »

Elle me manipule, c'est clair. En se servant de mes sentiments. Mais j'ai beau en être consciente, ses arguments m'ébranlent. Et ils n'ont rien d'absurde. Après ce que nous avons vu tout à l'heure, ils sont peut-être même plus convaincants que la prudence de Sœur Cora.

« Lui en parlerez-vous ? insiste-t-elle. Lui conseillerez-vous de poser sa candidature ? »

J'hésite. « Quoi d'autre devrait-il faire pour vous ?

— Pour le moment, rien. Postuler, c'est tout. » Elle souffle la chandelle. « Vous êtes sur la bonne voie, Miss Cahill. Faites-moi confiance, et je veillerai à ce que nos souhaits soient comblés, à toutes les deux. »

Chapitre 5

Le lendemain matin, Sœur Gretchen frappe à la porte de notre chambre, à Rilla et à moi, avant le petit déjeuner.

« Miss Cahill ! Nous avons des ennuis en bas. Pourriez-vous venir ? »

Je laisse tomber ma brosse à cheveux sur mon lit défait. C'est incroyable à quel point je me sens le cœur plus léger, après cette réconciliation avec Finn. Et s'il existe une chance qu'il reste à New London et que nous puissions nous voir souvent…

« J'arrive. De quoi s'agit-il ? »

Sœur Gretchen me regarde en clignant des yeux, dans le rayon de soleil qui se coule entre les rideaux jaunes.

« Il y a une fille qui nous implore de l'accepter ici. Une Miss Elliott. Elle se prétend une amie à vous, est-ce vrai ? »

Je rafle une poignée d'épingles sur ma coiffeuse et remonte mes cheveux en torsade tout en suivant Sœur Gretchen.

« Rory », dis-je du coin de la bouche, à cause des épingles entre mes lèvres pincées. Tess désapprouve cette façon de faire ; elle dit qu'un jour j'en avalerai une. Un sourire me vient. Maura et elle seront ici bientôt. Dès demain, peut-être.

« Est-elle une candidate possible ? » demande Gretchen.

Est-elle sorcière, en d'autres termes. Mais dans le cas de Rory, est-ce suffisant ?

« Oui et non », dis-je, tandis que nous descendons l'escalier, vers le rez-de-chaussée où convergent des dizaines de filles allant déjeuner. « Elle est sorcière, mais instable.

— Ne le sommes-nous pas toutes ? » commente Gretchen et, de nouveau, elle cligne ses yeux de chouette. D'un geste, elle désigne le parloir. « Elle est ici, avec Cora. »

Sœur Cora est assise sur le canapé olive. Elle a le teint blafard, et de lourds cernes mauves soulignent ses yeux bleus. Rory déambule devant l'âtre sans feu. Elle se tourne vers moi à l'instant même où j'entre. Les yeux rouges, coiffée d'un pauvre chignon dont ses cheveux noirs épais s'échappent en tous sens, elle s'est vêtue d'une robe vert menthe hideuse, quoique, pour elle, étonnamment sage.

Elle m'agrippe le poignet.

« Cate ! Oh ! il faut m'aider.

— Que se passe-t-il ? C'est au sujet de Sachi ? »

Certes, le crime de Sachi – celui de Rory, bien sûr – a énormément choqué, mais elle aura bien droit à un procès, tout de même ?

« Non. De mon père. » Dans la bouche de Rory, le mot contient du venin. « Il ne veut plus me voir. Il me renvoie à Chatham. Départ demain matin. »

Je réajuste une épingle qui me pique le crâne.

« Mais c'est mieux, non ? Vous n'avez pas envie de rester avec lui plus longtemps que nécessaire. »

Elle me regarde, heurtée.

« Parce que vous imaginez, après ce qui s'est passé, que je vais rentrer gentiment à la maison et épouser Nils comme si de rien n'était ? Tout ça est de ma faute, Cate ! »

Je le lui confirme d'un regard dur et gagne la fenêtre pour contempler la rue déserte, derrière les rideaux de velours.

« Alors, essayez au moins de ne pas aggraver les choses, dis-je, m'efforçant de museler ma colère. Sachi n'a qu'un désir : vous savoir en sécurité. Vous ne pouvez rien pour elle, ici. Donc, rentrez à Chatham et tenez-vous tranquille un peu. »

Elle s'effondre dans la chauffeuse de soie brune, se prend la tête entre les mains.

« Mais moi, je voudrais tellement faire mieux ! Je voudrais être quelqu'un de bien ! Et je crois que je le pourrais – mais chaque fois que je pense à lui, chaque fois que je vois cette façon qu'il a de me regarder, de me faire comprendre que je ne suis même pas digne d'être amie avec Sachi… Quand je vois ça, la fureur me prend, j'ai envie de tout casser. Et encore, s'il n'y avait que moi ! Mais vous savez ce qu'il a dit, hier soir, à propos de Sachi ? Qu'à partir de maintenant il n'avait plus de fille. »

Alors qu'il en avait une sous les yeux. Frère Ishida est un homme au cœur de pierre.

« Et maintenant, hoquette Rory, le voir à l'église deux fois par semaine ? Je ne peux plus, je ne peux plus ! Ni habiter la même ville que lui. » Elle se plaque le poing sur la bouche, elle suffoque. « Oh, Cate, je vous en supplie, aidez-moi ! Je ne *peux* pas retourner à Chatham ! »

Je jette un regard de biais à Sœur Cora. Ses traits ne laissent rien voir. Je lève les yeux au plafond, cherche mes mots dans les moulures tarabiscotées des corniches – grappes de raisin et feuilles de vigne. Je ne l'avais pas remarqué, ces fioritures répondent au motif de l'affreux papier peint, chargé de lourdes grappes et de rameaux d'olivier. Cette laideur a-t-elle pour but de faire fuir le visiteur ?

« Je comprends que vous soyez bouleversée, Rory, dis-je prudemment, mais la précipitation est mauvaise conseillère. Hier soir encore, vous disiez que votre rêve était d'avoir des enfants. Les choses auraient-elles donc changé ? »

Elle me regarde droit dans les yeux. « Tout a changé. Je veux être la sœur que Sachi mérite. Si… quand elle sortira, je veux être quelqu'un dont elle sera fière. »

Au moins, elle ne nie pas. Ne se cherche pas d'excuses. Pour ces raisons, elle remonte dans mon estime, et soudain je m'en veux de lui avoir parlé durement. Il n'est cependant pas question de faire excès d'indulgence. Avant de faciliter son entrée ici, je dois m'assurer qu'elle ne mettra personne en danger – ni mes sœurs ni moi-même, ni le couvent tout entier.

Sœur Cora prend les devants. « Pouvons-nous avoir l'assurance que vous ne perdrez pas le contrôle de vos pouvoirs une fois de plus ? »

Rory et moi nous tournons vers elle. Manifestement, elle a vu clair dans ce qui s'est passé hier.

« L'ordre des Sœurs tient lieu de refuge à des dizaines de sorcières, reprend-elle. Nous ne pouvons pas courir le risque que vous nous mettiez toutes en danger.

— Des dizaines de sorcières… » articule Rory lentement, et je la vois se concentrer. Son regard va de l'une à l'autre – de Sœur Cora à moi, puis de nouveau à Sœur Cora. « Vous… vous êtes sorcières ? Toutes, ici ? Mais c'est merveilleux ! Parce que, comme nonne, je me voyais mal…

— Il faut cependant être capable de faire semblant », fais-je remarquer.

Elle a une mimique de chiot plein de bonne volonté. « Faire semblant, ça, oui, je le pourrai. J'ai grandi avec Sachi, je vous rappelle. Je sais faire semblant quand il le faut. J'y arriverai, Cate. Je sais que j'y arriverai. »

J'épie Sœur Cora. Elle n'a pas bougé, à peine a-t-elle battu des cils. Sa pensée est indéchiffrable.

« Rory, dis-je, laissez-moi seule avec Sœur Cora un instant. Merci d'aller patienter dans le hall. »

Rory tire sur son affreuse robe verte.

« Je sais ce que j'ai fait, je ne me le pardonnerai jamais. Si je pouvais prendre la place de Sachi, je le ferais, il faut me croire. Mais comme c'est impossible… j'ai besoin d'être près d'elle. Et loin de notre père. Donnez-moi cette chance. Laissez-moi vous prouver que je peux être quelqu'un de bien, Cate. Je vous en supplie. »

J'acquiesce en silence et elle sort de la pièce. Son pas est bien moins chaloupé que d'ordinaire.

Elle va tête basse, comme une condamnée. Condamnée de l'intérieur, par elle-même.

La porte refermée, je rejoins Sœur Cora sur le canapé. Je veux lui parler en égale, pas en élève qui quémande une faveur. Je veux avoir mon mot à dire dans l'affaire.

« Ainsi donc, s'enquiert Cora, cette jeune Miss Elliott est la sœur de la jeune fille arrêtée hier ?

— Sa demi-sœur. Rory est une enfant illégitime.

— C'est elle qui nous a fait cette belle démonstration à Richmond Square ? Et elle a laissé sa sœur se faire accuser à sa place ? »

La désapprobation est manifeste.

« Elle voulait se dénoncer, mais je l'en ai empêchée. Je ne voyais aucun avantage à ce qu'elles soient arrêtées toutes les deux. Rory n'a pas eu la vie facile. En guise de mère, elle a une pauvre loque portée sur la boisson, avec pour conséquence qu'elle-même se laisse aller à boire. Sans parler de sa cousine, Brenna Elliott – la sibylle au cerveau délabré.

— C'est sa cousine… Intéressant. Peut-être pourrait-elle nous assurer un accès à Brenna. » Sœur Cora pose sur moi ses yeux bleus. « Vous souhaitez la renvoyer à Chatham ? »

Je lui rends son regard sans sourciller.

« Au contraire. Je crois que nous devrions la prendre ici.

— Pourquoi ? » Ses doigts maigres chargés de bagues pianotent sur le bras d'acajou du canapé. « Ce que vous venez d'en dire ne plaide guère en sa faveur.

— Non, mais il me semble de notre devoir de l'accueillir. N'est-ce pas la raison d'être de l'ordre des Sœurs, recueillir les sorcières comme elle et leur apprendre à maîtriser leurs dons ? Pour moitié, si elle est aussi incontrôlable, c'est qu'elle n'accepte pas d'être sorcière. Elle ne sait que faire de ses dons. Et pour l'autre moitié, c'est que… elle ne s'est jamais sentie à sa place nulle part, sauf auprès de Sachi, dis-je, démêlant les choses à voix haute. Nous pourrions lui venir en aide. »

Sœur Cora se lève avec une grimace et saisit sa canne.

« Cela me paraît risqué.

— Ça l'est. »

Rory a ses travers, mais j'ai les miens. Mes sœurs ont les leurs. Et ce qu'a fait Rory n'est jamais qu'une version publique de ce qu'a fait Maura après la trahison d'Elena.

Le cœur serré, je revois Maura la veille du jour où j'ai quitté Chatham. Une petite tornade de chagrin à l'état brut, brisant tout sur son passage.

À ma sœur aussi, je veux donner une deuxième chance.

« Elle a dit qu'elle était fiancée, souligne Cora. Rompre cet engagement pourrait causer des remous. »

Je me lève à mon tour, dans un froissement de jupons.

« Frère Winfield, le père de son fiancé, ne sera que trop heureux d'être débarrassé d'elle. L'arrestation de Sachi pourrait être la raison de sa soudaine vocation religieuse. Elles ont toujours été inséparables. »

Sœur Cora pince les lèvres, pensive. Derrière elle, dans leurs cadres dorés, les trois précédentes prieures posent sur moi un regard accusateur.

« Êtes-vous certaine que c'est ce que vous souhaitez, Catherine ?

— Oui. Si nous rejetons celles qui ont besoin de nous pour l'unique raison de sauver notre peau, à quoi sommes-nous bonnes ? »

Elle sourit. « Votre don affirmé de guérisseuse, votre décision à l'instant, votre diligence à faire venir vos sœurs, tout cela vous honore, j'en conviens. »

D'un pas heurté, elle se met en route vers la porte, comme pour signifier que la discussion est close, mais je tiens à rectifier un point : « Ce n'est pas un signe de courage de ma part, vous savez, de faire venir ici Maura et Tess. Elles ne me feront jamais aucun mal. »

Elle réprime une petite grimace. « Je l'espère pour vous, Catherine. Je l'espère bien sincèrement. »

La calèche est prise de cahots. Elle vient de quitter la grand-route que nous suivions depuis New London pour s'engager sur le chemin sinueux qui monte vers Harwood, ASILE POUR ALIÉNÉES CRIMINELLES, comme l'annonçait le panneau indicateur. Depuis une minute ou deux, de la neige à demi fondue fouette les vitres. J'écarte le rideau et, le front pressé contre le verre embué, je regarde défiler la campagne engourdie. Des vaches sont regroupées dans une pâture bourbeuse, près d'une mare à moitié gelée.

L'instant d'après, Robert stoppe notre attelage pour laisser passer un troupeau de chèvres à longs poils qui traverse la route. C'est bon de sortir un peu de la ville – ou plutôt ce serait bon si je pouvais oublier où nous allons.

Nous sommes cinq à bord du véhicule : cinq jupes taillées dans le même bombasin noir, gonflées des mêmes jupons superposés, cinq paires de mains plongées dans le même manchon de fourrure, cinq paires de bottines identiques posées sur les bouillottes en grès qui tentent de réchauffer le plancher glacial. En cette occasion plus qu'en toute autre, notre camouflage vestimentaire doit être sans faille.

Sœur Sophia remonte sa capuche sur ses boucles brunes et nous l'imitons. Nous ne devons plus être très loin. L'angoisse m'écrase les côtes.

« Bon sang, je n'en mène pas large », dis-je étourdiment, et aussitôt je m'empourpre. Comme chef de file, on fait mieux.

Mais les autres ont l'air de comprendre. Mei me presse l'avant-bras.

« Moi aussi, la première fois, j'étais morte de peur. Il n'y a pas de honte à cela.

— Avec l'habitude, ça devient plus facile, confirme Addie en remontant ses lunettes sur son nez. Les premières fois, j'étais outrée de voir la façon dont sont traitées ces malheureuses. Mais ça n'y change rien. Maintenant, j'essaie seulement de faire ce que je peux pour améliorer leur sort un tout petit peu. »

Même Pearl, pourtant si timide qu'elle n'ouvre presque jamais la bouche, m'adresse un sourire d'encouragement. Elle a deux grosses incisives saillantes, un peu comme un lapin, et elle en est cruellement consciente ; il faut dire qu'Alice ne se prive pas de le lui rappeler souvent.

Toutes les trois se rendent à Harwood une fois par semaine avec Sœur Sophia. Leur stoïcisme m'impressionne. Ne redoutent-elles jamais qu'un jour on ne les laisse pas repartir ?

Pour être franche, cette pensée-là me hante. Non pas l'idée que Zara puisse refuser de m'adresser la parole, ni celle de voir souffrir des détenues dont j'aurais pu faire partie si les choses avaient mal tourné, il n'y a même pas deux mois. Non, c'est la crainte que, brusquement, au moment de pénétrer dans l'asile, un son de cloche ne retentisse, un tocsin annonçant qu'on vient de détecter l'arrivée de sorcières, et la terreur que ces portes se referment sur nous pour toujours.

Se risquer entre ces murs est folie furieuse. Et je ne peux rien contre l'effroi qui me coule du plomb dans les veines.

La main tiède de Sœur Sophia se pose sur la mienne, et instantanément mes haut-le-cœur s'estompent. Elle murmure d'une voix douce : « Calmez-vous, Cate. Vous ne pourrez venir au secours de personne si vous vous mettez dans un tel état avant même d'avoir posé le pied dans la place. »

Quelle froussarde je fais ! Si Sœur Cora n'avait pas suggéré que j'aille parler à Zara, me serais-je portée volontaire pour cette mission de soins ? Ou aurais-je avancé le prétexte que je suis celle qu'annonce la prophétie – même si mon don de guérisseuse s'est révélé plus puissant que celui de quiconque au couvent –, et que je dois donc éviter de me mettre en danger ?

Ces derniers temps, je me suis intensément exercée à développer ce pouvoir. Et bien que chaque effort me laisse dans un état de faiblesse nauséeuse presque insoutenable, soulager autrui m'est plus gratifiant que toute autre forme de magie.

La voiture ralentit, puis s'immobilise face à un immense portail en fer forgé portant l'inscription : Harwood – Asile. De part et d'autre court une haute palissade surmontée de barbelés.

Notre cocher échange trois mots avec le garde en sentinelle. Par la fenêtre, j'entraperçois le monstre qui se dresse là, sur le coteau pelé. C'est un imposant bâtiment de pierre, à la façade austère et noircie par les ans. Deux ailes latérales encadrent le corps principal, et à chaque extrémité une énorme cheminée crache dans le ciel pâle sa fumée de charbon. Toutes les fenêtres ou presque sont munies d'épais barreaux. Certaines, aux étages, sont même carrément murées avec des briques.

Robert met pied à terre et vient nous tendre la main pour nous aider à descendre sur le pavé verglacé. Sous mon manchon, mes poings se serrent. Sœur Sophia ouvre la voie, et nous lui emboîtons le pas, comme quatre canetons apeurés.

Avant même que Sœur Sophia ait actionné la cloche, une infirmière surgit, tablier blanc et cheveux gris, joues rouges et nez bulbeux. « Bienvenue, mes Sœurs, et merci d'être ici.

— Il est de notre devoir de veiller sur les moins fortunés que nous, répond Sœur Sophia, le Seigneur l'a voulu ainsi.

— Loué soit-Il, murmure l'infirmière, et elle s'efface pour nous laisser passer. Entrez, entrez, ne restez pas dans le froid. Le quartier des cas difficiles d'abord, comme d'habitude ? »

Clairement, tout ce dialogue fait partie du rituel.

Nous gravissons en groupe deux volées de marches, longeons un corridor et nous arrêtons devant la large porte qui commande l'accès à l'aile sud. Dans le trousseau de clés suspendu à son cou par une chaînette, l'infirmière qui est apparemment l'infirmière en chef choisit une grosse clé de cuivre, qui tourne dans la serrure à grand bruit. Elle pousse le battant, et je noue mes mains dans mon dos pour leur interdire de trembler.

À quoi je m'attends, je l'ignore. Des cris, des imprécations, des jurons ? Des hurlements de rage, des suppliques hystériques ? Au lieu de quoi, rien. Un silence de cimetière. Les rares visages qui se tournent vers nous sont vides d'expression, et vides aussi les regards. C'est à glacer le sang.

Nous sommes devant une grande salle noyée d'ombre, sans la moindre lampe à pétrole ni bougie. L'odeur est suffocante, relent de seau hygiénique et de lessive à la soude. Deux longues rangées de lits se font face jusqu'au fond de la pièce, où une immense cheminée sans feu occupe presque tout le mur. Toute flamme, ici, serait trop dangereuse, j'imagine.

Je frissonne sous ma cape, mais quelle chance j'ai de l'avoir sur les épaules ! Les malheureuses parquées là doivent geler. En tout et pour tout, elles sont vêtues de blouses blanches informes, pas bien épaisses, et de jupes en toile de jute, celle dont on fait les sacs à patates. Certaines s'enveloppent tant bien que mal dans de pauvres couvertures de laine rêche. Presque toutes sont maigres, elles ont les traits creusés, les yeux enfoncés des mal-nourris. Mais le pire est peut-être de les voir si négligées, avec leurs cheveux emmêlés, leurs pauvres visages crasseux et leurs vêtements tout tachés.

Deux infirmières assises près de l'entrée se lèvent à notre arrivée. La plus replète pousse un gémissement ; ses genoux craquent. Elle harangue ses pensionnaires. « Mesdemoiselles ! Les Sœurs viennent prier avec vous avant le thé ! »

Les « demoiselles » tournent vers nous un regard vague, puis retrouvent leur torpeur initiale. C'est à peine si notre présence pénètre leur brouillard.

Sœur Sophia nous a prévenues : elles sont droguées au laudanum. On en met systématiquement dans leur thé. C'est le seul moyen d'empêcher celles qui sont réellement sorcières de se concentrer pour user de leurs dons, et de maintenir les autres dans une docilité muette.

La docilité muette, chez les femmes, n'a rien de rare ; j'ai fini par comprendre que, neuf fois sur dix, elle n'était que façade. Mais celle-là est d'une autre nature. Je bouillonne intérieurement. Non contents d'arracher ces filles et ces femmes à leurs proches, non contents de les enfermer plus ou moins à perpétuité, les Frères les condamnent à une vie de légume ! Ils leur retirent toute faculté de penser, de choisir – de se battre.

Soudain, une brune dégingandée accourt vers nous et se jette à genoux aux pieds de Sœur Sophia. « Mes Sœurs, oh, pitié ! Je suis une mauvaise fille… J'ai peur… peur de ne pas pouvoir être sauvée.

— Relevez-vous, mon enfant, dit Sophia. Et priez le Seigneur qu'Il vous vienne en aide. »

Mais l'implorante fait non de la tête, toute la misère du monde dans ses yeux. Elle a le teint jaunâtre, la peau d'aspect malsain. « Oh ! je prie le

Seigneur, je Le prie, mais Il n'entend pas. Je suis trop mauvaise. Je suis une fille perdue, ma Sœur. Perdue.

— Le Seigneur écoute tous Ses enfants, l'apaise Sophia, et elle se penche vers elle, son visage rond empreint de douceur et de compassion. Quel est votre nom ?

— Stella. » La malheureuse se tasse sur le plancher, les traits masqués par sa natte hirsute. « Oh ! ma Sœur, aidez-moi ! Le Seigneur vient me voir dans mes rêves, et j'implore Son pardon, mais Il ne répond jamais.

— C'est des hallucinations, grande sotte ! lui lance une infirmière. À cause de tes médicaments. » Sous son bonnet blanc à dentelle, ses cheveux ressemblent à de l'étoupe graisseuse. « Si tu crois que le Seigneur se montre à des bêtasses comme toi ! »

Sœur Sophia relève l'infortunée. « Venez vous asseoir avec moi, Stella. Nous allons prier ensemble. »

Un peu plus loin dans l'allée, Addie s'incline au chevet d'une pensionnaire gisant sur le dos, qui contemple le plafond. L'infirmière replète, me voyant observer la scène, m'apostrophe d'un ton jovial : « C'est votre première fois ici, pas vrai ? Cette petite rousse, là, la bouclée, vous n'imaginez pas quel chat sauvage c'était quand elle est arrivée. Même qu'elle a mordu la gardienne. Et toujours prête à griffer ! On ne le croirait pas, hein ? Ferait plus peur à une mouche ! »

Elle postillonne, et je me retiens de me protéger la joue.

« Et celle-ci ! reprend-elle, désignant une fille blonde qui salue Pearl d'une révérence. Elle raconte à qui veut l'entendre qu'elle est fiancée à un prince !

Du coup, voyez, elle est toujours bien coiffée, au cas où il viendrait la voir.

— Mais elles n'ont pas droit à des visites, si ? » dis-je, parcourant des yeux les lits du fond, sur lesquels somnolent d'autres détenues, en position fœtale sous des couvertures râpées.

« Bien sûr que non. » Son triple menton en tremble. « Vaut mieux les tenir à l'écart des gens normaux, vous savez. Surtout celles de cet étage. C'est ici qu'on place celles qui se débattent quand elles arrivent, ou qui ne veulent pas boire leur thé. On double leur dose de drogue. Bon, y en a à qui ça met de drôles d'idées dans la tête, mais les autres, au moins, font pas plus de bruit que des souris. »

Je masque mon horreur de mon mieux. Mei s'est dirigée vers la rangée de lits d'en face, et elle prend les mains d'une très jeune fille à peau brune, jolie, de type indonésien, qui se balance d'avant en arrière au rythme d'une mélodie qu'elle seule entend. Elle se tourne vers Mei, et je découvre qu'elle a un œil au beurre noir et la pommette droite entaillée.

« Qu'est-il arrivé à celle-ci ?

— Oh, c'est l'une des favorites de Frère Cabot. D'ordinaire, elle fait moins d'histoires. Elle n'en faisait presque plus.

— L'une de ses… favorites ?

— Il les aime jolies. » L'infirmière m'adresse un clin d'œil.

J'hésite.

« Et c'est courant ? » En un éclair, je revois Mina Coste, et Jennie Sauter, et les autres filles de Chatham envoyées ici.

« Disons qu'il n'est pas le seul à venir régulièrement faire ses inspections. La gardienne qu'on avait avant, voyez-vous, avait essayé d'arrêter ça, mais tout ce qu'elle y a gagné, c'est la porte. Vaut mieux pas fourrer son nez n'importe où. »

Quelque chose m'agrippe le poignet, et je fais un saut de côté.

« Sarah Mae ! » gronde l'infirmière, et je baisse les yeux sur une paire d'yeux verts qui louchent un peu. Une gamine qui ne doit pas avoir plus de treize ans lève vers moi un petit minois taché de son. Le bas de sa jupe est crotté de boue et elle a des feuilles plein les cheveux. « Te voilà dans un bel état ! Qu'as-tu fait ? On t'avait seulement dit d'aller prendre un peu l'air !

— Un enterrement, j'ai fait. Vous voulez bien dire une prière avec moi, ma Sœur ?

— Euh, oui, je…

— Taratata ! se récrie l'infirmière. Certainement pas dans cet état, demoiselle ! Seules les filles bien propres et qui se brossent les cheveux ont le droit de parler aux Sœurs. » Elle m'entraîne vivement le long de la rangée de lits. « Elle aime les animaux, celle-là, me confie-t-elle. Ramasse des oiseaux morts et les enterre avec des messes à sa façon. Moi, ça me donne le frisson. »

Dans notre dos, la porte s'ouvre et une certaine agitation s'empare de plusieurs pensionnaires. L'infirmière vient de réapparaître, avec un chariot ringuebalant. « Votre thé, mesdemoiselles ! En rang ! »

Des filles se précipitent.

« On dirait qu'elles meurent de faim », dis-je. À ce détail près qu'il n'y a rien à manger sur ce plateau.

« Non, assure l'infirmière. Elles ont deux repas par jour : du porridge au petit déjeuner et un souper chaud le soir. Ce qu'elles veulent, là, c'est leur thé. » Je dois faire une drôle de tête, car elle ajoute : « Sans ça, il y en a qui ont des tremblements, comprenez ?

— Ah, je vois. »

Chacune d'elles se saisit d'une tasse et la tend pour qu'on la lui remplisse – d'un thé non pas versé d'une théière, mais servi à la louche, depuis une soupière fumante. Les unes commencent par se réchauffer les mains sur leur tasse, le regard plongé dans le liquide ambré ; les autres se mettent aussitôt à laper. L'infirmière et son assistante les surveillent.

« Il faut boire, Mercedes », ordonne l'infirmière, et l'intéressée, docile, porte la tasse à ses lèvres.

« Il y en a toujours qui essaient d'y couper, explique l'infirmière. Ou qui s'en débarrassent dans le seau. Oh ! il faut avoir l'œil, parce que sinon… Elles sont rouées. »

Et elle continue de discourir, parle de celle qui fait ceci, enchaîne sur celle qui fait cela… Mais je n'écoute plus, j'observe les détenues du bout de la file, qui tentent manifestement d'échapper à ce thé – en vain. L'une d'elles laisse tomber sa tasse, mais n'y gagne qu'une gifle, et une tasse de remplacement. Une petite blonde tient la sienne dans ses mains serrés mais sans y tremper les lèvres, regardant droit devant elle tandis que l'infirmière l'exhorte à boire. Pour finir, sur un signe de celle-ci, l'assistante s'avance et pince le nez de l'obstinée. Dès que cette dernière ouvre la bouche pour respirer, l'infirmière lui verse le thé dans la gorge. La malheureuse a un haut-le-cœur, elle tousse – mais avale.

Depuis la porte, Sœur Sophia nous appelle : « Jeunes filles ! Il est temps de nous rendre dans un autre service ! »

Je jette un dernier regard à la ronde, imprime en moi l'image de cette souffrance et me fais un serment : j'améliorerai le sort de ces malheureuses. Elles ne croupiront pas ici jusqu'à la fin de leurs jours. Pas si j'y peux quelque chose.

De retour dans le corridor, Sœur Sophia pose une main sur mon bras.

« Ça va ? » murmure-t-elle, et j'acquiesce. Je me demande si j'ai l'air aussi atterrée que je le suis. « Maintenant, Pearl et Addie vont me suivre à l'infirmerie du rez-de-chaussée. Que diriez-vous d'aller au premier avec Mei, Cate ? Elle se chargera de l'aile nord, et vous prendrez l'aile sud. »

Un vertige d'interrogations me prend. Vais-je pouvoir identifier Zara ? Et elle, va-t-elle me reconnaître ? Il semble qu'elle ait encore à peu près toute sa tête ; le mot qu'elle m'a écrit plus tôt cet automne, pour m'inciter à rechercher le journal intime de Mère, me porte à l'espérer. Mais jusqu'à quel point est-elle droguée ? A-t-elle l'esprit assez clair pour être en mesure de nous aider – à supposer qu'elle le veuille ?

À l'entrée de l'aile sud, une infirmière monte la garde. Une maîtresse femme, large d'épaules, en train de tricoter. À ma vue, elle ne daigne même pas décoller de son tabouret. « Presque toutes nos pensionnaires sont à leur travail à cette heure, ma Sœur.

— Travail ? De quoi sont-elles capables ?

— Ah, vous devez être une nouvelle. » Elle sourit. Elle a une grosse tache lie-de-vin sur la joue droite. « Dans cette aile, voyez-vous, il n'y a que des patientes faciles. Il y en a qui travaillent au potager, d'autres aux cuisines ou à la buanderie. Sous surveillance, bien évidemment. Mais comme on dit, n'est-ce pas : l'oisiveté est la mère de tous les vices. Vaut mieux les tenir occupées.

— C'est sûr. »

Plus sûr encore est le caractère sordide de l'endroit. Comment fait-on, ici, pour garder la raison ? Le plancher terni craque et ploie sous mes pas, le corridor n'est éclairé que par la lanterne de l'infirmière. Ce qui offre l'avantage de dissimuler à la vue les tentures mangées des mites et le papier peint qui pèle de partout. Pas un tableau, pas une plante verte pour contrer l'impression d'abandon. Une forme sombre – rat ou souris ? – traverse comme une flèche l'extrémité du couloir.

Dans les portes qui se font face s'ouvrent de minuscules guichets grillagés, sortes de judas, chacun surmonté du nom de l'occupante de la cellule. J'avance à pas lents, jette des regards furtifs dans des cagibis presque tous vides. À mi-chemin sur la droite, je tombe finalement sur cette inscription à l'encre bleue, à moitié fanée : Z. ROTH.

Ma marraine.

À l'intérieur, une grande femme est assise dans un fauteuil à bascule, face à la fenêtre. Son halo de boucles sombres me surprend. Sans savoir pourquoi, je l'imaginais rousse, comme ma mère.

Je respire un grand coup et entrouvre la porte. Sans frapper ; ici, une Sœur n'a pas à frapper, on me l'a bien expliqué.

Le battant miaule. J'entre et appelle doucement : « Miss Roth ? Zara Roth ?

— Qu'est-ce que vous voulez ? » La voix est rocailleuse, lointaine, et le regard brun vague, avec des pupilles minuscules malgré la pénombre. « Je ne suis pas d'humeur à prier aujourd'hui, ma Sœur.

— Je ne suis pas venue… »

Je sursaute, terrifiée : la porte vient de claquer derrière moi, le loquet s'est enclenché de lui-même. Du calme. Je sais me débrouiller d'une porte. Et Sœur Sophia ne repartira pas sans moi. Malgré tout, j'ai du mal à ne pas me ruer sur ce battant pour tambouriner en hurlant qu'on vienne m'ouvrir.

La pièce est si exiguë qu'on y étouffe, c'est tout juste si le fauteuil ne touche pas l'étroit lit de fer. Et pas la moindre touche personnelle, rien qui accueille ou réjouisse l'œil, rien de chaleureux ni de beau.

Comment Zara peut-elle vivre ici ? Elle y est depuis dix ans.

« Allez-vous-en. Laissez-moi tranquille. »

Ma marraine a dû être belle jadis ; à présent, elle n'est plus qu'une ombre. Ses membres trop longs, décharnés, dépassent de ses vêtements comme les bâtons d'un épouvantail. Elle a les joues creuses, et son nez aquilin paraît démesuré dans ce visage émacié.

J'hésite. Que n'ai-je le talent de Tess pour déchiffrer les traits d'autrui ? « C'est Cate, dis-je, avançant d'un pas. Cate, la fille d'Anna.

— Cate Cahill ? » Sa longue main s'envole pour se poser sur le médaillon à son cou. « Vous ne ressemblez pas à Anna. »

Et elle détourne les yeux, comme si la conversation était close.

« Non, dis-je, repoussant dans mon chignon une mèche échappée. C'est Maura qui ressemble à Mère. Moi, j'ai pris davantage à Père. »

Son regard revient sur moi et m'étudie. D'ici, je sens le courant d'air qui s'insinue sous la fenêtre à barreaux. Je vois les ridules au coin des yeux de ma marraine, et les fils d'argent dans ses cheveux. Elle n'a que trente-sept ans, je crois, l'âge qu'aurait Mère aujourd'hui ; mais ma mère, à sa mort, faisait nettement plus jeune qu'elle malgré sa santé précaire.

« Brendan n'a jamais été beau, lâche-t-elle. Anna était si belle ! Elle aurait pu… Mais bon, ils étaient amoureux. » Elle hoche la tête, acceptant apparemment que je sois bien celle que je dis être. « Pourquoi essaies-tu de me troubler les idées en me parlant d'Anna ? Qu'est-ce que tu me veux ? »

Je me mordille la lèvre. « Vous parler. C'est tout. Je fais mes études à l'école des Sœurs, et j'avais envie de rencontrer ma marraine.

— Les Sœurs ? Ah ! Cora a entendu parler de la nouvelle sibylle, alors. » Elle a un petit rire éraillé. « Elle se dit qu'elle a besoin de moi, je vois. Je savais que ça allait venir. J'avais entendu les infirmières jaser. »

J'ignore ce que j'espérais. Que nous tombions en pleurs dans les bras l'une de l'autre ? Qu'elle mente et m'assure que je ressemble à ma mère ?

« Honte à Cora de se servir d'Anna et de sa mémoire afin de m'atteindre, moi ! » marmonne Zara. Elle ouvre son médaillon, me le montre. L'intérieur contient une miniature, un portrait en ferrotype : Mère, jeune fille.

« Oh. » L'émotion me noue la gorge. Voilà six semaines que je n'ai plus eu sous les yeux de portrait de ma mère. Je n'en ai pas apporté au couvent. Sur celui-ci, elle ressemble énormément à Maura – même chevelure souple, mêmes yeux immenses, même visage à l'ovale en cœur.

« Je l'aimais comme une sœur », murmure Zara. Puis elle a un sursaut, comme si une guêpe la piquait. « Tes sœurs… elles sont en vie toutes les deux ?

— Bien sûr. Et en route pour New London en ce moment même. Sœur Cora a jugé préférable – plus sûr – que nous soyons toutes les trois au prieuré », dis-je, m'asseyant sur le coin du lit.

Elle se redresse, soudain plus alerte. « Est-ce bien sage, à ton avis ? Quand on connaît la prophétie ?

— La prophétie se trompe », dis-je tout net, et je croise mes bras sur ma poitrine.

Un sourire adoucit le long visage anguleux.

« Tu n'es pas de celles qui se laissent faire, n'est-ce pas, Cate Cahill ? Enfant, déjà, tu avais ton petit caractère. Seigneur, oui, quel numéro tu étais ! Toujours à galoper avec ce petit voisin que vous aviez. Ah ! les deux faisaient la paire ! »

Je garde le silence. Les deux ne font plus la paire.

Mais elle continue : « Tu rentrais à la maison avec les genoux couronnés, ou tout écorchée après être tombée d'un arbre. Anna craignait toujours que tu ne te tordes le cou.

— Ce qui n'a pas encore eu lieu, par bonheur. »

Elle fait pivoter son fauteuil pour se placer face à moi, et nos genoux se cognent dans cet espace étroit.

« Ils feront tout pour te supprimer, tu sais. Te pendre. Ou te brûler vive », dit-elle très bas, avec un coup d'œil vers la porte. J'avale ma salive en silence. « Si c'est bien toi la sorcière sibylle annoncée. Des sibylles, il y en a eu deux autres depuis l'incendie du Grand Temple. Ils les ont jetées dans cet asile et leur ont arraché les prophéties par la torture. C'est ce qu'ils vont faire aussi avec cette Brenna. Mais toi… ils ne te laisseront pas la vie sauve. »

Je m'efforce de ne pas me laisser ébranler, mais intérieurement je suis secouée.

« Parce que je suis sorcière ?

— Il n'y a encore jamais eu de sibylle douée de magie. Et capable d'intrusion mentale, qui plus est. » Brusquement, elle se lève pour jeter un regard au judas, puis elle regagne son fauteuil et reprend très bas, en un chuchotis rouillé : « Est-ce toi ? Celle de la prophétie ? Est-ce pour cela que Cora t'envoie ?

— Je n'en sais rien. Je n'ai pas eu de visions. J'espérais que peut-être vous pourriez me dire à quoi m'attendre. Qu'est-il advenu des deux autres sibylles ? »

Elle se mordille un ongle, pensive. Je m'aperçois que tous ses ongles sont rongés jusqu'au sang.

« J'aimerais te venir en aide. Ne serait-ce qu'au nom d'Anna. Mais tu es l'une d'elles à présent, et il m'est impossible de leur pardonner ce qu'elles ont fait. Pas seulement à moi, même si c'est déjà trop. As-tu une idée du nombre de filles qui ont passé ces portes ? Sais-tu combien ont été rouées de coups, ou se sont retrouvées les jouets des Frères ? Et quand elles meurent – c'est souvent le cas, elles cessent de s'alimenter, renoncent à vivre –, quand elles meurent, elles n'ont même pas droit à des funérailles décentes. Il y a une fosse commune derrière la colline. Qui nous attend toutes. Et Cora n'intervient pas. »

Je voudrais renouveler à voix haute le serment que je me suis fait en montant ici : je les tirerai d'ici. Mais je ne sais ni quand ni comment. À la place, je dis doucement : « Sœur Cora ne peut pas sauver tout le monde. »

Zara me fusille du regard, les narines frémissantes.

« Ah, parce que c'est ce qu'elle t'a dit ? Me sauver, moi, elle aurait pu ! »

Son regard se perd du côté de la fenêtre. Il neige pour de bon à présent, le coteau commence à blanchir, tel une fine couche de sucre glace. Au loin, on aperçoit la grange peinte en rouge d'une ferme voisine – et, au-delà, la flèche d'un clocher.

« J'en veux à Cora, reprend enfin Zara, mais je ne suis pas folle au point de t'en faire pâtir. Tu souffriras déjà bien assez, si c'est toi la sibylle annoncée.

— J'espère l'être. Si ce doit être l'une de nous, autant que ce soit moi plutôt que Maura ou Tess. » Je prends une longue inspiration. « Pouvez-vous me parler des deux autres ? Comment les Frères les ont-ils découvertes ? »

La réponse est instantanée :

« Marcela Salazar n'avait que quatorze ans lorsqu'elle tenta de prévenir son père qu'il allait se noyer dans l'étang voisin. Après cette noyade, des voisins la dénoncèrent auprès des Frères. Par je ne sais quel miracle, elle ne fut pas immédiatement exécutée pour sorcellerie. Mais elle passa le restant de ses jours sous clé ici, enfermée seule à cet étage. Avant de mourir à vingt-cinq ans, lors de l'épidémie de typhoïde de 1829.

— Une bien pauvre vie.

— Mais moins misérable que celle de Thomasina Abbott. » Les yeux sur moi, sombres et graves, Zara tripote sa chaîne en sautoir. Son débit se fait plus rapide, son fauteuil à bascule est pris de fièvre. « À douze ans, Thomasina voulut mettre en garde un voisin contre un incendie à venir. Le voisin ne l'écouta pas et perdit tous ses biens dans les flammes. Thomasina fut accusée de sorcellerie et envoyée ici. Elle refusait d'adresser la parole aux Frères, mais quand elle avait des visions, ils le devinaient. Alors, ils ont eu recours à la torture ; ils lui ont coupé des doigts, l'ont frappée… Ils lui ont même cassé la jambe si vilainement que jamais la fracture ne s'est consolidée. Au bout d'un moment, elle a commencé à proférer des insanités, sans qu'ils puissent démêler si elle avait perdu la raison ou si elle faisait semblant, si bien qu'ils ont tenté sur elle toutes sortes d'expériences abominables. Jusqu'à une trépanation, sous couleur de soigner sa folie. Elle ne s'en est pas relevée. C'était il y a trois ans, non, quatre. Pour finir, ils ont disséqué son cerveau. D'après l'infirmière, ils n'ont rien trouvé qui puisse expliquer la folie ou les visions. »

J'imagine la jeune morte sur la table de dissection, et l'horrible vision me tord l'estomac. « Est-ce que…. » Ma voix s'étrangle. « Est-ce que je deviendrai folle aussi ? »

Le fauteuil à bascule se fige si brusquement qu'il en craque.

« Je n'en sais rien. Tu auras cet avantage sur les autres : tu sauras à quoi correspondent ces visions. Elles peuvent désorienter fortement. Causer des maux de tête, de la confusion. Surtout, les sibylles précédentes ont essayé d'empêcher des événements funestes de se produire, et c'est ce qui les a mises en péril. Une prophétie se réalise toujours. Toujours. »

Nous échangeons un long regard. Zara croit me dire la vérité, je le sais ; mais moi, je refuse d'y croire.

« Zara ? » Après avoir frappé pour la forme, l'infirmière à la tache lie-de-vin entrouvre la porte et passe la tête dans l'entrebâillement. Je redoute qu'elle n'ait entendu quelque chose, mais elle a l'air simplement agacée. « Zara, ne faites pas perdre son temps à cette jeune Sœur avec vos histoires à la noix. On l'attend à l'infirmerie.

— Je lui racontais seulement la légende du Minotaure, répond Zara, comme perdue dans ses rêves. Toutes ces jeunes filles égarées dans le labyrinthe. Il leur fallait quelqu'un pour les sauver.

— Ne l'écoutez pas, me dit l'infirmière. Si vous la laissiez faire, elle passerait son temps à vous raconter ses histoires inconvenantes, grecques et je ne sais quoi encore. Elle a été gouvernante, dans sa jeunesse. » Elle serre son tricot contre son tablier, une petite chaussette bleue, à ce que je vois. Pour un petit-fils, peut-être ? « Allez, Zara. Il faut dire au revoir, maintenant. »

Zara m'adresse un grand sourire étrange. Il lui manque plusieurs dents. « Au revoir, Sœur Catherine. *Cave quid dicis, quando, et cui.*

— Ah non, Zara ! s'emporte l'infirmière. Vous parlerez comme tout le monde, ou vous n'aurez pas de souper. » Elle se tourne vers moi. « Qu'est-ce qu'elle a dit ?

— Je n'en ai aucune idée. »

Mais grâce à Père, qui a tenu à ce que ses trois filles étudient le latin, la phrase m'est familière : « Prends garde à ce que tu dis, quand, et à qui. »

Chapitre 6

L'infirmerie de Harwood est une annexe de l'enfer. Je n'ai pas franchi le seuil qu'une touffeur moite m'assaille, c'est presque comme ouvrir un four. Une flambée ronfle dans la cheminée du fond, et la salle paraît trop petite. D'épaisses tentures obturent les fenêtres. La flamme des chandelles projette des ombres au mur. Dix à douze patientes allongées sur d'étroits lits de fer gémissent, toussent ou somnolent, et l'air est lourd d'une odeur métallique, de cuivre et de sang.

Du côté de l'entrée, une pauvre fille appelle sa mère dans son sommeil. Une autre se bat contre une quinte de toux – une vilaine toux sèche qui secoue son corps grêle. Je repère Addie, assise au chevet d'une vieille femme squelettique à la respiration hachée, au point que chaque souffle semble le dernier. Addie fait si jeune à côté, le front incliné dans sa prière, ses cheveux bruns et lisses noués en arrière sur sa nuque ! Puis je la vois effleurer la main de la vieille femme, et aussitôt celle-ci sombre dans un sommeil apaisé.

Je répugne à entrer. Je sens la sueur perler le long de mon échine. L'endroit me rappelle trop la chambre de malade de Mère, l'odeur de la mort au travail. Derrière moi, dans le couloir, deux infirmières devisent gaiement, trop heureuses de laisser leur poste entre les mains sûres des Sœurs.

Sœur Sophia se hâte à ma rencontre. « Cate, il y a ici une patiente dont l'état dépasse mes capacités. Voulez-vous bien vous rendre à son chevet un instant et voir si vous pouvez faire quelque chose ? »

Je la suis auprès d'une femme qui se tord sur sa couche en gémissant. Elle a des cernes violets sous les yeux. À la vue de ses mains crispées sur son ventre gonflé, je suis prise d'un terrible pressentiment.

« Par pitié ! implore-t-elle, ses yeux bleus noyés de larmes, par pitié, je veux mon bébé. Ma petite. Apportez-la-moi. Je veux la voir. Juste une fois, avant que vous l'emportiez. »

Je jette un regard à Sœur Sophia, qui me répond d'un petit signe de tête. C'est bien ce que je pensais. L'enfant est morte.

« Je l'ai entendue crier, et puis… plus rien. Et maintenant vous ne voulez même pas me la montrer. Où est-elle ? »

D'une main douce mais ferme, Sœur Sophia me pousse vers le lit. Je résiste et me cabre. De quel secours puis-je être face à pareille détresse ?

« S'il vous plaît, ma Sœur… » murmure la malheureuse entre ses lèvres desséchées. Je me retourne vers Sœur Sophia. Mais non, c'est à moi que la patiente s'adresse. Un pichet d'eau douteuse est là, sur la table de chevet. Je lui en verse un verre et le porte à sa bouche.

Elle en boit une gorgée, puis détourne la tête.

« Je veux ma petite, répète-t-elle avec force, et ses cheveux filasse retombent sur ses épaules.

— Je suis navrée pour vous, dis-je, me demandant très vite par quoi cette femme est passée, pourquoi elle est ici. Navrée que votre enfant n'ait pas vécu. »

Ce n'était pas la chose à dire.

« Non ! hurle-t-elle, et elle se tord vers le bord du lit, décidée à se lever, à aller chercher son bébé. Vous mentez. Je l'ai entendue pleurer. »

Je la rattrape par le poignet et, le plus doucement possible, je la réinstalle sur son oreiller sans lui laisser le temps de sauter à bas du lit.

« Arrêtez, madame. Vous n'avez pas la force, vous allez vous ruiner la santé. »

Je parle posément, à ma propre surprise, mais intérieurement je vacille. Cette jeune femme est au plus mal. Je l'ai perçu au premier effleurement. C'est miracle que la fièvre qui la dévore ne l'ait pas emportée avec son enfant.

« Ma santé ! s'écrie-t-elle, amère. Pour ce que j'en ai à faire. Plutôt mourir que vivre ici ! Au moins, j'irais la retrouver. Elles m'ont dit que c'était une fille. Ma seule fille ! »

Je saisis cette bribe d'information. « Vous avez des garçons ?

— Oui, deux. » Elle essuie ses larmes d'un revers de main.

« En ce cas, vous devez prendre soin de vous. Ils ont besoin de leur mère. »

Ses sanglots redoublent.

« Jamais je ne les reverrai. Même si je sors d'ici. Ils m'en voudront à mort, ils croiront que je les ai abandonnés.

— Mais non. Vous êtes leur mère. Ils comprendront, plus tard. »

Je voudrais pouvoir lui promettre qu'un jour elle sera libre, qu'elle reverra ses garçons. Mais au nom de quoi me croirait-elle, moi qui ne suis qu'une nonne à ses yeux ? Et qui suis-je pour faire une telle promesse ?

Elle hausse les épaules.

« Qu'est-ce que vous en savez, hein, une bonne sœur comme vous ? Mariée au Seigneur ! Jamais vous n'aurez d'enfants. »

Jamais. J'aimerais bien en avoir, un jour, pourtant.

Une image me vient. Deux petites têtes rondes, deux gamins dont la bouche se met à trembler parce qu'on leur annonce la mort de leur mère. C'est un chagrin que je connais. Je tends le bras, encercle de mes doigts ce poignet mince et formule le souhait silencieux qu'elle vive et rentre chez elle, et qu'elle retrouve ses deux petits hommes afin qu'ils ne connaissent pas ce vide qu'est la perte d'une mère. Je formule le souhait qu'elle recouvre la force de se battre, le jour venu.

Le sortilège me parcourt tout entière. J'ai l'impression qu'il m'éventre vive, qu'il me retourne les entrailles. Et c'est douloureux, oh ! que ça fait mal. Infiniment plus mal que lorsque j'ai guéri Mei.

Je m'effondre sur le lit, la tête me tourne ; mais je me raccroche à cette image, deux têtes rondes de petits garçons. Je ne lâche pas le poignet gracile. Je peux réussir. Je vais réussir. Pour eux.

« Cate. » D'une main posée sur mon épaule, Sœur Sophia me tire en arrière, brise mon emprise.

Les yeux embués, la tête qui cogne, j'observe la patiente. Elle n'a pas l'air changée, un peu stupéfaite seulement de m'avoir vue m'écrouler sur elle. Le sortilège a-t-il produit son effet ? Je ne peux le savoir qu'en la touchant de nouveau, mais si je la touche de nouveau, je vais m'évanouir.

Sœur Sophia présente ses excuses à la jeune femme – elle lui dit que je suis infirmière novice et que j'ai été bouleversée par son chagrin –, puis, me soutenant par l'aisselle, elle m'entraîne hors de la salle, le long du couloir, et jusque dans la neige. Là, je vomis dans l'herbe écrasée, au pied de notre calèche. Elle me fait monter à bord et me force à m'allonger sur la banquette de cuir, enveloppée de ma cape. Alors seulement je peux, très bas, lui poser la question qui m'oppresse : « Va-t-elle s'en remettre ? »

Était-ce assez ? Était-ce assez ? Je suis la première abasourdie par la force avec laquelle je voudrais que mon sortilège ait opéré.

Sœur Sophia m'observe attentivement. Elle est si douce ! On en oublierait facilement qu'elle est aussi un esprit brillant et qu'en matière de biologie et d'anatomie humaine elle n'a pas seulement une intuition vive, mais des connaissances que lui envieraient bien des docteurs en médecine. J'ai entendu dire, sous le sceau du secret, qu'elle a pratiqué une dissection de corps humain.

D'une main attentive, elle écarte les cheveux de mon front. Le geste est si maternel que j'en pleurerais.

« Vous vous êtes sentie très proche d'elle, n'est-ce pas ?

— Très. Je sais ce que c'est que de perdre une mère.

— Je me disais que son cas avait des chances de vous toucher plus que tout autre, connaissant votre histoire. Oui, elle va s'en remettre. Vous n'avez donc pas senti que votre magie opérait ?

— J'étais trop concentrée sur le but, je pense.

— Ce sont des choses qui arrivent, lorsqu'on désire intensément faire guérir quelqu'un. L'équilibre est très difficile à obtenir. Notre tâche exige de l'empathie, mais il faut aussi conserver un recul suffisant pour sentir si le sortilège produit son effet et savoir s'arrêter à temps. Essayer d'obtenir une guérison au-delà de nos moyens peut nous rendre effroyablement malade. »

Mon vertige et ma nausée s'apaisent. Je renonce à rester couchée et me rassieds, les pieds sur le plancher de la voiture.

« La malheureuse serait morte dans cette infirmerie, faute de soins appropriés, poursuit Sœur Sophia, ses yeux bruns dans les miens. Vous lui avez sauvé la vie, Cate. Vous pouvez être fière.

— Je… merci. »

Tirer fierté de mes pouvoirs me paraît déplacé ; mais d'avoir sauvé cette femme, non. C'était douloureux et ardu ; pourtant, c'était la chose à faire.

« Avant que les autres nous rejoignent... commence Sœur Sophia, et elle se penche vers moi, les coudes sur les genoux. Votre don de guérison est particulièrement puissant, Cate. Vous pourriez faire beaucoup de bien autour de vous grâce à lui. Mais il est des choses que vous devez savoir. Puis-je être franche avec vous ?

— Je vous en prie.

— Avant tout chose, il faut vous montrer très prudente quant aux gestes que vous accomplirez dans le cadre d'un hôpital, de n'importe quel lieu public, ou auprès de quiconque ignore que vous êtes sorcière. Les infirmières, ici, sont trop tête en l'air pour avoir des soupçons elles-mêmes, mais pour autant il n'est pas question de multiplier les guérisons. Trop de patientes remises comme par miracle, comprenez-vous, ce serait attirer l'attention sur nos visites – sur vous-même et sur l'ordre des Sœurs tout entier. »

Aïe. Je n'avais pas réfléchi à la différence entre apporter un soulagement et assurer une guérison complète, ni au danger que pouvait représenter cette dernière opération.

« Seigneur, je n'avais même pas... »

Sœur Sophia lève la main.

« Laissez. C'est incroyable, ce dont vous êtes capable. Mais certains pourraient vouloir en tirer parti ; et non seulement tenter de jauger vos limites, mais plus encore chercher à les détourner au bénéfice de notre communauté. Or il y a fatalement des limites. Nous ne sommes pas des déesses. Nous devons en tenir compte, et ne pas nous mettre en danger, tant sur le plan physique que spirituel.

— Je comprends.

— Je n'en suis pas certaine, soupire Sœur Sophia. La vie, la mort ne sont que les deux facettes d'une même médaille. Sentir frémir entre ses doigts la vie d'une personne, ce peut être exaltant. Certaines ont usé de leur don de guérison pour le pire. Oui, ce don-là aussi, nous en avons usé contre nos adversaires.

— En user pour le pire, comment cela ? » Je ne suis pas sûre de bien saisir. « Vous voulez dire... que nous pouvons rendre malade aussi ? Que je pourrais infliger à quelqu'un une migraine au lieu de la lui retirer ? » Elle n'a jamais rien mentionné de tel en classe.

Et moi qui croyais que le don de guérison n'était que générosité pure ! J'aurais dû me méfier. En magie, rien n'est jamais simple.

Sœur Sophia hoche la tête.

« Vous ne pouvez pas infliger un mal à partir de rien, mais vous pouvez grandement l'amplifier. Je ne cherche pas à vous faire peur, Cate. Vous commencez seulement à entrevoir l'étendue de vos dons. Ce que nous pouvons faire de ceux-ci... En de bonnes mains, ils sont une bénédiction. Les prêtres et les médecins parlent souvent de vocation pour qualifier leur tâche. J'en dirais autant de la mienne. Que l'appel soit venu du Seigneur ou de Perséphone ou de qui que ce soit, quoi que ce soit d'autre – je n'en sais rien, mais j'en suis reconnaissante.

— Oh ! moi, je... »

Je me tais. Pearl ouvre la portière et les autres montent à sa suite.

Sœur Sophia nous sourit. « J'ai bien de la chance d'avoir quatre merveilleuses apprenties. Les pénibles effets secondaires de notre activité tendent à décourager celles qui auraient des dons ; sans parler, bien sûr, de l'idée que l'étude de l'anatomie et de la biologie ne siérait pas aux dames. Rien de plus stupide. »

Et la voilà qui enfourche son cheval de bataille favori, tandis que notre véhicule s'ébranle. Mais je n'écoute plus que d'une oreille. Une bénédiction, nos dons de magie ? Jusqu'ici, j'avais toujours perçu les miens comme une malédiction, plutôt. Ces derniers temps, pourtant, je me disais que le don de guérir était différent. Moins ambigu que le pouvoir d'intrusion mentale, par exemple. Une façon de se rendre utile, de démontrer que les Frères ont tort de décréter maléfique toute magie. Je comprends maintenant qu'il ne diffère pas des autres dons : tout dépend de la personne qui en use.

À notre retour, nous trouvons le couvent en effervescence : mes sœurs viennent d'arriver. L'heure du thé est déjà passée. Nos compagnes étudient à la bibliothèque, certaines regagnent leurs chambres aux étages. Au milieu des chuchotis, je glane quelques mots, « prophétie », « Maura », « Tess », « sœurs Cahill »...

Je me précipite au salon, m'arrête net sur le seuil. Elles sont ici.

Durant ces dernières semaines, je n'ai rien désiré avec autant de force. Revoir mes sœurs. Depuis plus d'un mois, j'en rêvais jour et nuit. Mais à présent que les voici, je me sens les jambes molles. Suis-je encore la Cate qui les a quittées à la porte de l'église ? Et elles, sont-elles mes sœurs d'alors ?

Sur la causeuse fuchsia, Maura trône à côté d'Alice, au milieu d'une petite cour. Dans sa robe émeraude qui donne à ses yeux des reflets verts, elle rayonne littéralement. Sa chevelure de feu, gracieusement relevée à la Pompadour, est maintenue en place par des peignes raffinés, et les ballerines de velours rose à ses pieds s'ornent de nœuds verts.

« J'ai toujours eu de l'intuition, est-elle en train d'affirmer, et un modeste battement de cils tempère l'immodestie du propos. Pour ce qui est des personnes, surtout. Je sens des choses à leur propos.

— Quoi, par exemple ? » demande Vi, fascinée. Elle s'est ménagé une petite place de l'autre côté d'Alice, et ses volumineux jupons font une bosse devant elle. Vi n'est guère plus plantureuse que moi, mais elle use de tous les rembourrages imaginables.

« Oh ! répond Maura avec un petit geste langoureux, de quoi ils sont capables. Si on peut leur faire confiance ou pas. Je ne serais pas plus surprise que ça si je me mettais à avoir des visions. »

Un peu plus loin, je repère Tess, assise sur une ottomane à côté de Rory, ses tresses blond paille en diadème autour de la tête, comme les miennes. Dans sa robe à carreaux rouges, avec ses joues roses et son regard brillant, elle a l'air en pleine forme – quoique un peu sceptique quant au don de voyance de Maura. À ma vue, elle saute sur ses pieds. Ma parole ! elle a grandi d'un pouce depuis que j'ai quitté la maison.

« Cate ! » Elle se jette contre moi et je referme les bras sur elle pour l'étreindre, si fort qu'un petit cri lui échappe. Elle rit, et je ris en réponse.

Maura se lève à son tour et m'étreint pour la forme. Elle exhale un léger parfum citronné, de verveine du Pérou peut-être.

« Ah ! te voilà enfin, dit-elle. Ça fait une éternité qu'on t'attend.

— Désolée d'avoir raté votre arrivée. Il me tardait de vous voir, pourtant. » Je l'observe, un peu sur mes gardes. M'en veut-elle encore pour avoir quitté Chatham sans elle ?

Qu'importe, j'ai le cœur en fête de les savoir ici. Le prieuré n'est pas le lieu que j'aurais souhaité pour elles, mais l'ordre des Sœurs n'a tout de même rien de l'enfer que Mère laissait entendre. D'un autre côté, peut-être n'aurais-je pas dû prendre cette décision sans les consulter. À les voir toutes les deux ici, plus grandes, plus jolies, plus mûres que jamais, j'ai un petit choc : ce ne sont plus des enfants. Elles ont le droit de faire leurs propres choix.

Maura retourne à son auditoire, main sur le cœur, en grande actrice qu'elle est. Tous les regards sont sur elle, rien ne saurait lui plaire davantage.

« C'était dur, assure-t-elle, de se retrouver comme ça toute seule, claustrée au fin fond de la cambrousse.

— Tu n'étais pas toute seule, dis donc ! la rabroue Tess. J'étais là, moi aussi.

— Oh, tu sais très bien ce que je veux dire. » Elle rit de son rire qui pétille. « Chatham est à mourir d'ennui, tu ne diras pas le contraire. Et nous ne connaissions même pas d'autres sorcières. Notre mère était très stricte, à peine si nous avions droit à un sortilège ou deux, de loin en loin. Moi, je veux tout apprendre sur l'ordre des Sœurs et sur l'histoire de la magie. Je vous envie, toutes. Je sais que je suis terriblement en retard pour mon âge », conclut-elle, le front soucieux.

Je la regarde, perplexe. Son inquiétude est-elle authentique ? Jamais elle n'a manqué d'assurance. Mais si c'est une tactique, c'est la bonne : immédiatement, Alice, Vi et compagnie proposent leur aide à qui mieux mieux.

Je reviens à Tess.

« Elle te va bien, cette coiffure. Et qu'as-tu fait, dis-moi, tout ce temps ? À part grandir comme de la mauvaise herbe pendant que j'avais le dos tourné ? Tu m'arrives au menton, maintenant.

— Absolument. Je suis une géante. » Elle rit de toutes ses petites dents. « Oh, Cate, quelle joie de te revoir ! Tu m'as manqué, tu sais.

— Moins que tu m'as manqué à moi. »

Je parcours du regard le salon et ses occupantes : Rebekah au piano, Lucy à côté d'elle – toutes les deux silencieuses, de peur de perdre une miette des échanges en cours ; Mei, qui vient d'entamer une partie d'échecs avec Rilla, et paraît déjà sur le point de l'emporter. Deux ou trois autres membres de la petite cour d'Alice feuillettent des magazines, vautrées sur le tapis devant le feu. Pas un de nos professeurs n'est en vue.

Une question me vient à l'esprit : « Elena n'est pas ici ?

— Bien sûr que si, intervient Maura. En ce moment, elle est avec Sœur Inez. C'est elle qui nous a escortées, avec Paul.

— Paul – le mien ? McLeod ? »

Maura éclate de rire. « Ah ! parce qu'il t'appartient ? Il est venu nous rendre visite à la maison pas mal de fois, tu sais, depuis ton départ. »

Tess suspend son inventaire de la bibliothèque du salon, bien pourvue en romans gothiques et autres lectures d'évasion.

« Il s'est fait du souci pour toi, me dit-elle gravement.

— Ah bon ? ironise Maura. Avec moi, il était rare qu'il prononce son nom. » *Avec moi.* Elle me surprend. Au moment de mon départ, elle était en pleine peine de cœur après s'être éprise d'Elena. « Au fait, où étais-tu, là, à l'instant ? Personne n'a voulu nous le dire. »

Un frisson me parcourt. « Je suis allée à Harwood. »

Maura sursaute. « Ah ? Mais pour quoi faire ? »

Sa belle assurance se fissure. Elle se tasse dans la causeuse, et Alice lui tapote le bras en signe de compassion.

Tess se blottit contre moi, ses yeux gris pleins d'inquiétude. « Ça va, Cate ? »

Du bout des doigts, je me masse les tempes pour enrayer la migraine naissante.

« Rien de mystérieux ! J'étais en mission avec d'autres. Pour porter des soins à des malades. Et Sœur Cora voulait que je parle à Zara, puisqu'elle a étudié les oracles.

— Zara est notre marraine, explique Maura à la cantonade, bien qu'en réalité moi seule sois sa filleule. C'est une sorcière très puissante, et une érudite, en plus. »

Alice se tourne vers moi. « Elle vous a dit des choses ? »

Ma mémoire me rend l'image de Zara – traits creusés, regard lointain, médaillon au bout de sa chaîne…

« Elle a l'esprit un peu embrumé par le laudanum, mais j'ai pu tirer d'elle quelques mots sur les deux sibylles avant Brenna. Les Frères les ont emprisonnées à Harwood et leur ont arraché des prophéties par la torture.

— Par la torture ? murmure Tess, triturant ses poignets de dentelle.

— Oui. ».

Mes sœurs et moi échangeons un regard, unies dans la peur, et je décide de garder pour moi le reste des détails sordides.

Alice revient à la charge. « Mais vous, Cate, vous en avez eu, des visions ? C'est pour ça que Sœur Cora vous a envoyée là-bas ?

— Non, je n'en ai pas eu. Pas encore, dis-je sans détour, et je perçois la déception de mes compagnes. J'ignore pourquoi. Brenna a eu sa première vision à quinze ans, et les deux autres sibylles, d'après Zara, avaient seulement douze et quatorze ans quand les Frères les ont capturées.

— Tout le monde n'est pas précoce », commente Alice, sarcastique, avec un regard éloquent pour ma robe de bombasin qui pend comme à une patère sur mes formes si peu généreuses.

Je sens que je vire au rouge vif. L'uniforme des Sœurs ne me flatte pas, je le sais. Je riposte, un peu bravache :

« En tout cas, si je dois en avoir, j'aimerais bien qu'elles ne tardent plus. C'est comme d'attendre que tombe une hache.

— Et nous, pendant ce temps-là, raille Alice, on attend votre bon vouloir. »

Maura se retourne d'un bloc.

« On ne parle pas comme ça à ma sœur.

— Pardon ?… bredouille Alice, interdite.

— Vous avez bien entendu, réplique Maura avec un sourire de défi. Si Cate est la sibylle, elle est la plus puissante sorcière dans cette pièce. Elle a droit à votre respect. Je vous prierais de vous en souvenir. »

Alice se renfonce dans son coin de canapé. C'est la première fois que je la vois se faire rabrouer, et encaisser le coup en silence. Je jubile. Me faire défendre par Maura, c'est inattendu. J'avais oublié de quelle loyauté farouche elle est capable.

« Alors, on se fait déjà des amies, Maura ? » interroge une voix dans mon dos.

Elena Robichaud me frôle pour se faufiler dans la pièce à grands froufrous de taffetas. Le beige crème de sa robe flatte son teint sombre. C'est vraiment une très jolie fille.

« J'expliquais à Cate à quel point nous aurions été perdues sans vous, Tess et moi, ces dernières semaines », répond Maura d'un ton détaché – et j'admire son art de faire entendre qu'en réalité c'est tout l'inverse. Je note combien elle s'est raidie, combien son sourire s'est crispé à l'apparition d'Elena.

Elena remet en place ses anglaises brunes comme si de rien n'était. Si je ne la connaissais pas, je la croirais tendue, elle aussi. Elle me sourit.

« Bonjour, Cate.

— Bonjour. » Je lui rends son sourire, alors même que je pourrais la gifler pour avoir brisé le cœur de ma sœur.

« Tu viens m'aider à défaire mes bagages, Cate ? » demande Maura, et elle prend congé des autres, rayonnante, tandis qu'Elena, Tess et moi gagnons le corridor. « Je suis rudement heureuse d'être enfin ici, conclut-elle à la ronde. J'espère que nous allons toutes nous entendre à merveille. »

Comme nous quittons la pièce, Vi déclare bien haut, pour que la remarque nous parvienne :

« Pas besoin de demander qui est la beauté de la famille.

— Et elle n'a pas l'air empotée non plus », reconnaît Alice.

Tess glisse sa petite main dans la mienne.

« Ne les écoute pas.

— Oh, ne t'inquiète pas : ça ne m'atteint pas ! »

Mais l'aisance avec laquelle Maura s'est fait accepter des autres me pique au vif. Il ne lui a pas fallu cinq minutes pour s'assurer leur respect, c'est plus que je n'ai accompli en un mois et demi. Des souvenirs d'enfance me reviennent soudain, les gens qui s'arrêtaient dans la rue pour s'extasier sur Maura, pour dire à Mère, la bouche en cœur, quelle belle petite fille elle était, qui lui achetaient des sucettes, jouaient avec ses boucles rousses, la bombardaient de questions pour le plaisir de l'entendre zozoter irrésistiblement.

Moi, j'étais la gamine quelconque, aux cheveux fins et raides qui s'échappaient de ses nattes malgré tous les soins de Mère à les tresser serré, la petite fille trop grande aux jupons toujours crottés, et qui n'aimait pas sourire aux inconnus. Oh ! on me donnait des bonbons, à moi aussi ; mais c'était pour ne pas faire de jaloux.

Tout le monde adore Maura. Elle attire par sa beauté, sa vivacité. Il en a toujours été ainsi. C'était moins criant du temps où nous étions confinées à la maison, mais à présent je me sens redevenir l'enfant qu'on ne voit même pas. Ne devrais-je pas avoir dépassé ce stade ?

Au pied de l'escalier, Elena se retourne vers Maura.

« Vous nous avez fait un joli numéro. »

Maura lui jette un regard d'acier.

« Il n'y a pas un seul mot que je retire.

— Bien sûr que non. Vous êtes devenue très ambitieuse, ces derniers temps. »

Le sourire est âpre, et je m'interroge. Nous convaincre toutes les trois de rejoindre l'ordre des Sœurs a toujours été l'objectif d'Elena. C'était même pour cette mission qu'elle avait été envoyée à Chatham. Elle devrait être comblée.

Maura lève un sourcil.

« Vous dites cela comme un reproche.

— Non. Simplement, il m'ennuierait de vous voir perdre vos qualités de cœur dans votre quête de succès. »

Maura pousse un petit gloussement forcé.

« Je doute que vous soyez la mieux placée pour me faire la morale sur les qualités de cœur. »

Et elle gravit l'escalier en hâte, en balançant les hanches comme elle sait si bien faire. Tess lui emboîte le pas.

La main sur la rampe, j'hésite auprès d'Elena.

« Je ne vous ai jamais vues à couteaux tirés comme ça, Maura et vous. »

Elle hausse les épaules. « Elle ne m'a jamais pardonné. »

Debout sur la première marche, je la domine de très haut. J'avais oublié qu'elle était si petite. Elle a tant de présence qu'on ne le remarque pas. Je soupèse mes mots, avant de répliquer :

« Vous l'avez manipulée pour m'atteindre. Ce n'est pas moi qui la blâmerai.

— Je ne me le suis pas pardonné à moi-même, si cela peut vous faire plaisir. » Elle baisse le nez vers le plancher ciré. « Soyez vigilante, Cate. Il n'y a pas qu'à moi qu'elle en veut encore.

— Cate ! Tu arrives, ou quoi ? s'impatiente Maura depuis le premier palier.

— Allez vite, soupire Elena. Elle n'aime pas attendre.

— Vous ne venez pas ? »

L'Elena que j'ai connue n'aurait eu qu'une idée : s'immiscer dans nos retrouvailles.

« Non. Je vous laisse démêler les choses entre vous trois. »

Je rejoins mes sœurs et les suis jusqu'à la chambre qui leur a été attribuée, au deuxième étage. Maura ouvre les tentures vert sombre et contemple le jardin enneigé. Tess tire sa lourde valise, pouce après pouce, en direction de l'étagère à livres. Elle s'agenouille, déplie quelques robes, puis soulève une fausse doublure de satin, révélant un stock d'ouvrages. Rien d'étonnant si c'était lourd ! Le premier qu'elle sort est un vieil exemplaire des *Métamorphoses*, qu'elle serre sur son cœur.

« Tu comprends, dit-elle, surprenant mon regard amusé, je n'allais pas le laisser aux Frères, pour qu'ils le fassent rôtir. » Elle déballe avec soin le reste du butin, et me tend *Arabella l'Intrépride*. « Pour toi. De la part de Mrs Belastra. »

Je feuillette ce roman que j'ai tant aimé, enfant, touchée par l'attention de Marianne. J'espère qu'un jour je pourrai me racheter auprès d'elle, lui montrer combien j'apprécie l'immense sacrifice qu'elle a fait pour que Finn et moi puissions être ensemble – même si les choses se sont déroulées autrement, même si j'ai pu sembler ne pas en prendre la mesure. Et, bien sûr, je demande :

« Comment va-t-elle, Marianne Belastra ?

— Tu sais qu'ils ont brûlé tous ses livres ? dit Tess, et un éclair passe dans ses yeux gris. Elle avait réussi à en donner quelques-uns, en cachette, à des clients comme Père, mais les autres, tous les autres… Ils ont fait un grand feu sur la place et, là, ils ont jeté des ouvrages par brouettes entières. Frère Winfield a même prononcé un discours sur l'importance de préserver nos esprits du péché insidieux des romans !

— Marianne a dû être au désespoir. »

Et sans son fils à ses côtés pour la réconforter… La culpabilité me ronge.

« Il paraît que la fumée se voyait à des lieues à la ronde. Et je ne te dis pas l'odeur. » Elle serre ses *Métamorphoses* plus fort contre elle. « Père était hors de lui. Et je l'étais plus encore, je crois.

— À propos de Marianne, intervient Maura, se détournant de la fenêtre, je n'arrive pas à croire que Finn Belastra soit entré dans l'ordre des Frères. Je n'aurais pas cru que c'était son genre. »

C'est sur moi qu'elle a les yeux posés, c'est de moi qu'elle attend une réponse. Que sait-elle au juste ?

Je reste prudente. « Ce n'est pas son genre, en effet.

— À Chatham, tout le monde dit que c'est pour ça que tu as rejoint l'ordre des Sœurs. Parce qu'il t'a plaquée. » Maura retire de ses cheveux ses jolis peignes et les pose sur sa table de toilette. « Vrai ou faux ?

— Faux. » Je plante mes poings sur mes hanches. « J'ai rejoint l'ordre des Sœurs pour vous protéger, vous deux. Parce qu'Elena vous menaçait.

— Dommage, soupire Maura. J'aimais l'idée. Ma grande sœur, avoir une histoire d'amour clandestine avec le jardinier ! Comme dans mes romans. Tu veux dire qu'il n'y a jamais rien eu entre lui et toi ? Pas de baisers volés du côté de la gloriette ?

— Non. Enfin, si. Je veux dire, ce n'est pas du tout ce que tu crois. » Je m'embrouille, j'ai les joues en feu. « Il ne m'a pas laissée tomber. Ça non plus, ce n'est pas son genre.

— Là, je demande à voir. Ma pauvre. » Le reflet de Maura m'observe dans le miroir. Tess aussi m'observe, les yeux brillants de compassion. « Bon, ça a dû être un choc pour toi. Trahir sa propre mère, puis te plaquer, toi. Il a toujours eu les dents longues, non ? Je me souviens de lui, à l'école du dimanche, quand on était petites. Une espèce de grand monsieur je-sais-tout, toujours à…

— Maura ! l'interrompt Tess. Elle ne veut pas en parler. Arrête de la harceler.

— Je ne la harcèle pas. J'essaie de la consoler, au contraire. Peut-être que je m'y prends de travers. » Elle s'agenouille, tire de l'une de ses malles une robe moirée d'or. Puis elle lève vers moi un pauvre visage. « Je sais ce que c'est, Cate, se faire jeter comme une vieille chaussette. Tu aurais dû m'en parler. Te confier à moi. »

C'est plus fort que moi, je proteste : « Mais ce n'est pas du tout ce qui s'est passé entre Finn et moi. Rien à voir avec Elena et toi. »

Un masque tombe sur ses traits tandis qu'elle se relève.

« Non, bien sûr. Entre lui et toi, c'était très profond. Enfin, jusqu'à ce qu'il te lâche pour suivre Frère Ishida. Au moins, maintenant, on sait pourquoi tu ne tenais pas à épouser Paul. Tess, tu veux bien me dégrafer, s'il te plaît ? »

Et elle nous tourne le dos.

Allons bon. J'ai dit ce qu'il ne fallait pas dire. Pourquoi faut-il toujours qu'avec elle je commette des faux pas ?

Docilement, Tess entreprend de dégrafer la robe émeraude. Je ferme les yeux un instant et rassemble toute ma patience.

« Je ne voulais pas épouser Paul parce que je n'étais pas amoureuse de lui. N'est-ce pas toi qui m'as dit, un jour, que je ne devais épouser que celui qui ferait battre mon cœur ? »

Elle me coule un regard dans le miroir.

« En tout cas, si j'étais toi, je ne me tracasserais pas pour lui. Il a été surpris, c'est sûr, mais clairement il s'en est remis.

— Ravie de l'apprendre, dis-je sèchement. Et donc il est de retour à New London ?

— Oui. » La voix de Maura se fait étouffée, le temps qu'elle se dépiaute de sa robe. « Pour travailler dans le cabinet d'architecte de Mr Jones. Il dit qu'il n'y a plus rien pour lui à Chatham. »

Je ne devrais pas poser la question. Je sais qu'elle attend que je la pose ; je ne voudrais pas lui donner cette satisfaction. Mais la curiosité l'emporte. « Tout à l'heure, tu as dit… tu as laissé entendre… Il est venu vous rendre visite à la maison ? »

Elle pouffe. « Ne prends pas ce ton choqué ! Je ne suis pas précisément repoussante, au cas où tu ne serais pas au courant.

— Je suis au courant. » Maura est beaucoup plus jolie que moi, plus avenante, plus fine mouche. Elle aime la ville, comme Paul, et elle est aventureuse. Ce n'est pas la première fois que je songe qu'ils iraient plutôt bien ensemble, ce qui ne m'empêche pas d'être surprise. « Simplement, la dernière fois que je l'ai vu, lui, il m'avait fait sa demande ; et la dernière fois que je t'ai vue, toi, tu jurais sur tes grands dieux…

— La dernière fois que tu m'as vue, j'avais perdu la tête. Je n'étais rien d'autre qu'une gamine entichée de son enseignante. Je me sentais seule et elle me flattait, me procurait l'impression d'être importante. J'étais assez sotte pour croire à une passion profonde. J'en suis revenue. »

Sa voix a trop de mordant ; je n'irais pas jurer qu'elle en est revenue tout à fait.

« Et maintenant, dis-je, tu éprouves des sentiments pour Paul. »

Je la regarde, debout sans la moindre gêne en corset ivoire et jupons, ses boucles rousses cascadant sur ses reins, et je ressens un doute étrange, comme si je contemplais une inconnue. Maura. La connais-je seulement ?

« Tu m'avais dit que je changerais d'avis le jour où je rencontrerais l'homme qui me conviendrait. C'est peut-être le cas. Et Paul était si blessé quand tu es partie. Tu ne lui as même pas dit au revoir, tu n'as même pas donné de réponse à sa demande. Il mérite mieux. »

Très juste, et je ne le nie pas. D'un autre côté…

« Il t'en a parlé ? » L'idée me met mal à l'aise. Paul a toujours été mon ami. Maura était la petite sœur pot de colle, la peste qui voulait nous suivre partout.

« Oui. Il voulait savoir. Je n'ai pas pu lui révéler la vérité sur l'ordre des Sœurs, évidemment, et donc je l'ai laissé imaginer que c'était à cause de Finn Belastra. Ce qui te donnait un rôle assez pitoyable, malheureusement.

— Cate avait ses raisons, j'en suis sûre, intervient Tess, qui l'aide à enfiler sa robe moirée.

— Cate a toujours ses raisons. Mais comme elle ne juge pas utile de nous les faire connaître, nous en sommes réduites aux suppositions, souligne Maura d'un ton dégagé, ajustant l'étoffe sur ses hanches. Quoi qu'il en soit, il a dit qu'il viendrait voir si nous sommes bien installées. J'arriverai peut-être à le convaincre de m'emmener faire des courses en ville.

Tess, tu pourrais venir comme chaperon. Je te le proposerais bien, Cate, mais j'aurais peur que ça fasse un peu bizarre.

— Et je ne le souhaite pas. Aucune envie de gâcher ton plaisir.

— C'est gentil de ta part. Il me tarde de voir New London pour de bon. Bénie soit Brenna Elliott et sa nouvelle prédiction. Je craignais d'être coincée à Chatham jusqu'à la fin de mes jours.

— Chatham n'est tout de même pas l'enfer, commente Tess, nouant autour de la taille de notre sœur une large ceinture de velours brun.

— Non, mais tu sais très bien ce que je veux dire. Un peu de changement fait un bien fou. Elena dit que les Sœurs ne sont plus si sûres à ton propos, Cate. Celle qu'annonce la prophétie pourrait être n'importe laquelle de nous trois.

— Maura, arrête, implore Tess au bord des larmes. Arrête de chercher la querelle. Nous le saurons bien assez tôt, laquelle de nous est la sibylle sorcière ; et pour le moment nous revoilà ensemble. Tu n'es pas heureuse, toi ? »

Maura me jette un regard où je lis de l'appréhension, comme si admettre que je lui ai manqué risquait de lui retirer quelque chose.

Ce qui est peut-être le cas.

« Je suis désolée, dis-je. Je vous dois des excuses à toutes les deux. » Je respire un grand coup. « Surtout à toi, Maura. La décision que j'ai prise de venir ici, tandis que vous deux restiez à la maison… cette décision, nous aurions dû la prendre ensemble. Vous êtes assez grandes maintenant pour avoir votre mot à dire sur ce qui vous concerne. Tu me l'avais fait remarquer, Maura, et je ne t'ai pas écoutée. Je ne… je ne suis pas toujours très douée pour écouter.

— *Pas toujours !* ironise Maura à l'intention du plafond.

— Maura ! » la supplie Tess.

Je tends la main à Maura. Elle la regarde un moment, puis finit par la prendre.

« Bon, dit-elle. Moi aussi, j'ai trouvé le temps long sans toi. »

Chapitre 7

Le lendemain après-midi, à l'heure du thé, Tess place sur une assiette deux scones à la citrouille.

« Le salon de devant ? » me suggère-t-elle, et la voilà qui file vers la porte, tandis que je saisis deux tasses de thé fumant.

Assise dans la causeuse fuchsia, Maura retient Tess au passage en l'attrapant par une natte. « Où allez-vous comme ça ?

— Chercher un endroit tranquille, Cate et moi, pour bavarder et rattraper le temps perdu. Tu viens avec nous ?

— Surtout pas ! répond Maura en roulant les yeux. Je ne voudrais pas vous gêner. »

J'ajoute un peu de lait et de sucre dans le thé de Tess, bien comme elle l'aime, feignant de ne pas écouter. J'entends Tess étouffer un petit soupir.

« Tu ne nous gênerais pas, Maura ! Simplement, je n'ai pas vu Cate depuis des semaines. Je veux qu'elle me raconte tout.

— Pas de problème. De toute manière, je préfère rester ici avec les autres, c'est plus intéressant », conclut Maura, se retournant vers Alice.

Tess se raidit et marmonne vaguement : « Merci. »

J'en termine avec le thé, et nous gagnons en silence le salon de devant. Sitôt la porte refermée, j'interroge Tess : « Alors, dis-moi. Comment vont les choses à la maison ? »

Elle se pelotonne sur le canapé rigide, replie sous elle ses pieds en chaussettes et s'attaque à un scone. Les arômes mêlés de cannelle et de muscade flottent dans l'air. Tess m'indique le second scone sur l'assiette.

« Tu devrais manger quelque chose. Tu as besoin de te remplumer. »

Je prends les allumettes et j'allume les becs de gaz de part et d'autre de la cheminée. Ils vont nous apporter une illusion de chaleur qui ne sera pas du luxe. Dans cette pièce sans feu règne un froid glacial, malgré le radiateur gargouillant, dans lequel est censée circuler de l'eau chaude.

« Tu éludes ma question ? dis-je, soufflant sur mon allumette.

— Non. Je ne sais pas... Peut-être. » Je m'affale dans le canapé à côté d'elle, et elle me tend le scone d'autorité. « Tu te fais toujours du mauvais sang pour nous. Je n'ai donc pas le droit de m'en faire un peu pour toi ?

— Non. » Mais je mords dans la mie tendre pour la rassurer. « Là ! Et maintenant, raconte.

— Ça ne s'est pas trop bien passé, soupire-t-elle, renouant le ruban au bas de sa natte pour éviter mon regard. Après ton départ, Maura n'est pas sortie de sa chambre pendant une semaine. Puis Elena et elle se sont chamaillées, c'était à celle qui crierait le plus fort. Je n'avais jamais vu Maura dans cet état. Même Père est venu voir ce qui se passait. Alors, pour qu'il oublie ce qu'il venait d'entendre, Maura a fait de l'intrusion mentale sur lui. Et après ça, elle n'a plus été la même. La semaine dernière, je l'ai surprise à en faire autant sur John et Mrs O'Hare.

— Quoi ? »

J'en glapis. J'ai toujours vu les O'Hare chez nous, elle comme cuisinière et femme de ménage, lui comme cocher. Ils font pour ainsi dire partie de la famille.

« Oui, dit Tess d'une pauvre voix, et son regard gris croise le mien. J'ai dans l'idée que ce n'était pas son coup d'essai. Je me demande combien de fois elle l'avait déjà fait, quand je l'ai surprise en flagrant délit. Elle n'a pas voulu me répondre.

— Et qu'a-t-elle dit pour sa défense ? » Je repose dans l'assiette mon scone presque intact.

Tess se voûte un peu. « À l'entendre, c'était trois fois rien. Elle voulait seulement s'exercer à forcer les pensées de plusieurs personnes à la fois. Je lui ai dit que si elle recommençait je ne lui parlerais plus jamais de ma vie. » Contrairement à Maura, Tess n'est pas du genre à lancer des menaces en l'air. « Elle m'a juré qu'elle ne recommencerait plus.

— Ils n'ont pas de séquelles, au moins ? » Du bout d'un doigt, je retrace le motif sculpté sur le bras du canapé.

« Apparemment pas. C'est Maura qui m'inquiète. Elle est devenue obsédée de magie. Tout le long du trajet pour venir ici, quand elle ne flirtait pas avec Paul, elle interrogeait Elena sur l'ordre des Sœurs, à mots couverts. À croire qu'elle s'imagine qu'elle peut être celle qu'annonce la prophétie, si elle fait assez d'efforts. » Tess se mordille la lèvre. « Je n'ai pourtant pas l'impression que les prophéties fonctionnent de cette façon. Je me demande ce que fera Maura si ce n'est pas elle.

— Tu veux dire qu'elle enragera plus encore ? Hier soir, il me semblait que nous avions fait la paix, elle et moi, mais depuis elle m'ignore. » À mon tour, je me déchausse et replie mes pieds sous moi, tout comme Tess, en miroir. « L'endroit ne te fait pas trop horreur, à propos ?

— Pas du tout, je le trouve superbe. Très… accueillant. » Ce disant, elle balaie du regard le salon austère avec une mimique drolatique.

« Tess ! Je parle sérieusement. »

Et je parle trop fort ! C'est tout juste si je ne sens pas sur moi le regard désapprobateur des prieures dans leurs cadres dorés. L'idée qu'un jour je puisse les rejoindre me dépasse.

« Je suis arrivée hier, me rappelle Tess. Je n'ai pas encore pu me faire une opinion.

— Je ne supporterais pas que tu m'en veuilles. » Machinalement, je lisse la dentelle au bas de ma jupe écossaise. « Je sais que tu aurais mieux aimé rester à la maison avec Père et…

— Je comprends pourquoi tu nous as fait venir ici, me coupe-t-elle. Et je pense que je vais m'y plaire.

Il y a de quoi se sentir un peu submergée, c'est tout. J'ai l'habitude de notre petit cercle fermé – rien que nous. Ici, j'ai l'impression que tout le monde a les yeux sur moi. »

Dans sa robe neuve à pois mauves et roses sur fond bleu, et avec ces rubans roses au bout de ses nattes, Tess est ravissante et fait presque petite fille. Je me sens tentée de la choyer, de la materner, et je dois me gendarmer pour me rappeler ma promesse de ne plus la traiter comme une enfant.

« Nous attirons la curiosité à cause de la prophétie. Tu t'y feras.

— Oui. Tout le monde a l'air gentil. Enfin, presque tout le monde. »

Le scone, que je portais à ma bouche, s'arrête à mi-chemin.

« Quelqu'un a manqué de gentillesse envers toi ? Qui ? »

Elle rit. « Cate, on te croirait prête à estourbir je ne sais qui avec ce scone. » Piteuse, je le replace sur l'assiette. « Non, personne ne m'a regardée de travers. Mais Alice et Vi, à mon avis, ne sont pas très aimables avec toi. »

Je minimise : « Ne t'inquiète donc pas pour ça. Mais toi, je veux que tu te fasses des amies.

— Ça ne risque pas d'être le cas avec celles qui ont une dent contre toi, je peux te le dire ! »

Je l'étreins un bon coup, très vite. À l'évidence, Maura voit les choses autrement. C'est avec Alice et Vi qu'elle a soupé, hier soir, et elles se sont retrouvées ce matin.

Tess s'épanouit. « Oh, j'oubliais : Sœur Gretchen m'a proposé de m'apprendre l'allemand.

— Bonne idée. Et dans la famille de Mei, on parle chinois à la maison. Je suis sûre que Mei serait prête à te donner des leçons.

— De chinois ? » Elle s'en étrangle de joie. « C'est vrai ?

— Bien sûr. Tu veux qu'on aille le lui demander ? Je parie qu'elle est encore en train de jouer aux échecs avec Addie. »

J'éteins les becs de gaz, Tess reprend l'assiette et sa tasse de thé aux trois quarts pleine. En chemin, dans le hall d'entrée, elle s'arrête devant la console du courrier.

« Oh ! que c'est joli », dit-elle, désignant le plateau en argent, surmonté d'un porte-lettres en forme de lyre. Elle tend la main vers l'objet, et son thé se renverse sur la console. « Oups ! Quelle idiote… »

J'empoigne l'unique lettre qui attendait là, adressée à Sœur Cora, et la secoue dans les airs.

« Va vite chercher une serviette ou un torchon à la cuisine.

— Elle est très mouillée ? s'affole Tess. Il vaudrait peut-être mieux sortir la lettre de l'enveloppe avant que ça traverse, non ?

— Et lire le courrier privé de Sœur Cora ? Je doute qu'elle apprécie. »

J'examine l'enveloppe. Pas d'adresse d'expéditeur. Cette lettre a été livrée par porteur. Et si c'était un courrier important, s'il était maintenant illisible ? Tess file à la cuisine, je glisse un ongle sous le cachet de cire. Il est frappé d'un B.

Ma décision est prise. Je ne vais pas lire cette lettre. Je vais seulement la retirer de l'enveloppe, pour lui éviter d'être trempée elle aussi.

J'avais tort de me faire du souci : la lettre est à peine brunie dans le bas, mais les six lignes de texte sont encore parfaitement lisibles… à ce détail près que les lettres forment des combinaisons insolites qui n'ont aucun sens à mes yeux.

Tess revient à la hâte avec un torchon.

« Elle n'est pas perdue, au moins ? s'inquiète-t-elle tout en épongeant le thé sur la console. C'était quelque chose d'important ?

— Je n'en sais rien. On dirait du langage codé, dis-je en l'agitant vers elle.

— Tu crois ? » Elle me la prend des mains, plisse le front. Elle ressemble à Père face à un texte à traduire. « C'est du code de César, dit-elle au bout d'une demi-minute. Chiffre de César, si tu préfères.

— Je suis censée savoir ce que ça signifie ?

— C'est un code de substitution, chaque lettre est remplacée par une autre. On raconte que César utilisait un décalage de trois lettres vers la droite – le A devenait un D, le B un E, le C un F, et ainsi de suite. Ici, on dirait plutôt un décalage de deux vers la gauche. » Elle s'interrompt. « A devient Y, B devient Z, etc. Pas mal. Plus difficile à décoder. »

Je suis impressionnée. « Sauf que tu viens de le décoder en moins d'une minute. »

Elle rougit. « J'ai dévoré un livre de Père sur la cryptographie. Tu sais bien que j'aime les énigmes, les équations, ce genre de choses. J'ai même envoyé des messages codés à Mrs O'Hare pendant un bon mois, après cette lecture. Elle n'était pas très douée pour les décrypter. Il fallait toujours que je lui fournisse la clé. Mais celui-ci, je t'assure, n'importe quel quidam moyennement doué le déchiffrerait en un rien de temps. Ou en viendrait à bout, en tout cas. »

Je ris. C'est bien Tess.

« Tu veux dire que tu peux lire ce message ?

— Sûr. » Elle se lance – et son sourire s'efface à mesure qu'elle lit. « *Alerte maximale… depuis… dernier rapport Harwood. 8 filles… arrêtées en 2… jours.* Je crois que c'est ça, ou alors : *6 filles en 0 jour*, ce qui ne veut rien dire. *Pas de procès… Mises sous surveillance renforcée dans sous-sol bâtiment Conseil national et…* » Sa voix s'altère. Je pose une main sur son épaule. « … *torturées, privées de nourriture. Risquent de simplement disparaître. Même sous torture, 6 se jurent incapables de prophéties ; 2 s'en disent capables, mais l'une est folle, et l'autre débile. Les familles sont révoltées, ce dont nous pourrions tirer parti.* »

Nous gardons le silence un moment.

« Les malheureuses », dis-je pour finir.

C'est moi que veulent les Frères, pas elles. Huit filles innocentes souffrent, tandis que je dors tranquillement dans mon lit.

Tess rejette la lettre sur la console et lève les yeux vers moi.

« *Tirer parti* de cette horreur ? Comment est-ce possible ?

— Sœur Cora espère que les gens vont finir par ne plus supporter les Frères, et qu'alors ils se tourneront vers d'autres dirigeants. Par exemple, l'ordre des Sœurs, en association avec des Frères modérés. » Tout en parlant, je fais les cent pas dans le hall. « Plus les Frères se montrent odieux, plus nous avons de chances d'être bien vues.

— Ah oui ? s'indigne Tess. Et elle serait prête à laisser de pauvres filles pourrir en prison, dans l'espoir de pousser les gens à se soulever contre les Frères ? C'est impossible. Il y a sûrement mieux à faire. »

À travers la fenêtre, un mouvement dans la rue attire mon regard. Un landau noir passe, les sabots des chevaux claquent dans le silence. Les érables agitent au vent leurs rameaux à moitié nus. Je m'entends murmurer : « Mieux à faire, oui, mais quoi ?

— Je vais chercher Maura », décide Tess.

Pendant ce temps, je reprends la lettre et regagne le salon de devant, où je rallume les becs de gaz. Puis je m'assieds dans la bergère face à l'âtre sans feu, et une fois de plus je contemple les moulures des corniches, avec leurs grappes de raisin. Si seulement je savais à qui demander conseil !

Tess revient peu après, Maura sur les talons – une Maura dont le regard bleu lance des éclairs.

« Non mais, à quoi elle rêve, Sœur Cora ? Laisser ces pauvres filles se faire massacrer ? Qui sait combien d'entre elles encore les Frères vont arrêter ? »

Je tente de l'apaiser : « Mais que veux-tu qu'elle fasse ? Elle cherche à nous protéger. »

Tess se blottit sur le canapé, Maura se laisse tomber à côté d'elle. Elle porte encore une nouvelle robe, à fines rayures noires sur fond bleu saphir.

« D'après Alice, le conseil de guerre est en réunion en ce moment même, pour discuter des plans d'action envisageables.

— Le conseil de guerre ?

— Le conseil de guerre des Sœurs. Alice m'a tout expliqué. Enfin, Cate, ça fait un mois et demi que tu es ici, et tu n'es au courant de rien ? » Maura pousse un soupir appuyé. « Composé de Sœur Cora, bien sûr, et des Sœurs Gretchen, Sophia, Johanna, Evelyn et Inez. Les six doyennes de l'Ordre. Ensemble, elles votent toutes les décisions importantes ; mais ces derniers temps, d'après Alice, rien n'a pu avancer, parce que Cora et Inez ne tombent jamais d'accord. »

D'après Alice, d'après Alice. Je m'informe, perfide :

« Et d'où vient qu'Alice soit au courant de tout ?

— Elle fourre son nez partout, voilà pourquoi », répond Maura sans détour, et je ris malgré moi. « Mais elle a raison, c'est bien utile. Par exemple, elle a entendu Inez et Johanna discuter de la dernière prédiction de Brenna, aussi. Brenna a informé les Frères que l'autre sibylle se trouve désormais à New London », conclut-elle. Et, d'un petit geste coquet, elle cale une mèche derrière son oreille.

Je brandis la lettre. « Ce qui est sûr, c'est que maintenant les Frères sont dans tous leurs états. Lancés dans une grande chasse à la sibylle. »

Tess tend le bras et me reprend la missive. Elle la relit attentivement, comme si elle espérait s'être trompée, puis elle lâche d'une voix cassée :

« Tout ça est notre faute.

— Ce n'est pas notre faute du tout, la contredit Maura. C'est la faute de Brenna, qui n'a pas su tenir sa langue. Et si sa prochaine prédiction les amène ici tout droit, hein ? Si elle leur fournit carrément l'adresse ? »

Les yeux sur le tapis, je suggère : « On pourrait peut-être emmener Rory là-bas en douce, pour qu'elle demande à Brenna de se taire et de… ?

— Non, m'interrompt Tess, jouant machinalement avec la lettre sur son genou. Si Brenna cessait de révéler ses visions, ils les lui arracheraient par la torture. Entre leurs mains, elle n'est en sécurité qu'aussi longtemps qu'elle leur sera utile. »

Je préfère ne pas songer à ce qu'ils pourraient lui faire.

De la pointe du pied, Maura tapote le plancher. Puis elle laisse tomber d'un air délibérément détaché : « Vu la vie qu'elle mène, ça pourrait être une délivrance. » Nous nous taisons. Dans la rue passe une carriole ; le bruit des roues qui grincent couvre presque le pas des chevaux. Tess s'est raidie. Pour finir elle demande à Maura, d'une voix ténue :

« Tu serais prête à la… à l'éliminer ?

— L'éliminer, peut-être pas, mais… avec ce qu'elle endure là-bas ! Tu crois que c'est une vie pour elle ? »

Brusquement, son masque d'indifférence tombe, ses yeux cherchent les miens. Un bref instant, elle redevient ma jeune sœur, son beau visage ouvert quêtant une approbation que je ne peux pas lui donner.

« C'est sa vie, malgré tout, dis-je, repensant aux paroles de Sœur Sophia dans la voiture hier. Nous n'avons pas à jouer les dieux tout-puissants.

— Mais s'ils la torturaient à mort pour en tirer va savoir quoi, tu crois que ce serait mieux pour elle ? Alors que l'une de nous pourrait faire les choses en douceur, très vite. D'après Alice, Sœur Sophia en serait capable d'une pichenette », achève-t-elle avec un petit claquement de doigts.

Sophia aurait-elle déjà « fait les choses » d'une pichenette – tué sur l'injonction des Sœurs ? Cherchait-elle à me prévenir, hier, qu'un jour on pourrait m'adresser ce genre de demande ? J'en ai le cœur qui chavire.

« Brenna n'est pas bien, intervient Tess, toute pâle. Qui sait l'effet que ça fait, de voir le futur ? Voilà la question que nous devons nous poser. Et si c'était l'une de nous, enfermée là-bas ?

— Ce pourrait bien être l'une de nous avant longtemps, si elle n'est pas capable de garder ses visions pour elle. » Maura reprend la tasse bordée d'or qu'elle a apportée et avale une gorgée de thé. « Mais Brenna a toujours été bizarre. Je serais tentée de dire que si elle est folle c'est parce qu'elle est Brenna, pas parce qu'elle a des visions. »

Je songe à Thomasina et frissonne intérieurement. « Maura, un peu de compassion n'a jamais tué personne, tu sais.

— Compassion ! Comme si nous pouvions nous offrir ce luxe. » Elle repose sa tasse brutalement. « À cause d'elle, huit filles innocentes risquent leur peau. Combien d'autres vies mettons-nous en danger, pour chaque jour que nous accordons à Brenna ?

— Non, Maura, proteste Tess, ses yeux gris plus graves que jamais. Notre rôle n'est pas de tuer.

— Tu es peut-être un peu jeune pour saisir la complexité de la situation, non ?

— Alors là ! » se récrie Tess. Elle bondit sur ses pieds, ses nattes fouettent l'air comme des serpents. « Je ne suis pas vieille, peut-être, mais ça ne veut pas dire que je suis simplette, ni que je n'ai pas droit à mon opinion. »

Je me lève aussi. « Je suis d'accord avec Tess.

— Évidemment ! s'exaspère Maura. N'empêche, ce qui arrive à ces filles est atroce, et j'espère que Sœur Cora et le conseil de guerre vont trouver le moyen d'y mettre fin. »

Je jette un regard à la missive, un peu froissée dans la main de Tess.

« D'après ce message, l'affaire pourrait en réalité nous aider à obtenir le soutien de l'opinion publique. Je n'aime pas dire les choses aussi crûment, mais le mieux est peut-être d'attendre de voir…

— Attendre de voir, attendre de voir, me singe Maura. Ah ! vous faites bien la paire, toi et Cora ! Bon sang, j'espère que c'est plutôt moi, la sibylle, sans quoi l'ordre des Sœurs ne fera jamais rien. Vous, vous aimez mieux vous écarter prudemment, et laisser mourir ces filles sans même lever le petit doigt !

— Faux ! dis-je avec force. Je me soucie d'elles.

— Eh bien, on ne le dirait pas. »

Et Maura nous plante là, claquant la porte derrière elle.

Tess s'adosse au marbre de la cheminée. Des larmes roulent sur ses joues. Elle les essuie d'un geste rageur.

« Je suis en colère, c'est tout. Je déteste me faire traiter de gamine. Et je n'aime pas les airs que Maura se donne, ces airs… supérieurs. Tu as remarqué ? Elle répète comme un perroquet tout ce que dit Sœur Inez. »

J'acquiesce en silence. Déjà, entendre Inez faire ce genre de suggestion, c'est choquant, mais Maura ! Maura qui connaît Brenna depuis l'enfance ! Comment peut-elle parler si tranquillement d'éliminer quelqu'un ?

J'ai rendez-vous avec Finn, ce soir, mais je ne sais pas encore si je vais lui parler de la proposition d'Inez, faire de lui un espion pour l'ordre des Sœurs. D'un côté, je n'ai pas entière confiance en elle ; de l'autre, je n'en peux plus de l'idée que de pauvres filles souffrent sans fin parce que nous n'avons pas le cran d'intervenir. Si Finn pouvait nous fournir des informations sur ce que trament les Frères, Inez trouverait-elle le moyen de leur damer le pion ?

Inez est femme à gagner une guerre, mais à quel prix ?

Tess se retire dans sa chambre. Je gagne le salon des élèves à la recherche de Mei, pour lui demander si elle accepterait de lui donner des leçons de chinois. Maura, Alice et Vi sont en grande conversation sur la causeuse fuchsia. Ma sœur, m'apercevant, me décoche un regard dur. La petite Lucy Wheeler est au piano, dont elle joue fort mal, entourée de Hope et de Rebekah qui tournent les pages de sa partition tout en chantant un vieil air traditionnel. Hope a une jolie voix de soprano léger. Mei et Addie ne sont pas là, mais j'avise Rory dans un coin, au fond d'un fauteuil. Elle feuillette sans conviction une revue de mode, et lève les yeux à mon approche.

« Cate !

— Rory. Vous avez pu poster vos lettres, aujourd'hui ?

— Oui, c'est fait. Tout est parti. »

Elle a pris pension au couvent hier après-midi, sans la moindre objection de Frère Ishida. Cora était prête à plaider sa cause, mais cela n'a même pas été nécessaire. Il n'était pas fâché, je pense, de se débarrasser de ce boulet. Cora a rédigé une lettre pour Mrs Elliott, et Rory en a écrit une à Nils afin de rompre leurs fiançailles. Hier soir, après le souper, Tess et moi l'avons aidée à composer ce morceau de bravoure. Elle y expliquait qu'elle voulait expier son aveuglement. Avoir fermé les yeux sur les penchants diaboliques de sa meilleure amie était une faute sans nom, dont elle ne pouvait se racheter qu'en renonçant au monde et à la tendresse de Nils pour se vouer au Seigneur…

Elle paraît plus détendue, aujourd'hui. C'est presque la Rory habituelle dans cette robe carmin vif, aux poignets de dentelle.

« Nils n'aura pas de mal à se trouver une autre fiancée, déclare-t-elle d'un ton léger. Plusieurs fois, je l'ai surpris les yeux sur Emily Ruhl. »

Je me laisse choir sur le gros pouf bleu à ses pieds.

« Vous allez le regretter ?

— Lui ? Pas vraiment, dit-elle avec un geste évasif. Plutôt l'idée… l'idée d'avoir quelqu'un à embrasser, quelqu'un qui me donne l'impression d'être un peu unique et désirée. Vous le comprenez, je pense. » D'un battement de cils, elle refoule des larmes. « Sachi m'a appris que c'était Finn que vous embrassiez, pas Paul McLeod. »

C'est alors que je me sens épiée par-derrière. Alice et Maura, sans doute, en train de ricaner ? Je tourne la tête. Non, c'est Sœur Inez, qui s'encadre dans l'entrée. Elle apostrophe ma sœur :

« Maura, puis-je avoir un mot avec vous ?

— Bien sûr. » Et Maura s'empresse.

Cette convocation me chiffonne. Que veut Sœur Inez de Maura ? Mais je reviens bien vite à Rory.

« Sachi vous a tout dit, n'est-ce pas ? »

Elle est la seule à qui j'ai confié mon secret concernant Finn ; juste après qu'elle m'eut révélé que Rory était sa demi-sœur.

Rory s'empourpre. C'est la première fois que je la vois rougir. Je ne l'en savais pas capable. Elle jette un regard vers les petites qui chantent au piano, puis vers Alice et Vi en conciliabule sur la causeuse, et me chuchote :

« Oui, elle m'a tout dit. Le jour où je l'ai surprise à embrasser Elizabeth Evans.

— À embrasser Elizabeth ? »

Elizabeth Evans, grande et jolie, est vendeuse dans la boutique de son oncle, chocolatier à Chatham.

« Vous en faites, une tête, Cate ! s'amuse Rory. Notez bien, moi aussi, j'ai été choquée. Et inquiète pour ma vertu, bien sûr. »

Elle rit, et je pouffe à mon tour. Les rapports entre Rory et son fiancé n'étaient pas précisément chastes.

« Elle m'a juré ses grands dieux qu'elle n'avait pas de vues sur moi, enchaîne Rory, et ça m'a un peu vexée. Et pourquoi non ? Je ne suis pas si repoussante, que je sache. Alors, comme elle craignait que je ne la compromette dans Dieu sait quel coup tordu destiné à prouver que j'étais désirable, elle m'a avoué que nous étions sœurs.

— Et comment l'avez-vous pris ? »

Elle croise les bras sur sa poitrine généreuse.

« Mal. Je lui en voulais de ne pas me l'avoir dit plus tôt. Je suppose qu'elle redoutait de me voir dénoncer notre cher papa sur tous les toits, ou bêtement me prendre une cuite monumentale. Ce que je n'ai pas fait, pas sur le moment, mais… » Son sourire s'efface. « En réalité, elle n'avait pas tort de ne pas m'accorder sa confiance. »

Je pose la main sur sa manche. « Je suis désolée. »

Elle se mord la lèvre, et ses yeux noirs se font soucieux. « Vous n'allez pas lui retirer votre estime, n'est-ce pas ?

— Pourquoi ? Pour avoir embrassé une fille ou pour vous avoir fait confiance ? La réponse est non dans les deux cas.

— Elizabeth est à moitié amoureuse d'elle. C'était amusant de taquiner Sachi à son propos.

— Pauvre Elizabeth. »

Du coin de l'œil, je vois Maura regagner la pièce et reprendre place à côté d'Alice. Les choses iraient-elles mieux entre Maura et moi si j'avais mieux pris son engouement pour Elena ? Si je m'étais contentée de la taquiner là-dessus ? Mais les deux situations ne se comparent pas, à l'évidence. Pour Elena, Maura était un jouet. Je donnerais cher pour que Maura vive ce que je vis, un attachement aussi profond que celui qui nous lie, Finn et moi. Je la voudrais aussi heureuse que je le suis grâce à lui.

Je jette un coup d'œil à la pendulette sur la cheminée. Il me reste de longues heures encore avant de le revoir, autant dire une éternité. Il doit être au courant, pour ces dernières arrestations. Il faut faire quelque chose, mais quoi ? À coup sûr, lui non plus ne pensera pas qu'éliminer Brenna est la meilleure solution.

« À votre avis, demande soudain Rory, ce serait possible de faire sortir quelqu'un de Harwood clandestinement ? »

Derrière nous, le piano se tait, mais Hope et Rebekah continuent de chanter.

« Ce serait très difficile, je pense. »

L'une après l'autre, Hope et Rebekah baissent la voix sur une dernière note, puis se taisent. Je me retourne pour vérifier si, par malchance, Lucy a glané une bribe de notre échange, mais elle a déjà presque atteint la porte. Les jeunes chanteuses lui emboîtent le pas. Je rends mon attention à Rory, mais subitement elle se lève et jette son magazine sur son siège. Elle a une expression étrange – comme vidée de sa vivacité coutumière.

Je n'y comprends rien, jusqu'au moment où je vois Vi se lever à son tour et se joindre à l'étrange procession. Maura, qui était à côté d'elle, contemple les flammes dans l'âtre. La seconde d'après, c'est Alice qui se lève et suit Vi hors de la pièce.

Debout ! Tout de suite. Cette pensée s'impose à moi, jaillie de nulle part. Mes muscles se tendent, je suis sur le point de me lever – quand je perçois un picotement révélateur.

Maura. C'est elle qui m'envoie l'ordre.

Non, me dis-je. Je pose mes pieds bien à plat sur le parquet et croise mes mains sur un genou, doigts entrelacés. Je me tiens droite sur le pouf bleu, je sens dans mon dos la chaleur de l'âtre. Je ferme les yeux, je respire à fond, et résiste de toutes mes forces à l'urgent désir de me lever et de prendre la porte.

Le désir passe. Je rouvre les yeux. Maura est là, qui se penche sur moi avec un sourire jusqu'aux oreilles.

« Six ! jubile-t-elle. Je les ai toutes eues, sauf toi ! »

Mon sang ne fait qu'un tour. Il n'est pas question de laisser quiconque, pas même ma sœur, aller fouiner dans mon esprit. Ce que j'ai dans mes pensées m'appartient. Personne n'a le droit de jouer avec cela.

Maura se renfrogne. « Oh ! ne fais pas cette tête. Il n'y a plus que nous deux, maintenant, dans ce salon. C'est Sœur Inez qui m'a demandé de faire ça.

— Tu t'es introduite dans leur esprit sans leur autorisation. En principe, ce sont tes amies. » Je me relève, ulcérée. « Tu ne vois vraiment pas de mal à cela ?

— Tu parles. Je les ai juste persuadées de quitter la pièce. Je ne vois pas où est le mal. Ne sois donc pas si rabat-joie, Cate. »

Un pas familier résonne dans le hall, celui de Sœur Inez qui arrive de son bureau, à trois portes d'ici.

« Beau travail, Maura », dit-elle.

Maura rayonne.

« Six d'un coup – pas mal, n'est-ce pas ?

— Pas mal », concède Sœur Inez. Elle pose sur moi son regard d'oiseau de proie. « Vous avez senti quelque chose, vous, Miss Cahill ?

— Oui. » Pourquoi le nier ? « Une envie de me lever et de prendre la porte. En même temps, je n'en ai rien fait. C'était très étrange.

— Vous avez perçu la force coercitive, mais vous avez pu lui résister. » Sœur Inez m'observe comme elle le ferait d'un animalcule au microscope. « C'est ce qui s'était passé la dernière fois que Maura avait tenté de forcer vos pensées, n'est-ce pas ? »

Je hoche la tête. J'évite de regarder ma sœur, mais je la sens se décomposer.

« Bien. Six sujets, malgré tout, c'est déjà impressionnant. Jusqu'ici, aucune de nos élèves douées d'intrusion mentale n'a jamais approché cette performance. Si seulement nous étions plus nombreuses à pouvoir cela ! Ce serait bien utile, le jour où la guerre éclatera. » Sœur Inez accorde à Maura un de ses rares sourires, mais son regard revient sur moi aussitôt. « Si Miss Catherine Cahill acceptait de se soumettre à évaluation elle aussi, je serais à même de juger laquelle de vous deux est la plus puissante.

— La persuasion coercitive n'est pas la seule forme de magie qui compte », dis-je tout à trac.

Un éclair de rage passe sur les traits de Maura. Je ne compte pas le nombre de fois où, depuis l'enfance, elle a été furieuse contre moi. Furieuse et méprisante et jalouse. Mais jamais elle ne m'a regardée de cette façon.

Comme si elle m'en voulait à mort.

Je ne cherchais pourtant pas à diminuer ses mérites, je pourrais le jurer. Simplement, cette façon de se focaliser sur l'intrusion mentale me fait peur. Pourquoi Sœur Inez se concentre-t-elle là-dessus ? À quoi songe-t-elle ?

Un frisson me parcourt de la tête aux pieds.

Quelqu'un vient de marcher sur ma tombe, dirait Mrs O'Hare.

Chapitre 8

Il est là, qui m'attend au portail du jardin à minuit sonnant, sa cape et ses cheveux saupoudrés de flocons.

« Vous retrouver ici, murmure-t-il. C'est fou. »

Le clair de lune me laisse deviner son sourire malicieux, et sa main gantée saisit la mienne. Sa voix est vive et sa démarche aussi, malgré le froid de canard.

« Vous avez oublié vos gants une fois de plus. »

Je ne vais pas lui dire que si, j'y ai songé. Mais je voulais sentir sa peau, sans que rien n'y fasse obstacle.

« Allons dans la serre », dis-je, battant des cils contre la neige poudreuse qui nous vient par bourrasques. Mes bottines s'enfoncent dans la couche craquante tandis que nous traversons le jardin. Le temps d'atteindre la bâtisse octogonale, et tout le bas de ma cape, de ma robe et de ma chemise est alourdi de neige à demi gelée. J'use d'un sortilège pour déverrouiller la porte. J'aimerais pouvoir secouer ma cape, mais par-dessous je suis vêtue de façon scandaleuse, sans corset ni jupons. Rilla vient seulement de s'endormir, je ne voulais surtout pas éveiller son insatiable curiosité.

À l'intérieur de la serre, les tuyaux de chauffage dispensant leur vapeur sifflent sous les lattes du sol. L'air chaud embue les parois de verre. Au centre s'étalent de grandes fougères et les belles orchidées qui font la fierté de Sœur Evelyn. Au fond, les orangers et les citronniers sont constellés de tout petits fruits brillants. L'air sent la sève et la terre humide, c'est comme une oasis de printemps dans la noirceur de l'hiver de la Nouvelle-Angleterre.

Finn m'attire dans ses bras, il effleure d'un baiser mes lèvres froides. Il jette ses gants sur l'une des tablettes et se penche pour examiner un phalaénopsis dans la pénombre. Je caresse la tige grêle d'un cattleya blanc.

« Superbe fleur, dit Finn. Vous connaissez son nom ? »

Le jardin et les plantes sont l'un des rares domaines où j'en sais plus long que lui.

Je lui offre une visite guidée.

« Ici, ce sont des oncidiums, on les appelle les "orchidées danseuses" – on dirait des petites bonnes femmes en jupe. Et là, vous avez des dendrobiums. Un peu moins fragiles que les autres ; ce sont les seules pour lesquelles Sœur Evelyn accepte mon aide. »

Il m'enveloppe de ses bras. « Vous vous plaisez, dans cette serre, n'est-ce pas ? »

J'y suis comme chez moi. J'aime venir y chercher refuge contre les regards insistants et les langues qui vont bon train, mais je me sens toujours un peu coupable de trahison envers les roses de Mère, auprès de ces fleurs de serre chaude.

« C'est mon endroit préféré de tout New London, surtout en ce moment, où il fait trop froid pour jardiner dehors. » Je me laisse aller contre lui. « Avez-vous pu trouver du temps pour vos traductions, ces dernières semaines ?

— Bien peu. Ils nous tiennent occupés en permanence, avec les réunions, les banquets, les sermons. Ishida me présente à tout le monde, comme une sorte d'animal de compagnie. C'est révoltant.

— À ce point ? Pourtant, vous semblez tout content.

— De vous voir, oui, bien sûr. Et aussi – j'ai un plan. » Il fait volte-face et se plante devant moi. « Je ne voulais pas vous le dire avant que ce soit officiel, mais j'ai rencontré cet après-midi Frère Szymborska, directeur des Archives nationales. J'ai postulé pour un emploi dans son service, et j'ai l'impression que ça se présente bien.

— Les Archives, c'est-à-dire ici, en ville ? Vous resteriez à New London ? »

La proposition de Sœur Inez bat comme un tambour dans ma tête.

« Oui. Près de vous. » Il se tait, en attente.

« Merveilleux, dis-je. Ce serait bien. » Mais ma voix sort toute plate ; comment lui présenter l'affaire ?

« Vous n'avez pas l'air enchantée du tout. »

Je me détourne, fais mine de redresser un pot.

« Vous avez toujours rêvé d'enseigner. Et s'il arrivait quelque chose à votre mère ou à Clara en votre absence ? Je ne voudrais surtout pas qu'ensuite vous m'en vouliez pour vous avoir attiré ici.

— Pas de danger. Et ce n'est pas seulement pour vous, Cate. » La chaleur du timbre de sa voix adoucit la rudesse du propos. « Pour une large part, bien sûr, oui, je désire être près de vous. Mais enseigner les idées des Frères n'a jamais été mon rêve. Aux Archives, au moins, je ne participerai pas à des arrestations. J'enregistrerai des livres, je veillerai à leur conservation – souvent il s'agira d'exemplaires uniques dans tout le pays. »

Il a déjà tant donné pour moi. Comment lui demander de sacrifier cela en plus ? Je m'avance dans l'allée, passe aux orchidées suivantes.

« Tout ça semble parfait pour vous.

— Pour *nous*, il me semble. » Il m'encercle les poignets de ses mains, m'immobilise. « Mais si vous ne souhaitez pas que je reste à New London, il faut me le dire. »

Je me retourne tout d'un bloc.

« Non ! Ce n'est pas ça du tout. Bien sûr que si, je vous veux près de moi.

— On s'y tromperait. » Il me toise dans la pénombre. « Écoutez-moi, Cate. Tous les papiers, tous les documents de l'ordre des Frères sont regroupés aux Archives. Pour chaque arrestation, les conseils locaux envoient un rapport. Si je travaillais aux Archives, j'aurais accès à des informations qui pourraient se révéler précieuses pour l'ordre des Sœurs. »

J'éclate de rire.

« Vous voulez dire… que vous êtes prêt à jouer les espions ?

— Qu'est-ce que ça a de si ridicule ? » Clairement, il est désemparé.

« Rien ! Ça ne l'est pas ! Simplement… voilà. Sœur Inez m'a surprise quand je rentrais, l'autre soir. Juste après vous avoir vu. Elle nous avait aperçus ensemble. J'aurais peut-être dû immédiatement le lui faire oublier, mais j'ai hésité. Et à ce moment-là elle m'a suggéré que, peut-être, vous pourriez nous aider. Il y a un autre poste à prendre, celui de secrétaire de l'un des membres du Conseil suprême – un certain Frère Denisof –, et Sœur Inez se demandait si vous accepteriez de postuler. »

Finn s'adosse à la tablette des cymbidiums. « Il est certain qu'accéder à des informations du Conseil suprême offrirait un précieux avantage. »

Au Conseil suprême siègent Frère Covington et onze de ses affidés. Rien n'est plus mystérieux que leurs réunions à huis clos. Nul ne sait d'ailleurs quand elles ont lieu, ni où. Les rumeurs abondent sur l'identité des onze conseillers, mais nul ne s'exprime en public sur le sujet, de peur de représailles.

Je me défais de ma cape, humide de neige fondue, et j'ajoute :

« En même temps, ce serait terriblement risqué. Si vous vous faisiez prendre…

— Je serais malgré tout moins en danger que vous ne l'êtes », souligne-t-il, caressant du doigt mon poignet nu – et ce simple geste me fait battre le cœur plus vite.

« Sauf que moi, en danger, je le suis de naissance. Je n'ai pas eu le choix. De plus, j'ai dans l'idée que vous pourriez être heureux aux Archives.

— J'aimerais mieux être utile. Je connais Denisof. De réputation, du moins. Je ne suis pas surpris qu'il soit au Conseil suprême. » Malgré sa barbe naissante, le visage de Finn m'apparaît soudain juvénile, vulnérable. « Mais quel que soit le poste que je décroche, vous n'auriez rien contre ma présence à New London ?

— Quelle question ! Je veux vous voir aussi souvent que nous le pourrons… » Je noue les mains derrière sa nuque. Il a un méchant mal de tête ; je perçois sa douleur chaque fois que je le touche. Je baisse le ton : « Je ne vous l'ai pas encore dit, mais je suis devenue une infirmière chevronnée. Par exemple, en ce moment, je sais que vous avez mal à la tête. »

Il se pince l'arête du nez. « C'est à cause d'Ishida. Si vous saviez comme il me fatigue. »

Je me hausse un peu sur la pointe des pieds et presse mon front contre le sien. Je vois son mal, à présent : une sorte de nuée sombre qui bat, et qui s'éloigne peu à peu, à mesure que je la repousse. Finn. J'écarterais de lui tous les maux de la terre si je le pouvais. Un mal de crâne, c'est une broutille.

« Ça va mieux ? »

Il acquiesce en silence, un peu désorienté. Je me cramponne à ses épaules, prise de tournis.

« Je peux soigner des maux plus sérieux, aussi, mais… il y a des effets secondaires. Ça me rend un peu flageolante.

— Flageolante ? » Il m'enserre la taille à deux mains pour me soutenir.

« Oui, mais là, c'est déjà fini. Un mal de tête, c'est facile à guérir. La plupart des sorcières le peuvent…

Hier, j'ai sauvé la vie d'une femme. » Ma parole, je fanfaronne ! Jamais encore je n'avais éprouvé pareille fierté. Malgré moi, je poursuis : « Ça devient moins difficile, à mesure que je m'entraîne. Je suis la meilleure guérisseuse du couvent, à l'exception de Sœur Sophia, bien sûr, qui est notre professeur. Et j'aime ça. J'aime soigner les gens. À Harwood, j'ai vraiment eu cette impression de faire quelque chose d'utile, enfin.

— À Harwood ? Vous êtes allée à *Harwood* ?

— Oui. » Je prends un peu de recul pour scruter ses traits. Il a le front plissé, le visage grave. « Mais je n'étais pas seule. Sœur Sophia emmène des élèves soignantes en mission toutes les semaines. Et j'ai pu rencontrer ma marraine, Zara. Votre mère vous a-t-elle parlé d'elle ?

— Les Sœurs vous laissent aller à Harwood ? » L'idée passe mal.

« C'est sans danger, je vous assure. Sœur Cora – c'est notre prieure – m'avait chargée d'aller interroger Zara sur les précédentes sibylles. Il y en a eu deux, entre l'incendie du Grand Temple et l'arrestation de Brenna.

— Que sont-elles devenues ? s'enquiert-il, méfiant.

— Ce n'est pas très rassurant. »

Je lui dis tout : ce qu'a enduré Thomasina, la torture, les expériences et, pour finir, la folie. C'est un soulagement de pouvoir en parler à quelqu'un. Je n'ai pas voulu inquiéter Tess ni Maura, mais cette nuit j'ai rêvé que je me faisais encercler par des Frères brandissant des torches, comme autrefois. Ishida menait la ronde. C'était insoutenable.

J'espère seulement qu'il ne s'agissait pas d'un rêve prémonitoire.

« Seigneur », murmure Finn lorsque je me tais, et ses mains se resserrent sur ma taille. « Comment peuvent-ils torturer des filles et se prétendre hommes de Dieu ?

— Si elles sont sorcières, tout le monde s'en moque. » Ma voix se brise, je pose la joue sur son épaule. « Êtes-vous au courant, pour ces malheureuses qu'ils détiennent dans le sous-sol du Conseil national ?

— Oui. Neuf à ce jour. »

Une de plus depuis le message.

Du coup, j'achève de vider mon sac.

« Je ne sais plus que faire. Maura et Tess sont ici, maintenant. Maura accuse Sœur Cora de ne rien entreprendre pour protéger les filles, et Brenna d'avoir la langue trop longue. Brenna a révélé aux Frères que la sibylle est à New London. Maura est d'avis qu'il faudrait supprimer Brenna avant qu'elle n'en dise trop sur nous.

— Et vous ? Est-ce aussi votre avis ? » demande Finn, s'écartant un peu de moi pour m'observer dans le clair-obscur.

Je respire un grand coup. À lui, je peux tout confier. Y compris mes doutes.

« Je ne veux pas envisager cette solution un seul instant. D'un autre côté… si Brenna sait que c'est l'une de nous, elle pourrait les mettre sur notre piste. Comment empêcher cela ? Que faire, oh !… mais que faire ? »

Sa voix se durcit : « Pour un peu… Pour un peu, je vous enlèverais d'ici. Je vous emmènerais je ne sais où, loin, là où personne ne pourrait nous trouver. Si je croyais un quart de seconde que vous accepteriez… »

Je ferme les yeux, repousse la tentation.

« Impossible. Vous le savez. Il faut que je veille sur Tess et Maura. Qui d'autre le ferait à ma place ? Et si c'était l'une d'elles, la sibylle ?

— Ce serait un immense soulagement pour moi. Vous vous tracassez pour vos sœurs à cause de cette prophétie, Cate, mais moi, je me tracasse pour vous. Il faut bien que quelqu'un le fasse. Vous seriez prête à vous sacrifier pour assurer leur sécurité. Vous seriez prête à *nous* sacrifier. »

Ses mots restent en suspens. Rappel évident que je l'ai déjà fait.

« Je ne sais pas si je le referais, dis-je, sincère. Je sais que pour vous venir ici est dangereux, et que, donc, je devrais vous chasser, mais je ne veux pas renoncer à vous. Ce qui est égoïste de ma part.

— Parfait. Soyez égoïste. »

Sa bouche rejoint la mienne pour un baiser fulgurant, et en un éclair tout est aboli, plus rien n'existe hormis ses mains, ses lèvres, sa langue.

Il s'écarte et, secouant les épaules, se dépouille de sa cape. Par-dessous, il est en chemise blanche, veste grise et pantalon gris ; costume en lin, chic et habillé. Qui lui va bien, soit dit en passant. Mais ce n'est pas tout à fait le Finn familier, mal fagoté, mal à l'aise – sauf avec les livres et les idées.

Je plonge les doigts dans ses cheveux drus. Puis je descends sous le col raide, le déboutonne et pose les lèvres sur sa gorge. En réaction, ses mains se raffermissent contre mon dos, m'ancrent à lui. Sans la cuirasse de mon corset entre nous deux, les boutons de sa veste s'incrustent dans mon sternum. Je me bats pour défaire le premier et, l'ayant vaincu, m'attaque au deuxième. Finn me grignote le lobe de l'oreille.

« Vous me déshabillez ? »

Son haleine dans mon oreille me chatouille, et j'en frissonne. Le troisième bouton capitule, et je chuchote :

« Vous y voyez une objection ?

— Aucune. » Sa voix est un peu enrouée.

Je lui retire sa veste et la jette sur le carrelage à côté de sa cape. Je renoue les bras autour de son cou. Je sens ses muscles se durcir à mon contact.

Je me demande à quoi il ressemble sans sa chemise. Je me demande à quoi il ressemble sans rien du tout. Si j'étais restée à Chatham, si j'avais tenu tête aux Sœurs, serions-nous mariés à l'heure qu'il est, partageant le même lit ? Je me presse contre lui tandis que ses mains se glissent sous ma cape pour des caresses. J'ai presque honte de la grande faim que j'en ai.

La porte craque et s'ouvre à la volée ; nous nous séparons d'un bond.

Maura se découpe sur le seuil, auréolée de neige et de lune. « J'allais vous demander ce que vous faisiez, mais ça m'a l'air assez évident. »

Je me recoiffe d'une main machinale, le visage en feu. Finn se penche et ramasse sa veste.

« Je n'arrivais pas à dormir, poursuit Maura, alors je regardais la neige. Je vous ai aperçus de ma fenêtre. Mais c'est pire que ce que j'imaginais. Où as-tu la tête, Cate ? N'importe qui pourrait t'avoir vue ! »

Elle n'a pas à prendre ce ton scandalisé !

« Ma tête est sur mes épaules, Maura. Retourne te coucher.

— Tu crois que je vais te laisser ici, continuer comme ça ? Avec lui ? » Elle est outrée, et brusquement je comprends : ce n'est pas de ma vertu qu'il est question. « Tu n'as donc pas pour deux sous de jugeote ? Ni aucune fierté ? »

Finn se tourne vers moi tout en se débattant avec sa cape et m'interroge, un peu offensé :

« Vous n'avez pas mis vos sœurs au courant ?

— Je n'ai mis personne au courant.

— Je comprends mieux, dit-il. Il y a malentendu, Maura. Je peux vous assurer que mes intentions envers votre sœur sont des plus honorables.

— Oui, eh bien ! ma sœur est peut-être assez naïve pour vous croire, mais moi, pas. Cate, il a rompu toutes les promesses qu'apparemment il t'avait faites. Il est entré dans l'ordre des *Frères* ! » Elle referme la porte sur elle d'un coup sec et s'avance vers nous d'un pas résolu. « Regarde donc l'anneau à sa main ! »

Finn se retourne vers elle vivement, faisant voler sa cape noire. Pour un peu, il donnerait de l'allure à ce vêtement que j'ai toujours abhorré. Mais je crois qu'à mes yeux Finn donnerait de l'allure à n'importe quoi.

« Je ne suis entré dans l'ordre des Frères que pour Cate. Pour l'épouser, pour être capable de subvenir à ses besoins. »

Elle glapit : « Cate ! Ne va pas me dire que tu crois à ces balivernes. Et quand il aura gâché ta vie, hein ? Une Sœur, c'est censé être chaste. Tu te ferais arrêter vite fait si quelqu'un savait ! Tu te mets en danger pour quelques baisers, et tu nous mets toutes en danger en prime. Tu ne penses donc jamais qu'à toi ?

— Je ne... ? »

Je m'en étrangle. Finn est la seule part de ma vie qui soit réellement mienne, et elle voudrait que j'en aie honte ? Que je la rejette ? Et pourquoi ce besoin de toujours me noircir ?

La colère éclate en moi, sourde, aveugle, et la magie monte sans prévenir. Je n'ai pas le temps de l'endiguer ; Maura se retrouve plaquée contre la paroi de la serre après un saut de plusieurs pas en arrière. Le choc n'est pas assez violent pour lui faire mal, mais assez brutal pour lui couper le souffle.

Jamais encore, jamais de ma vie je n'avais usé de magie contre elle, mais je veux qu'elle sache que je ne plaisante pas.

« Maura, s'il te plaît, tais-toi un instant, laisse-nous une chance de tout t'expliquer. »

Mais déjà elle crie, tandis que sa lourde natte se défait : « Qu'est-ce que tu fabriques ? Ça ne va pas ?

— Il le sait déjà, que je suis sorcière. Il sait tout. Je lui fais confiance. Je mettrais ma vie entre ses mains. J'y mettrais la tienne. »

Elle ne me croit pas : « Mais tu es folle ! Si c'était un espion ? »

Finn me prend la main.

« J'en suis un. Pour l'ordre des Sœurs.

— Quoi ? » Elle est abasourdie.

Mais moi, je veux savoir :

« Vous en êtes sûr ? Et ce poste aux Archives ?

— J'en suis sûr. » Il passe une main dans ses cheveux. « Je vais postuler pour cet autre emploi, si c'est là que je peux me rendre le plus utile aux Sœurs. Que veut savoir Sœur Inez, au juste ?

— Sœur Inez sait que tu vois Finn ? Et elle approuve ? »

Maura se laisse aller encore un peu plus contre la paroi de verre et de bois. L'ourlet détrempé de sa chemise de nuit dépasse sous sa cape neuve.

« Oui, elle le sait. Et elle est d'avis que Finn pourrait être un allié précieux.

— Et vous êtes amoureux d'elle », dit-elle à Finn. Sa voix a perdu toute virulence. Elle a l'air très jeune soudain, avec ses boucles folles autour de son front pâle dans la lumière de la lune. « Prêt à risquer votre vie pour elle.

— Oui. » Dans cette réponse à Maura, il met toute la gravité, toute la ferveur dont il est capable. Il persuaderait une armée de sourds. « Pour moi, il est important de faire quelque chose. Même avant de tomber amoureux de Cate, je me rebiffais contre les agissements des Frères. Tous les jours, je vois leur mépris pour les femmes, leur haine viscérale des sorcières. Ils parlent de ce qu'ils leur feraient si certaines lois encore en place ne les en empêchaient. » Il marque un silence. « Si je ne faisais rien pour combattre du côté que j'estime juste, quel homme serais-je ? »

Les yeux sur lui, je l'écoute. Un homme de bien, voilà ce qu'il est. J'ai une chance immense.

Maura reste muette. Puis elle murmure d'une petite voix blessée :

« Tu ne m'avais jamais dit que tu étais amoureuse de lui. »

Je m'avance vers elle.

« J'aurais dû te le dire dès le début. Pardon. »

Mais elle se redresse et, avec des larmes de rage dans la voix, elle me jette à la tête : « Tout est toujours si facile pour toi, Cate ! Tu crois que c'est juste ? »

Puis, sans me laisser le temps de répondre, de souligner à quel point c'est faux, elle ramasse ses jupes, rouvre la porte et s'enfuit en courant dans la neige.

Je reviens à Finn, enfouis mon visage dans mes mains. J'aurais dû tout leur dire hier soir, à elle et à Tess. Maura a beau assurer qu'elle a tourné la page Elena, il semble que ce ne soit pas le cas. Pas si me voir heureuse la meurtrit à ce point.

Finn pose une main sur mon épaule.

« Vous devriez peut-être la rejoindre ?

— Non. J'essaierai de lui parler demain. Elle a… connu une déception sentimentale. Elle en est sans doute moins remise qu'elle ne le pensait. »

Comment se fait-il qu'entre elle et moi tout soit devenu compétition ? Qu'est-ce que ma relation avec Finn peut lui retirer à elle ?

« Parfois, il vaut mieux laisser les choses retomber un peu, approuve-t-il. Demain, tout sera peut-être oublié. »

J'en doute.

« Il vous arrive de vous quereller avec Clara ?

— Tout le temps. Elle me traite de monsieur je-sais-tout, m'accuse de tout mener à la baguette… Vous me voyez ainsi ?

— Bien sûr que non », dis-je en riant. Je prends sa main. « Je voudrais reparler de cette histoire d'espionnage. Je n'aime pas l'idée que…

— Comment réagiriez-vous si je vous interdisais d'aller à Harwood ? me coupe-t-il. Je n'aime pas l'idée non plus.

— Jamais vous ne m'interdiriez quoi que ce soit », le contredis-je. C'est d'ailleurs ce qui me plaît en lui.

« Et vous avez raison. J'aimerais de votre part le même respect.

— Mais je vous respecte, bien sûr. Vous êtes l'esprit le plus brillant que je connaisse – à l'exception peut-être de Tess. » J'arrange sa veste. Dans sa hâte à la remettre, il l'a boutonnée de travers. « Simplement… ce projet me fait peur. Je ne veux pas vous perdre.

— Vous ne me perdrez pas. Mais il faut me laisser prendre les mêmes risques que vous, Cate. »

Il m'attire dans ses bras, et cette fois je me cramponne à lui. L'angoisse m'envahit, lancinante.

Je n'aurais jamais cru connaître une hantise pareille à celle de perdre l'une de mes sœurs, mais celle de perdre Finn est tout aussi féroce. Ne plus entendre éclater son rire chaud, ne plus pouvoir lui confier ce qui me taraude, ne plus l'embrasser ?

La seule pensée d'un monde sans Finn Belastra m'est un arrachement. Je l'aime. Je le savais. Je pleurais ce mariage qui n'a pas eu lieu. Je me tourmentais à l'idée que, peut-être, Finn ne me pardonnerait jamais, ou que je ne le reverrais plus avant des années. Mais au moins je le savais en sécurité à Chatham. Je pouvais imaginer ses journées, le voir dans sa classe face à ses élèves, à l'église durant un sermon de Frère Ishida, ou en train de souper chez sa mère. Je pouvais suivre en pensée le parcours de sa vie. Mais l'image de Finn gisant pâle et sans vie, comme Mère, ou la vision de la pierre froide d'un cimetière – c'est plus que je ne peux supporter.

J'en ai le souffle court, mon esprit se bloque. Je ne peux pas le perdre. Je ne peux pas.

« Cate. » D'un doigt, il me soulève le menton, et je m'abandonne à son baiser. Je l'embrasse comme s'il y allait de ma vie, comme si j'allais me briser en mille morceaux sans cela. Je l'embrasse comme si mes lèvres sur les siennes le protégeaient de tous les dangers.

Lorsqu'il s'écarte, mes yeux s'emplissent de larmes. Je baisse le front pour qu'il ne les voie pas luire.

« Il faut y aller, maintenant, me souffle-t-il. Nous nous reverrons bientôt, promis. »

J'enroule mon petit doigt autour du sien. Le moindre effleurement entre nous est une joie immense. Et j'acquiesce en silence. *Bientôt.* Je voudrais y croire. Mais il ne peut pas faire de promesse de ce genre.

Aucun de nous ne le peut.

Chapitre 9

L'après-midi suivant, Alice, Mei et moi repartons distribuer de la nourriture aux pauvres. Une vague de détresse et de mécontentement semble s'être abattue sur les foyers que nous visitons. Les mères de famille ont les traits tirés, le front ridé ; et bien qu'aucune d'elles n'ose élever une plainte, toutes se demandent à voix haute quelle quantité de soupe elles vont pouvoir tirer de ces quelques légumes. Les filles aînées, qui travaillaient encore comme vendeuses la semaine passée, nous lancent des regards peu amènes pardessus leur couture ou tournent en rond comme des fauves en cage.

La pensée que parmi ces gens certains se coucheront la faim au ventre m'inflige un vif sentiment de culpabilité. J'ai des soucis, c'est un fait, mais je n'ai jamais connu celui-là. Pourrions-nous faire davantage ? Si nous déclarions la guerre aux Frères, le sort de ces familles serait-il amélioré ?

Les hommes présents au foyer hésitent moins à prendre la parole. Les pères maugréent sur le mauvais coup porté au budget familial par la dernière mesure des Frères. Des petits vieux, en riant jaune, assurent qu'ils vont devoir se remettre à travailler. Plus d'une fois, je surprends l'un de ces hommes à dissimuler un journal à notre arrivée, et ce n'est pas *The Sentinel*, seul quotidien agréé par les Frères. D'un côté, je suis inquiète pour eux ; de l'autre, leurs réactions me donnent espoir. Peut-être commencent-ils à entrevoir l'injustice foncière des lois des Frères.

« Ils ont des sous plein leurs coffres, avec notre denier du culte ! »

D'ordinaire, Mr Brooke est plutôt jovial, malgré cette jambe cassée qui le tient à l'écart de la manufacture, mais aujourd'hui il ne décolère pas. Enfoncé dans son fauteuil massif, la jambe sur un pouf et ses béquilles à portée de main, il laisse libre cours à sa bile. Sa famille et lui occupent la moitié d'une petite maison à un étage, juste derrière le marché.

« Notez bien, c'est pas que j'encourage nos filles à courir les rues ni à accepter des emplois pas convenables. Ma Molly, elle travaillait chez le fleuriste du coin, voyez. Et si à cause d'elle il y avait des messieurs qui achetaient des fleurs pour leur dame, où était le mal, dites voir ? Des fleurs, elle en vendait plus que toutes les autres.

— Papa, s'il te plaît ! le supplie Molly, jolie fille au regard pervenche. Tu cherches à me faire arrêter ? »

Je la rassure : « Nous ne répéterons rien. »

Ses aiguilles à tricoter reprennent leur danse.

Son père s'assombrit encore. « Ce n'était pas pour dire… Molly est une bonne fille.

— Bien sûr », approuve Mei avec un sourire. Alice émet une petite toux sceptique, comme d'habitude.

Dans d'autres appartements, il est question de nouvelles disparitions de filles – toujours cette chasse à la sibylle. Les sœurs Chen chuchotent au sujet de la cousine d'une amie, à l'autre bout de la ville. Apparemment, les Frères seraient venus la chercher pour une histoire de rêve étrange qu'elle aurait eu l'imprudence de raconter. Ils auraient conseillé aux siens de ne plus penser à elle. Tout simplement.

Si je compte bien, nous en sommes à dix.

Tout l'après-midi, nous nous livrons à cet exercice d'équilibre : faire preuve de compassion envers ceux que nous visitons et prêter l'oreille, sans insister, à leurs récriminations envers les Frères. Sitôt la dernière visite achevée, comme nous remontons en voiture, je me tourne vers Mei. « Croyez-vous que ce soit ainsi dans toute la ville ?

— Je dirais que oui. D'après mon frère, des gens parleraient d'organiser une marche de protestation.

— Et ça s'est déjà vu, ou pas ? »

Du temps que j'étais encore à Chatham, peut-être ?

« Pas depuis l'époque où les Filles de Perséphone étaient au pouvoir, d'après mes lectures, répond Mei. Et nous savons comment les choses ont tourné. »

Nous sommes presque de retour au prieuré lorsque la voiture s'arrête net. Mei est projetée en avant sur le plancher. Robert a dû tirer sur les rênes, j'imagine, pour éviter d'emboutir le véhicule qui nous précédait. Je pense aux malheureux chevaux, que le mors a dû blesser, puis je passe à autre chose, mais Alice s'écrie soudain : « Oh ! Vous avez vu ? »

D'un geste, elle désigne la rue. Le long du trottoir, devant le prieuré, s'aligne une file de véhicules noirs

portant l'emblème doré des Frères. Mon cœur pique un galop. Six, il y en a six. Ce qui signifie au moins deux douzaines de Frères. Pourquoi tant à la fois – si ce n'est pour des ennuis ?

Ce sont forcément des ennuis.

Et Maura et Tess sont dans ces murs ! Tout au fond de moi, une petite voix me dit que la sagesse consisterait à m'éclipser ; à filer dans la direction opposée. Si je suis bien la sibylle et si les Frères me découvrent, ma présence risque d'aggraver la situation de façon dramatique. Au mieux, ils me tortureront – jusqu'à ce que je leur fournisse des prophéties. Au pire, ils me brûleront sur Richmond Square, sous les yeux de ceux que j'aime.

Tout cela, je le sais. Je l'ai entendu plus d'une fois, de la part de personnes de confiance. Mais si mes sœurs sont en danger, je ne vais tout de même pas les abandonner !

Et il n'y a pas que Maura et Tess dans la grande bâtisse. Ces derniers temps, sans savoir comment, je me suis attachée à ce lieu et aux êtres qui y vivent. J'aurais du mal à dire depuis quand, mais le prieuré est devenu pour moi un second foyer, et mes compagnes une seconde famille. Rilla, Addie, Daisy, Sœur Sophia, la petite Lucy Wheeler – toutes me connaissent à présent plutôt mieux que mon propre père, et je ne supporterais pas que quiconque leur fasse du mal.

J'ouvre la portière, rassemble mes jupons et saute à bas du marchepied.

Alice et Mei me suivent. Robert court devant nous sur ses longues jambes, et je ne peux pas lui en vouloir : Vi est à l'intérieur aussi ; il doit être mort d'inquiétude. Nous nous hâtons derrière lui, gravissons le perron quatre à quatre.

Le hall d'entrée fourmille de Frères. L'un d'eux, planté en haut des marches, sur le premier palier, une feuille de papier à la main, appelle des noms un à un, d'une voix forte et nasillarde. Toutes les élèves sont en rang au rez-de-chaussée. À mesure que se fait l'appel, elles sont emmenées l'une après l'autre vers telle ou telle salle de classe ou vers le salon de devant. J'ai tôt fait de repérer Maura, qui resplendit en jaune vif et rouge, mais je ne vois Tess nulle part.

Un Frère bien en chair, blond avec de petits yeux porcins, m'attrape par le bras au passage.

« Vous, là, minute ! Qui êtes-vous ? »

J'incline la tête, m'efforce de respirer calmement. Surtout, prendre un air détaché, faire celle qui n'a rien à craindre.

« Catherine Cahill, sir. »

Il consulte une liste. D'un regard de biais, je constate que certains noms y sont rayés d'un trait de crayon.

« Vous avez été appelée, dit-il. On nous a dit que vous étiez partie distribuer des paniers dans les quartiers du fleuve.

— C'est exact, sir. Je rentre à l'instant. »

Que signifie ce branle-bas ?

« Suivez-moi. »

Et où est Tess ?

Le long du couloir, on s'écarte sur notre passage tandis qu'il m'entraîne, à longues enjambées, jusqu'à la salle où sont donnés les cours d'illusions.

« Ici. Entrez. »

Trois Frères sont là, debout, devant le tableau noir. Un quatrième, plus âgé, à petite moustache, est assis au bureau de Sœur Inez, un stylo-plume à la main, un feuillet de papier vierge devant lui. Je me coule à l'intérieur et me tiens muette, le regard rivé au sol, les mains jointes devant moi.

« Votre nom ? aboie l'un des trois.

— Catherine Cahill, sir. »

Dans le silence complet, les yeux sur le parquet ciré de la classe de Sœur Inez, j'entends crisser la plume qui enregistre ma réponse. Jamais ce plancher n'a brillé de la sorte ; il a dû être briqué depuis notre dernier cours. Une légère odeur de cire et de citron flotte encore dans la pièce.

« Qu'est-ce qui vous a amenée à l'ordre des Sœurs, Miss Cahill ?

— L'espoir de pouvoir me rendre utile, de porter assistance aux pauvres et aux malades. Faire la charité au nom du Seigneur. »

Pureté, docilité, chasteté : voilà ce qui est attendu de moi. Si je réponds correctement, je dois pouvoir m'en tirer sans dommage.

« Et ces tâches vous plaisent-elles ? »

Si elles me plaisent ? Quelle réponse attendent-ils ? Je pense à Harwood, je revois le quartier des cas difficiles, et réprime à peine un frisson.

« Pas vraiment, sir. Mais je suis ici par la grâce de Dieu. Et je Lui suis reconnaissante pour les bienfaits que j'ai reçus. »

La plume crisse et crisse encore. Pour enregistrer ma déposition ou ajouter des commentaires ?

« Quelle est la vertu première qu'on attend d'une jeune femme, Miss Cahill ? demande une voix nouvelle.

— L'obéissance, sir. »

On nous l'a assez seriné depuis l'enfance : dociles, nous devons nous montrer dociles.

« Parfait. Vous est-il arrivé d'avoir des prémonitions, Miss Cahill ? Un fort pressentiment, peut-être ? Pour une chose qui s'est produite ensuite ? Un rêve qui s'est concrétisé ? Regardez-nous lorsque vous répondez. »

C'est donc bien cela. Ils sont en pleine chasse à la sibylle. Je les regarde d'un air choqué.

« Non, sir. Jamais.

— Avez-vous entendu l'une de vos compagnes dire qu'il lui arrivait ce genre de choses ? »

Je reste impassible.

« Non, sir.

— Que penseriez-vous si l'une d'elles l'affirmait ?

— Je me méfierais d'elle et la jugerais bien présomptueuse, sir. Nous devons faire confiance au Seigneur pour nous guider, et non pas penser que tel est notre rôle à nous, pauvres pécheurs. »

Mes yeux tombent sur la lampe au coin du bureau de Sœur Inez, avec son abat-jour de verre bleuté ; elle l'a époussetée.

Le vieux moustachu pose sa plume et me sourit.

« Parfait, Miss Cahill. Nous en avons terminé avec vous. »

Il fait l'économie des bénédictions d'usage et me congédie d'un petit geste.

« Merci, sir. » Je me hâte de regagner le couloir, libre enfin de rechercher mes sœurs.

Je trouve Maura en compagnie de Vi devant l'entrée de la bibliothèque.

« Ils sont encore en train d'interroger Tess, m'informe-t-elle, blanche d'inquiétude. Ça fait déjà un moment qu'elle est entrée. »

Je lui prends la main, refoule l'angoisse qui me submerge.

« Je suis sûre qu'elle va s'en sortir très bien. »

Les questions des Frères n'avaient rien d'ardu. Si moi-même je suis parvenue à garder contenance et à répondre comme il le fallait, Tess n'aura aucune difficulté. Mais les minutes passent, et mon esprit part en quête de possibles désastres. Ils l'interrogent dans une bibliothèque. Et s'ils lui demandent son avis sur le danger moral que représentent les romans ? S'ils veulent savoir ce qu'elle pense des autodafés de livres ? Saura-t-elle mentir de façon convaincante ?

La porte de la bibliothèque s'ouvre brutalement, et deux Frères sortent à grands pas, traînant entre eux une frêle silhouette blonde. « Nous emmenons cette fille pour un interrogatoire supplémentaire. »

Maura me serre la main à me faire mal, et mon cœur sombre : je reconnais l'amie de Lucy, la petite Hope Ashby.

Nous nous plaquons contre le mur. Sœur Cora sort vivement du salon de devant.

« Puis-je savoir pour quel motif vous l'emmenez ?

— Elle n'a pas répondu à nos questions de manière satisfaisante. Nous pensons qu'elle pourrait être une sibylle ou, à défaut, en connaître une. »

Mon pouls s'accélère. Hope n'a même pas treize ans, elle est terrorisée. Et s'ils la torturent ? Inutile d'espérer qu'elle se taise. Sœur Cora doit faire quelque chose, les empêcher de l'emmener.

« Sœur Cora, s'il vous plaît ! implore Hope.

— Si vous êtes innocente, vous nous reviendrez bien vite », répond Sœur Cora. Son teint est blême, son sourire faux. Comme si elle savait que jamais nous ne reverrons Hope.

Je lis ma propre épouvante en reflet sur les traits de mes compagnes. Sœur Cora ne peut pas nous sauver, elle ne nous sauvera pas. Tout un pan de moi voudrait croire que dans les mêmes circonstances je ferais mieux qu'elle. Me battrais davantage. Mais la part lucide en moi connaît la vérité : elle sacrifie Hope pour nous protéger toutes.

Les Frères sortent à grand bruit, manifestement satisfaits d'avoir procédé à une arrestation. Celui qui faisait l'appel fourre ses papiers dans une serviette de cuir noir et s'éclaircit la voix.

« Que cela serve de leçon. Nul n'est exempt. Le mal peut s'insinuer dans les âmes les plus tendres, les plus innocentes. Nous l'en extirperons et le châtierons partout où nous le débusquerons. » Il s'incline vers Cora. « Merci pour votre coopération, ma Sœur. Nous reviendrons bientôt pour une nouvelle investigation. »

Ils sortent en file indienne, entraînant Hope avec eux. Tess émerge de la bibliothèque, tenant par les épaules une Lucy en pleurs. À ma vue, son visage se décompose, elle se jette dans mes bras et sanglote.

« Ils ont emmené Hope ! »

Le teint de Maura a viré au gris.

« Dieu soit loué, ils ne t'ont pas prise, toi.

— Mais ce devrait être moi, hoquette Tess, le visage enfoui contre ma poitrine. Hope ne sait rien, elle n'a rien fait ! Simplement, dès la première question, elle a perdu sa langue. Oh ! Cate. C'est horrible !

— Je sais. »

Je lui tapote l'épaule et regarde Maura, mais déjà celle-ci s'est détournée et elle se dirige vers Alice, le long du couloir, de sa démarche légèrement déhanchée.

Derrière elle, je vois Sœur Cora s'appuyer lourdement contre le pilastre au bas de l'escalier, puis s'écrouler au sol, en syncope.

Aussitôt, Sœur Sophia commande :

« Transportez-la au salon, je m'occupe d'elle immédiatement. Elle ne devrait pas faire de magie, pas dans son état.

— Et qu'a-t-elle fait ? cingle Maura, avec un regard féroce pour notre prieure effondrée. Rien pour sauver Hope, en tout cas !

— Miss Ashby ne pourra pas révéler ce qu'elle n'a plus en mémoire », déclare sobrement Sœur Inez. Elle frappe deux fois dans ses mains, et nous nous rassemblons dans le hall. « Jeunes filles, je ne veux pas vous alarmer, et cependant il est peut-être temps de vous mettre en alerte. Cette incursion des Frères parmi nous est la première, mais certainement pas la dernière. Nous devons être très vigilantes. Si vous possédez des livres interdits, veillez bien à les changer en ouvrages autorisés. Il est clair que l'ordre des Sœurs n'est plus considéré comme au-dessus de tout soupçon. »

Le lendemain matin, je gagne la bibliothèque les bras chargés de livres d'anatomie emplis de gravures et de schémas représentant le corps humain. Certes, nos pouvoirs de guérisseuses relèvent de la magie avant tout, mais Sœur Sophia est inflexible : elle veut que nous comprenions comment fonctionne un organisme. Ces jours-ci, nous sommes censées apprendre le nom et l'emplacement de chacun des quelque deux cents os qui composent notre squelette. Et j'ai beau avoir la tête pleine d'images des Frères effectuant des rafles et de Finn se faisant arrêter, je n'ai pas l'intention de rester ignorante en la matière.

Descendant l'escalier, je croise Tess qui le remonte, elle aussi les bras chargés de livres. Je lui adresse un sourire, mais elle est perdue dans ses pensées. Rien d'inhabituel à cela. À cet instant, pourtant, elle se prend le pied dans l'ourlet de sa jupe et trébuche. Elle tente de se rattraper, ses livres lui échappent des mains, elle tombe sur les genoux – et sa tête va heurter la rampe.

Je me penche sur elle. « Ça va ? Pas trop de mal ? » Elle a toujours tendance à se cogner un peu partout lorsqu'elle a l'esprit ailleurs, mais tomber dans un escalier, c'est une première.

Elle lève sur moi ses yeux gris. Me voit-elle ? Son regard est lointain, perdu.

« Tess ? » Je tends la main pour l'aider à se relever, mais elle n'essaie pas de la prendre.

« Ça va », dit-elle pourtant ; et elle se relève d'elle-même.

Mais ça n'a pas l'air d'aller. Je la trouve pâle. Son sourire est forcé, et elle ne me regarde même pas en face.

Je ramasse ses livres – deux énormes volumes écornés sur l'histoire de la sorcellerie.

« Tu ne t'es pas fait mal ?

— Je t'ai dit que ça allait. Tu es sourde ? »

Je me mords la lèvre.

« Désolée. Je ne voulais pas t'ennuyer.

— Ce n'est pas le cas. »

Elle me considère à présent, les yeux sur moi comme si elle ne m'avait encore jamais vue, comme si elle me jaugeait. M'évaluait.

« J'ai quelque chose à te dire », lâche-t-elle enfin. Apparemment, j'ai réussi l'examen. « On peut aller dans ta chambre ?

— Bien sûr. »

Je remonte à l'étage, pleine d'appréhension. Pourquoi ce ton lugubre ?

Dans ma chambre, un rayon de soleil se coule entre les rideaux, il illumine en biais le tapis coloré et vient frapper le miroir de la coiffeuse. Je fais entrer Tess et referme la porte.

« Rilla est en cours de botanique ; il y en a encore pour une heure, nous devrions être tranquilles. »

La botanique. J'aimerais tant pouvoir en faire, moi aussi, si j'en avais le temps ! Et dire que ma compagne de chambre ne saurait pas reconnaître une pivoine d'une tulipe !

Tess s'assied au bout de mon lit et remonte les genoux contre son buste. Je prends place à l'autre bout, face à elle, mes longues jambes étendues entre nous deux. Je brûle de la questionner, mais je me retiens. Je sais d'expérience qu'elle parlera lorsqu'elle sera prête à le faire et pas avant.

« C'est un peu difficile à dire. Tu promets d'écouter et de ne pas m'interrompre ? »

Je fais tourner sur mon doigt l'anneau hérité de Mère.

« Promis. »

Elle cale le menton sur ses genoux et m'étudie, son fin visage concentré à l'extrême – notre père tout craché.

« Voilà… J'ai eu des visions. Au début, je n'étais pas trop sûre. Ça a commencé – enfin, je crois que ça a commencé il y a déjà un bout de temps, mais je ne me rendais pas compte de ce que c'était. Quand ça m'arrive, j'ai un peu comme un vertige, parfois je ne sais même plus trop où je suis. Je me suis fait des bleus, plusieurs fois, pour m'être cognée dans des choses. Pendant un temps, j'ai cru que j'avais des hallucinations, ou que c'était une espèce de fièvre, ou des crises d'épilepsie. Mais les choses que j'avais vues se sont mises à se réaliser ensuite. Le feu sur la place, avec les Frères qui brûlaient les livres. Le départ des Dolamore après l'arrestation de Gabrielle. Et quand le petit Adam Collier est passé à travers la glace dans leur étang gelé. Les chatons qu'a eus notre chatte – trois blancs, un noir. Comment pouvais-je voir ces choses-là avant qu'elles arrivent ? Comment pouvais-je savoir d'avance ? »

D'une voix très calme, ma petite sœur m'explique comment, en bonne logique, elle en a déduit qu'elle avait un don de voyance.

« Ce ne sont que des exemples. Ces visions, j'en ai eu une douzaine, et jusqu'ici sept se sont réalisées de façon certaine. » Son regard plonge dans le mien. « Au tout début, je n'en avais que de loin en loin.

Mais maintenant… J'en ai eu deux rien que cette semaine. Je me dis… Cate, je crois que c'est moi, la nouvelle sibylle. »

Désespérément, je refoule la panique en moi. Qu'elle ne la lise pas sur mes traits, surtout.

Je dis très bas : « Tu en as parlé à quelqu'un d'autre ? »

Elle fait non de la tête. Elle n'a pas relevé ses deux longues nattes blondes aujourd'hui.

« À personne. Je ne veux pas… » Elle avale sa salive, et sa voix se casse : « Je ne veux pas qu'on me croie folle. »

Je n'y tiens plus. Je me penche, l'attire à moi, l'étreins avec force. Sa peau sent la vanille et je ne sais quelle épice.

« Folle ? Qui veux-tu qui te croie folle ? De toutes les personnes de ma connaissance, tu es celle qui a la tête la plus solide. Vois comme tu gardes ton calme. Moi, à ta place, je serais déjà sous le lit. »

Elle pose le front au creux de mon épaule, et je lui masse le dos, doucement, comme je le faisais autrefois, lorsqu'elle s'éveillait en pleurs d'un cauchemar.

« Brenna est devenue folle », marmonne-t-elle dans mon cou.

Je prends du recul et soulève vers moi son petit visage chiffonné.

« Tu n'es pas Brenna Elliott.

— Elle est la seule personne que je connais qui ait aussi des visions. »

Son désarroi me fend le cœur. Perdre la tête… c'est la première chose que je redoutais, moi aussi. Depuis combien de temps se tourmente-t-elle en silence ? Quel lourd secret à porter seule !

« Et c'est son séjour à Harwood qui a fait tant de mal à Brenna, lui dis-je. Cela ne t'arrivera pas.

— Si les Frères savaient… Si quelqu'un découvrait…

— Personne ne saura. » Je suis catégorique. « Tu es sorcière, Tess. Et particulièrement douée. Tu sais faire de l'intrusion mentale. Si quelqu'un a des soupçons, tu peux te protéger. »

Même Mère serait d'accord.

Mais elle poursuit, plus bas encore : « Les Frères s'en prennent à toutes ces filles alors qu'en fait c'est moi qu'ils cherchent. Ils ont emmené Hope hier, et… et Maura veut supprimer Brenna, et tout ça est ma faute. »

Je la saisis par les épaules et la regarde droit dans les yeux.

« Non, Tess. Ce n'est pas ta faute. C'est… c'est insoutenable, mais tu n'y es pour rien. »

Elle joue avec le médaillon d'or à son cou.

« Comment te dire, Cate ? C'est tellement étrange. Comme un souvenir qui revient en un éclair, sauf que je vois une chose qui n'a pas encore eu lieu. C'est aussi net qu'une photographie. Dans l'escalier, là, tout à l'heure, j'ai vu Sœur Evelyn glisser sur le verglas et se casser le bras. Je ne sais pas quand cela arrivera – aujourd'hui, demain, en février ou l'an prochain. Mais je sais que cela arrivera. »

Sœur Evelyn enseigne la botanique et l'histoire, et c'est la personne la plus âgée que j'aie jamais rencontrée. Elle a la peau aussi brune et ridée qu'une vieille châtaigne oubliée, des cheveux comme des brins de coton et un lorgnon en demi-lunes sur le nez.

On pourrait croire qu'une bourrasque suffirait à la renverser, et pourtant elle est toujours capable de cultiver ses orchidées de concours dans sa serre.

Pour m'occuper les mains, je retire les épingles de mes cheveux.

« As-tu vu quelque chose qui nous concerne, nous trois ? » Elle hésite, et je prends peur. « Qu'est-ce que tu as vu ? Dis-le, sinon je vais imaginer le pire. »

Elle rosit. « Toi et Finn Belastra. En train de vous embrasser. Il faisait très sombre. Tu avais une robe longue, avec un motif de roses. Celle qu'Elena vient de t'apporter. C'est moi qui ai choisi le tissu… après t'avoir vue dans cette robe. Elle t'allait bien.

— Ah. » Je rougis à mon tour.

« Tu l'as rencontré en secret, c'est ça ? » demande Tess. Dans sa voix, il n'y a aucun jugement, et je mesure la chance que j'ai que ce soit Tess qui ait ces visions. Ce don-là, chez quelqu'un de moins sûr, serait terrifiant. Si c'était Maura… Mais bon. Dieu merci, c'est Tess. « Est-il une sorte d'espion ? poursuit-elle. Il ne peut pas approuver vraiment les idées des Frères. Ce n'est pas son genre.

— Tu as vu ça aussi ? » dis-je, le cœur battant.

Elle soupire comme si j'étais une demeurée. Elle doit se sentir mieux.

« Non. Ça, c'est du simple bon sens. Je vois mal pourquoi il aurait fermé la librairie, si ce n'était pas pour toi, dans ton intérêt. Il adore les livres. » Les yeux sur moi, un peu comme un hibou, elle m'adresse un sourire minuscule. « Il doit t'aimer encore davantage.

— C'est tout ce que tu as vu qui nous concerne – toi, ou moi, ou Maura ?

— Je nous ai vues ouvrir la lettre de Sœur Cora avant-hier. C'est pour ça que j'ai renversé mon thé dessus », avoue-t-elle. Elle reprend l'un des livres qu'elle tenait. « Depuis mon arrivée ici, j'ai lu tout ce que j'ai pu sur les sibylles. Il faut que j'arrive à savoir si leurs visions se réalisent toujours avec une exactitude absolue, ou si parfois des détails varient. Et si je vois des choses détestables, est-ce que je peux les empêcher de se produire ? Ça m'a vraiment rendue malade, quand Adam Collier est passé à travers la glace. Son père l'a sorti de l'eau à temps, il est parfaitement remis maintenant, mais il aurait pu y rester.

— Tu n'y aurais été pour rien. »

Elle me jette un regard aigu.

« C'est gentil à toi de dire ça, mais tu ressentirais les choses autrement si c'était toi, tu ne crois pas ? »

Je me renverse contre la tête de lit, mes cheveux achèvent de retomber sur mes épaules. Tout ce que j'inventerais pour rassurer Tess serait stupide et vain. Ce tourment-là n'est pas un chagrin de petite fille. Je ne dois plus la traiter comme si elle en était une.

« Oui, dis-je, tu as raison. Et je suis heureuse que tu m'aies raconté tout cela. Merci pour ta confiance. »

Elle acquiesce en silence, traçant des cercles du bout du doigt sur la reliure de cuir rouge de son livre.

« À mon avis, reprend-elle enfin, tu es la seule personne à qui je dois le dire, en tout cas pour le moment. Même si je m'en veux horriblement de laisser Maura en dehors. » Elle pousse un profond soupir, presque un hoquet de sanglot. « J'ai peur qu'elle soit furieuse si elle s'en aperçoit. Elle voudrait que ce soit elle, la sibylle de la prophétie. Elle en rêve. Mais, tu comprends, c'était trop dur de garder ça pour moi toute seule. Je… j'ai peur, Cate. »

J'ai peur aussi.

Chapitre 10

Sœur Inez me garde après son cours l'après-midi suivant. Je gagne son estrade d'un pas résigné, prête à essuyer des remontrances. La leçon du jour consistait à nous changer en Frères – chacune le sien, au choix – au moyen d'une illusion sur nous-mêmes. Rilla s'en est tirée haut la main et nous a fait frémir avec son effarante imitation de Frère Covington. Maura est arrivée à se faire passer pour Frère Ishida pendant presque toute l'heure. Quant à moi, bien qu'ayant très nette à l'esprit l'image de Frère O'Shea, j'ai été incapable de maintenir l'illusion plus de deux minutes d'affilée. L'effet obtenu – ma robe de brocart chocolat surmontée de son long visage maigre sous un crâne chauve – m'a valu les ricanements d'Alice et de Maura, ainsi que le sermon que je sens venir.

La vérité, c'est que mes pensées reviennent sans trêve à Tess. La perspective d'être celle qu'annonce la prophétie ne m'avait jamais souri, mais l'idée que le fardeau tombe sur ses frêles épaules me rend malade. C'est dans quatre ans seulement, à sa majorité, qu'elle pourra officiellement prendre la tête de l'ordre des Sœurs ; entre-temps, elle voudra certainement avoir son mot à dire au sujet des décisions de Sœur Inez – et je me demande comment Inez réagira. Malgré son jeune âge, Tess a déjà des opinions bien arrêtées. Elle ne sera la marionnette de personne. Inez acceptera-t-elle de prendre en compte ses points de vue, ou estimera-t-elle – comme Maura – que ce sont les avis d'une gamine ?

Pour ma part, j'admire cette faculté qu'a Tess de garder son sang-froid malgré sa peur. Indéniablement, elle est à tous égards la plus douée de nous trois.

Sœur Inez ne perd pas de temps en préambule.

« Nous avons un problème, Miss Cahill. » La voix est tendue ; c'est sûrement plus sérieux que ma prestation du jour.

« Lequel ?

— Frère Belastra a postulé pour être le secrétaire de Frère Denisof, mais il semble que quelqu'un lui fait obstacle. *Nous* fait obstacle.

— Qui ? »

Finn n'a d'obligations envers personne, hormis sa mère. Est-il arrivé quelque chose à Chatham ? Je repense à Hannah Maclay, et ma gorge se serre.

« Frère Ishida renâcle à se séparer de sa nouvelle recrue », ajoute Inez. Tout en parlant, elle lance des sortilèges sur ses étagères, et les traités de magie se transforment à vue d'œil en manuels d'espagnol. Les douze miroirs qui, tout à l'heure, reflétaient nos avatars des Frères deviennent de petits chevalets où s'exposent d'innocentes aquarelles. « Il allègue que Belastra est censé travailler une année pleine au Conseil de Chatham avant de prétendre à quoi que ce soit d'autre. Denisof est bien plus haut placé qu'Ishida, mais les aspirants secrétaires ne sont pas ce qui manque ; Denisof renoncera à Belastra si ça doit faire des histoires. »

La barbe ! De tous ceux qui pouvaient nous mettre des bâtons dans les roues, il fallait que ce soit Frère Ishida. Je *déteste* ce bonhomme.

« Que faire ?

— À quel point tenez-vous à ce que Frère Belastra reste à New London ? »

Je la regarde droit dans les yeux. « Au plus haut point. »

Peut-être devrais-je le laisser s'en aller, voir là un signe qu'il serait plus en sécurité chez nous, mais la pensée qu'il reparte pour Chatham m'anéantit.

« Vous connaissez Ishida. Allez lui rendre visite. Contraignez-le à autoriser le changement de poste de Belastra. » Sœur Inez se penche vers moi par-dessus son bureau, tel un spectre noir. « Pouvez-vous faire cela ? »

Une joie mauvaise m'envahit. Autant l'avouer, user d'intrusion mentale sur Frère Ishida n'a rien pour me déplaire.

« Je le peux.

— Parfait. Le temps nous est compté, Miss Cahill. » Ses doigts effilés pianotent sur la table, signe d'impatience à peine réprimée. « Dites à Belastra que sa première mission sera de découvrir la date et le lieu de la prochaine réunion du Conseil suprême.

— Je m'en occupe aujourd'hui même. »

Cette fois, je ne pose aucune question.

Je n'arrive pas à mettre la main sur Rory – ni au deuxième étage, où elle partage une chambre avec Daisy, ni dans le salon, ni dans la cuisine. J'ai peu de chances de la trouver à la bibliothèque, mais j'y vais voir quand même. Sœur Gretchen, assise à son bureau, lit un roman en allemand en surveillant une dizaine de filles plongées dans leurs devoirs.

Je m'approche et murmure : « Avez-vous vu Rory ?

— Sœur Cora l'a fait demander il y a quelques minutes. »

Oh non ! Je gravis les marches deux à deux. Qu'a donc fait Rory pour déjà mériter une convocation ? Elle m'avait promis de bien se tenir ! Elle semblait sans reproche. Un peu morose peut-être, mais pas une fois je n'ai senti sur elle une odeur d'alcool ni ne l'ai entendue raconter une blague déplacée – même si, en toute honnêteté, j'avais d'autres préoccupations. Sans doute aurais-je dû davantage me soucier d'elle. Elle doit se sentir seule et se ronger les sangs pour Sachi.

Sachi. J'ai à peine pensé à elle ces derniers jours, avec l'arrivée de mes sœurs et l'agitation qui a suivi. Dans quel genre d'endroit la détient-on ? Quelles angoisses endure-t-elle, en attendant son procès, sachant qu'elle sera probablement condamnée à finir ses jours à Harwood ?

Je fais irruption dans le salon de Sœur Cora et aussitôt je prends les devants :

« Quoi qu'elle ait fait, elle le regrette. S'il vous plaît, ne la renvoyez pas.

— Catherine, s'étonne Sœur Cora, de quoi diable parlez-vous ?

— De moi, je pense. » Rory est assise dans l'un des fauteuils à fleurs vertes près de la fenêtre, en robe rouge tomate pourvue d'énormes manches bouffantes et d'un décolleté osé. Elle ressemble plus à une courtisane qu'à une nonne. « Elle croit que je me suis mal tenue. Hypothèse somme toute plausible, mais j'ai été une élève modèle, Cate. Pas le moindre flirt avec un passant sur le trottoir. »

Sœur Cora pousse un petit gloussement. Sœur Sophia a dû passer la voir récemment ; elle semble pleine de vigueur dans sa longue robe pourpre bordée d'argent.

« Ce n'est pas une convocation disciplinaire. Je voulais m'entretenir avec elle de sa cousine Brenna.

— Oh. Très bien. » Embarrassée, je reste vissée sur le seuil. « Je suis navrée d'avoir douté de vous, Rory.

— Vous êtes pardonnée. C'est plutôt gentil, la manière dont vous avez volé à mon secours. »

Sœur Cora me fait signe d'entrer.

« Puisque vous êtes ici, joignez-vous donc à nous. Victoria était en train de me parler du passé de Brenna. »

D'un léger revers de main, elle commande à un fauteuil de traverser la pièce et l'immobilise face à elle et Rory. La plume rouge dans les cheveux de Rory oscille, approbatrice.

« Nous avons grandi ensemble, Brenna et moi, toujours fourrées l'une chez l'autre. Son père et mon beau-père, Jack, étaient frères. » À ce souvenir, un éclair passe dans ses yeux bruns, puis disparaît. « Lorsque ma mère est… tombée malade, la famille de Brenna n'a plus voulu qu'elle nous rende visite.

— Comment avez-vous découvert son don de voyance ? demande Cora.

— La veille du décès de Jack, Brenna est venue nous voir. Elle a dit à Jack de ne pas aller à Newburgh ; de n'aller nulle part, sauf peut-être à pied. Il a pris ça à la rigolade. Le jour suivant, comme il rentrait de Newburgh, son cheval s'est emballé, sa calèche s'est écrasée contre un arbre. Exactement comme Brenna l'avait prédit. Le lendemain des funérailles, son père l'a envoyée à Harwood. »

Brenna a tenté d'empêcher le drame. Pourtant, elle devait savoir ce qu'elle risquait à révéler qu'elle avait des visions. Elle a voulu prévenir son oncle malgré tout, et voilà ce qu'elle y a gagné.

Une chose est sûre : pour Tess, il faut que personne ne sache.

« Elle avait toujours été un peu bizarre, mais c'est Harwood qui l'a complètement détraquée », poursuit Rory. Elle serre les dents, et je devine qu'elle pense à Sachi ; qu'elle se demande si cet endroit détruira sa sœur comme il a détruit sa cousine.

« Harwood ou son don de prédiction ? Est-ce que les sibylles deviennent folles, en général ? » La question m'a échappé, mais je veux savoir : d'autres encore ont-elles perdu pied, en plus de Brenna et de Thomasina ?

« Elle n'est pas la première, répond Sœur Cora avec un soupir. Mais les visions de Brenna ne sont pas la cause de son dérangement, du moins pas la seule cause. Je crois qu'il convient que vous connaissiez la vérité – vous en particulier, Catherine. »

Rory et moi échangeons un regard perplexe.

« Nous avons tenté d'intervenir, lors du premier procès de Brenna. Quand j'ai appris qu'elle était une sibylle, j'ai voulu la mettre en sécurité ici. Sorcière ou pas, l'ordre des Sœurs était le meilleur endroit pour elle. » Le ton est celui de la bonté ; pour Sœur Cora, c'était faire une faveur à Brenna. « Toutefois, puisqu'elle n'était pas sorcière, nous lui avons laissé le choix. Elle a refusé de nous suivre à New London. Elle avait peur et préférait rester à Chatham. En toute franchise, je me doutais qu'avant longtemps elle se ferait à nouveau arrêter. »

Rory se lève d'un bond.

« En ce cas, c'est *vous* qui l'avez envoyée à Harwood ? »

Sœur Cora esquisse un geste d'apaisement.

« Ce n'était certes pas notre intention. J'avais prévu d'effacer ses souvenirs de notre rencontre et de notre conversation. J'avais amené l'une de nos élèves capable d'intrusion mentale, pensant qu'il lui serait bénéfique d'assister à un procès. Je l'ai autorisée à intervenir sur Brenna. Malheureusement, cela s'est très mal passé. Comprenez bien, c'est un risque que nous prenons chaque fois que nous pratiquons l'intrusion mentale. Dès lors, Brenna n'a plus été la même. »

Cette élève qui a esquinté Brenna, c'est Alice, j'en suis certaine. Brusquement, le discours haché de Brenna prend un sens. *Des trous dans ma tête. La faute aux corbeaux. À mon procès, ils sont venus. Les Frères m'ont laissée toute seule avec eux. J'avais peur. J'ai cru qu'ils allaient m'arracher les yeux. Mais ils ont seulement pris mes souvenirs.*

Je suis si outrée que j'ai du mal à réfléchir correctement. Voilà pourquoi Mère noircissait tant l'intrusion mentale, pourquoi on ne devrait jamais en user à la légère.

En même temps, une petite part de moi est soulagée. La folie de Brenna n'a rien à voir avec ses visions. Une source d'angoisse en moins en ce qui concerne Tess.

Les yeux de Rory s'emplissent de larmes.

« Vous l'avez détruite. Vous avez laissé une novice s'exercer sur elle, vous l'avez détruite et après, vous l'avez abandonnée !

— Victoria, dit Cora, je comprends que ce soit douloureux pour vous. S'il vous plaît, rasseyez-vous, que nous puissions en discuter. Brenna n'allait pas bien. Harwood était le meilleur endroit pour elle. »

C'en est trop pour moi.

« Harwood n'est pas un endroit où on entre pour aller *mieux*. » Cora devrait le savoir.

Et Rory poursuit, accusatrice : « Non, ce n'était pas la raison. En réalité, vous aviez peur qu'elle vous dénonce. » Toujours debout, elle se dresse au-dessus de nous ; elle est aussi grande que moi, mais plus forte, avec des formes partout où je n'en ai pas. « Vous l'avez envoyée pourrir là-bas avec l'idée que personne ne prêterait l'oreille aux délires d'une folle. Mais maintenant, si, ils y prêtent attention, et vous… J'ai entendu les rumeurs. Votre conseil de guerre envisage de la supprimer ! »

Les larmes coulent sur ses joues, elle tremble comme un flocon de neige au vent d'hiver.

Sœur Cora lève les mains.

« Je suis désolée. Je voudrais vous promettre que rien ne sera fait à Brenna, mais je ne le peux pas. Mon premier devoir est de protéger nos filles, en particulier la prochaine sibylle. Je peux seulement vous dire que, pour le moment, nous n'avons pas l'intention de lui causer le moindre mal. »

Pour le moment. Seigneur, quelle horrible décision à prendre !

Je suis heureuse de n'être pas celle qui doit trancher.

Tess le devra-t-elle bientôt ? Si elle se prononce contre l'élimination pure et simple de Brenna, mais que Sœur Inez est pour, laquelle des deux l'emportera ? Tess aura-t-elle seulement voix au chapitre, en tant que future prieure ? Depuis peu, je collabore avec Sœur Inez, or je vois bien que si j'étais la sibylle, et si je devais laisser Inez décider à ma place des années durant, la perspective ne me plairait pas vraiment.

« Vous ne pouvez pas promettre ? s'indigne Rory, amère. Vous ne le *voulez* pas, oui. Si c'était Cate, vous remueriez ciel et terre pour la sortir de là. Mais ma cousine ou ma sœur… elles, ce n'est pas une grosse perte ! »

En un éclair me reviennent en tête les mises en garde de Zara à l'encontre de Cora – mais c'est alors que Rory se rue vers la porte, puis s'arrête net, battant l'air de ses bras, et glisse vers nous pour s'écrouler dans son fauteuil, comme rattrapée par une main invisible.

Sœur Cora se lève. Aucun signe de douleur aujourd'hui ; ses mouvements sont sûrs et gracieux. Et elle répond à Rory, sobrement :

« Vous devriez remercier Perséphone qu'il ne s'agisse pas de Catherine. Savez-vous ce qui nous attendrait, en pareil cas ? La prophétie est claire : si elle tombait entre les mains des Frères, il s'ensuivrait une deuxième Terreur. » Avec son regard courroucé et sa silhouette altière tout en pourpre, elle ressemble à une vieille reine implacable. « Brenna ne serait pas seule enfermée. Nous le serions toutes, ou pire. Brûlées vives dans nos lits en pleine nuit, comme les sorcières du Grand Temple, ou sur les places publiques de Nouvelle-Angleterre. Ou décapitées devant nos proches – et nos proches décapités à leur tour, s'ils tentaient d'intervenir. Ficelées à des pierres et jetées à l'eau. Est-ce cela que vous voulez ?

— Bien sûr que non ! hurle Rory. Moi, ce que je veux, c'est voir revenir ma sœur et ma cousine !

— Rory, dis-je, venez. Allons parler dans ma chambre. »

Il faut que je la sorte d'ici avant qu'elle perde le contrôle. Non que je lui donne tort. Sœur Cora avait des devoirs envers Brenna et elle ne les a pas remplis.

Dans le couloir, Rory s'adosse lourdement contre le mur.

« Vous ne pouvez rien y faire, Cate. »

Je l'entraîne jusqu'à l'alcôve devant la fenêtre du deuxième palier. Là, assises sur la banquette, nous regardons le ciel plombé lâcher sa neige fondue.

« Je ne peux rien y faire, c'est vrai. Ni empêcher Sachi de se faire envoyer là-bas aussi. J'aimerais pouvoir tout arranger, mais je ne vois vraiment pas comment m'y prendre.

— Je veux assister à son procès, décide-t-elle en reniflant.

— Je ne crois pas que ce soit une bonne idée. »

Elle commence à mieux contrôler sa magie et ses humeurs, mais dans ce genre de circonstances… qui le pourrait ?

« Je ne vous demande pas votre permission, Cate. Sachi aura besoin de voir un visage ami. » Il y a de l'acier dans sa voix.

Je croise les chevilles et choisis mes mots :

« Entendu. En ce cas, j'irai avec vous ; il n'est pas question que vous y alliez seule. Mais d'abord il nous faut découvrir quand le procès aura lieu. Votre père devrait le savoir, non ? Même s'il n'a pas prévu d'y assister.

— Je l'imagine mal rester en dehors. Il est même probable qu'il témoigne contre elle. » Rory réajuste la plume, piquée dans ses cheveux, mise de guingois par le courant d'air qui s'insinue sous la fenêtre. « Si elle savait comment il se comporte, elle en aurait le cœur brisé. »

Une inspiration me vient. Il y a une chose que je peux faire pour Rory.

« Et si on vous accordait une chance de lui dire ce que vous pensez de lui ? *Sans* risquer de vous faire arrêter pour insubordination ? »

Elle me jette un regard de biais.

« Ce serait possible ?

— Il se trouve que j'ai justement à aller voir votre père, pour une mission qui implique un peu d'intrusion mentale. Viendriez-vous avec moi ? »

Elle s'illumine. « Il faudrait que je sois folle pour m'en priver. »

Les trottoirs pavés sont couverts d'un épais verglas qui rend la marche périlleuse. Peut-être aurions-nous dû attendre que la calèche soit libre, après tout. Une pluie glacée nous cingle le nez et les joues. Le ciel est du même gris ardoise que les yeux de Tess.

Rory fait halte devant un immeuble en brique de trois étages. Un portier en livrée noire nous introduit dans le vestibule, où nos capes s'égouttent sur le sol de marbre blanc. Rory me précède pour monter au premier, puis frappe à une large porte en chêne. Le couloir s'orne d'un papier peint doré et d'élégantes moulures au plafond. En ce lieu raffiné, je me sens comme un épouvantail détrempé, mais par bonheur nos capes de Sœurs nous assurent un minimum de respectabilité. De longues secondes d'angoisse s'écoulent avant que Frère Ishida nous ouvre. Il porte une chemise grise à faux col et un pantalon noir. C'est étrange de le voir sans sa chasuble. Ainsi vêtu, il ressemble à un homme ordinaire, plutôt à un père qu'à un prêtre.

« Miss Elliott. » Il salue Rory d'un signe de tête, évitant de croiser son regard. « Ah, et Sœur Catherine. Bonjour. »

À présent que nous sommes là, Rory semble avoir perdu toute bravade. Les yeux rivés sur son père, elle n'émet pas un son. Je prends l'initiative :

« Pouvons-nous entrer, sir ? Nous aimerions vous parler.

— Mais certainement. »

Il s'écarte, incline légèrement le buste. D'instinct, ma main se porte à ma joue. L'écorchure a cicatrisé, et il n'y a aucun risque qu'il se rappelle m'avoir frappée pour insoumission ; Tess y a veillé. Moi, je ne l'oublierai jamais, non plus que les menaces accompagnant ce geste. *S'il ne tenait qu'à moi, nous rétablirions le bûcher.*

Ce souvenir renforce ma détermination.

« Que puis-je pour vous ? »

Renonçant au cérémonial habituel, Frère Ishida nous indique le sofa vert. Le salon est somptueux : fauteuils et canapés garnis de velours, lourdes tentures damassées d'or, tables à thé en bois de rose avec des pieds incurvés en tête de serpent. Un riche tapis d'Orient habille le plancher, des becs de gaz à appliques dorées dispensent une lumière vive qui contraste avec la grisaille du dehors.

Je réponds par une question : « Avez-vous des nouvelles de Sachi ?

— Elle attend son procès en prison. Où est sa place. » Il s'installe dans un fauteuil face à nous.

« Où est sa place ? répète Rory.

— Exactement. » Il lui retourne un regard noir. « C'est une sorcière. Elle mérite tout châtiment que le Conseil de New London jugera bon de lui infliger. »

Je vais droit au but :

« Connaissez-vous la date de son procès ?

— Samedi.

— Êtes-vous allé la voir ? demande Rory. Comment va-t-elle ? »

Il tapote la tête de dragon qui orne son accoudoir.

« Je n'y suis pas allé, et je n'irai pas. »

Je m'en doutais, mais sa froideur me pétrifie.

« Il est donc si facile pour vous de la chasser de votre cœur, comme ça ? » réplique Rory, claquant des doigts.

Il grimace.

« Facile, non, mais c'est la volonté de Dieu. En usant de magie, Sachiko s'est proscrite elle-même de notre famille et de la bonne société. Elle souille le nom des Ishida, et je n'irai pas…

— Mais elle reste votre fille, le coupe Rory, tendue à l'extrême. Vous ne pouvez vraiment rien pour elle ? Pour lui venir en aide ?

— Ne m'interrompez pas ! » De ses doigts dodus, Frère Ishida tiraille son col. « Il n'y a rien que je puisse faire, quand bien même la tendresse me pousserait à intervenir. Ce qui n'est pas le cas. J'ai effacé le nom de Sachiko de notre arbre généalogique. Je n'ai plus de fille. »

Rory laisse échapper un rire étranglé.

« Oh si, vous en avez une encore.

— Non, dit-il avec un mouvement de recul. J'ai renié Sachiko. C'est mon droit le plus…

— Je ne parle pas de Sachi, déclare Rory, très calme. Mais de moi. Je suis votre fille. »

Frère Ishida se fige, ses yeux se reportent sur moi.

« C'est grotesque !

— Ça ne l'est pas. Vous avez même payé ma mère pour qu'elle se taise. Je suis votre fille », soutient Rory, tête haute.

Il se lève, hors de lui. Et c'est à moi qu'il s'adresse, pas à Rory :

« Lydia Elliott n'est qu'une traînée. Elle pourrait s'être fait engrosser par une demi-douzaine d'hommes au moins. Sœur Catherine, ne prêtez pas l'oreille à ces absurdités, je vous prie.

— Est-ce si absurde ? Il y a eu… des rumeurs…

— Des ragots, oui ! » Il se tourne vers Rory, une veine bat sur son front. « Comment osez-vous venir ici et profiter du chagrin d'un père ? Espèce de manipulatrice ! Si ça se trouve, vous le saviez, que ma fille était sorcière. Vous l'avez peut-être même encouragée dans cette voie, espérant vous faire une place dans ma maison. Comme si quelqu'un de votre engeance pouvait remplacer ma Sachiko ! Jamais vous n'avez été digne de son amitié, jamais. Et d'ailleurs, peut-être est-ce vous qui l'avez initiée à ces tours maléfiques ! »

Il lui crie au visage, mais elle ne recule pas d'un pouce.

« Si elle tient ses dons de quelqu'un, c'est par vous qu'ils sont passés. Une de vos aïeules était sorcière. »

Il l'empoigne par un bras, l'arrache du canapé. Elle aura des marques à ce bras, j'en suis sûre. Et il vocifère :

« N'importe quoi ! Je vous interdis de dire des choses pareilles !

— Qu'est-ce que ça change ? riposte Rory. Sachi va être envoyée à Harwood. Vous n'aurez jamais de petits-enfants. Votre lignée est morte – sauf si vous avez un autre bâtard quelque part. »

D'une gifle à toute volée, il l'envoie valser en travers du sofa. Rory n'est pas une plume comme Sachi ; il a dû frapper fort, car sa tête vient presque heurter mes genoux.

« Comment osez-vous me parler ainsi ! hurle-t-il en postillonnant. Je devrais vous faire arrêter pour votre impertinence. »

Elle se frotte la joue.

« Le sentiment paternel, ça vous est totalement inconnu, n'est-ce pas ? »

Je me lève. « Rory est novice dans l'ordre des Sœurs à présent. Je vous saurais gré de ne plus porter la main sur elle. » Mon audace me procure un léger frisson de plaisir.

« P… pardon ? » s'étouffe Frère Ishida. Il n'en croit pas ses oreilles. Frapper une épouse ou une fille n'a rien que de très naturel. L'ordre des Frères le proclame : toute femme doit se soumettre à l'autorité de son père, puis à celle de son mari.

« C'est à Rory que vous devez demander pardon. » Elle est toujours effondrée sur le canapé, un peu sonnée. « Y a-t-il autre chose que vous souhaiteriez dire à votre père, Rory ? »

Je n'ai pas à le lui proposer deux fois. Elle se relève tant bien que mal, ébouriffée, sa cape de travers entrouverte sur sa robe rouge qui pendouille. Mais elle est magnifique, prête au combat, dressée face à l'homme qui n'a jamais voulu la reconnaître pour sa fille.

« Vous me dégoûtez », dit-elle d'une voix claire. Frère Ishida recule d'un pas, partagé entre stupéfaction et colère. « Vous jouez au parangon de vertu, à l'incarnation de la moralité, mais quelle sorte d'homme commet l'adultère ? Quelle sorte de père abandonne ses enfants ? En vrai, vous n'êtes qu'un hypocrite.

— Comment osez-vous ? » rugit Frère Ishida en s'élançant vers elle.

Rory s'esquive derrière le canapé.

Cette fois, mon pouvoir d'intrusion surgit presque de lui-même. La magie tourbillonne en moi et sourd au bout de mes doigts. Je la sens aiguisée comme un scalpel, pas une once de culpabilité ne vient l'entraver. J'ordonne à Frère Ishida d'oublier cette scène, et de laisser Finn Belastra s'établir à New London où il pourra beaucoup mieux servir l'ordre des Frères.

Le léger malaise qui suit n'est rien au regard du vertige nauséeux qu'inflige la magie guérisseuse. Je n'en tiens aucun compte et me contente de garder l'œil sur Frère Ishida.

À reculons, il heurte une table basse, la renverse avec fracas, se fige. Les yeux sur nous, hagard, il bredouille : « Mesdemoiselles ? Que disais-je ? Désolé, j'ai eu un bref étourdissement. »

Je bannis de ma voix toute trace de triomphe :

« Vous vous sentez bien, sir ?

— Oui. Oui. » Il redresse la table.

« Nous allions partir, après vous avoir offert notre sympathie concernant Sachi. Nous partageons votre peine, et sommes désolées que notre visite vous ait perturbé. » Les mots passent mal, mais je n'ai guère le choix. « À présent, nous devons nous retirer, nous sommes attendues au couvent pour le souper.

— Très bien. Merci de votre visite, mesdemoiselles. Je suis navré que votre confiance en Sachiko ait été si mal placée. Tout comme la mienne. Mais le Seigneur nous ordonne de la bannir de nos cœurs, vous le savez.

— Nous le savons. »

Je passe le bras sous le coude de Rory. De retour dans le couloir, elle s'adosse au papier peint doré, plaque ses mains sur son visage et murmure : « Merci, Cate.

— Je regrette bien qu'il ait fallu en arriver là. Vous mériteriez un meilleur père.

— Jack en a été un pour moi. Je suis heureuse de porter son nom plutôt que celui de ce monstre.

— J'espère que Sachi ne saura jamais ce qu'il a dit d'elle.

— Ce n'est certes pas moi qui le lui rapporterai. » Soudain, ses traits se décomposent. « Il faut lui porter secours, Cate. On ne va pas la laisser croupir à Harwood toute sa vie. Et jamais sa mère ne s'opposera à la volonté de son mari. Comme famille, je suis tout ce qui lui reste.

— Il lui reste moi, aussi. Et l'ordre des Sœurs, si j'ai mon mot à dire. »

Je remarque une écorchure à sa pommette – encore cet anneau, bien sûr. Je convoque à nouveau ma magie, et j'effleure sa joue du bout des doigts. « Ne bougez pas. »

Elle me rattrape par le bras comme je chancelle. « Vous êtes merveilleuse, Cate Cahill, vous savez ça ? Et moi qui... J'avais toujours cru que vous ne m'aimiez pas beaucoup. Enfin, pas pour de bon. Comme la plupart des gens, d'ailleurs. Ils ne me supportent que par égard pour Sachi. »

Pour être franche... il est exact que je n'ai accepté Rory que parce que Sachi me l'a imposée, et que seule son exigence – *qui m'aime doit aimer ma sœur* – m'a retenue de critiquer Rory ouvertement. À part moi, je la désapprouvais ; pour son côté tapageur, ses tenues osées, sa mère alcoolique, son impulsivité. La malheureuse en a vu de dures, et moi, au lieu de me mettre un peu à sa place, je la condamnais, parce qu'elle cherchait réconfort dans le xérès ou dans les bras de ce benêt de Nils Winfield. Pire encore, je ne l'imaginais pas assez sensible pour percevoir mes sentiments.

Je n'en suis pas fière.

« Mais si, dis-je, je vous aime bien, et pour de bon. » Et je m'aperçois que c'est la vérité. « Vous avez le courage de dire ce que vous pensez. Vous êtes fidèle, même quand c'est difficile, comme avec Brenna. Et vous vous moquez bien de ce que les gens pensent de vous. »

Elle rougit. « Sur ce dernier point, je vous arrête : je fais semblant. Mais merci quand même. Jamais personne n'avait plaidé pour moi de cette façon, à part ma sœur.

— Vous pouvez me payer de retour : savez-vous où se trouve la chambre de Finn ?

— C'est ici, pile. » Elle montre la porte qui nous fait face. « Pourquoi ?

— Voulez-vous bien monter la garde un instant pour moi ? Si quelqu'un vient, toussez. J'ai un petit mot à lui laisser.

— Alors là ! Pour ce genre de frasques, on peut compter sur moi. »

Elle prend position au bout du couloir. Une bouffée de tendresse me vient. Bénie soit-elle de ne poser aucune question et de ne pas me juger, quand je m'apprête à me glisser dans la chambre d'un homme.

Je place la main sur la poignée dorée et lui ordonne de se déverrouiller. Finn ne dispose pas d'un magnifique salon, mais d'une simple chambre avec dans un angle un petit bureau, sur lequel s'empilent quelques livres. Je m'en approche vivement. Une cape noire repose sur le siège. Devant la cheminée, une paire de bottes attend, bien rangée. Derrière moi, le lit à colonnes est défait, les draps froissés entortillés sous l'épais édredon vert.

J'imagine Finn rentrant dans cette chambre, ôtant ses lourds vêtements d'hiver, dormant dans ce lit. Pense-t-il à moi la nuit, tout comme je pense à lui ?

Les joues en feu, je me tourne vers le bureau. J'ai mieux à faire que de rêvasser et de me demander à quoi il ressemble quand il dort. Un stylo-plume est posé sur une liasse de papiers. Finn a commencé une lettre pour sa mère. Je ne peux résister, je laisse mes yeux parcourir les premières lignes.

J'ai postulé pour un emploi de secrétaire à New London. J'espère que vous comprendrez. Vous allez me manquer, Clara et vous, bien sûr, mais mon cœur est dans cette ville à présent, et de surcroît je pense être à même de faire du bon travail sur place, un travail qui obtiendrait votre approbation, je crois…

Mon cœur est dans cette ville… Parle-t-il de moi ? Son cœur ? Cette idée m'emplit de joie. J'attrape le stylo et une feuille blanche.

Retrouvez-moi pour une promenade demain à seize heures au jardin de Richmond Square. Il me tarde de vous revoir.

J'hésite, mordille le stylo, puis ajoute :

Avec tout mon amour, C.

Chapitre 11

Le lendemain après-midi, Maura vient frapper à ma porte entrouverte.

« Sœurette ! » roucoule-t-elle depuis le seuil, rayonnante dans un brocart crème brodé de feuilles bleues chatoyantes. Elle doit avoir au moins une demi-douzaine de nouvelles toilettes. Je baisse les yeux sur ma robe grise garnie d'un passepoil rouge. Cinq minutes plus tôt, je me trouvais jolie, mais à présent je me sens comme un moineau face à un martin-pêcheur. « Puis-je te dire un mot ? En privé ? » précise-t-elle avec un sourire éloquent pour Rilla qui lit un roman, à plat ventre sur sa courtepointe jaune.

Rilla se lève d'un bond, laissant son livre ouvert sur le lit.

« J'allais justement descendre à la cuisine me faire un chocolat chaud. Vous en voulez un, Cate ?

— Non, merci. Je sors bientôt ; j'ai une course à faire.

— Un rendez-vous avec ton fringant espion ? » raille Maura, sitôt Rilla sortie de la pièce.

Je la tire d'un coup sec dans la chambre et referme la porte sur nous.

« Pas si fort, voyons !

— Oh, ça va ! Je ne vais pas le dévoiler, votre petit secret, dit-elle en enroulant autour d'un doigt une mèche cuivrée. Mais j'espère qu'il t'apprend des choses utiles, au moins. Qu'il en vaille le prix. »

La formule me choque. De quel prix parle-t-elle ? De son silence à elle ?

« Maura, tu n'oublies pas que personne ne doit rien savoir du rôle qu'il va jouer.

— Je resterai muette comme une tombe. Oh, elles sont ravissantes. » Elle s'empare des boucles d'oreilles en perle sur ma coiffeuse et se les met. « J'ai des projets, moi aussi, pour cet après-midi. Un cours très particulier avec Sœur Inez. »

Je m'assieds sur le bord de mon lit et attrape mes bottines.

« Un peu d'intrusion mentale sur tes amies, une fois de plus ? »

Ces paroles à peine prononcées, je voudrais les reprendre. La dernière chose dont j'ai besoin, c'est de braquer ma sœur encore un peu plus contre moi.

« Toujours le compliment à la bouche, n'est-ce pas ? Je ne t'ai pas beaucoup entendue protester, pourtant, quand Sœur Cora a trafiqué la mémoire de Hope.

— C'était pour nous protéger, pas par jeu.

— Ah, parce que moi, je m'amuse, c'est ça ? Parce que ça m'amuse de regarder les Frères débouler ici et nous interroger ? De voir une gamine innocente se faire arrêter, sachant pertinemment qu'ils vont la laisser pourrir en cellule ? » Le temps que j'enfile mes bottines, Maura déambule dans la chambre, piétinant allègrement ce que Rilla laisse traîner par terre, bas, souliers… « Nous ne sommes plus en sécurité ici, Cate. À tout moment, ils pourraient emmener n'importe laquelle d'entre nous.

— Je le sais bien.

— Ils ont arrêté au moins treize filles à ce jour, en comptant Hope. Sœur Cora est au plus mal. Il nous faut une tête de file, quelqu'un de déterminé, pour en finir avec cette indécision. » Elle se laisse tomber sur le couvre-lit froissé de Rilla. « Je veux que tu fasses ce test dont nous parlions.

— Non. » Je noue mes lacets.

« Pourquoi es-tu si égoïste ? Si tu faisais le test, on saurait enfin laquelle de nous deux est la plus puissante, et on pourrait s'organiser en conséquence. Si c'est moi, j'aimerais bien me mettre au travail tout de suite avec Sœur Inez et commencer enfin à *agir*.

— Le test ne concernerait qu'une branche de la magie », dis-je, me redressant.

Qu'est-elle donc si pressée de faire, en plus d'éliminer Brenna ?

« Oui, mais la plus importante. » Elle plisse les paupières. « C'est pour ça que tu es si réticente ? Tu as peur que le test confirme que c'est moi, celle qu'annonce la prophétie ?

— N'importe quoi ! » Je pense à Tess, à cette vérité que j'aimerais tant pouvoir révéler à Maura. Mais je m'aperçois que ce « n'importe quoi ! » est exactement ce qu'il ne fallait pas dire. Pourquoi ai-je ce don de toujours la prendre à rebrousse-poil ?

« Ce n'est *pas* n'importe quoi ! » Elle plaque les mains sur le lit, si violemment qu'il en tremble. « Tu n'as jamais désiré tout ça aussi fort que moi. J'ai travaillé dix fois plus dur que toi – non seulement pour améliorer ma magie, mais aussi pour gagner le respect de ces filles. Tu crois que c'est par plaisir que je passe autant de temps avec cette petite snobinarde d'Alice Auclair ? »

J'en suis pantoise. « Parce que... ce n'est pas le cas ?

— Jamais de la vie ! Dieu du ciel, tu me connais donc si mal ? » Elle se lève d'un bond. « Alice n'a de succès que parce que tout le monde la craint. Si j'essaie de m'attirer ses faveurs, c'est pour qu'elle et ses amies nous soutiennent, Sœur Inez et moi. Quand viendra l'heure de se battre, il faudra nous serrer les coudes, pas nous affronter en deux camps comme c'est le cas aujourd'hui. Depuis mon arrivée, je travaille jour et nuit pour conquérir ma place ici ; franchement, on ne peut pas en dire autant de toi. Mais les Sœurs s'obstinent à penser que tu es celle de la prophétie ; même si côté visions, tu m'excuseras, tu n'es pas encore très au point. »

Les yeux rivés sur les boutons bleus qui ferment son corsage afin de ne pas croiser son regard, je lui rappelle : « Toi non plus.

— J'en aurai ! prédit-elle, farouche. Je ne passerai pas ma vie à me tourner les pouces pendant que des filles subissent le pire. Passe le test, Cate. »

Je me lève à mon tour. « J'ai dit non. Et c'est mûrement pensé. Je sais déjà que je suis capable d'intrusion mentale. Je ne vais pas en user pour épater la galerie. Et ce n'est pas moi qui trahirai la confiance de ceux qui me sont proches en la pratiquant sur eux ! »

Elle s'adosse à ma commode, touchée au vif.

« Quelqu'un a mouchardé, je vois. Tess ? Ou Elena ?

— Peu importe. Je ne peux pas croire que tu aies fait ça aux O'Hare ! »

Ses mains se crispent sur sa jupe. J'ai la détestable impression que c'est moi qu'elle aimerait tordre et pétrir plutôt que ce brocart. Et elle me lance :

« Tu es bien aussi prétentieuse qu'Alice, tiens, à t'imaginer meilleure que tout le monde !

— Faux. Je n'ai jamais dit que j'étais meilleure sorcière que toi. »

Elle regagne la porte à grands pas.

« Meilleure sorcière, non ; mais tu te figures être une meilleure personne. Et ce n'est pas le cas. L'unique raison pour laquelle Sœur Cora te préfère est qu'elle déteste Inez. Si mes dix-sept ans tombaient en premier, ce serait moi qu'elle chouchouterait. Ce n'est pas plus compliqué que ça, Cate. Alors, arrête de te croire extraordinaire. »

La porte claque, et je m'effondre sur le lit. A-t-elle raison ? Les jolis compliments de Sœur Cora ne sont-ils que flatterie parce qu'à ses yeux je suis l'unique moyen d'évincer Inez ?

Puis il me revient que ce point n'a plus vraiment d'importance.

Il n'est pas question de révéler à Maura la vérité concernant Tess, pas avant qu'elle soit prête à l'accepter, mais cette perpétuelle rivalité entre elle et moi m'épuise. J'ai le sentiment que tout le couvent nous épie, dans l'attente de voir laquelle de nous deux est celle qu'annonce la prophétie. Aucune de nos enseignantes n'admet explicitement que Sœur Cora est mourante, mais nous la savons toutes bien malade ; c'est un secret de polichinelle. On dirait qu'elles attendent que Sœur Cora meure, puis que Sœur Inez prenne la main et déclenche les événements. Mais quels sont les projets de Sœur Inez ? Et dans quelle mesure ma sœur y est-elle impliquée ?

Je me relève et cherche, dans ma boîte à bijoux, une autre paire de boucles d'oreilles, puisque Maura a embarqué celles que j'allais mettre. C'est peut-être pure folie de rencontrer Finn en plein jour. Mais il portera la tenue des Frères et, si nous prenons soin de garder nos distances, il n'y a guère de risque que quiconque le soupçonne de mauvaise conduite.

Quelques coups légers à ma porte, et Tess apparaît.

« Ah, tu es là. Tu allais sortir ? » Elle avise les pendentifs en grenat dans ma main et baisse la voix : « Tu vas voir Finn ?

— Comment as-tu deviné ?

— Tu t'es coiffée, dit-elle, indiquant mes tresses relevées. Et tu devrais arrêter de me regarder comme si j'allais prendre feu d'une seconde à l'autre, ou les gens vont finir par se douter de quelque chose. Tu es la fille la plus transparente que je connaisse. Je peux venir avec toi ?

— Voir Finn ?

— Qui d'autre ? » Elle attrape mes bottines de rechange et les enfile. « J'ai envie de le rencontrer. Je veux dire, je l'ai déjà vu des dizaines de fois à la librairie, mais j'ignorais alors que tu l'aimais. Il faudrait que je fasse un peu mieux connaissance avec lui, s'il doit devenir mon frère un jour ou l'autre, non ?

— Nous ne sommes plus fiancés. » Que ce soit clair et net. Même si ces mots me coûtent. « Je lui ai rendu sa bague avant de quitter Chatham.

— Vous êtes toujours fiancés dans vos cœurs », déclare Tess, et elle m'enlace.

Je souris malgré moi.

« Et depuis quand es-tu Miss Romantique ? Tu as lu les romans de Maura ? »

Elle se penche pour boucler les bottines, mais je vois ses joues rosir.

« Ne te moque pas. Certains sont assez amusants. »

Plus de doute, elle grandit. Peut être commence-t-elle à rêver d'un chevalier servant. À douze ans, je pensais qu'un jour je m'appellerais Catherine McLeod ; j'en étais aussi certaine que l'herbe était verte et le ciel bleu. Existe-t-il à Chatham un garçon que Tess trouve beau ?

« Tu ne diras rien à Finn, hein ? Pour mes visions ? » Ses yeux gris sont redevenus graves. « Je veux que personne ne le sache pour le moment. Personne d'autre que toi.

— En ce cas, je ne le lui dirai pas. »

Je ne perdrai pas Tess en commettant les mêmes erreurs qu'avec Maura. Je vais procéder autrement avec elle. Et cela signifie être à l'écoute de ses désirs et les respecter, ne pas me comporter en tyran domestique.

Même si cela doit aggraver le fait que Maura s'éloigne de moi un peu plus chaque jour.

Le jardin public de Richmond Square jouxte la cathédrale, juste en face de la rue menant à la place où a eu lieu l'autodafé. À cette saison, il ne ressemble guère à l'oasis fleurie qu'il doit être à la belle saison, mais reste un refuge de verdure où échapper à la grisaille de la ville. Les érables s'accrochent à l'automne, et tendent leurs feuilles rouges vers le soleil pâlot. À leurs pieds, parmi des rosiers assoupis, un hamamélis épanouit ses fleurs en forme d'araignées jaunes. Autour de nous s'égouttent des branches, détrempées par les intempéries d'hier. Aujourd'hui, par comparaison, l'air est d'une douceur insolite.

Toutes les allées sont changées en bourbiers. Au fond du parc, un petit garçon saute à pieds joints dans une grande flaque. Je repère Finn sur un banc de marbre près de la mare aux canards. Je présume qu'aux beaux jours l'endroit grouille d'enfants qui jettent du pain aux volatiles et s'aventurent dans la vase, malgré les hauts cris de leurs mères, mais cet après-midi seule une poignée de canards évolue avec flegme sur l'eau brunâtre.

Finn ne nous a pas encore vues. J'en profite pour l'observer à son insu. Il est plongé dans un livre, ses cheveux roux en bataille à force d'y passer la main. Une ombre de barbe lui mange les joues, comme s'il avait oublié de se raser depuis un jour ou deux. Puis il lève les yeux et nous aperçoit – m'aperçoit. Il s'illumine d'un immense sourire, remonte ses lunettes sur son nez, glisse son livre dans sa poche et quitte son banc.

Je voudrais courir vers lui, me jeter dans ses bras, mais Sœur Catherine descend l'allée à pas comptés.

« Vous connaissez ma sœur, Tess. Elle tenait à vous être présentée dans les règles. Tess… Finn. » Un petit vertige me saisit : ces deux êtres sont ceux auxquels je tiens le plus au monde ; je voudrais tant qu'ils s'apprécient mutuellement !

« Bonjour, Frère Belastra, dit Tess intimidée, les mains dans les poches de sa cape.

— Finn, la corrige-t-il. S'il vous plaît. Heureux de vous revoir, Tess.

— Merci d'être venu », dis-je.

J'ai tellement l'habitude de nos tête-à-tête furtifs – dans la librairie de sa mère, notre jardin de Chatham, la serre du couvent – que je me sens gauche et empruntée, ici, avec Tess et le monde extérieur pour témoins.

« Je voulais vous voir, moi aussi. » Il s'approche d'un pas, baisse la voix : « J'ai appris que les Frères avaient fait une descente au prieuré. Et moi qui vous croyais en sécurité là-bas… Je pensais que c'était l'unique raison, pour vous, d'y être.

— Il n'y a plus aucun lieu sûr. » Je garde les yeux sur les canards insouciants ; les suppliques de Hope résonnent encore à mes oreilles. « Avez-vous des nouvelles de celles qu'ils ont arrêtées ?

— L'une d'elles est morte hier, la simple d'esprit. Ils l'ont torturée. Je doute que les autres résistent longtemps. Ils les interrogent jour et nuit, les privent de sommeil, de nourriture. » Tess se serre contre moi. La bouche de Finn a un pli amer. « Je ne sais que vous dire. Connaissiez-vous la petite qu'ils ont appréhendée au couvent ?

— Tess et elle étaient en train de devenir amies. » Je suis tentée de presser ma jeune sœur contre moi, mais je ne ferais que la mettre dans l'embarras. Ses petites dents nacrées mordillent sa lèvre inférieure, mauvaise habitude qu'elle tient de moi et marque indéniable de désarroi. Mieux vaut changer de sujet. « Avez-vous pu vous libérer sans trop de difficulté ? »

Il a un geste vague.

« Ishida a bien voulu me dispenser des séances du Conseil pour que j'aille rencontrer mon nouveau patron. Denisof s'imaginera que les réunions m'ont retenu tout l'après-midi. Aucun des deux n'y perdra grand-chose. »

Voilà qui me réjouit. « Autrement dit, vous avez le poste ?

— Je l'ai appris ce matin. » Son regard brun clair est grave, mais il mime une courbette pour rire. « Quelle est ma mission, Milady ?

— Découvrir quand aura lieu la prochaine réunion du Conseil suprême, et où. » Du bout des doigts, je suis les arabesques qui couvrent le dossier du banc. « Il me répugne de vous demander cela.

— Je me suis porté volontaire, dois-je vous le rappeler ? Et je tiens à cette mission, Cate, alors cessez de vous excuser. »

Mon cœur s'emballe à ce seul son : mon prénom dans sa bouche.

« D'ailleurs, comme acte téméraire, on fait mieux. » Il paraît le regretter, mais je ne tiens pas à le voir jouer les héros de cape et d'épée. Je suis bien contente que ce ne soit pas plus dangereux. « Denisof est au Conseil. Il me fera tenir son agenda, je suppose. Qu'envisage Sœur Inez ?

— Je n'en sais rien. En cours, elle nous a exercées à prendre l'apparence de Frères. Elle va peut-être enlever l'un des membres du Conseil suprême avant la réunion et envoyer l'une de nous à sa place pour découvrir quels sont leurs projets. Brenna a-t-elle fait de nouvelles déclarations ? »

Finn retire sa cape et l'étale sur le banc humide. Je m'assieds, peut-être un tantinet plus près de lui qu'il ne convient, ma hanche à deux doigts de la sienne. Aujourd'hui, il porte sa tenue distinguée de Frère : costume gris, chemise blanche, bottes noires. Tess se laisse tomber à ma droite.

« Brenna ? Euh, oui. » Il s'éclaircit la voix. « Elle a prédit que l'un des Frères trahirait l'Ordre et prendrait fait et cause pour les sorcières.

— Quoi ? »

Je me lève brusquement et manque de glisser sur les pavés boueux.

« Chhhut. » Il me rattrape par le poignet et me ramène en douceur sur le banc. « Elle n'a donné aucune précision. Rien ne permet de m'identifier. »

Je respire un grand coup. J'ai défendu Brenna ; mais si ses prédictions mettent en danger ceux que j'aime… Sœur Inez et Maura auraient-elles raison ?

« C'est beaucoup trop dangereux, maintenant. Je refuse que…

— Ce n'est pas à vous d'en décider. C'est à moi. J'ai également recueilli des rumeurs concernant l'ordre des Sœurs. »

Sa main tachée de son repose sur son genou, tout près de la mienne. Un peu d'encre noire macule son index.

« Quelles rumeurs ? s'inquiète Tess.

— Les membres les plus rigoristes du Conseil voulaient fermer l'école du couvent. Ils étaient majoritaires. Mais le vote interdisant l'éducation des femmes n'a pas été unanime, il faut le savoir : au moins un tiers du Conseil s'est prononcé contre. En compensation, on a concédé à cette minorité le maintien de l'école des Sœurs.

— Comme si cinquante filles instruites pouvaient faire la différence, s'insurge ma sœur.

— O'Shea et ses partisans en sont convaincus. Pour eux, n'importe quel îlot d'instruction féminine constitue un foyer du Mal. Une source de rébellion potentielle.

— En fait, ils n'ont pas tout à fait tort, glisse-t-elle.

— Ils considèrent qu'aucune exception n'est justifiable, que les Frères devraient exercer un contrôle plus serré sur l'emploi du temps des Sœurs. Je ne serais pas surpris que ce soit à l'ordre du jour de la prochaine réunion du Conseil suprême. »

J'éclate de rire, incrédule.

« Et comment comptent-ils s'y prendre au juste ? En envoyant un homme superviser ce qui se passe derrière les murs du prieuré ? »

Finn remonte de nouveau ses lunettes sur son nez.

« C'est *précisément* ce qu'ils envisagent. O'Shea est d'avis qu'un Frère devrait être nommé prieur. Que si les filles de là-bas doivent être éduquées, il faudrait au moins qu'un homme contrôle le programme scolaire. »

Je grommelle un ou deux mots fleuris qu'une jeune fille n'est pas censée employer.

« Nous serions obligées de lui raboter la mémoire tous les jours ! Il finirait comme un légume.

— Ou sinon, grogne Tess, nous n'aurions droit qu'à l'aquarelle, aux Saintes Écritures et au français.

— Le français ? se récrie Finn. À présent que les Françaises ont le droit de vote, surtout pas ! Pour nos demoiselles influençables, ce serait la porte ouverte à l'immoralité. Cela dit, un autre membre du Conseil suprême s'oppose à O'Shea. Brennan. Un type bien. Il a lui-même trois filles, je suppose que ceci explique cela.

— J'ai du mal à croire qu'un Frère soit quelqu'un de bien. » Finn a un petit sursaut, et je voudrais ravaler mes paroles. Qu'est-ce que j'ai donc, aujourd'hui ? « Oh, pardon, je ne pensais pas à vous, bien sûr. Je sais que vous ne vouliez pas en être.

— Eh bien, je ne suis peut-être pas le seul à avoir rejoint l'Ordre pour protéger les miens, dit-il, les yeux sur son anneau d'argent. Garder le silence est plus facile que prendre le risque de se faire accuser de trahir l'Ordre et le Seigneur.

— Mais c'est un peu de la lâcheté. Si ceux qui ne sont pas d'accord sont aussi nombreux que vous le dites, ils pourraient changer les choses en s'exprimant ! »

À quelques pas de nous, deux fillettes à longues nattes jouent à la poupée sur un banc pendant que leur mère pousse un landau autour de la mare aux canards.

« En ce cas, je suis un lâche moi-même. J'étais présent le jour où ont été débattues les nouvelles mesures. Je n'ai pas encore le droit de vote, mais j'aurais pu contester. J'aurais peut-être réussi à modifier la donne, conclut Finn avec amertume.

— Non. C'est différent. Vous n'alliez pas risquer d'attirer l'attention sur vous ! » dis-je, posant ma main sur la sienne.

J'en oublie qu'on pourrait nous voir tant je tiens à le réconforter, et à rattraper ma déclaration malheureuse.

Il retire sa main.

« C'est la même chose. Ceux qui désapprouvent aussi sont des maris, des pères, des oncles. Un jour viendra, je crois, où ils s'exprimeront haut et fort.

— C'est bien joli, mais jusqu'où iront les choses avant qu'ils se réveillent ? » Je m'écarte un peu de lui sur le banc. « Que faudra-t-il ? En ce moment même, des Frères massacrent des innocentes !

— Et de votre côté, que faites-vous ? » Sa réplique vient comme une claque, en écho aux propos de Maura. « Vous êtes puissante, Cate. À elles toutes, les

Sœurs sont sans doute une force redoutable, et vous en êtes encore à… à attendre votre heure. Je ne vous le reproche pas, mais…

— Mais ça y ressemble. Que pourrions-nous faire sans nous trahir ? Sans ruiner nos chances pour la suite ? Ce n'est pas aussi simple. Pas pour des femmes.

— J'en ai bien conscience. Dieu sait que je ne veux pas que vous vous mettiez en danger. Mais si tout le monde raisonne de cette manière, pourrons-nous jamais avancer ? »

Il se tait. Nous échangeons un long regard dans un silence mélancolique. C'est notre première… non, pas querelle, pas exactement. Mais la première fois que nous voyons les choses de façon si différente. Est-ce à *moi* d'agir ? N'est-il pas un peu facile, en effet, de tout mettre sur le compte de la politique abjecte des Frères ? Sur ce point, Finn n'a pas tort : en bonne logique, l'Ordre ne peut pas être exclusivement composé d'odieux hypocrites comme Frère Ishida, prompts à renier leurs propres filles. Mais j'ai du mal à concilier cette logique-là avec la terreur que m'inspirent les Frères depuis l'enfance.

Est-ce un sentiment similaire qu'éprouvent la plupart des gens à l'égard des sorcières ?

Soudain, Tess se dresse et tend l'oreille.

« C'est quoi, ce bruit ? »

Dans le feu de la discussion, je n'y ai pas prêté attention, mais à présent j'entends comme une clameur qui monte depuis Richmond Square, une vague de voix scandant quelque chose à l'unisson.

Je ne parviens pas à saisir un mot, mais quand il y a un rassemblement, c'est rarement bon pour les filles comme nous.

Tess se hâte déjà dans l'allée boueuse en direction de l'entrée du parc.

« Attends ! » Je me lance à sa poursuite. Mes bottines dérapent, mais je me rétablis sur mes pieds, à peine consciente que Finn se précipite derrière nous. Sitôt passé les arbres, je distingue une foule sur Richmond Square ; elle s'étend jusque dans la rue qui longe la cathédrale, s'amasse sur les marches du large parvis. Ce ne sont pas des dizaines de personnes qui hurlent, mais des centaines. Voire des milliers.

Il y a ici plus de gens réunis que je n'en ai vu de toute ma vie.

Vont-ils brûler plus que des livres cette fois-ci ?

Tess s'est arrêtée, les yeux écarquillés, en lisière de la cohue.

« Laissez nos femmes travailler ! Laissez nos femmes travailler ! » scande la foule encore et encore. Certains brandissent des pancartes où on peut lire : LA PAIE DES FEMMES AIDE À NOURRIR LES FAMILLES et NOS FAMILLES ONT FAIM. En majorité, il s'agit d'ouvriers : des hommes en pantalon rapiécé, manches de chemise roulées jusqu'au coude, casquette sur la tête et bottes de travail crottées aux pieds. Plusieurs balancent en l'air des chopes à cidre tout en hurlant. Quelques femmes s'égosillent avec leurs maris : « Laissez-nous travailler ! »

Une douzaine de personnes distribuent des tracts imprimés. Un passant, tout près de nous, en froisse un dans son poing et le jette ; je le rattrape au vol. Sur un dessin figurent deux gamins faméliques devant des assiettes vides, regardant leur mère qui tricote. Un seconde montre deux bonshommes ventrus en cape noire, en train de s'empiffrer face à un monceau de jarrets de porc, de cuisses de poulet et de gâteaux. Entre les deux dessins, cette légende : *Non aux mesures contre le travail des femmes ! Tous à Richmond Square pour une marche de protestation ! Nos enfants meurent de faim, nos femmes doivent travailler.*

« Il vaudrait mieux ne pas rester ici », me conseille Finn derrière moi

Je suis fascinée. « Je n'avais jamais vu de marche de protestation, c'est spectaculaire !

— Je ne crois pas qu'il y ait déjà eu ce genre de manifestation, dit Tess. Pas contre l'ordre des Frères, en tout cas. »

Son regard croise le mien, et je sais que nous pensons à la même chose. Des soulèvements de foule, il y en a déjà eu. Contre les Filles de Perséphone. C'est même ainsi que tout a commencé.

Un gros baraqué à casquette de velours s'approche de notre trio.

« Vous venez vous joindre à nous, mon Frère ?

— Nous partions », répond Finn, m'attrapant par l'épaule.

L'homme lui tend un tract.

« Restez donc. Histoire de voir ce que les gens pensent de vos nouvelles lois.

— Ce ne sont pas mes lois. Je suis d'avis que les femmes ont le droit de travailler.

— Alors, vous avez voté contre ? » Finn hésite, le costaud se met à rire. « Et pourquoi le feriez-vous ? Vous êtes peinards, vous autres, à vous goinfrer grâce à nos impôts pendant que nos familles crèvent la dalle. Facile de jouer les pères-la-morale, hein, avec le ventre plein. »

Un de ses compères à cache-nez rouge intervient :

« Suis pas si sûr que celui-là soit porté sur la morale, Ted ! Fricoter avec deux greluches, ça me paraît pas très vertueux. Des hypocrites, tous autant qu'ils sont.

— Surveillez votre langage, dit Finn, et il se place devant Tess. Ces dames sont des novices de l'ordre des Sœurs.

— Des donzelles du couvent ? Valent pas mieux que les Frères ! » riposte l'homme au cache-nez. Mâchoire carrée, peau olivâtre, il a le même accent que Sœur Inez. Il se tourne vers moi. « Vous faites jamais rien de vos dix doigts, je parie. »

Je m'indigne : « Bien sûr que si. Nous soignons les malades à l'hôpital. Nous distribuons des vivres aux gens dans le besoin.

— Ouais, mais vous, vous manquez de rien, pas vrai ? lance le dénommé Ted. Vous allez toujours vous coucher l'estomac plein sous vos couettes en plume.

— On n'en veut pas, de votre charité, reprend son acolyte. On veut s'en sortir tout seuls. »

Je jette un regard à leur bedaine. « Vous vous portez bien, pour des crève-la-faim. »

Le compère au cache-nez éclate de rire et me prend le bras pour m'écarter de Finn.

« On a du tempérament, hein ? Je crois pas qu'il apprécie, lui, là. » Du menton, il désigne Finn. « Moi, je pourrais vous donner du bon temps, ma Sœur. »

Son haleine empeste l'alcool, et je comprends à présent la mise en garde de Finn. Cette foule est une poudrière, rendue plus explosive encore par la boisson, l'énervement, l'effet de meute. Les pieds campés sur le sol verglacé, je m'efforce de résister. Si ce mufle s'imagine qu'il peut me malmener, il se trompe.

« Ôtez vos mains de mon bras. Je n'irai nulle part avec vous.

— Allez, juste un petit tour, la belle. Je te parie que je suis plus drôle que lui. T'as déjà bu du whisky ? » Il plonge une main dans sa poche et en sort une flasque ; ses yeux luisants m'inspectent de la tête aux pieds. « T'as déjà été embrassée, ma Sœur ? »

C'en est trop. Je lui réponds d'une gifle.

Son compagnon s'esclaffe : « Ben dis donc, Marco ! Elle t'a remis à ta place. »

Marco se frotte la joue. « Petite garce. »

Finn fait un pas en avant.

« Et vous parlez de respect pour les femmes ?

— Vous avez raison, mon Frère, ricane Marco. En réalité, c'est après vous que j'en ai. »

À deux mains, il repousse Finn, qui bouscule Tess. Elle bascule et se retrouve assise sur le pavé boueux. Finn lance un coup de poing à Marco, mais ce dernier esquive et réplique. Finn recule en chancelant. Tout en aidant Tess à se relever, je me mets à hurler : « C'est fini, oui ? Vous devriez avoir honte !

Regardez ce que vous avez fait. Renverser une jeune fille – c'est digne d'un homme, d'un vrai ? »

Marco avance de nouveau sur moi, mais inexplicablement le voilà qui perd l'équilibre et s'étale en beauté sur le pavé.

Tess.

Je ne dirais pas que je désapprouve. Je ne vois pas pourquoi un brin de magie serait plus répréhensible que de chercher la bagarre. Elle a de la boue sur sa cape, sur les mains, jusque sur le nez. Moi, j'ai les doigts qui picotent après la gifle que j'ai donnée.

« Viens, Marco, t'es bourré », déclare Ted à mon agresseur, et il l'entraîne dans la foule.

Finn nous prend chacune par un bras, Tess et moi, et nous tire dans la direction opposée. Il a peine à se contenir.

« *Spectaculaire*, hein ? Allez, je vous raccompagne au couvent. »

Je m'apprête à souligner qu'il ne doit, en aucun cas, être vu aux abords du prieuré, mais il m'adresse un regard si sombre que je n'ouvre pas la bouche.

Arrivés dans le quartier commerçant, à quelques rues du centre, nous nous accordons une halte.

« Tenez », dit Tess. Et elle tend son mouchoir à Finn.

Un peu de sang a coulé de son nez, et sa joue est en train de gonfler. Ce doit être cuisant. Il retire sa cape et nous recommande d'en faire autant.

« Si tout New London est dans cet état d'esprit, ce sera plus sûr pour nous. »

Quelle sensation étrange de marcher en ville sans cape sur les épaules ni capuche sur les cheveux ! Je ne m'y suis plus risquée depuis l'enfance. De toute façon, personne ne nous prête attention. Ça aussi, c'est étrange. À Chatham, je ne pouvais pas descendre la grand-rue sans qu'on me salue, ou qu'on me demande des nouvelles de Père. Sur notre parcours, nous ne rencontrons qu'indifférence. Deux femmes bien mises sortent de chez une couturière, suivies d'une servante encombrée de paquets. Une mère de famille traîne hors d'une confiserie trois gamins braillards barbouillés de sucre. Derrière un étal de boucherie, un homme vend à la criée des morceaux de viande fraîche qu'il débite face au chaland, tandis que, derrière son épaule, une tête de cochon nous lance des œillades dérangeantes. Plus loin, je me fais bousculer par un livreur pressé, qui serre contre lui quatre cartons à chapeau, si bien que j'écrase les pieds de Tess. Pas un sourire, pas un bonjour. Pas un regard insistant non plus. Rien. Chacun vaque à ses affaires.

Nous marchons dans un silence ponctué du grincement des roues de carrioles, du pas des chevaux, des cris de jeunes garçons qui vendent *The Sentinel* et de marchands ambulants vantant leurs fleurs, leurs marrons grillés, leurs tourtes fumantes. La journée de travail tire à sa fin, les rues fourmillent de monde. Je me rapproche de Finn, mon bras frôle presque le sien, et je laisse Tess marcher devant nous, dans mon champ de vision. À mesure que nous approchons du prieuré, les demeures se font plus cossues, le silence grandit, interrompu par le passage de rares phaétons et le chant de l'eau dans les descentes de gouttière.

Peu avant de tourner dans notre rue, Finn s'arrête et dit à Tess :

« Puis-je avoir une minute ?

— Bien sûr. Merci d'avoir défendu notre honneur, Finn.

— Mouais, ironise-t-il, amer. J'ai vraiment été d'un grand secours.

— Vous avez été parfait », le contredit Tess.

Elle lui presse le bras et va nous attendre un peu plus loin, derrière le buisson de houx qui déborde d'un portail voisin.

J'effleure la joue enflammée de Finn.

« Pardon pour n'avoir pas voulu vous écouter quand vous nous disiez de partir. M'en voulez-vous beaucoup ? »

Il évite de croiser mon regard.

« Non. Et ce n'est pas la première fois que je me fais tabasser. Simplement, j'aurais préféré que ce ne soit pas sous vos yeux. »

L'aveu me touche. Je vois Finn comme quelqu'un de solide et plein d'assurance. J'oublie qu'il a été un gamin tout autre – un petit fort en thème à lunettes, maigre comme un clou, qui se faisait souvent rosser par les autres garçons.

« Cela ne vous enlève rien à mes yeux, lui dis-je. D'ailleurs, si nous étions moins exposés aux regards, je vous prouverais que je vous estime toujours autant. » Il m'accorde un petit sourire réticent et j'ajoute : « D'autres formes de courage valent largement celui de se battre. Rejoindre l'ordre des Frères, accepter de faire de l'espionnage, pour moi, c'est du courage.

— J'aimerais au moins pouvoir vous protéger, grommelle-t-il.

— Je peux me protéger moi-même. »

Je serre sa main et me concentre sur ses contusions. Les faire disparaître est l'affaire d'un instant. Et cette fois, pas le moindre vertige.

Il tâte sa joue du bout du doigt, constate qu'elle est désenflée.

« Vous n'aviez pas à faire ça.

— Pour ce que ça me coûte. »

Je n'allais certes pas le laisser repartir avec des bleus et le nez en sang pour épargner sa fierté.

Il enfonce le mouchoir taché dans sa poche et racle ses bottes contre le bord du trottoir.

« Si seulement je pouvais faire plus pour votre sécurité… Je veux vous épouser, Cate. Nous voir en cachette comme ça…

— Je sais. » Là-bas, devant nous, un chat tigré se frotte contre les chevilles de Tess. Elle se penche pour le caresser et lui parler à mi-voix. Voilà donc la fille dont les Frères ont si peur ? « Moi non plus, cela ne me suffit pas. J'ignore ce que mijote Inez, mais il va falloir que ce soit efficace. »

Chapitre 12

Le lendemain après-midi, tout le couvent donne l'impression d'approcher du point d'ébullition.

Pour le cours d'histoire de la sorcellerie, Sœur Sophia remplace Sœur Evelyn, qui s'est cassé un bras en glissant sur les marches de l'entrée, exactement comme l'avait prédit Tess. Contrairement aux autres disciplines, pour lesquelles nous sommes regroupées suivant nos acquis, non pas suivant notre âge, ce cours d'histoire est réservé aux plus âgées d'entre nous, une douzaine en tout.

Sœur Sophia nous lit des extraits de textes montrant comment les Frères ont voté des lois de plus en plus restrictives à partir des années 1800, époque à laquelle ils ont interdit le théâtre et les bals. Il me paraît un peu dommage de nous attarder sur des événements datant de près d'un siècle, quand nous pourrions discuter des mouvements de protestation d'hier ou des récentes arrestations. Vissées à nos pupitres – d'étroits bancs de bois reliés à des plans inclinés rugueux – répartis en quatre rangées de quatre, la dernière inoccupée, nous ne prêtons qu'une oreille distraite. Devant moi, toujours studieuse, Pearl prend des notes, mais la tête blonde d'Alexa dodeline, et Maura échange des petits papiers avec Eugenia. À ma gauche, Rilla dessine des cœurs à la chaîne.

À ma droite, Mei égrène les perles d'ivoire de son mâlâ et prie en silence. Son frère, Yang, lui a apporté hier soir une nouvelle alarmante : ses sœurs Li et Hua ont quitté la maison en cachette pour rejoindre la manifestation, et se sont retrouvées parmi les deux cents personnes arrêtées par la garde des Frères. Faute de cellules en nombre suffisant à la prison de New London, elles ont été parquées avec d'autres, comme du bétail, dans un entrepôt sur les bords du fleuve.

« Baba est allé les voir, et les geôliers l'ont accusé d'avoir élevé des agitatrices, nous a dit Mei plus tard. Selon lui, ils vont garder les hommes quelques jours pour leur donner une leçon, et traîner les femmes en justice pour outrage aux bonnes mœurs. »

Rien de bon ne peut sortir de cela. Absorbée dans son mantra, Mei remue les lèvres en silence et enroule le chapelet autour de ses doigts.

Des pas s'approchent dans le couloir, et Sœur Gretchen apparaît sur le seuil.

« Excusez-moi, Sophia. Désolée de vous interrompre, mais Cora vous demande. »

Sœur Sophia referme son livre avec un claquement sec qui fait sursauter Alexa et nous arrache toutes à notre torpeur.

« Vous pouvez disposer, mesdemoiselles. »

La prieure doit se sentir bien mal pour faire interrompre un cours.

« Sœur Cora est en train de mourir ? » hasarde Daisy.

Je vois du coin de l'œil qu'elle et Rory jouaient au pendu. Rory n'avait pas deviné beaucoup de lettres, mais même à moitié dessiné ce bonhomme qui pendouille sous le gibet me donne le frisson.

« Pas dans l'immédiat, répond résolument Sœur Sophia. Si c'était le cas, je ne pourrais rien pour elle. »

Je lui demande au passage : « Je pourrais être utile à quelque chose ? »

Elle me tapote l'épaule d'un air absent.

« Non, mon petit, mais c'est gentil de l'avoir proposé. »

Elle quitte la pièce avec Sœur Gretchen. Bien que libres de sortir, nous restons assises, accablées. C'est la première fois qu'une de nos enseignantes admet en public la mort imminente de notre prieure.

« Je l'ai vue dans le hall ce matin, en allant faire une course pour Sœur Gretchen, nous informe Daisy de sa voix traînante. Elle avait mauvaise mine. Elle pouvait à peine marcher. »

Rilla pose son crayon.

« Ce matin, j'aidais à la cuisine, et Sœur Gretchen a dit que Sœur Cora ne pouvait plus rien garder, à part du bouillon et du thé. Ce ne sera plus très long maintenant, je pense. Ma grand-mère était comme ça, à la fin. »

Maura gagne sans hâte le bureau de Sœur Evelyn et, poussant de côté une pile de livres, elle s'assied dessus, face à nous.

« On devrait prendre Sœur Inez pour chef *dès à présent*, au moins ça nous permettrait d'agir au lieu d'attendre bêtement que Cora meure. Avec les

Frères occupés par leur chasse à la sibylle et le soulèvement d'hier, ce serait le moment idéal pour frapper. »

Je vois Mei tressaillir. Elle glisse son chapelet dans sa poche.

« Le moment idéal ? Ce serait le pire, au contraire. Avec tous ces Frères en ville pour leur congrès annuel… Sœur Cora l'a bien dit : nous devons être prudentes comme jamais.

— Sœur Cora est trop vieille, objecte Maura. Trop poule mouillée. Pour nous diriger, dorénavant, il nous faut quelqu'un qui ait du cœur au ventre. » Elle balance les jambes comme une enfant, et les glands dorés qui ornent ses ballerines marron s'agitent en cadence. « Réfléchissez : une douzaine de filles, déjà, sont détenues sans procès comme sibylles en puissance. Si nous pouvions les faire évader, quel chambard ça ferait ! Les Frères verraient rouge.

— Infaisable », lâche Eugenia. Par-dessus son épaule, elle risque un coup d'œil vers Alice et rougit, tripotant son chignon. « Elles sont quelque part dans les sous-sols du Conseil national, autant dire au fond d'une forteresse. Frère Covington réside dans le bâtiment, des dizaines de gardes y patrouillent en permanence. »

Une impression de déjà-vu m'assaille. J'entends Rory me demander, au salon : « À votre avis, ce serait possible de faire sortir quelqu'un de Harwood clandestinement ? »

Pour une fois, je me jette à l'eau sans hésiter.

« Quitte à organiser une évasion, dis-je bien haut, les yeux sur Rory, pourquoi pas plutôt à Harwood ? »

Rory me regarde droit dans les yeux.

« Carrément ? » souffle-t-elle.

Maura croise les bras. « Les filles de là-bas ne sont pas en danger imminent.

— Non, mais là-bas il y a la sibylle. Qui met tout le monde en danger, nous y compris. Si nous pouvions faire évader Brenna…

— Et Sachi ! lance Rory.

— Nous savons déjà comment entrer dans la place, ajoute Mei. Pearl et moi, et désormais Cate, y allons toutes les semaines apporter des soins. Reste la question : comment les faire sortir ? »

Alice plante ses yeux bleus dans les miens.

« Bon sang, Cate Cahill, mais il germe des idées dans votre petite tête, finalement ! Tant qu'à risquer notre peau pour sauver des filles, mieux vaut qu'elles soient sorcières, pas bête. Et où en trouve-t-on le plus, sinon à Harwood ? En dehors d'ici, bien sûr.

— Exact, approuve Maura, emportée par l'enthousiasme général. Si nous les faisons évader d'une manière ou d'une autre – disons, si le feu se déclare à l'asile –, nous serons d'autant plus nombreuses pour combattre les Frères.

— Le feu ? dis-je. Surtout pas ! Là-bas, elles sont toutes droguées. Assommées au laudanum. En cas d'incendie, combien seraient brûlées vives dans leur lit ?

— Pas besoin d'incendie, enchaîne Alice. Il suffit de faire paniquer les infirmières, les pousser à croire que le feu a pris quelque part. Sûr que dans l'affolement elles n'iront pas remarquer qu'une poignée de filles sont en train de filer. On veillera à ce que votre sœur soit du lot, Rory.

— Et la sœur de Lucy Wheeler ? demande Daisy. Elle est là-bas, elle aussi, même si elle n'est pas sorcière.

— Je pense qu'on devrait s'en tenir aux sorcières, estime Alice. On ne peut pas sauver tout le monde.

— Pas d'accord ! » Mei écarte la frange qui lui tombe sur les yeux. « Je vous le dis tout de suite : si Li et Hua sont envoyées là-bas, je ne les y laisserai pas pourrir sous prétexte qu'elles ne sont pas sorcières. Ce sont mes sœurs ! »

Maud lève la main pour demander la parole ; je la lui donne d'un signe de tête. C'est une petite rousse – pas du ton de feu de Maura, mais d'un orange carotte –, avec plus de taches de rousseur que je n'en ai jamais vu sur quiconque.

« Ma cousine Caroline aussi est à Harwood, dit-elle. Sans être sorcière. Elle s'est fait arrêter parce qu'elle avait une liaison avec un des Frères du conseil de chez nous. Marié. Mais lui n'a eu aucun ennui.

— C'est toujours comme ça que ça se passe, commente Rory, triturant le lacet rose de ses manchettes.

— Je suis d'accord avec Alice, reprend Maura. Elles sont une centaine à l'asile. On ne va pas les ramener toutes au prieuré. En plus, même si, dans un premier temps, elles nous sauraient gré de les avoir sauvées, pas sûr qu'elles tiendraient leur langue. Ne mettons pas en péril l'ordre des Sœurs. »

Alice me jette un regard, puis se tourne vers Maura avec un sourire entendu.

« Au fait, vous n'êtes pas amies avec l'architecte chargé d'agrandir Harwood, Cate et vous ? Un rien de badinage, et parions que vous pourriez découvrir la meilleure voie de sortie. Ensuite, un petit sortilège d'illusion pour ressembler aux ouvriers, un stratagème quelconque pour faire distraction et, au milieu de la confusion générale, il n'y aura plus qu'à emmener les sorcières. »

Je comprends soudain quel travail a ramené Paul à New London : son entreprise doit œuvrer à l'agrandissement de Harwood. Curieux que Maura ne m'en ait pas parlé. J'observe notre petite assemblée. Comment Alice et Maura en sont-elles arrivées si vite à prendre l'initiative ? C'était mon idée, et les voilà déjà en train de choisir qui doit être sauvé, tout en bâtissant un plan.

Rilla est sceptique. « Je pense que Mei a raison. Qu'une partie seulement des filles s'évade, et les Frères se vengeront sur les autres. Si les conditions de vie là-bas sont déjà détestables…

— Elles le sont, confirment Mei et Pearl en chœur.

— Pas question de leur laisser Caroline pour qu'ils lui fassent la vie plus infernale encore, proteste Maud.

— Oh, très bien, cède Alice, on peut récupérer votre stupide cousine ! Mais on ne pourra pas secourir tout le monde. Ce sont les aléas de la guerre. »

Même si je sais qu'elle n'a pas tort, et que Sœur Cora elle-même l'approuverait, ce raisonnement ne me va pas. Je me lève et m'éclaircis la voix.

« Je suis allée à Harwood ; j'ai vu ce que subissent les détenues. C'est atroce. Je propose que nous nous accordions un temps de réflexion pour trouver comment les faire sortir toutes, sorcières ou pas.

— D'accord avec Cate, déclare Mei.

— Moi aussi, disent en même temps Rilla, Maud, Daisy et Pearl.

— Mais vous n'allez pas y réfléchir cent sept ans, hein ? supplie Rory. Qu'on ne les laisse pas moisir là-bas ! »

Je devine qu'elle pense à Sachi, au procès qui se tiendra demain.

« Non, bien sûr que non. Il doit y avoir un moyen. »

Maura me lance un regard noir.

« Vous êtes bien décevantes, vous autres. Pour Cate, bon, je me doutais qu'elle allait reculer, mais je ne pensais pas que vous tomberiez d'accord avec elle. Comme des trouillardes ! C'est pourtant à notre portée, j'en suis sûre. Et si l'une des infirmières voit quelque chose qu'elle ne devrait pas voir, pas grave ! Alice et moi saurons le lui faire oublier.

— Là n'est pas le problème, dis-je en m'asseyant sur mon pupitre.

— Et s'il y a plus d'un témoin ? » C'est la première fois que Vi s'exprime. Elle éloigne sa table de celle d'Alice, dans un crissement à faire grincer les dents. « Et si votre magie ne suffit pas et que vous nous exposez toutes ? Vous ne pouvez pas foncer tête baissée comme ça.

— Qu'est-ce que vous insinuez, au juste ? demande Alice en jouant avec une de ses boucles d'oreilles. Maura est stupéfiante en intrusion mentale, et n'oubliez pas : nous serons deux.

— Et si vous échouez ? Si votre seul succès est de révéler que l'ordre des Sœurs est un repaire de sorcières, qu'adviendra-t-il de nous ? De mon père ?

— Ne soyez pas si bête ! éclate Alice. Votre père n'aurait qu'à dire à tout le monde qu'on l'a contraint, qu'il ne savait rien de notre magie. Je pourrais effacer ses souvenirs, ça lui éviterait même de mentir. »

Vi abat sur son pupitre le livre qu'elle avait devant elle, si fort que la moitié de la classe fait un bond sur sa chaise.

« Assez !

— Vi ! » suffoque Alice, saisie.

Mais Vi est lancée.

« Moi, je dis : non ! L'intrusion mentale n'est pas un jeu, même si vous adorez faire la maligne avec ça. Je ne vous laisserai pas détruire le cerveau de mon père comme vous l'avez fait pour cette malheureuse l'an dernier. »

Alice se presse les côtes, comme sous l'effet d'un choc. Si je pensais qu'un cœur se cache là-dessous, j'en serais navrée pour elle.

« Comment osez-vous ? » souffle-t-elle.

Vi soutient son regard. « Vous comprendriez, si votre père était pour vous autre chose qu'un porte-monnaie. »

Alice quitte son pupitre et, vibrante de rage, va rejoindre Maura sur le bureau de Sœur Evelyn.

« Eh bien ! au moins, maintenant, je sais où sont mes *vraies* amies.

— Tout ça est trop grave pour qu'on traîne encore », s'obstine Maura, refusant d'admettre qu'elle a perdu la partie. « Avec plus de sorcières capables d'intrusion mentale, nous pourrions mieux nous protéger. Il n'y aurait pas à attendre que les Frères viennent nous embarquer les unes après les autres. Il suffirait de passer à l'attaque.

— Et comment ? ricane Violet. Vous n'allez pas intervenir dans les pensées de chaque Frère que vous croisez dans la rue. »

Alice lui décoche un regard à la changer en pierre.

« Et pourquoi pas ? Ce serait toujours mieux que de rester les bras ballants, à redouter que cette maboule nous dénonce avec ses prédictions à la gomme. Il faut *agir*, et, pour ma part, je me réjouis d'avoir enfin ici quelqu'un, conclut-elle, les yeux sur Maura, qui ne soit pas une dégonflée.

— Ce n'est pas être dégonflée que de vouloir considérer tous les aspects d'une situation plutôt que de se lancer à l'aveuglette, dis-je avec force.

— Sauf que, peut-être bien, vous cherchez seulement à retarder l'attaque. Peut-être bien que vous avez un petit faible pour les Frères, sans vouloir l'avouer, à cause de votre bien-aimé », se moque Alice. Mon cœur sombre. Maura lui a-t-elle dit que je continuais à voir Finn ? « C'est un peu pathétique, franchement. Prendre la défense d'un homme qui vous a laissée tomber.

— Parce que vous avez eu un bien-aimé chez les Frères ? s'étonne Rilla d'une voix étranglée. Vous ne l'avez jamais dit !

— Là, Alice, je vous reconnais bien, déplore Vi. Sitôt que quelqu'un n'est pas de votre avis, il faut que vous le tourniez en dérision. Nous avons le droit d'avoir des opinions différentes des vôtres, vous savez.

— Et vous, vous êtes jalouse, parce qu'on n'a pas besoin de vous. Incapable d'intrusion mentale, et vos illusions sont à pleurer. Si votre père n'avait pas proposé de faire cocher pour le couvent contre un salaire de misère, ça n'aurait même pas valu le coup de vous sauver ! »

Alice est tellement hors d'elle que ses traits fins se déforment.

« Ah oui ? » riposte Vi. Elle plisse les paupières. Instantanément, la robe verte d'Alice se couvre d'araignées. De centaines d'araignées.

Ce n'est qu'une illusion – mais abominable pour qui a peur des araignées. À en juger par les mimiques d'Alice, c'est son cas.

« Arrêtez ! Enlevez ça ! »

Maura bondit et brosse le devant de sa robe. Quelques araignées tombent à terre et se carapatent en tous sens. Plusieurs filles lèvent les pieds ou se perchent sur leur chaise en s'égosillant. Daisy jette un livre sur une bestiole de belle taille qui ne réapparaît pas.

« Calmez-vous, Alice, recommande Maura. Elles ne sont pas réelles, vous le savez bien. Vous ne pouvez lutter contre elles que si vous vous concentrez.

— Il faudrait surtout ne pas lutter contre elles, pour commencer », dis-je sans lever la voix.

Mais grâce aux conseils de Maura, Alice recouvre ses esprits et fait disparaître les araignées.

« Nulle en illusions, hein ? » gronde Vi.

Et Alice se met à croître, elle devient plus grande que moi, elle atteint le haut des étagères sur le mur du fond. Deux cornes enroulées comme celles d'un bélier percent sous ses cheveux blonds, sa peau vire à une horrible teinte vert-de-gris. On dirait un monstre de conte fantastique.

Rilla est prise de fou rire. Pearl se couvre la bouche. Même Maud et Eugenia, inconditionnelles d'Alice, peinent à réprimer un sourire.

Alice pousse un cri et se rue vers le grand miroir au-dessus de la cheminée. Elle se contorsionne pour arriver à se voir. Et hurle de nouveau face à son reflet.

Je descends de mon pupitre.

« Bon, Vi, ça suffit.

— Non, ça ne suffit pas ! » Le nez d'Alice devient groin de cochon. Derrière moi, Rory perd le souffle. « Elle se donne toujours de grands airs, clame Vi. Elle n'est même pas la meilleure sorcière ici.

— Vous non plus, réplique Maura. Alors, inutile de crâner. »

Et le dos de Vi se voûte, ses cheveux noirs grisonnent à vue d'œil, son teint si frais se flétrit, sa bouche se tord, laissant apparaître ses gencives édentées. Les autres filles sont saisies d'horreur, Alice pousse un gloussement hystérique.

Moi-même, je recule d'un pas, stupéfaite devant la vigueur de cette illusion.

« Maura, dis-je, là, tu n'aides pas. »

Elle me nargue d'un petit air suffisant.

« Défais ce que j'ai fait, alors... si tu en es capable. »

Je m'y emploie déjà. Pas seulement parce que, en l'occurrence, je suis du côté de Vi, mais aussi parce c'est un défi, or je n'ai jamais été du genre à reculer devant un défi.

Je convoque mes pouvoirs et les trouve en ébullition, prêts à l'action, avivés par la peur et la colère mêlées. Si je ne parviens pas à dissiper l'illusion de

Maura, elle m'en parlera jusqu'à la fin de ses jours. Mais si j'y parviens, si je l'humilie devant témoins… pourra-t-elle jamais me le pardonner ?

« Que m'avez-vous fait ? » s'affole Vi. De ses doigts osseux, elle explore ses traits racornis.

« Elle vous a rendue aussi laide que vous l'êtes à l'intérieur, persifle Alice.

— Assez ! » Je me concentre d'abord sur Vi, consciente que l'enchantement de Maura va être le plus dur à annihiler. Comme chaque fois que je suis tendue, je prononce la formule à voix haute : « *Reverto !* »

Ce n'est pas facile. J'attaque l'illusion de front, mais elle résiste. J'insiste, et je la sens faiblir. Maura m'observe, son joli visage respire la satisfaction. Mais je me concentre encore, le sort finit par se rompre, et Vi redevient une fraîche jeune fille de seize ans.

« Et moi ? » Alice se dirige vers moi, immense et furibonde, renversant les pupitres sur son passage. « Vous n'allez pas me laisser comme ça ! »

Sur un geste de Maura, Alice retrouve sa taille normale, son teint s'éclaircit, ses cornes de bélier disparaissent.

Mei jette un coup d'œil anxieux vers le couloir.

« Si Sœur Inez apprend ça, elle nous tue.

— C'était pour rire, grogne Maura. Ne soyez pas si rabat-joie. »

Alice passe les doigts dans ses cheveux emmêlés.

« C'est Vi qui a commencé.

— Vous l'aviez provoquée, lui dis-je.

— Non mais, écoutez ça. Vous vous prenez pour qui ? Vous n'êtes pas prof, vous n'av… »

Cette fois, je lance le sortilège en silence. Alice porte les mains à sa gorge, les yeux luisants de fureur – elle est muette.

« La plus puissante de toutes dans cette pièce, voilà pour qui je me prends. »

Les mots m'ont échappé sans que je mesure leur portée. Maura recule comme si je l'avais giflée, Rilla et Mei exultent. Je poursuis d'un ton plus mesuré : « La situation est grave. Elle empire. Les Frères sont venus ici, où nous sommes censées être en sécurité, ils ont emmené Hope. Je sais que vous bouillonnez toutes. Moi aussi, je suis furieuse. Mais nous devons nous serrer les coudes. Le pire serait de nous battre entre nous. Et il n'est pas question non plus de nous embarquer dans des opérations à haut risque sans y avoir réfléchi d'abord à fond, et sans avoir laissé à chacune le droit d'exprimer son point de vue.

— Quel admirable discours ! » Sœur Inez pénètre dans la classe d'un pas vif, ses talons claquant sur le parquet. « Mais puis-je vous rappeler que vous n'êtes pas encore aux commandes ici, Miss Cahill ? »

Vous non plus, suis-je tentée de répondre. Ma méfiance à son égard grandit.

« Annulez votre sortilège sur Miss Auclair. »

Je m'exécute, les yeux baissés pour qu'elle n'y lise pas mon triomphe : si elle m'ordonne d'annuler ce sortilège, c'est qu'il est trop puissant pour qu'elle le brise elle-même. Et je fais observer : « Je ne prenais pas les commandes. Mais vous n'étiez pas là. »

C'est ce qui ressemble le plus aux excuses qu'elle attend sans doute.

« Vous ne devez jamais user de magie les unes contre les autres hors de la présence d'un professeur, rappelle Sœur Inez. Aucune de vous ne l'ignore. Puisque vous ne savez comment vous occuper, vous me rédigerez pour demain, dans votre cahier d'exercices, trois pages sur les mesures restrictives édictées progressivement par le Conseil national au cours de ces cinquante dernières années. Et je vous recommande d'aller vous y mettre immédiatement – avant que je passe à cinq pages. »

Nous nous dispersons sans un mot. Rilla me rattrape dans le couloir et me chuchote à l'oreille :

« Cate, c'était fabuleux !

— La tête d'Alice, quand vous lui avez cloué le bec ! » ajoute Rory.

Pearl se contente de sourire.

« Excusez-moi, leur dit Maura dans mon dos. J'aimerais parler à ma sœur un moment. »

Elle m'empoigne par le coude et me fait traverser le couloir jusqu'à la classe de littérature déserte. Elle claque la porte sur nous.

« Comment as-tu pu me faire ça ? »

Je me laisse tomber sur un banc. Toute cette magie m'a exténuée, et je ne suis franchement pas d'humeur à batailler avec ma sœur.

« Te faire quoi ? Ne pas être d'accord avec Alice et toi ? En plus, Alice est peut-être une vipère, mais elle croit que tu l'apprécies vraiment, figure-toi.

— La vérité, c'est que tu ne supportes pas que j'aie plus de succès que toi. »

Oh, pas cette rengaine une fois de plus !

« Écoute, Maura. Je me moque que tu aies des centaines d'amies. C'est ce qu'elles valent qui m'importe.

Tu n'as pas fait preuve d'un jugement très sûr par le passé.

— Il fallait bien que tu remettes cet épisode sur le tapis. » Ses joues s'empourprent. « Elena avait de l'affection pour moi. Elle l'a admis, plus tard. Elle a menti pour te calmer, toi, et pour te rallier à l'ordre des Sœurs, sans parler de complaire à sa précieuse Sœur Cora.

— Je suis navrée, dis-je, sincère. Je suis navrée qu'elle t'ait blessée et que j'en sois pour partie responsable. Mais je n'aime pas la manière dont tu t'es conduite dans cette histoire. Ces derniers temps, on dirait que tu es quelqu'un d'autre. Comme si tu étais prête à tout pour faire tes preuves aux yeux de Sœur Inez.

— Peut-être que c'est mon souhait, d'être quelqu'un d'autre ! J'en ai marre d'être une des sœurs Cahill – la fofolle romantique, la jolie fille, celle qu'il faut surveiller parce qu'elle va sûrement commettre une bêtise. » Elle écarte les mains, exaspérée. « Crois-tu qu'il y ait le moindre avantage à être *jolie* si je n'ai pas mon mot à dire sur quoi que ce soit ? »

Je me raidis, piquée au vif malgré moi.

« Que veux-tu que j'en sache, Maura ? C'est toi qui as toujours été la jolie fille. »

Elle arpente la classe, contourne les pupitres.

« Dans ce débat, tu as fait ton possible pour me discréditer. Et pour couronner le tout, tu te proclames la plus puissante sorcière de la salle, comme si c'était un fait avéré ! Moi, je veux diriger l'ordre des Sœurs à ma majorité. Toi, tu veux un mariage et des enfants et une mignonne petite maison avec un jardin. Pourquoi t'opposes-tu à moi ? »

Parce que je ne lui fais pas confiance pour veiller sur les autres comme il le faudrait. Parce que je commence à croire que la seule personne en qui j'aie confiance pour diriger l'Ordre jusqu'à la majorité de Tess, c'est moi.

Je garde les yeux rivés sur le parquet terni.

« Je pourrais peut-être accomplir les deux.

— De mieux en mieux. Quelle égoïste ! » Elle serre les paupières, s'efforce de garder le contrôle. « Tu ne veux même pas passer ce test d'intrusion mentale. Comment gouverneras-tu sans user de ce pouvoir ? »

Je songe à Frère Ishida.

Dois-je dire à Maura ce que je lui ai fait ? Non, elle me rétorquera que c'est seulement pour Finn que j'ai eu cette audace, comme si l'amour me tournait la tête. Je réponds simplement :

« Je peux en user quand il le faut.

— Mais sans tergiverser ? Sans balancer jusqu'à ce qu'il soit trop tard ? Alice et moi avons proposé un plan pour faire sortir ces filles de Harwood. Mais toi, parce que ce n'était pas ton idée, que ça n'allait pas avec tes beaux principes, tu as dressé tout le monde contre elle.

— Je n'étais pas la seule à avoir des doutes. »

Je frissonne. La salle n'a pas dû être utilisée aujourd'hui ; la cheminée ne contient que des cendres froides.

Avec un soupir appuyé, Maura écarte les mains une fois de plus. Elle arbore déjà un anneau d'argent, très fin, à son annulaire droit. La devise des Sœurs n'y est pas encore gravée, mais cet anneau est le signe de son engagement.

« Si Brenna envoie quelqu'un d'autre à la mort pendant que toi, tu *réfléchis*, comme tu dis si bien, tu en porteras la responsabilité. »

Je me lève.

« Tu n'es pas allée à Harwood, Maura. Tu n'as pas vu à quoi l'endroit ressemble. Si je lance cette opération, ce sera pour la mener correctement.

— *Si* tu la lances », dit-elle, goguenarde. Elle s'approche de moi, si près que je sens son parfum citronné. « En vérité, tu es trop froussarde pour faire réellement quoi que ce soit, Cate. C'est le problème, avec toi.

— Je les tirerai de là. » Je me plante devant elle, campée comme si rien ne pouvait m'ébranler. « Attends un peu et tu verras.

— Attends plutôt, toi. D'ici peu, Cora va mourir, et Inez prendra les commandes. C'est moi qu'elle fera sous-prieure. Toi, tu n'es pour elle qu'un moyen d'obtenir des informations grâce à Finn. »

Elle tourne les talons, mais je la rattrape par la manche et la fais pivoter, lui serrant fort le bras.

« Es-tu sûre de pouvoir lui accorder confiance plus qu'à Elena ? Crois-tu franchement que si elle succède à Cora, si elle parvient à renverser l'ordre des Frères, Inez s'effacera gracieusement quand tu seras en âge de gouverner ? »

Elle ouvre sur moi des yeux immenses.

« Sœur Inez croit en moi.

— Non, Maura. Moi, je crois en toi. Je te crois plus intelligente que ça. »

La colère envahit ses traits. Sa bouche se durcit, ses paupières se plissent – et je voltige douze pas en arrière. Mon dos heurte violemment le tableau noir, je m'affaisse au sol comme une poupée de chiffon rejetée par un enfant géant, ma jupe grise en corolle autour de moi.

Ma sœur me toise, ses yeux bleus étincellent.

« J'ai l'intention de diriger l'ordre des Sœurs, Cate. Et je te saurais gré de ne pas te mettre en travers de mon chemin. Fini de jouer gentiment. »

Je me remets sur pied avec une grimace, mon épaule me brûle là où elle a heurté le porte-craies. Je vais avoir un beau bleu.

« Je comprends mieux ! dis-je. Voilà pourquoi, depuis que tu es ici, tu m'humilies en racontant à tout le monde que je me suis fait plaquer, que je suis stupide et lâche ! Pourquoi tu cherches à m'abaisser à tout bout de champ. »

Elle passe la main sur son front ; son visage à l'ovale parfait redevient très calme. « Ce serait tellement plus simple si tu n'étais pas là. »

Les mots s'enfoncent en moi, mon cœur bat à tout rompre.

« C'est-à-dire, au juste ? » Ma voix n'est qu'un murmure.

Brusquement, elle recule, et va s'adosser contre le bureau de Sœur Gretchen.

« Tu me fais sortir de mes gonds. À cause de toi, je dis des idioties blessantes que je ne pense pas, et… Et je ne peux pas oublier comment tu as retourné Elena contre moi. Elle est de ton côté, tu sais. Elle assure qu'elle tient à moi, mais elle croit que c'est toi qui ferais le meilleur chef de file… » Un rire nerveux lui échappe, rauque, éraillé, mes yeux plongent droit dans les siens. « Si tu n'existais pas, achève-t-elle, je pourrais avoir tout ce que je veux. »

J'ai commis des erreurs, à coup sûr. Peut-être ai-je manqué de tact, de souplesse, mais je n'ai jamais été méchante à dessein. J'aime Maura. Je ferais n'importe quoi pour elle.

« Je n'ai aucune envie de me battre contre toi, Cate. Sincèrement. Mais je ne renoncerai pas.

— Moi non plus. »

Impossible. Pas quand l'avenir de l'ordre des Sœurs et de toutes les détenues de Harwood est en jeu.

J'ai les yeux sur ma sœur, mais elle a beau être à dix pas de moi dans la même pièce, un océan nous sépare.

Je ne sais plus comment la rejoindre.

Tous les regards accompagnent Sœur Sophia lorsqu'elle vient me chercher au cours du souper. Elle pose une main sur mon épaule.

« Navrée d'interrompre votre repas, Cate. Sœur Cora vous demande. »

À ma table, les conversations s'éteignent. Le réfectoire entier n'est plus que chuchotis. Je retire ma serviette et la pose à côté de mon assiette.

« Je viens. »

Les choses ont dû empirer sérieusement si Sophia n'arrive plus à la soulager.

« Tu veux que j'emporte le reste de ton repas dans ta chambre ? » demande Tess.

Elle prend toujours son petit déjeuner avec les plus jeunes, Lucy, Rebekah et les autres, mais le soir nous mangeons ensemble.

« Non, je te remercie. »

J'accorde un regard de regret aux patates douces rôties, aux courges musquées et au blanc de poulet dans mon assiette. Je ne pourrai rien avaler après ma mission de guérisseuse, mais mieux vaut ne pas m'y rendre l'estomac plein.

Je me lève et traverse la salle. Le réfectoire se compose de cinq longues tables en chêne, quatre pour les élèves et une pour les enseignantes. À la suite de son accrochage avec Alice cet après-midi, Vi s'est assise ostensiblement avec nous ce soir. Maud l'a imitée, non sans jeter quelques coups d'œil anxieux vers la tablée d'Alice.

J'ai regardé par là, moi aussi. J'y ai croisé le regard de Maura et me suis aussitôt détournée.

Elle brûle de colère rentrée envers moi, doublée de jalousie. Ça lui passera. C'est courant entre sœurs. Et c'est loin d'être la première fois qu'une rivalité nous dresse l'une contre l'autre.

Pourtant, l'affaire paraît plus grave que lorsqu'il s'agissait de savoir vers qui Tess allait se précipiter à quatre pattes, qui allait accompagner Mère en ville ou à qui ce serait le tour d'avoir une robe neuve. Ici, l'affrontement se noue au cœur de ce que nous sommes, et de ce que nous sommes appelées à devenir.

Maura n'a jamais caché qu'elle se jugeait plus intelligente, plus jolie, plus ambitieuse, plus intéressante et plus douée que moi. Je ne tenais pas compte de ces piques.

Je pensais qu'elle avait raison.

Je continue de suivre Sœur Sophia, tête haute, sourde aux murmures. Je suis celle que Cora demande, la seule qui puisse l'aider. Ce n'est pas rien.

Sophia m'introduit dans le bureau de la prieure, puis reste sur le seuil, à s'agiter doucement comme un papillon de nuit. Je prends place dans l'un des fauteuils à fleurs, face à Sœur Cora. Sur la table basse qui nous sépare, une théière laisse échapper un filet de vapeur. Cora s'en est déjà versé une tasse et elle entreprend de m'en servir une.

« Vous pouvez disposer, Sophia. Merci. »

Sœur Sophia s'éclipse. La pièce est plongée dans la pénombre. La lampe à pétrole sur le bureau dispense une lumière parcimonieuse qui parvient à peine jusqu'à nous.

« Sophia m'a dit que vous aviez offert de me soulager, Catherine. » Par-dessus sa robe de chambre couleur bleuet, une couverture blanche drape ses genoux. Ses cheveux reposent en une longue natte sur son épaule droite. « Je vous en remercie. Même quelques heures seulement avec les idées claires me seraient d'un grand secours. »

La panique me saisit.

« Je n'ai pas encore découvert les limites de mon don de guérisseuse. Peut-être que… »

Elle hoche la tête.

« Ne dépassez pas vos limites pour moi. J'ai fini par accepter l'idée de mourir, pour autant que cette idée soit acceptable à un être humain. Tout ce que je souhaite, c'est quelques heures sans cette douleur lancinante, afin de mettre mes affaires en ordre. »

Elle pose sa tasse et tend la main vers moi, paume ouverte. Ce n'est pas le moment de finasser, les minutes nous sont comptées.

Je prends sa main, douce, chaude encore d'avoir enserré la tasse de thé. Mes pouvoirs ont un frémissement de recul face à la maladie qui l'habite.

Je raffermis ma prise et me concentre sur le grand besoin que nous avons de Sœur Cora.

Je ne suis pas prête à gouverner. Tess n'est pas prête à gouverner.

Elle a besoin de temps. *Nous* avons besoin de temps.

Je lance le sortilège ; la douleur est immédiate, aveuglante.

Je suffoque et me recroqueville. Mon estomac se contracte. Ma tête dodeline. Je me sens fiévreuse, nauséeuse. Mais je continue de repousser la maladie hors de Sœur Cora. Je songe à mes sœurs de détresse, les pimbêches comme Alice, les ambitieuses comme Maura, les gentilles comme Lucy, les désespérées comme Rory. Sœur Cora arrache des mains des Frères une demi-douzaine de filles chaque année. C'est une raison valable de se battre pour elle, non ?

Plus que valable.

Des couteaux me labourent le ventre, la tête.

C'est pire que cette aiguille de feu dont j'ai cru me faire transpercer, le jour où je suis tombée du muret de la porcherie et me suis foulé la cheville. Pire que n'importe quelle souffrance physique que j'aie jamais connue.

Ma vision se brouille, des ténèbres m'enserrent, mais je tiens bon. Je sens le mal reculer peu à peu, se racornir, retourner se terrer dans son antre.

Et pour finir je lâche les mots dans un souffle, un spasme, un sanglot : il ne faut pas qu'elle meure. Pas maintenant.

Alors, ma magie fuse, passe de mon corps au sien, me laissant vide, harassée, comme rouée de coups. Mes os me semblent aussi mous que du caoutchouc. Je bascule de côté, ma main quitte la sienne. J'arrête le combat.

Je reprends conscience, la joue appuyée sur la table. La première chose que je vois, c'est une tasse de thé. La seconde, c'est l'anneau d'argent de Sœur Cora qui scintille sous mon nez tandis qu'elle me fait respirer des sels. Je voudrais protester contre cette odeur âcre, mais j'ai peur de vomir si j'ouvre la bouche. Je garde les dents serrées et me rassieds bien droite dans mon fauteuil.

Cora est agenouillée près de moi. Elle a retrouvé des couleurs.

« Ça va ? » murmure-t-elle.

J'acquiesce et attends que la vague de nausée reflue.

« Remarquable », ajoute-t-elle, se redressant. Ses pieds nus pointent sous l'ourlet de sa jupe. « Je me sens presque revivre. »

Je ne dois pas lui donner de faux espoirs. Peut-être n'ose-t-elle pas le dire, mais…

« Je suis navrée, je ne pouvais plus…

— Je vous en prie, pas d'excuses. Vous m'avez donné exactement ce que je voulais, et… que cela ne vous monte pas à la tête, mais je me sens dix fois mieux qu'après les soins de Sophia. Je me sens comme il y a deux mois. » Elle ramasse la couverture blanche tombée à ses pieds et la plie. « Ce que vous venez de faire est très généreux. »

Si je n'avais pas l'impression d'être passée sous les sabots d'un cheval lancé au galop, j'éclaterais de rire. Ces derniers temps, personne ne m'a louée pour ma générosité. Ce serait plutôt l'inverse.

Elle pose avec soin la couverture sur le dossier de son fauteuil, puis me tend une tasse de thé.

« Avec un peu de gingembre râpé, pour apaiser votre estomac. Sophia l'avait préparé pour moi. »

Je suis trop mal en point pour les faux-semblants.

« Je ne pouvais pas vous sauver. Je ne crois pas pouvoir sauver qui que ce soit. »

Elle laisse échapper un petit rire qui la fait paraître jeune et pleine de vie, alors qu'elle n'est ni l'un ni l'autre.

« Voilà précisément pourquoi il faudrait que ce soit vous, Catherine.

— Maura voudrait que ce soit elle. Elle est prête à tout pour ça. Je suis sûre qu'on vous a rapporté qu'elle a réussi à intervenir dans l'esprit de six filles coup sur coup.

— Je vous soutiendrais sans hésitation contre votre sœur », affirme Cora, se rasseyant. Quelque part en moi, une petite pousse verte, toute neuve, frémit à ces mots. « Si elle dirigeait l'ordre des Sœurs, serait-elle capable de mettre ses sentiments de côté et de faire ce qui serait le mieux pour nos filles ? Ou se laisserait-elle gouverner par ses émotions ? Par sa fierté ? »

J'appuie la tête contre le satin soyeux du fauteuil, je repense aux accusations proférées par Maura cet après-midi et j'avoue sans détour : « Être utile, j'en brûle d'envie. Mais si cela ne suffit pas ? Si moi, je ne suffis pas ? »

Je ferme les yeux, embarrassée par le côté pathétique de mes paroles. Et si je suis trop prudente, trop lente ? Si quelque chose d'horrible arrive parce que je n'aurai pas fait évader Brenna à temps ?

« Tous les chefs ont ce genre d'inquiétude, répond Cora avec une note d'amusement dans la voix. Il ne se passe pas un jour sans que moi-même je doute. C'est là qu'intervient la foi. Nous devons croire en la prophétie et en la justesse de notre cause.

— C'est croire beaucoup, dis-je, dubitative, les yeux fixés sur la lueur qui danse derrière le verre gravé de la lampe. La prophétie affirme aussi que l'une d'entre nous mourra vers le tournant du siècle. Je refuse de placer ma foi dans ces dires. Je préfère croire que nous avons quelque influence sur notre sort, que nos choix importent autant qu'un destin qui serait tout tracé. »

Cora se penche vers moi.

« Bien sûr que nos choix importent, Catherine. Ils nous définissent. Vous êtes venue ici contre votre gré, dans le but de protéger vos sœurs et ce jeune homme qui vous est cher. Ce choix traduit votre générosité, tout comme le fait votre don de guérison.

— Je ne comprends pas », suis-je obligée d'admettre.

Elle pose une main sur mon genou. Ses mouvements sont plus souples, chaque geste ne la fait plus souffrir le martyre.

« Je veux que vous ayez foi *en vous-même.* »

Comme si c'était facile.

« Même si vous n'étiez pas celle qu'annonce la prophétie, Catherine, poursuit-elle d'une voix douce, je continuerais de vous préférer pour ma succession.

Inez est trop inflexible, Maura lui ressemble beaucoup trop, et Teresa est trop jeune. Si notre ordre reconquiert le pouvoir, nous ne devrons surtout pas répéter les erreurs du passé. Nous aurons besoin, à notre tête, d'une femme d'une grande droiture. »

Je baisse les yeux sur ma tasse. Suis-je folle d'accorder du crédit à ces propos ? D'envisager de faire front contre Maura et Sœur Inez, de me voir en train de diriger alors que je sais que je n'ai pas à le faire ? Serait-ce si catastrophique de laisser le contrôle à Inez jusqu'à la majorité de Tess ?

Oui, me crie ma conscience. Que ferait Inez de ces quatre années ? Et renoncerait-elle à sa fonction au bout des quatre ans, après avoir si longtemps goûté au pouvoir, ou bien chercherait-elle un moyen de garder la main ?

« Mais je veux toujours épouser Finn, finis-je par avouer. Fonder une famille. Je sais que c'est égoïste, mais je n'ai pas envie de renoncer à lui. »

Sœur Cora sourit.

« Vous n'aurez peut-être pas à le faire. Si les choses tournent bien… Vous pourriez travailler au grand jour comme infirmière, élever vos enfants, tout en contribuant à la direction de l'Ordre. Vous n'auriez pas à choisir. »

Je m'imagine dans mon jardin, à la poursuite de petites filles criblées de taches de rousseur, avec les cheveux en bataille de Finn et ma tendance à grimper aux arbres. Je nous vois tous blottis sur le canapé, le soir, écoutant Finn nous lire des histoires de pirates. Mes filles pourraient bien être sorcières ; si l'ordre des Sœurs gouvernait la Nouvelle-Angleterre, elles n'auraient pas à vivre dans la hantise d'être découvertes. Elles pourraient apprendre à user de leur magie à bon escient plutôt que dans la peur et la honte.

Ce serait alors un don du ciel, non une malédiction.

Peut-être est-ce un cadeau que je pourrais leur offrir.

Chapitre 13

Le lendemain matin, Tess a une autre vision.

Étendue sur le tapis devant l'âtre, je lis l'exemplaire des *Métamorphoses* qu'elle a apporté. Père nous a déjà raconté toutes ces histoires, mais je tenais à les lire moi-même, puisque ce sont les récits préférés de Finn. Tess, assise sur le canapé, s'exerce à prononcer le chinois sous la houlette de Mei. Mais brutalement, juste comme je lève les yeux sur elle, elle se penche pour reprendre sa tasse de thé, son regard se voile, et la tasse lui échappe des mains. Le thé se déverse sur le plancher, envoyant des éclaboussures jusque sur sa robe vert pré.

« Tess ? »

Je me relève en hâte et me précipite vers elle.

Mei a déjà sorti son mouchoir, elle éponge le thé de son mieux. Tess la regarde faire, hébétée, jusqu'à ce que je la secoue par l'épaule.

« Tess ?

— Désolée, souffle-t-elle en clignant des yeux. J'ai eu un étourdissement. »

Mei pose une main sur son front.

« Pas de fièvre, en tout cas je ne crois pas. »

Je ramasse la tasse ébréchée et me creuse la tête pour trouver une excuse plausible.

« C'est le mauvais moment du mois ? »

Tess rougit jusqu'aux oreilles et bredouille : « Peut-être.

— Tu veux monter t'allonger ? Je vais te préparer une bouillotte.

— Allez-y, vous deux, propose Mei. Je nettoie tout ça.

— Merci. »

Je lui tends mon mouchoir et emmène Tess.

Nous gardons le silence jusqu'à la chambre qu'elle partage avec Maura, au bout du corridor où se trouve celle de Rilla et moi. Des bas de Maura sont éparpillés un peu partout, et un jupon de dentelle bleu gît sur le tabouret de la coiffeuse. Tess a pris le lit près de la fenêtre, où elle a suspendu les rideaux que Mrs O'Hare lui a confectionnés voilà des années. Un daguerréotype de Père et Mère est posé sur la tablette, et Cyclope, l'ours en peluche borgne, occupe la place d'honneur sur l'oreiller.

« Je me sens très bien, déclare Tess, sitôt la porte refermée. Pas besoin de te faire du mauvais sang.

— Une nouvelle vision, c'est ça ? »

Elle se masse les tempes.

« Oui. Tu me délaces ? » Mes doigts courent le long des boutons dans son dos. J'attends qu'elle m'en dise davantage. Mais elle ravale un soupir et s'extirpe de sa robe trempée de thé. « Je sens tes yeux sur moi, tu sais. »

Je m'efforce de contenir ma curiosité. Ses réticences ne laissent pas forcément présager quelque chose d'horrible. Elle va avoir connaissance de quantité de secrets, et celui-ci peut très bien ne pas me regarder. Après tout, je ne voudrais pas qu'elle aille raconter partout qu'elle nous a vus nous embrasser, Finn et moi.

Elle va avoir treize ans. Sous la tutelle d'Elena, elle est devenue une vraie jeune fille qui porte corset et jupons, et qui relève ses cheveux. Lorsqu'elle passe sa robe écossaise rouge par-dessus sa tête, je remarque les nouvelles courbes qui arrondissent ses hanches et sa poitrine. Elle sera aussi plantureuse que Mère et Maura, pas maigrelette comme moi. J'attache les boutons auxquels elle n'a pas accès et noue la large ceinture noire à sa taille.

« Je veux aller à Harwood avec toi, dès que possible, pour voir Zara, déclare-t-elle soudain.

— Je ne te laisserai pas mettre un pied là-bas. »

Elle fait volte-face.

« Je croyais que tu devais ne plus me commander. »

Je m'y suis engagée, c'est vrai. Les vieilles habitudes ont la vie dure.

« Très bien. Nous demanderons à Sœur Sophia. Mais je veux que tu me promettes de rester tout le temps près de moi. Et tu devras prendre sur toi : tu es trop importante pour l'ordre des Sœurs – et pour moi – pour risquer un geste imprudent, quel que soit ton désir de porter secours aux détenues.

— Je promets de rester avec toi. Je veux juste interroger Zara sur les autres sibylles – savoir si elles sont toutes devenues folles comme Brenna. Zara n'a rien écrit à ce sujet dans son livre, mais peut-être… »

Connaître la vérité sur Brenna ne l'a pas réconfortée autant que je l'escomptais. Je replace une mèche de cheveux échappée de son chignon et soupire.

« Sans la bévue d'Alice, Brenna se porterait comme un charme. »

Tess se laisse tomber sur son lit.

« C'est une supposition, on ne peut pas vraiment savoir. Elle était déjà bizarre avant ça.

— Bizarre, pas folle. » Si seulement je pouvais oublier le sort de Thomasina... J'espère que Zara fera preuve de plus de retenue devant Tess. « Tout ira bien.

— Tu crois ? » Elle attrape Cyclope et presse sa joue contre la grosse tête de l'ours en peluche. « Je le souhaite tellement, Cate. Je ne veux pas devenir folle. J'*adore* avoir un cerveau qui fonctionne. Je veux continuer à apprendre le chinois, et Sœur Gretchen a promis de me donner plus de cours d'allemand et de cryptographie quand Sœur Cora... quand elle passera moins de temps à s'occuper de Sœur Cora. Sœur Sophia va me montrer comment préparer son pudding de Noël. Et à la bibliothèque il y a une foule de livres que je n'ai pas lus. Et un jour, quand je n'aurai plus de livres à lire, peut-être que j'en écrirai un. Il y a encore tant de choses que je voudrais faire ! Mais si je perds la tête... »

Cette peur-là me brise le cœur.

« Tu les feras, toutes ces choses. Tu as tout le temps devant toi.

— Tu crois ? » Elle étreint Cyclope avec force. « Décembre est déjà sur nous. Dans un mois, on sera en 1897, et la prophétie affirme que l'une de nous ne vivra pas au-delà du changement de siècle. Tu trouves que ça laisse du temps, toi ? »

Je l'empoigne par le coude et la tourne face à moi, si vivement qu'elle pousse un petit cri.

« Teresa Elizabeth Cahill, écoute-moi bien. Il ne va rien t'arriver. Tu ne vas pas devenir folle, et tu ne vas pas te faire assassiner. Personne ne te fera de mal tant qu'il me restera un souffle de vie, tu m'entends ?

— Aïe ! Cate, lâche-moi.

— Non. C'est important. Je ne te laisserai pas baisser les bras. Je me moque de ce qui est arrivé aux autres sibylles, et je me moque de ce que raconte cette fichue prophétie. Tu vas vivre une longue et heureuse vie. Tu vas apprendre le chinois et confectionner des flopées de puddings de Noël et te marier et avoir des enfants – ou pas, si tu préfères – et écrire ton livre ou plusieurs. Est-ce clair ?

— Tout à fait. Maintenant, tu veux bien arrêter de me faire la leçon ? dit-elle en se frottant le coude.

— Pardon. Je ne voulais pas lever la voix. » J'inspire à fond pour retrouver mon calme. « Simplement… Tess, je veux croire que nous ne sommes pas que des marionnettes aux mains de Perséphone, du Seigneur ou des Frères. Que les choix que nous faisons comptent.

— Oui, nous devons être courageuses, même si parfois nous avons peur », récite-t-elle, malicieuse. Lorsqu'elle sourit, les coins de ses yeux s'étoilent comme ceux de Père ; j'espère qu'elle prend mes paroles au sérieux.

« *Surtout* lorsque nous avons peur. Il faut tenir bon coûte que coûte, y compris quand nous ne voyons pas comment nous en sortir. Je suis tout le temps morte d'inquiétude pour Finn, pour toi, pour Maura. » Je ramasse sa robe tachée de thé, l'étale sur sa coiffeuse. « Euh… je ne sais pas si elle t'en a parlé, mais hier nous avons eu une sacrée prise de bec, Maura et moi.

— Je suis au courant. »

Elle s'adosse contre sa tête de lit. Je me retiens de lui demander ce que Maura lui a dit de moi. Je ne veux pas faire d'elle un arbitre. D'autant plus qu'elle partage la chambre de notre sœur.

« J'ai suggéré que nous organisions une évasion à Harwood. » Je plonge un mouchoir propre dans le pichet d'eau de sa table de nuit, pour essayer de faire disparaître les taches sur sa robe. « Ce qui permettrait de résoudre le problème que représente Brenna. Maura et Alice ont sauté sur cette idée, mais elles ne veulent libérer que les sorcières ; je trouve que ce serait mal agir. »

Tess s'assombrit soudain.

« Moi aussi.

— Je pense que nous devrions tenter de les libérer toutes, mais je ne vois pas comment. Les malheureuses sont trop gavées de drogue pour mettre en œuvre une mutinerie. » J'essore la robe au-dessus de la cuvette. « Ma grande hantise, c'est d'aggraver leur situation. Mais Maura a peut-être raison… Peut-être qu'il vaut mieux prendre ce risque plutôt que de ne rien faire du tout.

— C'est pour ça que Maura était si furieuse ? »

Je tords le tissu entre mes mains.

« Pas seulement. Elle voudrait que je m'efface et la laisse diriger l'Ordre. Avec Sœur Inez.

— Et toi, au juste, qu'est-ce que tu souhaiterais ? » Ses doigts parcourent les carrés rouges de sa robe écossaise. « Je me demande si c'est bien, au fond, de laisser tout le monde croire que tu es la sibylle, de laisser Maura s'emporter contre toi. Je ne fais que retarder l'inévitable. Je devrais peut-être annoncer aux autres que c'est moi. »

Je m'assieds près d'elle.

« Te sens-tu prête pour cela ? C'est une énorme responsabilité, Tess, et une fois que tu l'auras dit… Tu ne pourras pas revenir en arrière. Ça ne me dérange pas de porter ce poids un petit moment encore.

— J'aimerais me sentir prête, mais je ne le suis pas. Je ne sais même pas si je le serai un jour. » Il y a du désespoir dans sa voix, beaucoup trop pour une fille de son âge. « Mais autre chose encore me pousse à attendre. Si Sœur Inez pense disposer de quatre ans avant ma majorité, qui sait ce qu'elle est capable de tenter ?

— Alors que si elle croit qu'elle va devoir me céder les rênes sous peu, cela pourrait l'empêcher d'agir de façon inconsidérée, c'est ça ? »

Je réfléchis avec fièvre. L'ennui est que je suis entre les mains d'Inez, parce qu'elle est au courant pour Finn. J'espère qu'il va lui apporter bientôt l'information qu'elle désire, et qu'alors nous serons délivrés d'elle. Oui, mais… si elle exige autre chose ensuite ? Tout ce qu'elle pourrait réclamer défile dans mon esprit. Si elle ne nous lâche pas, je lui ferai oublier qu'elle m'a vue avec Finn ; je n'aurai pas le choix.

Tess se serre contre moi.

« Je n'ai pas confiance en elle. Ce n'est pas une prémonition, simplement une impression que j'ai.

— J'ai la même impression, mais je ne sais que faire. » Je passe un bras autour de ses épaules. « Et si je feignais d'être la sibylle ? Tu me raconterais tes visions, et je prétendrais que ce sont les miennes. »

Elle est prise d'un petit fou rire, son crâne vient me heurter le menton. « On n'y arriverait jamais. Ce serait trop compliqué. En plus, comme menteuse, tu es minable.

— Pas du tout ! » Je m'écarte d'elle. « À tes yeux, peut-être, mais...

— Non, je t'assure, tu n'es vraiment pas douée. » Elle me donne une tape sur le genou. « Tu te figures qu'on te croit, mais tu te trompes. Ça ne marcherait jamais. Il va falloir continuer à réfléchir. »

Réfléchir encore, au lieu d'agir. Je commence à en être lasse. Tout revient à gagner du temps, or nous n'en avons pas tant que cela.

« Ne fais pas cette tête. On va s'en tirer, me dit Tess avec un sourire confiant. Ensemble, toi et moi, je crois qu'on pourrait venir à bout de n'importe quoi. »

Je suis sur le point de partir pour le procès de Sachi, mais pas moyen de mettre la main sur Tess. Je voulais lui dire que j'ai obtenu de Sœur Sophia l'autorisation pour elle de nous accompagner à Harwood lundi – mais elle n'est ni dans sa chambre, ni à la bibliothèque, ni à la cuisine. Je déboule dans le salon, où Mei et Pearl jouent aux échecs.

« L'une de vous a vu Tess ? »

Penchée sur l'échiquier, Mei écarte ses cheveux, qui tombent jusqu'à sa taille comme un rideau de laque noire.

« Elle est passée il y a une demi-heure pour me demander si j'avais eu des nouvelles de mes sœurs. Elle s'inquiétait pour elles, avec la neige qui menace. »

Je jette un coup d'œil à la fenêtre.

« Pour le moment, il ne neige pas.

— Ça pourrait venir d'un instant à l'autre, dit Pearl, blottie dans son châle bleu lavande.

— Il doit faire un froid atroce là-bas. J'ai donné des couvertures à Yang pour qu'il les leur apporte. Les familles sont autorisées à leur rendre visite deux fois par jour, pour leur fournir les repas. Baba y va le matin, Yang l'après-midi. » Mei fait glisser sa reine à travers le plateau, Pearl pousse un petit grognement de perdant. « Si seulement je pouvais davantage ! Mais ce ne serait pas prudent d'y aller moi-même. J'en parlais justement à Tess : le quartier des docks est malfamé, grouillant de pickpockets et de toutes sortes de malfaiteurs. »

Je suis prise d'un doute affreux.

« Tess vous a interrogée sur ce quartier ?

— Et comment ! Où est l'entrepôt, à quoi ressemble le coin… Elle m'amuse, elle est curieuse de tout. » Mei prend le deuxième cavalier de Pearl. « Elle n'a pas dû voir grand-chose encore de New London, j'imagine ?

— Non. Presque rien. »

Et je la soupçonne d'être précisément en train de combler cette lacune. Je bredouille une excuse et me précipite au parloir, où m'attendent Sœur Sophia et Rory. J'ai promis à Rory de l'accompagner au tribunal, mais tant pis, il y a urgence.

« Je ne peux pas venir, finalement… Désolée, il est arrivé quelque chose… Allez-y sans moi, vous me raconterez comment ça s'est passé.

— Le procès de Sachi, Cate ! Vous avez plus important ?

— Je vous l'expliquerai plus tard. Rory, s'il vous plaît, faites-moi confiance. Vous savez très bien que je ne manquerais pas ce procès si ce n'était pas un cas de force majeure. »

J'enfile ma cape tout en gagnant la porte d'entrée. Je dévale les marches du perron, lorsqu'un rire familier en provenance de la rue sonne à mes oreilles. Maura, qui saute au bas d'un phaéton noir ; l'espace d'une seconde, un espoir me soulève : Tess est avec elle, mes craintes n'avaient pas lieu d'être.

« Merci infiniment ! » lance Maura, et, dans l'homme qui lui tient la portière ouverte, je reconnais mon ami d'enfance. Une vague de nostalgie me submerge. Paul n'a pas changé : mâchoires carrées, larges épaules, cheveux blondis par le soleil au-dessus de son front bronzé.

« Maura ! » Je traverse à toutes jambes le petit jardin de devant, mais mon cœur s'arrête net. À la portière du véhicule, c'est Alice qui vient d'apparaître.

« Ah, Cate. » Malgré sa cape d'un noir éteint, Maura resplendit – et cela n'a rien à voir avec cette gaieté forcée qu'elle affiche depuis son arrivée ici : non, elle est authentiquement radieuse. « Tu sais quoi ? Nous avons passé une matinée passionnante. Paul a été assez gentil pour nous emmener faire des courses et il nous a offert un déjeuner dans un petit restaurant. C'était exactement comme j'imaginais la vie en ville, comme on la décrit dans les romans !

— Bonjour, Cate, dit Paul. Ou dois-je vous appeler Sœur Catherine désormais ? »

Il s'avance pour me prendre la main, puis s'arrête, comme s'il doutait que de telles privautés soient permises avec une représentante de l'ordre des Sœurs. Ou bien est-ce de moi qu'il doute ? La dernière fois que je lui ai parlé, je lui ai promis de réfléchir à sa demande en mariage. Je l'ai laissé m'embrasser. Je l'ai embrassé en retour. Je lui ai menti.

« Vous pouvez toujours m'appeler Cate. » Je lui adresse un sourire gêné. « C'est bon de vous revoir. J'espère que vous allez bien.

— Oh, on ne peut mieux. » Il se tourne pour aider Alice à descendre. « L'extension de Harwood est une commande importante pour nous, vous savez, un contrat avec le Conseil national. Si notre travail leur plaît, il y a des chances pour qu'ils fassent appel à nous quand ils décideront d'agrandir la cathédrale de New London ou de construire un nouveau bâtiment pour les Archives nationales. Jones m'a nommé contremaître sur ce chantier, c'est à moi de m'assurer que tout se déroule sans soucis.

— Et vous le faites à la perfection, je parie », roucoule Maura. Elle se tient près de lui, la tête levée vers lui comme si elle buvait ses paroles. « Vous êtes devenu un tel expert.

— C'est merveilleux », dis-je platement.

Je m'en veux d'être si peu courtoise, mais je n'ai pas le temps. Il faut que je retrouve Tess, et chaque minute perdue à bavarder lui donne de l'avance sur moi.

« Et pour vous, Cate, tout va bien ? »

Le cheval noir s'impatiente sous son harnais, son haleine chaude envoie des petits nuages de vapeur dans l'air glacé. Paul l'apaise d'une tape sur l'encolure.

« Ça va. Contente que Maura et Tess soient ici. Merci de les avoir escortées depuis Chatham. C'était très amical à vous. » Je déteste le son de ma voix. Je ne vois pas de quel droit je m'estimerais lésée par ses attentions envers Maura. « Maintenant, si vous voulez bien m'excuser, tous, j'étais en train de partir et je suis un peu pressée.

— Vous ne pouvez pas sortir toute seule, me rappelle Alice.

— Je vais rejoindre Tess. »

Pourvu qu'elle se contente de cette explication.

« Je viens avec toi, décide Maura. J'en profiterai pour te raconter notre balade. » Elle se tourne vers Paul et tripote l'une de ses boucles d'oreilles d'un petit geste qui la fait paraître à la fois timide et troublée. Où donc a-t-elle appris ces ruses de coquette ? « Merci encore pour ce délicieux repas, Paul. J'espère que vous reviendrez nous voir bientôt. »

Je n'attends pas la réponse et m'élance dans la rue grise et venteuse. Maura doit presque courir pour me rattraper.

« Ce n'est pas très poli, Cate. Pourquoi es-tu si pressée ? Un rendez-vous secret avec notre petit espion ?

— Pourquoi *notre* ? Il n'est pas à toi ! » Je suis tentée de la renvoyer au prieuré, mais si Tess a des ennuis, il se peut que j'aie besoin de son aide.

« Vous êtes sûres que je ne peux pas vous déposer quelque part ? » nous crie Paul.

Je réponds sur le même ton, sans me retourner : « Non, merci ! Ce vent est très… vivifiant !

— Frigorifiant, oui », maugrée Maura. Elle resserre sa capuche et fourre ses mains dans son manchon de fourrure noire. « Qu'il est gentil de nous le proposer ! Tu aurais dû voir le restaurant où il nous a emmenées déjeuner. Très chic. Les affaires doivent bien marcher pour lui, s'il a de quoi s'offrir ça, sans parler de son phaéton. Alice dit que ces petits cabriolets font fureur. Hé, tu ne voudrais pas ralentir ? Je n'en peux plus. Où on va, d'ailleurs ?

— Je descends sur les quais pour empêcher Tess d'aller libérer les gens qui se sont fait arrêter à Richmond Square. Je serai ravie de ton aide, si tu peux cesser deux minutes de me bassiner avec Paul.

— Libérer les gens ? » Elle se fige, interloquée. « En quel honneur et pour quelle raison ? »

En raison de mes discours inspirés, combinés à sa dernière vision, à mon humble avis. Mais je ne peux pas le dire à Maura. Je la prends par le bras et l'entraîne. « Je n'en sais rien ; j'espère seulement la rejoindre à temps pour l'en dissuader. »

Tess s'est-elle vue elle-même libérer les prisonniers ? Ou bien a-t-elle vu je ne sais quoi d'affreux leur arriver, et s'est-elle mis en tête d'empêcher la chose parce que je lui ai suggéré que nous devons affronter notre destin, qu'essayer et échouer valent mieux que ne rien faire ?

Nous traversons le quartier huppé sans échanger un mot. Ici et là, le long des grilles en fer forgé, s'attardent quelques roses héroïques. Des phaétons nous dépassent, occupés par de jeunes couples en route pour un après-midi de promenade, avec une mère, une sœur ou une servante sur le siège arrière en guise de chaperon. Comme Paul, ils ont relevé la capote en cuir en protection contre le vent. Nous tournons dans North Church Street, la grande flèche de la cathédrale s'élève désormais derrière nous.

Un pâté de maisons plus loin, Maura m'empoigne le bras et souffle : « Cate, regarde ! »

Sur notre droite se dresse le squelette calciné d'une bâtisse. La façade en brique est toujours debout, mais les murs et le toit sont noirs de suie, et il ne reste plus un carreau aux fenêtres. De toute évidence, c'était une boutique, mais à présent, à travers la devanture béante, on aperçoit l'immeuble de derrière. Je me demande quelle sorte de commerce il y avait là, jusqu'à ce que j'avise la pancarte suspendue à un poteau près de l'entrée.

Librairie. C'était une librairie. En pensée, je revois celle des Belastra le jour où j'ai quitté Chatham. Porte close, avec un écriteau : FERMETURE DÉFINITIVE.

C'était un choix délibéré de Marianne, qui valait certes mieux que ce sort-là.

Car je doute que cet incendie ait été accidentel.

Maura me dépasse, ses petits talons claquent rageusement sur les pavés comme les sabots d'un cheval. Nous traversons une partie du quartier commerçant, passons devant un fleuriste qui vend des bouquets de roses, une mercerie, un apothicaire, un cordonnier avec une vitrine où s'alignent des bottes en cuir raffinées. Une dame en cape de fourrure blanche sort d'un salon de thé, l'odeur tonifiante de la bergamote flotte jusqu'à moi. La boutique suivante est un magasin de jouets, et sa devanture, un rêve d'enfant devenu réalité : soldats de plomb, poupées de chiffon, toupies, puzzles, cordes à sauter, et une magnifique maison de poupée.

« Oh… » murmure Maura, en arrêt devant la vitrine. Puis elle me jette un regard par-dessus son épaule et rosit, embarrassée d'être surprise en admiration devant des merveilles si enfantines. Un élan de tendresse me vient. Elle reste ma petite sœur, s'efforçant si désespérément de paraître adulte.

Nous reprenons notre marche et nous nous retrouvons bientôt dans une rue bordée de maisons jumelées en brique rouge. Les trottoirs, ici, ne sont plus très propres, ce qui ne semble pas gêner l'ardeur des jeunes joueurs de billes.

Je tourne ma langue sept fois dans ma bouche, puis demande à mi-voix :

« À propos, Paul te plaît pour de bon – ou tu essaies seulement de tirer de lui des informations ?

— Rien à voir. Il m'a proposé une promenade dans sa nouvelle voiture, et j'ai pensé que ce serait amusant, alors j'ai accepté.

— C'est tout ?

— Si tu veux savoir, je me disais aussi que ça pourrait t'agacer. » Elle me lance un petit sourire satisfait. « C'était un bonus. » Elle baisse la voix : « Écoute ; tu peux faire ce qui te chante concernant Harwood. J'ai des sujets de préoccupation plus importants.

— Parfait, dis-je, sceptique.

— C'est la vérité. » Elle renfonce la tête dans sa capuche – le vent nous arrive de face –, et la suite de ses paroles me parvient étouffée. « Simplement... ne te mets pas en travers de mon chemin, et je resterai en dehors du tien. »

La rue descend à présent vers l'estuaire ; entre deux immeubles décrépis, j'aperçois le mât d'un grand navire. Des bâtiments délabrés se pressent les uns contre les autres, campés sur des bouts de terrain envahis de mauvaises herbes. Des pans de tissus remplacent des carreaux cassés, mais n'empêchent pas les voix de parvenir jusqu'à nous. Des chariots remontent la rue à grand fracas, chargés de marchandises en provenance des entrepôts. Un groupe de garçons joue au stickball dans un jardin public boueux et jonché de détritus. Sur un banc, un homme parle tout seul, entouré de pigeons. J'ai déjà porté des paniers dans une bâtisse non loin de l'un de ces entrepôts, je connais donc un peu ce coin de la ville. Mais sans Robert et sans la calèche des Sœurs, je ne m'y sens guère en sécurité.

Le ciel a ce ton gris clair qui annonce la neige, le vent rugit à mes oreilles. Mon angoisse grandit à mesure que nous approchons des quais sans voir aucune trace de Tess. Tant de choses affreuses pourraient lui arriver dans ce genre de lieu, et pas toutes liées à la magie.

Une demi-douzaine de gardes sont postés devant un long hangar en brique, dont personne ne sort et où personne n'entre.

« Ça doit être là », dis-je très bas, désignant le bâtiment d'un geste discret. Je pousse Maura entre deux immeubles, dans une allée sombre et sale aux relents de poisson pourri. « On devrait peut-être se déguiser ?

— Bonne idée. »

Et la voilà en brunette bouclée aux lèvres pulpeuses, vêtue d'une cape rouge rapiécée.

J'hésite. « L'ennui, avec ces illusions, c'est que je n'arrive pas à les maintenir.

— Tu veux que je le fasse pour toi ? » Je dois paraître méfiante, car elle ajoute : « Mais enfin, par Perséphone ! Je ne vais pas te laisser te faire arrêter ! En tout cas, pas avant qu'on ait récupéré Tess. C'est ma petite sœur à moi aussi. »

Une mèche échappée de ma capuche vient danser sous mon nez, elle est d'un brun foncé assorti aux cheveux de Maura. Je suis maintenant en cape de laine rêche, gris souris, les pieds dans de vieilles galoches crottées. Je remercie ma sœur et ouvre la marche vers l'entrepôt.

Je me sens tout heureuse de coopérer avec Maura, comme au bon vieux temps.

Un garde s'avance pour nous barrer le chemin. Il n'est pas beaucoup plus vieux que nous, avec une moustache frisottée qui ressemble à une chenille brune sur sa lèvre supérieure.

« Vous désirez ?

— On vient voir notre père. Il est détenu là. »

Je baisse les yeux, humble comme un agneau.

« Désolé, mesdemoiselles. Les visites commencent dans une heure.

— On peut attendre à l'intérieur, à l'abri du froid ? » demande Maura.

Elle lui jette un regard à travers ses longs cils noirs et rajuste sa cape élimée avec un frisson très réussi.

Le garde s'adoucit, les yeux sur Maura. Elle n'a pas pu s'empêcher de se faire jolie.

« D'accord. Restez près de l'entrée. Il y en a quelques autres qui attendent devant un feu. Mais défense de vous approcher du détenu tant qu'on ne vous y a pas autorisées, compris ? Et n'essayez pas de lui passer des aliments ou des couvertures tant que les surveillants n'ont pas donné la permission. Ça ne ferait que lui attirer des ennuis.

— Merci, monsieur », répondons-nous en chœur.

À l'intérieur du vaste hangar, plusieurs femmes se réchauffent les mains au-dessus d'une flambée dans un bidon. La plupart ont des paniers au bras et je me rends compte un peu tard que nous aurions dû prendre des provisions pour notre prétendu père. L'épaisse fumée qui s'échappe du baril me pique les yeux. Il me faut une bonne minute pour découvrir Tess, debout de l'autre côté du petit groupe autour du feu, ses cheveux blonds cachés sous une cape bleue que je ne lui connais pas. Je fonce droit sur elle, et elle a une réaction de recul : ces deux inconnues qui s'avancent la rendent méfiante, jusqu'à ce que je siffle tout bas :

« Qu'est-ce que tu fais là ?

— Je rends visite à Père, comme vous deux. Je lui ai apporté ça, répond-elle haut et clair, soulevant une couverture rouge mangée des mites.

— Tu es complètement folle d'être venue ici toute seule. Ce n'est pas un endroit pour une petite fille », décrète Maura, et elle l'entraîne à l'écart.

Dans un coin de la salle, trois autres gardes fument la pipe. Quelques-unes des femmes autour du brasero improvisé – des mères de détenus ? des épouses ? – nous observent à distance, mais la plupart discutent à voix basse, battant la semelle pour se réchauffer. Si le frère de Mei doit passer, il n'est pas encore là ; aucun homme en vue, à part les geôliers.

Sur notre droite s'aligne une série d'enclos, tous fermés par une lourde porte coulissante en métal munie d'un cadenas. Nous ne pouvons pas voir les détenus, mais j'entends le brouhaha confus de leur voix – et je sens leur odeur : un remugle de corps non lavés, d'urine et d'excréments qui flotte jusqu'à nous, écœurant malgré la distance. Comment font-ils pour respirer ? Combien de temps les Frères comptent-ils les garder ici ? Deux jours déjà qu'ils sont parqués là. Avec ce froid, ils vont tomber malades. Et qu'en est-il de ceux à qui personne n'apporte à manger ? On les laisse mourir de faim ?

Je m'arrache à cette compassion. Ma mission est de sortir Tess d'ici, saine et sauve. Je me penche vers elle, et la gronde à mi-voix :

« À quoi songeais-tu donc ?

— Mais regarde cet endroit ! Ce ne sont pas des bêtes ! » Les dents serrées, elle désigne les crochets à viande qui pendent au plafond, les taches noires qui constellent le sol en béton. « Ce n'est même pas un entrepôt, c'est un abattoir. Ce n'est pas un endroit convenable pour détenir des humains ! Je veux leur porter secours. Je le peux. Je sais que je le peux.

— Pourquoi te soucier d'eux à ce point ? réplique Maura. Tu crois qu'eux se soucient de nous ? Si c'était nous qui étions enfermées, ils jetteraient la clé, oui, plutôt. Voire pire.

— Tu n'en sais rien », dit Tess. Elle est violette de froid.

« Bien sûr que si. Tu es vraiment naïve si tu crois le contraire.

— Et même si c'est vrai, s'obstine-t-elle, ce n'est pas une raison. Nous devons les aider parce que nous le pouvons, et parce que c'est justice. Si personne ne fait rien, ils vont tous finir sur un navire-prison.

— D'où tiens-tu ça ? demande Maura en baissant la voix, les yeux sur une petite vieille à cheveux gris non loin de nous.

— C'est un des gardes qui en a parlé. On peut empêcher ça, mais il faut le faire *maintenant*. Avant que la tempête forcisse. Cate ? »

Tess me tend la main tout en indiquant, du menton, la rangée de fenêtres haut perchées. De lourds flocons de neige s'engouffrent par les carreaux cassés.

Je soupçonne Tess d'être assez forte pour se débrouiller seule dans cette affaire, mais je prends tout de même sa main et la laisse puiser dans mes pouvoirs.

Elle braque son regard sur la surface de béton inoccupée devant les enclos, et brusquement, avec un claquement, tous les cadenas tombent au sol. Moins d'une seconde plus tard, les portes volent l'une après l'autre, en une série de détonations sèches. Les détenus se mettent à hurler et surgissent devant nous. Le premier à atteindre la sortie est un grand Noir, suivi par deux blonds costauds qui semblent être frères.

« Qui a ouvert les portes ? s'étonne l'un d'eux, le visage couvert de crasse.

— C'était de la magie ! » hurle une fille maigre avec des tresses noires. Elle court vers les détenus et crie de nouveau : « Papa ! C'était de la magie !

— Qu'est-ce que c'est que ce bazar ? Arrêtez tout de suite ! Arrêtez ! » lance un garde qui agite en vain un pistolet.

La foule se rue sur lui sans prêter attention au coup de feu qu'il tire en l'air en signe d'avertissement.

« Les sorcières sont avec nous ! braille quelqu'un.

— Danny ! Danny, où es-tu ? » La vieille femme à cheveux gris passe devant nous.

Les gardes du dehors viennent prêter main-forte à leurs collègues, leurs armes tirent au hasard, mais devant cette marée humaine la plupart ont tôt fait de s'éclipser. Les détenus se jettent sur ceux qui restent, les traînent vers les enclos. Une large part des captifs est sortie à présent. Un brun, grand et maigre, soutient un vieil homme qui boite. Deux hommes bourrent de coups de pied un geôlier recroquevillé au sol.

« Oh non ! gémit Tess. Je ne voulais pas... On devrait peut-être l'aider ?

— Non. On en a assez fait. »

Je l'empoigne par un bras, mais elle s'inquiète :

« Et les sœurs de Mei ? Il faudrait vérifier qu'elles sont sauves.

— Non ! On file, ordonne Maura. Je parie que ces gardes sont partis chercher du renfort. »

Elle se précipite vers la sortie, et je remorque Tess à sa suite. Les sœurs de Mei trouveront bien leur chemin toutes seules.

La majorité des évadés remontent la rue en courant, exaltés par leur libération soudaine. Maura nous mène dans la direction opposée, le long des pontons de bois qui contournent l'entrepôt. Nous faisons halte entre les passerelles de deux énormes navires – une goélette baptisée *Lizzie Mae* dont on décharge du charbon et un immense trois-mâts à coque d'acier qui fourmille de marins. Il y a tant de bruit et d'activité que personne ne nous remarquera. La chevelure de Maura redevient rousse, sa cape, noire, et mes propres cheveux qui volettent au vent retrouvent leur blondeur à mesure que ma sœur défait son sortilège.

« On a réussi ! » s'écrie Tess. Elle se jette dans mes bras avec tant de force qu'elle manque de me renverser. « Je le savais, qu'on y arriverait. Qu'est-ce que je t'avais dit : on forme une fabuleuse équipe ! »

Maura se raidit, les yeux fixés sur les eaux grises du fleuve.

« Vous êtes une équipe toutes les deux ?

— Je voulais dire… nous trois, bredouille Tess, un peu penaude. On a toujours formé une équipe fabuleuse dès qu'on travaille ensemble, non ? Voilà pourquoi on ne peut pas laisser toutes ces histoires d'ordre des Sœurs s'interposer entre nous.

— Sauf que c'est déjà fait », commente Maura d'un ton neutre. Une étrange expression apparaît sur son visage. « Tu sais, Tess, autrefois, j'essayais de gagner ton affection. Je te brossais les cheveux, je les tressais comme si tu étais ma poupée, je te chantais des chansons et je te racontais des contes de fées. Mais Cate rentrait du jardin et aussitôt tu courais vers elle. C'est toujours vers elle que tu te tournais, pour tout, chaque petit bobo, chaque cauchemar.

— Ce n'est pas vrai. » Tess s'approche d'elle et agrippe sa manche couverte de neige. « Ces derniers temps, je me suis davantage confiée à Cate, oui, mais c'est seulement parce que tu étais si distante. Comme si tu ne voulais plus rien avoir à faire avec nous. Je sais qu'Elena t'a fait du mal, Maura, mais depuis tu es tellement froide… »

Maura repousse sa main.

« Froide, moi ? C'est plutôt Cate, qui se fiche complètement de ces filles qu'on est en train de massacrer ! Moi, j'ai suggéré d'essayer de les faire évader du siège du Conseil national, et elle a écarté l'idée, comme elle le fait chaque fois qu'une idée ne vient pas d'elle. La seule chose qui lui importe, c'est de sauver sa peau ; la sienne et celle de Finn. Tu savais qu'elle continue de voir Frère Belastra ? »

Le vent s'intensifie. Derrière Maura, des vagues commencent à se former sur l'estuaire ; l'énorme vaisseau près de nous ballotte en tous sens. Les hommes sur le ponton poussent des cris et courent protéger leur cargaison. Est-ce seulement une tempête de neige – ou Maura qui perd le contrôle ?

« Ça n'a rien à voir avec Cate, réplique Tess avec fermeté, reculant prudemment d'un pas. Il est question de toi et moi. De notre relation en tant que sœurs.

— Ça a toujours quelque chose à voir avec Cate », conteste Maura. Une bourrasque soulève sa cape. « Elle s'immisce partout ! On ne sait même pas laquelle de nous est la sibylle, mais tu as déjà pris ton parti, hein ? Si ça ne tenait qu'à toi, tu la placerais à la tête de l'Ordre. »

Tess hausse les épaules.

« Je n'aime pas Sœur Inez. Elle ne m'inspire pas confiance. Alors, oui, je pense que Cate est le meilleur choix. »

Maura paraît sonnée, comme si Tess l'avait frappée. Puis elle repart de plus belle : « Et moi ? Je ne t'inspire pas confiance ? » Un petit rire hystérique lui échappe ; ses yeux saphir s'embuent. « Laisse-moi deviner : je manque de prudence, c'est ça. "Trop facilement dominée par mes émotions", hein, comme dit Elena. Comme si ressentir les choses intensément – vouloir davantage pour moi, davantage pour les filles comme nous – était un crime abominable ! »

Derrière nous, une lourde caisse passe par-dessus bord ; une gerbe d'écume éclabousse le quai. Les marins sur la passerelle lâchent une bordée de jurons.

« Maura, implore Tess, rentrons. On sera bien mieux au prieuré pour discuter.

— Cate ne gagnera pas cette guerre, si tu veux savoir. » La neige tombe de plus en plus dru. Les flocons masquent les navires autour de nous, le quai devient glissant sous nos bottines à talons. « Il faudra des personnes qui sachent se battre, comme Inez et moi. Des personnes prêtes à faire ce qui doit être fait.

— Nous ne sommes pas en guerre, dis-je sèchement. Et encore heureux, parce que les Frères sont cent fois plus nombreux que nous.

— Mais nous sommes cent fois plus puissantes. » Le sourire de Maura et son regard qui se perd au loin m'inquiètent. « Tu veux libérer une poignée de sorcières ? Tu parles d'un coup d'éclat ! Non, il faut montrer à la population de quoi nous sommes capables. C'est pour le prouver que nous allons réduire à néant le Conseil suprême.

— Le réduire à néant, mais comment ? demande Tess, et mon cœur sombre.

— En faisant le vide dans le petit cerveau de chacun de ces messieurs, répond Maura tranquillement. Comme le faisaient pour leurs ennemis les Filles de Perséphone. Place nette ! Quand nous en aurons terminé, ils ne se souviendront même plus de leurs noms. Ils arrêteront enfin de s'en prendre à des innocentes, et les gens comprendront de quoi les sorcières sont capables. »

Voilà pourquoi Sœur Inez voulait faire de Finn son espion. Afin de déclencher sa guerre.

« Et c'est l'idée de Sœur Inez ? » Tess a perdu toute couleur. « Elle nous exposerait au grand jour ? Nous ne sommes pas prêtes, Maura ! »

Maura écarte ses cheveux de devant ses yeux.

« Personne ne fera le rapprochement avec l'ordre des Sœurs. Les gens sauront seulement que des sorcières ont agi.

— Ça n'empêchera pas les Frères de s'en prendre à des innocentes, dis-je avec force. Ne comprends-tu pas qu'au contraire ils frapperont deux fois plus durement ? Inez ne peut pas faire ça ! D'abord, Cora est toujours de ce monde. Et même ensuite, Inez assurera seulement l'intérim jusqu'à la majorité de l'une d'entre nous.

— Jusqu'à *ma* majorité, rectifie Maura. Pourquoi ne peux-tu pas me laisser au moins ça ?

— Parce que les choses ne fonctionnent pas ainsi, Maura, fait valoir Tess. On ne peut pas décider que c'est toi. Tout repose sur Perséphone. »

Elle s'approche de Maura, les mains en avant, comme on le fait pour amadouer un animal farouche.

« Même si tu le pouvais, ce n'est pas moi que tu choisirais, hein ? siffle Maura, et ses lèvres tremblent. Personne ne me choisit jamais. »

Tess lui effleure le bras. « Maura. Je t'aime. Tu le sais bien. »

Maura se dégage d'un coup sec. « Ne me touche pas ! »

Tess bascule en arrière – plus loin que ne le justifie le geste de Maura. Ses pieds dérapent sur la neige. Elle chancelle un moment tout au bord du quai, battant l'air de ses bras au-dessus de l'eau glacée. Elle pousse un cri de terreur.

Je la rattrape de justesse, l'agrippe, la ramène à moi. Elle se cramponne à ma taille comme un enfant, secouée de frissons.

Sur les joues de Maura, des larmes coulent.

« Je ne voulais pas…

— Tu aurais pu me tuer, souffle Tess, hagarde. Je ne sais pas nager. Ne me dis pas que tu l'as oublié. »

Tess a toujours eu peur de l'eau. Elle ne voulait même pas patauger dans l'étang avec moi. Mrs O'Hare la taquinait, disait en riant que Mère avait dû la laisser tomber dans la bassine quand elle était bébé.

« Je n'arrive pas à… halète Maura. Quand je suis à bout, je ne peux plus me contrôler. Je vous l'ai dit, pourtant, de ne pas vous mettre en travers de mon chemin. Je… Fichez-moi la paix, toutes les deux, c'est tout ! Je n'ai pas besoin de vous ! Je n'ai besoin de personne ! »

Sur ce, elle tourne les talons et s'enfuit en courant sous les tourbillons de neige. Je la regarde partir, Tess serrée contre moi.

Chapitre 14

« Il faut barrer la route à Sœur Inez.

— Je sais. »

À pas prudents, je gravis les marches verglacées du perron.

Tess a le nez rougi par le froid et les larmes.

« Les gens ont eu plus d'un siècle pour oublier les fautes des Filles de Perséphone ; et elle, maintenant, elle veut tout relancer. Riche idée : pour nous diaboliser à nouveau, et ruiner toutes nos chances de partager le pouvoir !

— C'est peut-être ce qu'elle cherche à faire : rendre la guerre inévitable. Va savoir comment réagiront les Frères. »

Elle pousse un petit soupir.

« En tout cas, les détenus sont libres. On peut changer les choses, Cate ! Je les avais vus, sous la neige, en train de se faire embarquer dans un navire-prison – et maintenant, ils sont libres. Autrement dit…

— … nous pouvons modifier la façon dont se réalise une prophétie. »

En même temps que ces mots me viennent, je mesure leur portée, et la joie me soulève.

« À l'heure qu'il est, Maura nous en veut sans doute à mort, mais ça lui passera. Qui sait ? Peut-être qu'aujourd'hui même, dans la prédiction de la sibylle, je tombais à l'eau pour de bon et je me noyais. » Tess tape des pieds sur la dernière marche du perron pour débarrasser ses bottines de la neige qui colle à leurs semelles. « Mais tu m'as rattrapée à temps. Tu n'imagines pas à quel point je me sens mieux. Si je peux modifier ce qui se passe dans mes visions, si elles ne sont pas gravées dans le marbre, ça change *tout*. »

Elle pousse le lourd vantail de l'entrée. Nous accrochons nos capes trempées et nous nous déchaussons.

La porte du parloir est entrouverte, il y a de la lumière à l'intérieur, mais pas une voix ne nous parvient. Je pose un doigt sur mes lèvres, puis, encore en chaussettes, je m'avance à pas de loup et jette un regard par l'entrebâillement.

« Finn !? » Il se tient face au feu dans son gilet gris, mains croisées dans le dos. « Que faites-vous ici ? »

Il se retourne vivement, me sourit. « Vous voilà enfin ! J'étais mort d'inquiétude de ne pas vous voir au procès. Rory m'a dit que vous aviez une urgence. »

Le procès de Sachi ! Je l'avais oublié. Assise tout au bord du canapé, Rory se tamponne les yeux avec un mouchoir rose. Je lui demande : « Harwood ? »

Elle confirme d'un hochement de tête, combat de nouvelles larmes.

« Ça a été horrible. Ce qu'ils ont dit d'elle… Et elle avait l'air terrorisée.

— Nous trouverons le moyen de la sortir de là, promis. » Je me retourne, anxieuse. « Finn, il ne faut pas me rendre visite ici. C'est trop risqué. »

Il s'écarte pour faire de la place à Tess devant le feu.

« Je me tourmentais toujours pour vous. Et j'ai l'information que Sœur Inez voulait. La proch…

— Chut ! » Je referme la porte et, pour plus de sûreté, je vais directement fermer aussi la trappe de ventilation. Je reviens à Finn qui me suit des yeux, interloqué. « J'ignore ce que vous avez découvert, mais n'en parlez à personne. Pas même à moi. Imaginez, si elle essayait de m'arracher l'information… Je ne sais pas si elle est de force à le faire, mais il ne m'étonnerait pas qu'elle essaie. »

Finn pâlit sous ses taches de rousseur. « Qui ? »

Je prends sa main chaude entre les deux miennes, glacées. « Inez. Elle n'est pas ce que je pensais. Nous ne pouvons pas lui faire confiance. »

Il lâche une bordée de jurons à faire rougir les dockers des quais et ajoute :

« Trop tard. Je le lui ai déjà dit.

— Oh non ! » Je jette un coup d'œil à Tess, qui ferme les yeux et se laisse aller contre le manteau de la cheminée, puis je m'affale dans le premier fauteuil à ma portée.

« J'ai demandé à la fille qui m'a ouvert la porte si je pouvais vous voir. Elle est allée chercher Sœur Inez, qui a tout de suite deviné qui j'étais. Elle m'a dit que vous étiez sortie, mais que je pouvais vous attendre ici, puis elle m'a demandé si j'avais déjà pu découvrir quelque chose. C'était le cas, alors je… je lui ai livré l'information. Bon sang ! » Il pose la main sur mon épaule. « Je croyais que c'était convenu ainsi ! Qu'est-ce qui a changé ?

— Je me suis trompée. » Idiote, naïve, et dans l'erreur sur toute la ligne : voilà mon portrait. « Elle veut les réduire à néant. Tous ceux du Conseil suprême. S'introduire dans l'esprit de chacun et tout dévaster, tout effacer, comme le faisaient les sorcières autrefois. »

Les doigts de Finn se crispent sur ma clavicule.

« Elle ne peut pas faire ça.

— Et pourquoi elle ne le ferait pas ? » s'écrie Rory. C'est la première fois que je la vois dans la tenue noire des Sœurs. « Si vous aviez assisté au procès de Sachi aujourd'hui, Cate, si vous aviez senti à quel point elle avait peur… Il faut riposter. Il faut faire quelque chose.

— Mais pas ça, intervient Tess. C'est criminel. Ça revient à tuer, pratiquement. » Elle replace une mèche de cheveux derrière son oreille. « Et autant jeter de l'huile sur le feu !

— Absolument, approuve Finn. Ce n'est pas envisageable. Dire qu'elle s'est servie de moi pour ce projet monstrueux !

— De nous deux. » Je me lève et me blottis contre lui. « Oh ! pardon de vous avoir entraîné là-dedans.

— Je ne vais pas vous mentir : mon nouvel employeur n'a rien d'un cadeau. Et la plupart des membres du Conseil suprême sont des brutes obsédées de pouvoir – sauf Sean Brennan : lui, c'est un homme de bien. Mais quand bien même ! Tess a raison : cette façon de combattre ne vaut pas mieux que de tuer. Et les Frères riposteront deux fois plus fort. Pour garder le pouvoir. » Il déglutit avec peine. « Ils pourraient rétablir les bûchers. Certains sont prêts à voter pour. Ils n'attendent qu'un prétexte, ils en auraient un. Servi sur un plateau. Mais à quoi Inez songe-t-elle donc ? »

Tess retient un haut-le-cœur.

« Si elle réussit, ce sera une deuxième Terreur. Les Frères ne remonteront pas jusqu'à Maura et elle, non, mais ils trouveront des coupables. Comme ces filles accusées d'être des sibylles. Cate, on ne peut pas les laisser faire !

— Harwood ! s'exclame Rory, et nous nous tournons vers elle. Personne n'accusera les Sœurs, mais les sorcières, bien sûr que si. Et où trouver des sorcières à punir…

— … sinon à Harwood ? terminé-je à sa place. Toutes désignées, capturées d'avance.

— Il faut les sortir de là ! conclut Rory. Sachi et Brenna. *Tout de suite.* »

Je m'arrache aux bras de Finn.

« Quand a lieu cette réunion ?

— Mercredi soir. »

On est samedi. Ça ne laisse que quatre jours. Bien peu pour organiser une évasion. Trop peu aussi pour paniquer. Il n'y a pas un instant à perdre.

« Pour commencer, je vais aller parler à Inez, essayer de la faire changer d'avis. Avec ou sans recours à la magie. » Je me tourne vers Finn. Surtout, qu'il ne reste pas à la portée d'Inez ; elle le prendrait en otage contre moi. « Vous devez partir. Immédiatement.

— Attendez. » Il passe une main dans ses cheveux déjà en bataille. « Qu'est-ce que c'est que cette histoire de délivrer Sachi et Brenna ?

— Pas seulement elles. Toutes les filles de Harwood. Nous avons quatre jours pour imaginer un moyen de les libérer. »

Il n'essaie pas de discuter, ne déclare pas que c'est insensé, impensable. Non, il prend ma main et demande : « Comment vous aider ? »

Mes pensées bouillonnent.

« Vous avez dit qu'aux Archives on trouve toutes sortes de dossiers. Y en aurait-il sur les détenues de Harwood ? »

Il serait utile de savoir lesquelles sont sorcières, et en particulier lesquelles ont été accusées d'intrusion mentale. Si Sœur Inez déclenche une guerre, nous devrons être prêtes à nous défendre.

« Je me renseignerai. Demain, je suis pris toute la journée, mais lundi je rendrai visite à Frère Szymborska et je fouinerai un peu.

— Ce serait précieux. Rendez-vous lundi soir à l'endroit habituel ? » Il acquiesce en silence, les yeux sur moi. Je meurs d'envie de l'embrasser, mais pas devant Rory et Tess. « Soyez prudent. »

Le front barré d'une ride, il revêt sa cape de Frère. « Vous aussi. »

Quelques minutes plus tard, je suis dans la salle de classe de Sœur Inez. Elle corrige des copies dans la faible lumière de l'après-midi d'hiver. Au son de mes pas, elle lève la tête, un sourire carnassier aux lèvres.

« Votre sœur ne sait donc pas se taire ? Il serait temps qu'elle apprenne à se contrôler un peu. »

Je me plante face à son bureau en chêne.

« J'aurais fini par tout découvrir seule.

— Par bonheur, j'ai déjà obtenu de Frère Belastra l'information qu'il me fallait. »

Elle appuie un tantinet sur le mot « Frère », et ma colère grandit, renforçant ma magie. Je ne devrais peut-être pas me donner la peine de discuter. Sans doute vaudrait-il mieux la contraindre tout de suite à oublier le lieu et l'heure de la réunion du Conseil suprême. Ce serait rattraper une erreur : j'aurais dû intervenir dès le début, la nuit où elle m'a surprise au retour de mon rendez-vous avec Finn.

En vérité, j'ignore si mon pouvoir d'intrusion mentale est assez fort ; mais cette fois je compte bien en faire l'expérience. Je me penche sur son bureau, mon regard rivé au sien.

« Avant que vous ne vous fatiguiez à forcer mes pensées, dit-elle d'un ton serein, je tiens à vous prévenir que mes précautions sont prises. Tss-tss ! ma chère enfant. Avez-vous jamais pu proférer un mensonge ? Vous êtes plus claire que du cristal de roche. »

Je ne suis pas sa chère enfant. Je déteste cette condescendance.

« Des précautions ? De quelle sorte ? Comment savoir si vous ne me mentez pas une fois de plus ?

— Je ne vous ai jamais menti sur mes intentions. »

C'est exaspérant, mais elle a raison. Elle m'a annoncé qu'elle voulait la guerre, et je n'ai pas posé de questions. Je tenais à garder Finn à New London. Le charger d'espionner pour les Sœurs était une noble raison, nettement moins culpabilisante que de lui demander de renoncer à l'enseignement et à sa famille pour rester près de moi.

« Je viens de poster une lettre à une amie très chère, poursuit Sœur Inez. Elle est mariée à l'un des Frères, mais demeure fidèle à ses anciennes Sœurs. Je lui ai raconté que je courais un grand danger et lui ai laissé des instructions très précises : si elle ne reçoit aucune nouvelle quant au succès de mes projets, elle postera une autre lettre de ma main. Celle-ci dévoile que l'ordre des Sœurs est un repaire de sorcières, et que Frère Finn Belastra connaît la vérité à ce propos depuis longtemps. Avec une accusation de trahison, je crains fort que ce jeune homme ne fasse pas de vieux os. »

Sa mine suffisante éveille en moi des envies de meurtre. Je me penche un peu plus par-dessus son bureau. « Vous bluffez. Jamais vous n'écririez pareille chose noir sur blanc.

— Peut-être. Ou peut-être l'ai-je écrit en langage codé. Vous ne pouvez en avoir aucune certitude. » Avec son stylo, elle martèle sur son bureau un petit motif rythmique obsédant.

Les yeux dans les siens, je concentre toute ma rage sur mes pouvoirs. *Dites-moi son nom.*

« Je sens votre intrusion, Miss Cahill. » Ses sourcils se rejoignent presque. « Je suis moi-même assez douée, vous savez. J'ose avancer que nous sommes de force égale – bien qu'il soit difficile d'en avoir la certitude, évidemment. Continuez à essayer tant que vous le voulez, vous ne ferez que vous fatiguer inutilement. Pour résister à cette magie, j'ai des années d'entraînement derrière moi.

— Je ne vous laisserai pas commettre cette horreur. » Un muscle de ma paupière droite commence à tressauter.

« Je ne vois pas très bien comment vous pourriez m'en empêcher. » Elle s'abandonne contre le dossier de sa chaise. « Pas sans sacrifier chacune des filles de ce couvent – ou déclencher une guerre totale entre l'ordre des Frères et celui des Sœurs. »

La magie palpite sous ma peau, frémit dans mes doigts. Je refoule mon exaspération et croise les bras sur ma poitrine.

« Qu'espérez-vous obtenir ? Vous ne pouvez pas ignorer que votre action provoquera une nouvelle Terreur. »

Inez caresse la broche qui ferme son col.

« Nous n'en sommes déjà plus très loin, Miss Cahill. Je ne vais pas rester sans rien faire tandis qu'on nous persécute. J'ai passé ces vingt dernières années à regarder Cora reculer sans cesse et accorder satisfaction aux Frères. Le changement, avec elle, c'est à pas de tortue. J'accélère un peu le mouvement. »

Et d'un seul coup je comprends. « En fait, vous *souhaitez* une nouvelle Terreur. Vous voulez que les Frères commettent le pire, ainsi nous aurons l'air bonnes en comparaison. Vous ne vous souciez donc pas de celles qui souffriront dans la tourmente ? Ni des malheureuses à Harwood ? »

Je revois la belle Indonésienne couverte de bleus dans le quartier des cas difficiles, la petite Sarah Mae qui enterre les oiseaux dans la cour, la blondinette qui s'imagine fiancée à un prince. Elles seront les premières à payer.

« Chaque guerre a son lot de blessés », rappelle Inez.

Je ravale les larmes qui me viennent. Comment peut-elle parler ainsi ?

« Il y a sûrement des sorcières là-bas. Vous les abandonneriez ?

— Cora les a déjà abandonnées. » Elle hausse les épaules. « Votre sœur m'a parlé de votre projet malavisé de les libérer. Je ne pense pas qu'elles en vaillent la peine. Et j'ai d'autres chats à fouetter. »

Moi pas. Ces filles ne sont pas sacrifiables. Pas pour moi.

Mais j'admets ma défaite dans cette première bataille et repars sans un mot.

« Ne tentez rien de déraisonnable, Miss Cahill. Ou quelqu'un que vous aimez en pâtira. »

Je me rends chez Sœur Cora. J'insiste pour la voir. Après m'avoir considérée un moment, Sœur Gretchen finit par céder, sans doute parce qu'elle perçoit mon désespoir. Je ne pense pas bien le cacher.

« Quelques minutes seulement », soupire-t-elle en ouvrant la porte. Elle reste dans le couloir, où elle reprend sa place de sentinelle.

Cora gît sur son lit à baldaquin, adossée à des oreillers, les yeux cernés d'ombres violettes. Elle semble avoir dix ans de plus qu'hier. Est-ce là tout le répit que mes efforts de guérisseuse lui ont donné ?

J'ai vu la mort sur le visage de ma mère, et la voir sur celui de Sœur Cora me ramène à mes douze ans, à la frayeur qui m'habitait. Je retrouve les promesses hâtives et irréfléchies que je faisais dans l'espoir de la garder en vie. *Je serai toujours obéissante et je me conduirai toujours très bien, et plus jamais je ne me disputerai avec Maura.* J'aurais promis n'importe quoi. J'ai passé l'âge et je n'y crois plus, mais ce déchirement, cette pulsion enfantine de marchander avec la mort sont ancrés au plus profond de moi. La mort si proche pèse sur mes épaules comme du plomb et me cloue sur le seuil.

« Catherine, que se passe-t-il ? »

Ses lèvres craquelées sont exsangues. Ses cheveux d'un blanc de neige cascadent sur sa poitrine, pardessus la courtepointe remontée jusqu'à son cou.

Je préfère mentir :

« Je… je voulais juste vous voir.

— Il est temps de nous dire adieu. »

Je tire vers son lit un fauteuil à fleurs. Tout en moi voudrait crier qu'elle va se rétablir, que ce n'est peut-être pas la fin. Mais ce serait de l'égoïsme pur, et un mensonge par-dessus le marché. Alors, je me tais. Elle souffre, et elle a accepté sa fin ; je dois la laisser partir.

« Inez n'attendra pas, poursuit-elle. Mon corps sera à peine froid qu'elle s'emparera de l'ordre des Sœurs, Cate. »

C'est la première fois qu'elle emploie le diminutif de mon prénom.

Si ce jour est celui de nos adieux, mon devoir envers elle est d'apaiser son esprit, pas l'inverse.

« Je l'en empêcherai.

— Merci, répond-elle avec un sourire. Gretchen sait où sont cachés mes papiers, et comment contacter Brennan et nos autres espions. Elle connaît tous mes secrets depuis notre enfance. J'ai en elle une confiance totale. Elle sera d'un grand secours pour vous, comme elle l'a été pour moi.

— Brennan… C'est lui, votre homme au Conseil suprême ?

— Quelqu'un de bien. Père de plusieurs filles qu'il éduque en secret. Vous pouvez vous fier à lui. »

Mais je ne peux pas aller le trouver pour lui déconseiller d'assister à la réunion de mercredi. Il voudrait savoir pourquoi, et s'il est vraiment quelqu'un de bien – je me fie à l'avis de Finn et de Cora sur ce point –, il tenterait d'intervenir. Même une lettre anonyme éveillerait ses soupçons et pourrait le conduire à annuler la réunion, ce qui nous mettrait en danger.

« Qui d'autre chez nous ?

— Sophia, mais elle n'a pas toujours le cran de faire ce qui devrait être fait. Toutes les autres se sont ralliées à Inez, sauf Elena. »

Sœur Cora joue avec son anneau de prieure, pensive. Elle a tant perdu de poids qu'il tourne librement autour de son doigt. Elle l'a attaché avec une ficelle pour ne pas le perdre. C'est le seul qu'elle porte à présent ; c'est étrange de voir ses mains sans ses autres bagues.

Elle reprend haleine longuement.

« Oui, vous pourriez vous tourner vers Elena, elle vous serait sans doute de bon conseil. C'est une jeune femme pleine de ressources ; je ne l'aurais pas envoyée à Chatham si je ne lui faisais pas confiance. »

Que sait-elle au juste de ce qui s'est passé entre Elena et Maura ? L'idée d'être aimable avec Elena ne m'enchante guère, encore moins de lui demander service. Beurk !

Une sorte de toux enrouée m'alarme : Cora ne va tout de même pas mourir, là, devant moi ? C'est alors que je comprends : elle est en train de *rire*.

« Quelle mine dégoûtée ! Ne croirait-on pas que je vous ai demandé d'avaler un asticot ? »

Mais rire ne lui est guère permis ; elle peine à retrouver son souffle.

« Êtes-vous… puis-je vous aider ? »

Sa main, sur la courtepointe, est d'une blancheur d'opaline, striée de veines bleues ; elle semble si petite et nue sans ses bagues. D'instinct, je la saisis dans la mienne.

La douleur qui l'habite me happe, c'est comme une morsure, une déchirure. Je retire ma main malgré moi.

« Comment arrivez-vous à endurer cela ? »

Elle se renverse contre ses oreillers, respire avec lenteur.

« Vous ne pouvez pas me guérir, et je refuse que vous y épuisiez vos forces. »

Elle croise les mains sur sa poitrine et ferme les yeux. Sans ce bleu vibrant, elle paraît déjà presque morte.

Je découvre qu'elle va me manquer.

« Je suis navrée que nous n'ayons pas eu la chance de nous connaître mieux, Cate. Je suis fatiguée maintenant. Sophia insiste pour mettre des somnifères dans mon thé, malgré mon refus. Voulez-vous aller chercher Gretchen ? Et tirer les rideaux, s'il vous plaît. La lumière aggrave ma migraine.

— Bien sûr. »

Je vais détacher les embrasses dorées qui maintiennent ouvertes les tentures émeraude.

« Que Perséphone veille sur vous. » La voix de Cora, déjà emportée par le sommeil, n'est plus qu'un murmure. Mes yeux s'accommodent à la pénombre.

Je reviens vers elle et elle dit dans un souffle : « J'ai foi en vous, vous ferez le nécessaire, quand le moment sera venu.

— Merci. »

Connaissant Cora, je sais qu'il y a là le plus beau compliment qu'elle puisse m'adresser. Elle a modelé sa vie sur ce précepte : faire le nécessaire – le moment venu.

Je suis dans ma chambre, après le souper, quand un vacarme épouvantable retentit dans le couloir. Je jette un coup d'œil à ma porte et vois Maura tirer sa malle le long du corridor, son édredon et ses oreillers empilés sur le couvercle. Derrière elle, Tess se tord les mains.

« Maura, ce n'est pas nécessaire. »

À quelques pas de moi, Vi sort de la chambre qu'elle partage avec Alice. Elle tient à la main un sac de voyage et, sur son bras libre, deux ou trois robes. Alice, depuis le seuil, lui lance en gloussant un lapin en peluche rapiécé.

« Faut pas oublier Bunny ! Vous ne pouvez pas dormir sans lui !

— La ferme, Alice. »

Mais Vi, rougissante, ramasse son lapin.

J'interroge Tess : « Qu'est-ce qui se passe ? »

C'est Vi qui me répond : « Je ne resterai pas une seconde de plus avec cette pimbêche. Et puisque Maura semble tellement apprécier sa compagnie… »

Maura lève la tête, un sourire hautain aux lèvres.

« Ce sera un plaisir de loger avec quelqu'un de mon âge. »

Tess renonce à la suivre et passe des excuses à la colère :

« Eh bien, peut-être que ce sera un plaisir pour moi de loger avec quelqu'un qui n'a pas essayé de me noyer dernièrement !

— Je ne l'ai pas fait exprès, et tu le sais !

— En ce cas, peut-être que tu devrais apprendre à contrôler tes humeurs. Et tu te demandes pourquoi personne ne te fait confiance ! »

Maura traîne sa malle en soufflant comme un phoque. Alice réapparaît à sa porte et fait voler dans le couloir un jupon de dentelle couleur lavande.

« Et moi, je serai heureuse de partager ma chambre avec quelqu'un de mon rang. Je me demande qui a pu imaginer que j'allais me lier avec la fille d'un cocher ! Quand je pense à tous ces cadeaux que je vous ai faits. De la charité jetée par les fenêtres !

— Charité ! » glapit Vi. Elle se penche pour récupérer son jupon et ses robes tombent sur le tapis. Tess se précipite pour l'aider. Vi fouille dans son sac, en tire une paire de gants noirs avec des boutons violets et les jette à la tête d'Alice. « Tenez ! Reprenez ça. Je n'en veux plus. Je ne vous supporterai pas un jour de plus, pas pour tout l'or du monde !

— Mesdemoiselles ! » Sœur Johanna, qui nous enseigne les mathématiques et les sciences naturelles, surgit au fond du couloir. « Est-ce bientôt fini, ce remue-ménage ? Sœur Cora est au plus mal, elle n'a pas besoin de vos hurlements. »

Maura pousse sa malle entre Vi et Tess, et répond d'un ton suave :

« Désolée, ma Sœur. Vi et moi changeons de chambre. Nous en aurons terminé dans une minute.

— Ne fais rien que tu regretteras, Maura, je t'en supplie », l'implore Tess.

Je ne crois pas qu'elle pense uniquement à leur chambre.

Maura se redresse et rejette en arrière sa crinière rousse.

« Tu peux arrêter de t'en faire pour moi, Tess. Je ne suis plus ton problème. »

Chapitre 15

Nous sommes en plein petit déjeuner lorsque sonne la cloche de l'entrée. Sœur Sophia pose sur notre table une assiettée de crêpes fumantes et s'empresse d'aller ouvrir. Nous cessons toutes de manger. Seraient-ce les Frères ? Qui d'autre peut venir à une heure si matinale ? Deux couteaux à beurre qui se battaient en duel, animés par Lucy et Rebekah, retombent sur la table en tintant. Prestement, nous transformons nos livres de classe en sainte Bible. Les couleurs disparaissent à vue d'œil du réfectoire tandis que nous revêtons la morne tenue des Sœurs. À côté de moi, la robe de Rory, mandarine, rehaussée de dentelle blanche, se mue en lugubre laine noire. La métamorphose achevée, Rory prend une crêpe et entreprend de la beurrer. Je repousse mon assiette de côté.

« Mei ? » Sœur Sophia est de retour sur le seuil. « Votre frère désire vous voir. Il vous attend au parloir.

— C'est sûrement au sujet de Li et de Hua. » Mei recule sa chaise, soucieuse. « Cate, vous voulez bien m'accompagner ?

— Je viens. »

Les conversations reprennent ; les roses, les violets, les bleus illuminent la pièce à mesure que les filles relâchent leurs sortilèges. Rilla noie sa crêpe sous le sirop d'érable.

J'échange un clin d'œil avec Tess et réprime un sourire. Mei va être joliment soulagée d'apprendre que ses sœurs sont rentrées saines et sauves. C'est un rayon de soleil en ces jours sombres.

Mais à la seconde même où je vois Yang debout devant l'âtre sans feu dans son manteau rapiécé, je pressens que quelque chose ne va pas. Ce n'est pas le frère espiègle dont Mei raconte les farces. Il a la mine sombre, et ses yeux noirs fuient le regard de sa sœur. Quelles que soient les nouvelles, les rapporter lui pèse.

Mei s'arrête et m'agrippe la main. Elle ne s'embarrasse pas de présentations.

« Yang, qu'est-ce qui se passe ?

— Ils ont repris Li et Hua ce matin. » Il avale sa salive, sa pomme d'Adam s'affole. « Ils sont venus les arrêter avant l'aube.

— Ils les ont… reprises ? Je ne comprends pas. »

Mais moi, je comprends, et mon estomac se révulse. « Ils sont passés chez vous ? Et ils vont les envoyer où ? »

Contre tout espoir, je veux croire encore qu'il y aura procès. Si elles sont internées à Harwood, nous devons pouvoir les tirer de là. Mieux : si c'est Harwood, nous aurons tout de même empêché la vision de Tess de se réaliser.

Mais Yang confirme mes craintes. « Sur un navire-prison. Elles s'étaient évadées de l'entrepôt, hier. Pas toutes seules... Quelqu'un les a tous libérés. Des sorcières, il semblerait. Tous ceux qui étaient enfermés là se sont enfuis, sauf deux, tués par les gardiens. On comptait envoyer Li et Hua chez cousin Ling, mais Mama voulait qu'elles aient d'abord une bonne nuit de sommeil. Elles faisaient leurs paquets, très tôt ce matin, quand les gardes sont arrivés. À une heure près, elles auraient pu filer », conclut-il avec une rage amère.

Mei reste immobile.

« Elles n'auront pas de procès ?

— Non. Les gardes nous ont dit de nous estimer heureux : ils pouvaient nous arrêter tous pour avoir hébergé des fuyardes. » Il hoche la tête, et une grosse mèche noire retombe sur son front. « Un plein chariot de gens menottés stationnait dehors. Ils ont dû rafler tous ceux qu'ils ont trouvés chez eux. Par bonheur, la plupart avaient été assez malins pour aller se planquer ailleurs. »

Mei s'effondre dans un fauteuil, le jaune vif de sa robe masque l'affreuse soie marron qui le garnit. Plus tôt ce matin, je lui ai dit qu'elle ressemblait à une jonquille. Désormais, cette jolie robe sera sans doute associée pour elle à ces horribles nouvelles. Elle se retient de pleurer, mais son menton tremble.

« Si ça se trouve, je ne les reverrai jamais.

— Ne dites pas cela. » Je m'agenouille près d'elle.

Yang pose une main sur l'épaule de sa sœur, mais elle s'écrie, tout à son chagrin : « Au moins, toi, tu as pu leur faire tes adieux ! »

Je lui demande :

« Ils vous ont dit combien de temps devait durer leur peine ? »

Il avale sa salive. « Cinq ans. »

Les yeux fixés sur le vilain tapis brun, je m'interroge : sans notre intervention, auraient-elles été relâchées ? Et si au lieu de conjurer la vision de Tess nous l'avions provoquée, au contraire ?

« Au moins, ce n'est pas Harwood, reprend Yang. Ça leur laisse une chance. »

Mei redresse les épaules et se lève.

« Elles s'en sortiront, dit-elle, résolue. Nous devons avoir foi.

— Foi en qui ? raille Yang. Les Frères ? Le Seigneur ?

— Foi en Li et en Hua. Elles sont fortes. Intelligentes. Elles veilleront l'une sur l'autre. » Mei presse le bras de son frère. « Tu es l'aîné, à présent que Li est partie. Tu dois prendre soin des petites et aider Baba à la boutique. Et surtout, pas de coup de folie, hein ? »

Yang acquiesce avec la gravité de ses quinze ans.

« Compris.

— Bien. Rentre vite à la maison maintenant. » Elle l'étreint fort.

« Sois prudent.

— Promis. »

Il se dégage, rougissant, et tourne les talons. Son manteau et ses bas de pantalon sont encore trempés de neige. De chez les Zhang au prieuré, il y a du chemin à faire.

Mei le raccompagne jusqu'au perron et lui adresse un dernier signe de la main. Le père de Vi, Robert, déblaie l'allée devant les marches. Le ciel est toujours d'un gris de plomb, il tombe toujours quelques flocons, mais des gros, signe que la tempête faiblit. Nous restons sur le seuil jusqu'à ce que Yang ait disparu au coin de la rue, puis Mei regagne le parloir, se laisse choir sur le canapé et lève vers moi un regard de détresse absolue.

« Il faut que je retourne chez moi.

— Je suis sûre que tout le monde comprendra que vous souhaitiez passer quelques jours auprès des vôtres.

— Non, je veux dire : pour de bon. Je pourrai peut-être trouver un travail clandestin. Je ne suis pas une aussi bonne couturière que Li, mais je peux essayer. Et en tout cas je pourrai surveiller mes petites sœurs pendant que Mama travaille. »

Je m'accroupis devant l'âtre et réarrange les bûches avec le tisonnier.

« Vous aurez dix-sept ans dans quelques semaines. Il vous faudra trouver un mari sans tarder. »

Elle retire ses ballerines rouges et replie ses jambes sous elle.

« Baba a des amis dont les fils veulent des épouses chinoises. Ils paieraient probablement une dot pour m'avoir. Je ne ferai rien d'utile ici. D'ailleurs, combien reste-t-il de temps avant que les Frères ferment l'école du couvent ?

— J'aurai le cœur gros de vous voir partir. »

Les braises s'avivent. Une bûche s'enflamme soudain et projette un petit jet d'étincelles. Égoïstement, j'espère que Mei va rester et apporter son concours à l'opération Harwood. J'ai des crampes d'estomac rien que d'y penser. C'est dans… si peu de temps ! Elena était absente cette semaine, en visite en ville chez des parents à elle, mais je l'ai aperçue au petit déjeuner. Il va falloir que j'aille lui demander son aide, quoi qu'il m'en coûte.

On frappe timidement à la porte. Tess apparaît dans l'entrebâillement. Elle est radieuse, impatiente d'avoir des nouvelles de l'évasion.

« Alors, Mei ? Comment vont vos sœurs ? »

Je lui fais signe de s'en aller. Elle va être anéantie.

« Je te le dirai plus tard, Tess. »

Son sourire vacille. Elle entre résolument.

« Non. Dites-le-moi maintenant. »

Mei ramène ses jambes contre sa poitrine.

« Elles s'étaient évadées hier, elles ont été reprises ce matin.

— Non. Mais comment ?

— Les gardes sont passés de maison en maison pour rafler les fugitifs. Elles ont été envoyées sur un navire-prison. Pour cinq ans.

— Non ! Oh non. Tout est ma faute. »

Tess se laisse tomber à genoux sur le sol, sa jupe de taffetas gris autour d'elle.

« Tess, lui dis-je, ne raconte pas de bêtises. Tu n'y es pour rien !

— Je croyais pouvoir changer les choses, murmure-t-elle d'une voix pleine de larmes. Je croyais que ça avait marché. Ils étaient libres. Oh ! Cate, ça veut dire que…

— Je sais. »

Je m'agenouille auprès d'elle. À ma connaissance, il n'existe pas d'exemple d'une prédiction qui ne se soit pas réalisée, d'une prophétie qui se soit révélée fausse.

Mais ce n'est pas le moment d'y réfléchir. On verra plus tard. Pour l'instant, je dois aider Tess à surmonter le choc. Intelligente comme elle l'est, et attentive, et prudente, elle ne va sûrement pas…

« Je m'en veux. Oh, je m'en veux », dit-elle à Mei.

Parfois, j'oublie qu'elle a treize ans, même pas.

Mei n'est pas idiote.

« D'après Yang, c'est par sorcellerie qu'ont été libérés les détenus. C'était vous ? Est-ce pour cela que vous m'avez posé toutes ces questions sur l'endroit où mes sœurs étaient enfermées ? »

Tess acquiesce. Je voudrais plaquer ma main sur sa bouche pour l'empêcher de mentionner ses visions, mais le geste lui-même serait suspect.

« Je voulais seulement leur porter secours. Il faisait si froid sous ce hangar, ils étaient frigorifiés, affamés… Et c'était un ancien *abattoir.* » Elle étouffe un sanglot. « Mais maintenant… Et peut-être même que c'est moi qui ai provoqué tout ça ?

— N'importe quoi ! dis-je avec un petit rire forcé. Tess, enfin ! Tu ne pouvais pas savoir. » Je me lève, tente de la remettre sur pied, mais elle reste inerte entre mes mains. « Viens. Tu es sous le choc. Laisse-moi te ramener dans ta chambre. »

Son regard se perd au loin, vers la fenêtre ourlée de givre.

« Le ciel était de ce gris, avec de gros flocons. Comme au début d'une tempête de neige. Ou à la fin, peut-être. Hier, quand j'ai vu la couleur du ciel, j'ai pensé : *Maintenant. À moi de jouer. Je peux changer les choses.* Quelle prétentieuse ! »

Je jette un coup d'œil à Mei.

« Viens, Tess. Montons dans ta chambre.

— Je n'ai pas pu les protéger. »

Elle enfouit son visage dans ses mains.

Mei nous observe tour à tour. Elle se lève, et je m'attends à la voir sortir en claquant la porte, mais elle traverse la pièce sur la pointe des pieds et ferme la trappe de ventilation. Puis, malgré cette précaution, elle vient s'accroupir près de nous et chuchote :

« Tess, c'est vous, la sibylle ?

— Je vous en supplie, pardonnez-moi ! implore Tess, les joues baignées de larmes.

— Personne n'est au courant, Mei, dis-je d'un ton pressant. Pas même Maura. *Personne.*

— Je ne dirai rien. Je le jure. » Mei considère Tess avec un respect soudain, comme si ma sœur était une déesse, non une petite fille. Comme si Mei ne l'avait jamais vue renverser du thé sur sa robe, se faire battre aux échecs ou trébucher sur la prononciation du chinois. Elle ajoute à mots prudents : « Je me demandais… hier, pendant notre leçon, vous étiez toute drôle…

— Je suis désolée. » Cette fois, Tess sanglote sans retenue. « Je voulais les sauver. Pas un instant je n'ai imaginé que les Frères avaient relevé les noms et les adresses.

— Chut, Tess. Nous le savons bien. » Je me tourne vers Mei, qui peut-être saura l'aider à se pardonner elle-même. « Lorsqu'elle a eu cet étourdissement, hier matin… elle a vu les détenus embarquer sur le navire-prison. C'est ce qu'elle voulait empêcher. »

Mei pose sur le genou de Tess une main hésitante. « Dites-vous bien que certains ont dû échapper à la rafle. D'après Yang, si les gardes étaient arrivés une heure plus tard, Li et Hua auraient déjà été en route pour la maison de nos cousins. Parions que bon nombre des évadés n'étaient pas chez eux, ou avaient donné une fausse adresse, ou je ne sais quoi.

— Je n'ai rien pu changer. Les choses se sont passées comme elles devaient se passer. » Tess essuie ses larmes d'un revers de main. « Les livres assurent que les sibylles sont infaillibles. Mais comme aucune d'elles n'avait été sorcière jusqu'ici, je m'étais mis en tête… Je me trompais. Quelles que soient les horreurs que je verrai d'avance, jamais je ne serai capable de les empêcher de se produire. »

Mon cœur se serre. Cette détresse-là n'est pas un bobo sur lequel souffler, un nœud de lacet à dénouer, un médaillon perdu à retrouver. C'est un puissant cauchemar éveillé, et je suis dépourvue de remède.

« Vous avez eu le courage d'essayer, déclare Mei. C'est là tout ce que nous pouvons faire, non ?

— Pourrez-vous jamais me pardonner ? demande Tess d'une petite voix.

— Il n'y a rien à pardonner. Et ne vous tracassez pas : avec moi, votre secret sera bien gardé. »

Nous discutons encore un moment, jusqu'à ce que Tess s'apaise un peu, puis je l'accompagne à l'étage. Elle se pelotonne sur son lit, son ours dans une main, un des romans de Maura dans l'autre. Étranges compagnons, mais les deux semblent lui porter réconfort. Quel curieux mélange de femme et d'enfant elle est, avec sur ses épaules un poids beaucoup trop lourd à porter !

Je dois faire l'impossible pour l'aider. Même si cela signifie pactiser avec le diable.

« Entrez ! » répond Elena lorsque je frappe à sa porte.

Sa chambre est plus petite que celles que les élèves se partagent à deux, mais assez grande pour contenir notamment un lit à baldaquin garni d'un voilage rose et un sofa recouvert de chintz paille. Elena vient tout juste de défaire ses bagages, comme en témoigne une mallette encore ouverte sur la courtepointe.

Elle me désigne le sofa. Je m'enquiers de son voyage.

« Vous avez remarqué mon absence ? J'en suis flattée, Cate. » Elle s'assied devant sa coiffeuse. « J'ai rendu visite à ma tante, à l'autre bout de la ville. Sœur Inez m'avait recommandé d'aller me changer les idées, persuadée que je reviendrais guérie de tout sentiment romantique envers une élève. »

Sa franchise me déconcerte.

« Sentiment romantique… envers Maura, vous voulez dire ?

— Pour une fille intelligente, vous manquez singulièrement de jugement lorsqu'il s'agit de vos semblables. »

Elle s'exprime d'une voix douce, dénuée de hargne, mais je ne m'en hérisse pas moins. Elle produit toujours cet effet sur moi.

« Pourtant, vous aviez dit que…

— Qu'elle s'était méprise sur mes sentiments. Que son attachement pour moi n'était pas réciproque. Que c'était une erreur de l'avoir embrassée. » Elle récite cela d'un ton las. « Je sais parfaitement ce que j'ai dit. Et je *mentais*.

— Mais pour quelle raison ?

— Par sottise et par ambition, et parce que je me croyais capable de me défaire de mes sentiments pour elle. » Elle pousse un profond soupir. « Ma mission chez vous consistait à vous attirer ici, pas à flirter avec votre sœur. Et vous m'aviez fait clairement comprendre qu'il n'y aurait aucune coopération à attendre de vous, sauf si je lui assurais m'être servie d'elle. Mentir semblait une solution… avisée, sur le moment. »

C'est donc la vérité : Maura a eu le cœur brisé par ma faute.

« Je n'ai pas imaginé un instant que vous teniez réellement à elle.

— Et pourquoi donc ? » Ses yeux sombres me foudroient. « Elle est très belle. Et brillante, enflammée, et son sourire… qui pourrait résister, et ne pas tomber amoureux d'elle ?

— Vous les avez menacées, Tess et elle, à maintes reprises !

— C'était le seul levier dont nous disposions contre vous, jusqu'à ce que nous découvrions votre idylle avec le jardinier. » Elle a un petit geste de mépris, et la rancœur me revient. « J'ai tenté de réparer mes torts, vous savez. Ou peut-être l'ignorez-vous. On peut dire de votre sœur bien des choses, mais certes pas qu'elle pardonne facilement un affront. Je n'ai jamais vu personne d'aussi rancunier.

— Je vous crois. » Cet aveu éveille en moi un élan de sympathie pour Elena aussi étrange qu'inattendu. « Peut-être qu'avec le temps…

— Je ne pense pas, non. » Elle hausse les épaules, mais sa voix se fêle. « Elle aurait pu, à la rigueur, m'absoudre de lui avoir menti, de lui avoir faire croire que je ne tenais pas à elle, peut-être même de l'avoir humiliée devant Tess et vous. Mais de vous avoir choisie, vous, plutôt qu'elle ? Je doute qu'elle me le pardonne un jour. »

Je la regarde – je la regarde vraiment. Elle a les traits lisses, impénétrables. Quelle joueuse de poker elle ferait ! Mais ses longs doigts fins malmènent la dentelle rose à son poignet. Le vent du dehors a emmêlé ses boucles brunes, et elle ne s'est pas donné la peine de les recoiffer, ni de se mettre des pendants d'oreilles. Selon ses critères haut placés, elle n'est guère présentable.

« De toute façon, reprend-elle en m'observant ouvertement de son côté, il m'étonnerait que vous soyez venue discuter de ma relation avec votre sœur.

— Exact. » Je croise et décroise les chevilles, ne sais comment me tenir. Que cette démarche me pèse ! « En fait, j'ai besoin de votre aide. »

Elle sourit. « Et pourquoi ce revirement ? »

Je m'interdis de faire machine arrière. Laissons de côté les mesquineries. Il me faut quelqu'un qui en sache plus long que moi sur les rouages de l'ordre des Sœurs, et Gretchen a trop de soucis.

« D'après Cora, je peux vous faire confiance. »

Je résume le projet conçu par Inez, mettre à mal le cerveau des membres du Conseil suprême. Elle m'écoute, sa jolie bouche crispée, et pour finir elle déclare :

« Je ne vois pas comment déjouer ce plan, moi non plus. Malgré les effets catastrophiques à prévoir.

— Il est difficile de savoir ce que les Frères feront en représailles, mais j'ai pensé que nous pourrions limiter les dégâts. » Va-t-elle se récrier ? Non, elle m'écoute. « Le premier endroit où les Frères vont riposter, c'est Harwood. Mais si nous parvenons à faire évader de l'asile toutes les détenues, la nuit même qui suivra la réunion du Conseil, puis à ramener au prieuré celles qui sont sorcières, nous leur sauverons la vie et, en prime, nous accroîtrons notre effectif. L'ennui est que si je vois assez bien comment pénétrer dans la place je ne vois pas du tout comment en faire sortir les occupantes. »

Elena rejette ses cheveux en arrière et relève le menton.

« La grosse difficulté, c'est qu'elles sont droguées, n'est-ce pas ? Elles ne pourront pas se débrouiller seules une fois libérées, ni accéder à leur magie, pour celles qui sont sorcières.

— C'est tout le problème.

— Paul McLeod ne travaille-t-il pas à Harwood, sur l'agrandissement des bâtiments ?

— Si.

— Maura s'est mise à flirter avec lui. Pour vous provoquer – et moi avec, j'imagine, ce qui a plutôt bien fonctionné. Mais elle en a aussi profité pour le bombarder de questions. Vous pourriez user de la même tactique.

— Vous voudriez que je flirte avec Paul pour obtenir des informations ?

— Je ne manque pas à ce point de délicatesse, d'autant que, nous le savons toutes deux, votre cœur est ailleurs. » Elle affiche un petit sourire, je lui retourne un regard sans douceur. « Mais vous pourriez lui rendre visite à son bureau en ville – avec le temps qu'il fait, ils ne doivent pas travailler sur le chantier. Ils ont assurément des plans de l'asile, là-bas. Qui sait ce que vous pourriez dénicher d'utile ?

— Mais Paul ne va-t-il pas me soupçonner, quand il entendra parler d'évasion à Harwood ? »

D'un silence appuyé, elle me rappelle qu'alors j'aurai la solution. Celle qui me répugne.

« Non. C'est mon ami d'enfance. Je ne pourrai jamais.

— Vous le pourrez. Si c'est pour préserver la vie de centaines de filles, vous le pourrez. Vous le *ferez*. »

Elle a raison.

Elle lisse sa jupe et s'informe : « Quand doit avoir lieu votre prochaine tournée de soins à Harwood ?

— Demain après-midi. D'ordinaire, c'est le samedi, mais je voulais assister au procès de Sachi, et Sophia a décidé d'en faire autant.

— En ce cas, il faut que vous alliez voir Mr McLeod demain matin. Et nous allons devoir aussi découvrir lesquelles des détenues sont réellement sorcières. Il doit exister des dossiers quelque part. À mon avis, pour déterminer lesquelles ramener au couvent, priorité devrait être accordée à celles qui sont capables d'intrusion mentale. Ce seront les plus précieuses si les choses tournent mal. »

Tout à sa réflexion, elle se tapote les lèvres d'un de ses ongles polis.

« Selon Finn, il y a toutes sortes de dossiers aux Archives nationales. Il va voir de son côté ce qu'il peut trouver », dis-je prudemment, m'attendant à un trait d'ironie sur son ancienne condition de jardinier.

Mais elle dit simplement : « Demain, je ne pourrai pas venir avec vous ; mon don de guérisseuse étant si médiocre, j'attirerai l'attention plutôt qu'autre chose. Mais je participerai à la mission de sauvetage. » Elle marque une pause, puis reprend, comme on réfléchit à voix haute : « D'ici là, je vais sonder les autres gouvernantes et les enseignantes. Beaucoup sont à la botte d'Inez, mais certaines pourraient cependant se rallier à nous. Je ne crois pas qu'il faille leur fournir trop de détails. Du reste, nous en manquons, mais moins il y aura de gens au courant, moins il y aura de risques que le projet s'ébruite et capote. Cela dit, je doute qu'Inez prenne la peine de vous mettre des bâtons dans les roues : elle y trouvera son compte, s'il y a plus de sorcières ici. Mais elle reste assez imprévisible.

— Merci. » J'hésite. « Quand Maura découvrira que vous m'avez aidée, elle sera furieuse.

— Je sais. » C'est étrange d'entendre Elena, après tous ses mensonges, s'exprimer avec tant de franchise. « Si quelqu'un d'autre était en mesure de vous épauler, je ne m'en mêlerais pas. J'aurais repoussé le souhait de Cora – mourante ou pas. Mais il n'y a personne d'autre, et Cora m'a fait observer, à juste titre, que si Inez obtient le pouvoir, elle se servira de Maura, puis se débarrassera d'elle.

— Et Maura qui lui fait confiance ! Elle est persuadée qu'Inez croit en elle, dis-je, amère.

— J'ai peur pour elle », confesse Elena.

Mon regard croise le sien. Je prends une profonde inspiration, puis j'avoue : « Moi, c'est d'elle que j'ai peur. »

Chapitre 16

« Cate ? »

Sorti à grands pas de son bureau, Paul semble un peu ébahi de me trouver dans l'élégante petite salle d'accueil du cabinet Jones & Fils.

Je lui adresse un sourire timide.

« Bonjour. Auriez-vous le temps d'échanger quelques mots ? »

Une lueur joyeuse passe dans ses yeux verts ; je ne suis pas très fière de moi. C'est pour l'ordre des Sœurs, me dis-je. Pour les innocentes enfermées à Harwood.

« J'ai toujours du temps pour vous », répond-il, et il me conduit le long d'un couloir garni d'un tapis, puis m'introduit dans une petite pièce.

L'espace est largement occupé par un bureau en acajou ciré, encombré de rouleaux de papier – des plans, sans doute. Paul accroche ma cape à un portemanteau en fer forgé dans un angle, puis prend place dans le grand fauteuil en cuir brun derrière son bureau. Je m'assieds dans l'autre et caresse avec volupté les accoudoirs de bois poli. L'odeur me rappelle la grange de mon enfance, nos parties de cache-cache avec Paul quand nous étions petits. Ce détail me met à l'aise.

« Vous avez un souci ? » s'enquiert-il.

Il fait professionnel en diable dans sa veste et son gilet gris, complétés d'une cravate verte. Je suis sûre qu'il la sait assortie à ses yeux. Paul a toujours été très conscient de son charme. Je prends ma voix la plus douce :

« Non… En fait, si. Je vous dois des excuses.

— Oui. »

Il se laisse aller contre le dossier de son siège et attend, les yeux sur moi. Il a un physique de sportif – grand, les épaules larges, la mâchoire carrée –, mais les croquis minutieux qui jonchent son plan de travail montrent qu'il n'est pas que cela. C'est un garçon ambitieux, qui a décroché une bonne situation dans une profession en plein essor et dans une ville en plein essor ; un garçon qui apprécie les bonnes choses de la vie, comme en témoignent son phaéton flambant neuf et sa tenue élégante.

Paul fera un bon mari. Pour quelqu'un qui saura l'aimer comme il est digne de l'être.

« Je ne regrette pas ma décision. » Je tiens à être claire sur ce point. « Mais tout s'est passé très vite, et je suis navrée de n'avoir pas eu l'occasion de parler avec vous – de vous donner une réponse, pour commencer. Votre amitié… signifie beaucoup pour moi, et vous méritiez mieux. »

Je détourne les yeux, et c'est alors que je les vois : près de la porte, encadrés de bois blanc, plusieurs schémas d'une grande bâtisse sont accrochés au mur. Des copies de plans pour l'agrandissement de

Harwood ? Il serait logique que Paul affiche son premier projet d'envergure.

Il passe une main pensive sur son menton rasé de près, comme s'il portait encore la barbe.

« Que faites-vous ici, Cate ? Je veux dire, à New London ? L'idée de vivre en ville vous répugnait quand je vous l'ai proposée, et vous n'avez jamais été d'une grande piété.

— J'ai ressenti l'appel ? »

J'ai élevé la voix malgré moi, plus interrogative qu'affirmative.

« Du Seigneur ? » Il hausse les sourcils. « Je comprends que vos sœurs veuillent poursuivre leur éducation, et, compte tenu des nouvelles mesures, c'est le seul moyen pour elles. Mais les études ne vous ont jamais attirée. »

Paul a toujours été capable de lire en moi. Difficile de lui mentir. Qu'est-ce qui pourrait avoir des accents de vérité, sans impliquer la prophétie ni mes devoirs envers l'ordre des Sœurs ? J'aurais dû y réfléchir plus sérieusement. Il veut des explications, bien sûr, tout comme Finn en voulait. Sauf que Finn me sait sorcière, et Paul, non.

« Je souhaite devenir infirmière. » J'indique les plans accrochés au mur. « Je suis allée à Harwood avec Sœur Sophia. Nous apportons des soins aux détenues, ainsi qu'une aide spirituelle.

— Infirmière, vous ? » Il éclate de rire. « Vous conseilleriez à un patient à la jambe cassée d'arrêter de gémir et de se changer les idées avec une bonne balade à pied ! Vous détestez les chambres de malade.

— Je détestais la chambre de malade de ma mère, c'est vrai », dis-je, un peu agacée. Mais pourquoi m'offusquer ? Le malheureux ignore tout de mon don de guérisseuse. « N'empêche, j'ai passé du temps auprès d'elle. J'ai appris qu'on peut se rendre utile de cette façon. »

Il plante les coudes sur son bureau, sans souci des papiers qu'il froisse.

« Cate. C'est à cause de Belastra ? Parce qu'il a rejoint l'ordre des Frères ? Ça ne peut pas être une coïncidence que vous ayez annoncé votre intention le lendemain. Je sais que vous éprouviez des sentiments pour lui, mais il ne faut pas...

— Il n'avait rien à voir dans l'affaire. »

Mon mensonge me fait détourner le regard vers la table à dessin près de la fenêtre. Devant le plan incliné se dresse un tabouret haut.

« Vous aviez d'autres choix, insiste Paul.

— Non. » Je le connais assez pour voir où cette discussion va mener. Il faut la désamorcer avant qu'elle nous mette tous deux dans l'embarras, et qu'il me pousse à dire des choses qui ne feront que le blesser. « Je n'avais pas d'autres choix.

— Mais si. » Il serre les dents, défroisse un papier fripé. « Lorsque vous êtes montée sur cette estrade, je m'attendais à ce que vous annonciez vos fiançailles avec lui. Je m'y étais préparé. Jamais je n'aurais imaginé autre chose. Vous auriez pu me faire la grâce de m'informer que je n'avais même pas l'ombre d'une chance. »

Le reproche est justifié. Je baisse les yeux sur le tapis grenat.

« Je suis navrée. Que vous dire ? Je n'avais parlé à personne de ma décision. Pas même à Maura ou à Tess.

— Maura a été anéantie, lâche-t-il d'un ton réprobateur. Quand j'ai vu qu'elle ne se montrait pas à l'église la semaine suivante, je suis passé chez vous. Tess m'a dit que la seule chose qui n'allait pas chez elle, c'était son caractère. Mais je devinais ce qu'elle ressentait, à se voir abandonnée de cette façon. »

Et elle a su en tirer parti, n'est-ce pas ?

Seigneur, quelle belle hypocrite je fais. De quel droit la juger, elle, alors que je m'apprête à manipuler Paul ?

« Pourrais-je... ? » Je me racle la gorge, et simule un petit frisson pour faire bonne mesure. « Pourrais-je avoir une tasse de thé, si ce n'est pas trop demander ? Il fait un froid de canard dehors.

— Bien sûr. » Avec un sourire forcé, il extirpe ses longues jambes de sous le bureau. « Où avais-je la tête ? Excusez-moi. »

À peine a-t-il passé la porte que je me lève précipitamment pour aller examiner les plans et croquis accrochés au mur. C'est bien Harwood ; l'aspect extérieur est aisé à reconnaître, même vu de biais, avec, au rez-de-chaussée et au premier étage, des passages couverts qui relient la nouvelle aile à l'ancienne. Je me tourne vers les plans intérieurs, inventorie les portes, cherche celles qui pourraient nous assurer des issues non surveillées. S'il ne s'agit que d'ouvrir des cadenas, ce sera assez simple. Nul besoin de clés là-bas ; ce sont les petits avantages de la magie.

« Cate ? » Je sursaute ; j'étais si absorbée que je ne l'ai pas entendu revenir. « J'ai demandé à notre commis de mettre la bouilloire à chauffer. Je vois que vous avez trouvé les plans de Harwood. Impressionnant, non ? » Il s'illumine.

« Tout à fait. » Je pose un ongle sur l'infirmerie. « C'est dans cette salle que je suis allée donner des soins. J'ai vu les conditions de vie. Épouvantables. Tout est si sale, si exigu. On dirait que la bâtisse va s'effondrer d'un moment à l'autre.

— Il faut dire que la structure actuelle remonte au temps où les Frères ont pris le pouvoir ou quasiment. L'extension sera beaucoup plus moderne et confortable. Avec des dispositifs de sécurité, naturellement : des barreaux à toutes les fenêtres, des portes qui se verrouillent de l'extérieur, ce genre de choses. Mais il y aura plus d'ouvertures, et une cour agréable où les résidentes pourront se promener – voyez ? » Il désigne un espace entre l'ancien et le nouveau bâtiment. « Et un salon à chaque étage, où elles pourront se retrouver le soir pour jouer aux échecs ou tricoter. »

Comme si on allait prendre le risque de leur fournir des aiguilles ! Comme si elles n'étaient pas trop assommées de laudanum pour jouer aux échecs ! Je l'observe, surprise par sa naïveté délibérée. Il ne peut pas ignorer comment se passent les choses à Harwood. Les *résidentes*… Et il ferme les yeux là-dessus. J'avais une meilleure opinion de lui.

Je devrais le complimenter. Poser des questions. Tenter de dénicher le plus d'informations possible – qui sait laquelle pourrait se révéler utile ? Au lieu de quoi, tandis que mon regard parcourt les salles dénommées « Bureau de l'infirmière en chef » (au rez-de-chaussée, à l'opposé de l'infirmerie) et « Isolement-Sécurité maximale » (au dernier étage, à l'opposé du quartier des cas difficiles), le ressentiment me gagne.

« Je trouve inconvenante la façon dont on les traite. »

Il me considère, perplexe. « Ce sont des sorcières, Cate. Je ne crois pas qu'elles puissent se plaindre. »

Je vois. Malgré la dévotion de sa mère, Paul n'a jamais parlé de rejoindre l'ordre des Frères. Mais il n'a jamais remarqué non plus comment je leur désobéissais de mille petites manières, et n'a jamais rien su de celle qui était la pire. Malgré tout, j'espérais que s'il découvrait la vérité, un jour, il m'accepterait telle que je suis.

À présent, sa cécité me donne à réfléchir. Pour la première fois, malgré tant d'heureux souvenirs partagés, je ne me sens pas tout à fait en sécurité avec lui.

« C'est le premier gros contrat de Jones, poursuit-il. De quoi aurais-je eu l'air si j'avais refusé de travailler sur un projet pour les Frères ? Et franchement, je n'allais pas refuser. C'est bon pour les affaires, et si j'envisage un jour de devenir associé… Jones n'a pas de fils pour reprendre cette entreprise qu'il tient de son père, juste un neveu qu'il n'aime pas beaucoup, alors… »

Ce n'est plus le garçon avec qui je jouais au loup dans les champs de myrtilliers ou aux pirates sur l'étang. Mais sans doute ne suis-je pas non plus la Cate dont il se souvient.

Je lui souris, m'efforçant d'imiter cet air faussement timide dont Maura l'a regardé à travers ses longs cils épais. À ce détail près que mes cils à moi sont fins et blonds, et je me sens stupide.

« Vous avez raison, dis-je. Évidemment. Pardonnez-moi. C'est de voir ces filles à l'infirmerie qui m'a fait un peu de peine pour elles.

— Vous devriez faire attention aux paroles que vous prononcez. Avec un autre que moi, ce genre de discours pourrait vous valoir des ennuis. » Il pose une main sur mon épaule. Il sent l'encre et la craie. « Et que penseraient les Sœurs ?

— Elles prêchent la compassion pour les déshérités. Mais vous êtes dans le vrai, ne perdons pas de vue les raisons pour lesquelles ces filles sont enfermées là-bas. » Je reviens aux plans. « L'infirmerie sera-t-elle transférée dans le nouveau bâtiment ?

— Non. Les cuisines et l'infirmerie resteront dans l'ancienne aile, ici. » D'un doigt bronzé, il trace une ligne au rez-de-chaussée et passe sur une salle sans nom à côté de la cuisine.

« C'est quoi, cette petite pièce, là ?

— Une simple resserre. C'est là que sont conservés les médicaments et le laudanum. L'infirmière en chef nous a raconté avoir eu des difficultés avec des infirmières qui chapardaient des produits pour leur propre consommation. Depuis, elle les tient sous clé. Et de l'autre côté, il y aura le passage couvert menant de l'actuel rez-de-chaussée à l'extension, où on trouvera la nouvelle laverie, les… »

Il continue, mais je n'écoute plus. Je partais du principe que le laudanum serait rangé en cuisine avec le thé, ou peut-être à l'infirmerie, bref, en un lieu très fréquenté où il serait difficile de se glisser en cachette.

Une simple resserre. L'information change tout.

Les rouages de mon cerveau tournent à plein régime, tout juste si de la fumée ne me sort pas des oreilles tandis que j'élabore mes plans. Je voudrais filer d'ici séance tenante pour aller en discuter avec Sœur Sophia. Mais je reste encore bravement vingt minutes, à feindre d'admirer les esquisses de la splendide maison de maître dont Jones laisse Paul diriger la conception, et à l'écouter disserter sur le projet Harwood tout en buvant mon thé à petites gorgées dans le fauteuil de cuir. Je dissimule de mon mieux mon horreur à l'idée que les Frères agrandissent l'asile. Combien de détenues supplémentaires comptent-ils donc parquer là ?

La vie de ces filles a tout de même un peu plus de poids que le succès de l'entreprise Jones, et le constat que Paul est aveugle à ce point modifie la donne entre nous. Il est toujours l'homme qui m'a embrassée voilà deux mois – mêmes cheveux blonds, même prestance, même sourire éclatant –, mais je ne peux m'empêcher de le voir autrement.

Je suis devenue amoureuse de Finn en partie parce qu'il avouait sa méfiance envers les Frères, parce qu'il remettait en question leurs enseignements, avant même de me savoir sorcière. C'est sans doute un peu injuste de les comparer, tous les deux : Finn a grandi auprès d'une mère intelligente et cultivée, Paul a été élevé par une grenouille de bénitier. Mais je fais le parallèle malgré moi, et au fond de mon cœur j'ai la certitude que jamais je n'aurais pu vivre avec un homme qui ne trouve rien à redire à l'asile de Harwood.

Faire intrusion dans son esprit me pèse moins que je ne m'y attendais.

Il est en train de se lamenter des délais trop courts qu'on lui impose quand je le contrains d'oublier que nous avons discuté de Harwood et examiné les plans ensemble. Il s'interrompt au milieu d'une phrase, renverse deux ou trois gouttes de thé et repose sa tasse dans la soucoupe.

« Je dois rentrer, dis-je. Merci de m'avoir reçue. »

Il se lève aussitôt pour m'aider à enfiler ma cape. Ses yeux ont un peu perdu de leur éclat, son visage est moins animé qu'il y a une minute.

« Merci d'être venue. »

Se souvient-il de mes excuses ?

« Au revoir. » Je n'ai pas le courage de croiser son regard.

« Au revoir, Cate. »

Quelque chose dans sa voix, quelque chose de résigné, de triste et de définitif, me laisse entendre que cette partie-là de notre échange est intacte.

Sitôt de retour au prieuré, je fonce dans la classe de Sœur Sophia. Elle vient de terminer son cours d'anatomie, que j'ai manqué pour cette visite à Paul. Mei, seule élève encore présente, enroule une grande planche représentant les organes du corps humain.

« Ah, vous voilà, Cate. Où étiez-vous ce matin ? » s'informe Sophia en poussant vers son armoire ce cher Sac d'Os, notre squelette.

« Je suis allée en ville voir mon ami Paul, qui travaille sur l'extension de Harwood. Il y a une chose qu'il faut que je vous dise. »

Je lui rapporte les projets d'Inez. Lorsque j'ai terminé, elle abandonne Sac d'Os sur place et demande d'une voix blanche :

« Pourquoi n'êtes-vous pas venue m'en parler tout de suite ?

— J'avais un peu honte, je pense. J'aurais dû deviner plus tôt ce qu'elle mijotait.

— Vous n'y êtes pour rien. Elle sait admirablement exploiter les faiblesses d'autrui pour obtenir ce qui l'intéresse. C'est pourquoi tant d'enseignantes la soutiennent. La plupart d'entre elles sont ses obligées, pour une raison ou pour une autre.

— Est-ce votre cas ? » Si oui, autant que je le sache tout de suite.

Sophia tourne la tête vers la fenêtre.

« Plus maintenant. »

Mei et moi échangeons un regard interrogateur.

« Bon, dis-je, à présent que vous êtes au courant, ce serait bien si vous pouviez nous aider. » J'expose ce que nous avons l'intention de faire à Harwood. Tout en parlant, j'inspecte le petit meuble en bois accroché au mur. Il contient une vingtaine de fioles et de bocaux emplis d'herbes séchées et de remèdes naturels qui sont sa collection personnelle. Elle doit bien avoir ce que je cherche. Le mieux est de le lui demander. « Savez-vous à quoi ressemble la poudre d'opium ? Il me faudrait une poudre inoffensive qu'on puisse confondre avec elle.

— Je présume qu'il vous en faut une assez grande quantité, si l'idée est de remplacer l'opium utilisé pour préparer le laudanum. »

Elle gagne l'appui de fenêtre, où quatre plantes en pot s'efforcent vaillamment d'absorber la lumière du faible soleil de décembre. Elle caresse leurs feuilles duveteuses, le regard perdu vers la serre aux vitres blanchies par le givre.

« Des pétales de rose réduits en poudre pourraient convenir, réfléchit-elle à voix haute. La texture serait un peu différente, bien sûr, et l'odeur trahirait la supercherie. Mais de toute façon vous dissimulerez la chose sous un sortilège d'illusion. Et nous avons encore des roses fanées à foison. »

Je me tourne vers Mei.

« Vous envisagez toujours de nous accompagner à Harwood tout à l'heure ? » Elle acquiesce et range la planche anatomique au fond de l'armoire, à côté de Sac d'Os sur sa potence. « Parfait. Il me faudra une sentinelle pendant que j'irai visiter leur resserre.

— Contente de pouvoir me rendre utile, dit-elle avec un pauvre sourire. Si les choses avaient tourné autrement, Li et Hua auraient été là-bas.

— Vous comptez faire ça *aujourd'hui* ? s'alarme Sœur Sophia. Les sorcières auront peut-être récupéré un peu de leurs pouvoirs dans quelques jours, mais elles seront en piteux état. La plupart sont devenues dépendantes au laudanum. Purger totalement leur organisme de cette drogue prendra des semaines. Durant tout ce temps, elles seront faibles et mal en point, sans oublier les dégâts psych… »

Je lui coupe la parole : « Des semaines ? Nous ne les avons pas. Il faut les libérer d'ici à mercredi soir. Ou il sera trop tard. »

Sans un mot, elle gagne le tableau noir, saisit un bâton de craie et inscrit en lettres énormes : CLASSE DE SOINS – DÉBUTANTES – ANNULÉE. Puis elle se retourne vers nous. « Venez. Vous aussi, Mei. J'ai une réserve de gants à la cuisine. »

Après le repas de midi, j'entraîne Elena à l'écart pour lui exposer les détails du nouveau plan. Tandis que nous chuchotons, front contre front, tête brune contre tête blonde, je vois Maura faire halte sur le seuil du réfectoire, et son joli visage se décompose littéralement. Puis elle se détourne, mais ses épaules en disent long : nous découvrir proches est un choc. Je l'avais anticipé, bien sûr. Je n'en ressens pas moins une pointe de culpabilité. Je me hâte d'achever mon résumé pour Elena, je la remercie d'avoir convaincu deux gouvernantes de nous prêter main-forte, puis je regagne ma chambre quatre à quatre pour enfiler ma tenue de Sœur.

Peu après, je suis dans la calèche avec Sœur Sophia, Mei et Addie ; nous attendons que Pearl nous rejoigne.

Soudain, Tess se hisse à bord par la portière ouverte et m'oblige à me pousser pour lui faire place sur la banquette, bousculant Mei qui le remarque à peine : son mâlâ à la main, elle récite en silence un mantra.

« Décale-toi un peu, je viens avec vous, annonce ma sœur.

— Certainement pas ! » Je me lève à moitié.

« Du calme, Cate, m'enjoint Sophia, et je me rassieds. Je lui ai accordé la permission. Nous dirons aux infirmières que c'est une petite nouvelle qui s'intéresse aux soins. Elles seront charmées. »

Tess rejette ses tresses en arrière.

« D'ailleurs, je suis charmante aujourd'hui. »

Sa tenue m'intrigue. Nous portons toutes notre lugubre habit noir, et Tess rayonne dans sa robe enfantine, rose dragée, rehaussée de dentelle crème au col et aux poignets, avec une large ceinture noire.

Elle a tout d'une poupée, et rien d'une jeune sorcière aux pouvoirs exceptionnels. À sa façon, elle est aussi déguisée que nous.

Elle me pince la cuisse.

« Ne me regarde pas comme ça ; j'ai le droit d'être aussi têtue que toi. Je veux seulement rencontrer Zara. Je ne ferai pas d'esclandre, promis. Et tu avais dit que je pourrais, l'autre jour.

— L'autre jour, la mission d'aujourd'hui n'était pas prévue. » En rappel, je tapote la sacoche de médecin sur mes genoux, contenant une douzaine de fioles bien fermées, chacune emplie d'un broyat de pétales de rose et d'herbes tonifiantes concocté par Sophia pour accélérer le sevrage des patientes. « Tu es exaspérante, à la fin.

— En ce cas, je te ressemble.

— Vous me faites penser à mes sœurs, toutes les deux », souffle Mei, ses doigts toujours affairés sur le chapelet.

Sophia se penche vers elle.

« Êtes-vous certaine, Mei, de vous sentir de force à nous suivre ? Nous comprendrions très bien que vous renonciez.

— Non, je viens. J'aime autant me rendre utile, sinon je resterais à me faire du mouron », dit-elle avec un semblant de sourire.

Je la serre contre moi, vivement. J'ai de la chance d'avoir une amie qui mette de côté sa peine pour se lancer dans une mission à haut risque. Mais m'inquiéter pour elle ne m'empêche pas de m'interroger. Jusqu'ici, les oracles n'ont jamais failli ; qu'en déduire pour nous ?

« J'ai les jambes en coton, avoue Tess comme nous pressons le pas vers la cellule de Zara. Et si elle n'est pas contente de me voir ?

— Pourquoi veux-tu qu'elle ne le soit pas ? Tout le monde est content de te voir. Tu as bien vu, à l'instant encore… »

À peine était-elle descendue de voiture que toutes les infirmières lui ont fait fête, s'extasiant sur son bon cœur : si jeune et déjà prête à se dévouer !

Il est vrai qu'elle a été merveilleuse avec les « cas difficiles », même lorsque nous nous sommes retrouvées face à une fille de Chatham. Mina Coste n'a pas semblé nous reconnaître, bien qu'elle nous ait côtoyées à l'église toute sa vie. Elle avait le regard mort, les cheveux comme de l'étoupe. Tout ça pour avoir fait le mur afin d'aller retrouver un garçon ?

Combien de fois ai-je risqué le même châtiment pour voir Finn ? Et je compte recommencer ce soir même. Simplement, j'ai eu plus de chance que Mina.

Je respire un grand coup et m'ordonne de me calmer avant d'ouvrir la porte de la cellule de Zara. Elle est tassée dans son fauteuil, sa tête aux cheveux bouclés inclinée, le regard perdu vers les collines enneigées, ou peut-être en train de somnoler. Je ne sais trop à quoi m'attendre. Le laudanum semble laisser intacts ses souvenirs anciens, mais va-t-elle se rappeler ma visite de la semaine dernière ?

« Zara ? »

Elle sursaute, en alarme, ses yeux marron affolés.

« Qui est-ce ? Que voulez-vous ?

— C'est moi, Cate. La Cate d'Anna. Et regardez, je suis venue avec Tess.

— Bonjour, souffle Tess avec un sourire timide. Je suis bien contente de vous rencontrer. »

Zara se redresse et se tourne vers moi, accusatrice.

« Ce n'est qu'une enfant ! Pourquoi l'avoir amenée dans un endroit pareil ? Anna n'aurait pas approuvé. »

Je me rebiffe : « Je ne l'ai pas *amenée*. Elle n'en fait qu'à sa tête. »

Mais le reproche me perturbe. Mère aurait-elle approuvé la manière dont j'ai géré les choses ces derniers temps ?

« C'est moi qui ai voulu venir, déclare Tess. J'ai lu votre livre. Marianne nous l'a donné.

— Mon livre ? » Zara s'enfonce de nouveau dans son fauteuil, toute hostilité envolée. « Elle l'a sauvé ?

— Oui, dit Tess, tripotant gauchement sa ceinture. Il y a deux ou trois passages illisibles, parce que la pluie les a délavés avant que Marianne puisse le récupérer, sous le toit où vous l'aviez caché. Mais j'ai réussi à en lire l'essentiel.

— Je le croyais perdu. » Les yeux de Zara s'emplissent de larmes, son fauteuil à bascule se balance très doucement. « Je me croyais enfermée ici à jamais pour *rien*.

— Vous vous trompiez. Ce n'était pas pour rien, et ce n'est pas à jamais. » Je me perche au bord de sa couchette et pose la sacoche à terre. Tess s'installe à côté de moi. « On va vous sortir d'ici, toutes. Bientôt, même. Mercredi soir. »

Elle fait non de la tête. Une petite tache de thé macule le col de sa blouse.

« Impossible. Cora ne le permettra jamais. Je finirai mes jours ici.

— Cora est mourante. »

Elle porte sa main noueuse à ses lèvres, tente de poser sur moi son regard trouble.

« Cora ?

— Cate, me réprimande Tess, tu es trop brusque.

— J'en ai vu d'autres. » Zara se balance un peu plus vite. « Tu crois vraiment pouvoir nous faire évader ?

— Il le faut. Sinon vous serez une cible facile... » J'expose en quelques mots les plans d'Inez.

Zara abat ses paumes sur les accoudoirs.

« Je te l'avais dit, non ? Je te l'avais dit, qu'elle les laisserait nous massacrer si ça servait ses projets !

— C'est vrai », admets-je très bas. Je jette un regard anxieux vers la porte. Espérons que l'infirmière à la tache lie-de-vin est trop absorbée par son tricot pour venir enquêter sur la cause de ces éclats de voix. « Malheureusement, vous aviez raison. Je me demandais... Ce serait bien si vous nous aidiez en passant le mot aux autres détenues – aux sorcières en particulier. Croyez-vous que ce soit possible ?

— Je peux essayer », murmure Zara. Elle surveille le judas un moment avant de poursuivre : « À cause de la neige, on ne nous a pas laissées sortir pour la promenade, mais demain peut-être... ou pendant que je fais la queue aux toilettes. En revanche, je ne sais pas lesquelles sont sorcières. Pas avec certitude. On ne se risque pas à parler de magie ici. »

Espérons que Finn aura trouvé les dossiers de Harwood aux Archives.

« Ce n'est pas grave, dis-je. De toute manière, on libérera tout le monde. Simplement, n'annoncez pas que ce sera mercredi. Informez-les seulement que nous actionnerons la cloche d'incendie ; ce sera le signal que nous sommes là, et qu'elles doivent être prêtes à prendre la fuite. »

C'est Mei qui a eu l'idée de la cloche d'alerte, ce matin, pendant que nous pilions au mortier les pétales de rose. Elle était à Harwood le jour où une nouvelle venue a déniché les allumettes d'une infirmière et mis le feu à sa paillasse.

« Je peux essayer, répète Zara. Mais la moitié d'entre elles oublieront aussitôt. Le laudanum joue de drôles de tours à la mémoire. J'ai passé assez de temps ici pour m'accommoder des dosages. Je feins d'être plus affaiblie que je ne le suis, et ainsi je conserve une partie de mes esprits. Les mauvais jours, il faut une volonté de fer pour ne pas réclamer une dose supplémentaire. Ce n'est pas moi qui blâmerais celles qui le font.

— J'ai un plan pour ça aussi. »

J'achève d'expliquer ce que Mei et moi avons prévu de faire, lorsque Tess se renverse brutalement sur le lit, les paupières agitées de tics. Sa tête va heurter le mur en ciment. J'enlace son corps flasque.

« Tess ? Tess !

— Chut ! » souffle Zara et, à pas de velours, elle va se poster devant le judas.

« Tess ? » Je lui donne une petite claque. C'est bien le moment d'avoir une vision ! La dernière fois, il ne me semble pas qu'elle se soit convulsée ainsi.

Elle ouvre les yeux, sonnée, le souffle court. « Cate… Oh ! » Elle s'écarte de moi, les mains sur la bouche pour s'empêcher de vomir. Elle respire profondément, plusieurs fois. Son visage à l'ovale en cœur – comme celui de Maura, comme celui de Mère – a pris une teinte crayeuse.

Zara se tient dos à la porte, occultant toujours le judas. Je pose une main sur le genou de Tess.

« Comment tu te sens ?

— Ça va aller, dit-elle, mais son regard demeure hanté. J'ai vu… J'ai vu Sœur Sophia qui conduisait un chariot plein de filles. J'en ai reconnu plusieurs du quartier des cas difficiles. C'était presque l'aube, je pense ; le ciel était rose, et la voiture suivait une longue route qui menait à une drôle de bâtisse. Rose aussi, avec des tourelles et un belvédère, face à la mer. J'entendais les vagues et les mouettes, j'avais l'impression de sentir le sel. C'était tellement bizarre. »

Elle se masse les tempes et je perçois maintenant les éclairs rougeoyants de sa migraine.

« Avec des tourelles ? dit soudain Zara d'une voix éraillée. Je connais cette maison. J'y suis allée. » Elle se rapproche, s'éclaircit la voix. « Il existait tout un réseau d'intellectuels qui avaient sympathisé avec les Filles de Perséphone. Comme les Frères se méfiaient d'eux, ils s'étaient ménagé des refuges. Cette grande demeure était l'un d'eux.

— Sauriez-vous nous dire où elle se trouve ? »

Son visage émacié s'éclaire d'un sourire roublard. « Je peux faire mieux. Si vous avez de quoi écrire, je vais vous dessiner un plan. »

Tess déniche un morceau de papier froissé et un bout de crayon qu'elle tend à Zara. Ses mains tremblent ; je lui propose de la débarrasser de sa migraine. Elle accepte et s'adosse au mur, emmitouflée dans sa cape. Durant de longues secondes, le seul bruit perceptible est le grattement du crayon tandis que Zara, de retour dans son fauteuil, trace l'itinéraire.

Depuis que j'ai soigné Sœur Cora et les malades de l'infirmerie, traiter une simple migraine est un jeu d'enfant. Qui ne m'occasionne rien de plus qu'un instant de vertige. Pourtant, l'état de Tess me préoccupe. Elle m'adresse un petit signe sitôt la douleur disparue, mais ses traits restent tendus. Si elle a vu notre réussite, pourquoi est-elle si bouleversée ? L'existence d'un éventuel refuge est une bénédiction. Au prieuré, nous ne pourrons cacher que quelques évadées, et je ne cessais de m'inquiéter pour les autres, une fois qu'elles seraient sorties de l'asile.

Grâce au ciel, cette vision ne s'est pas manifestée vingt minutes plus tôt. Nous nous serions trouvées au milieu du quartier des cas difficiles, face à des dizaines de témoins. Tess n'aurait pas été en mesure d'en appeler à sa magie, et jamais à moi seule je n'aurais pu effacer l'incident de tant de mémoires à la fois.

C'était folie de l'amener ici.

« Voilà. » Zara nous tend le plan. Son regard s'est fait plus vif ; les émotions semblent l'avoir remise d'aplomb. « Il faudra une nuit entière pour aller jusque là-bas, mais c'est le plus proche des trois refuges que nous avions. Un couple s'occupait de la maison – John et Helen Grayson. Et il y avait un mot de passe. Il se peut qu'il ait changé, mais c'était : *Corruptio optimi pessima.*

— La corruption du meilleur est la pire », traduit Tess.

Zara approuve, et brusquement elle ouvre sur Tess des yeux fascinés, comme face à un ange descendu du ciel.

« Tu… C'est toi, la sibylle », bredouille-t-elle tout bas. Elle incline le front, lâche un petit rire timide. « Je… Oh, j'ai tant de questions à te poser ! J'espérais qu'un jour… Je n'ai jamais parlé avec une sibylle qui ait toute sa tête. »

Tess se mordille la lèvre.

« Sont-elles toutes devenues folles ?

— Brenna, et Thomasina avant elle. J'ignore comment Marcela aurait tourné, elle n'a vécu que vingt-cinq ans. » Tess tressaille, et Zara tend la main vers elle. « Désolée. Je ne voulais pas te…

— Non, l'interrompt Tess. Je veux *tout* savoir. C'est pour ça que je suis venue. » Elle ramène ses jambes sous elle, réarrange les plis de sa jupe. « Votre ouvrage m'a beaucoup aidée. Je l'ai lu deux fois, quand les visions ont commencé. Grâce à lui, je me sentais moins seule. »

Le sourire de Zara ferait fondre la neige sur les coteaux. Et Tess a besoin de plus d'attentions, plus de tendresse maternelle, plus de conseils que je ne peux lui en procurer.

« Je sais que l'ordre des Sœurs s'est très mal comporté avec vous, Zara, dis-je, hésitant sur les mots, enserrant mes genoux. Je comprendrais que vous souhaitiez partir pour l'un de ces refuges ou n'importe où ailleurs. Mais j'aimerais beaucoup que vous rentriez au couvent avec nous. Vous seriez un précieux secours pour Tess… et pour moi. »

À côté de moi, Tess ne bouge pas d'un pouce et retient son souffle.

Zara me considère longuement, ses yeux sombres me sondent sans fausse honte. Puis elle porte la main au médaillon sur sa gorge.

« Vous êtes les filles d'Anna. Si vous parvenez à me faire sortir d'ici, je vous suivrai. »

Tess éclate en sanglots et se jette dans ses bras.

« Merci, dis-je avec ferveur.

— Merci à *vous* », répond Zara, émue. Je songe à la facilité avec laquelle Tess exprime son affection – je revois nos étreintes et nos chahuts, chacune tressant les cheveux de l'autre, nouant la ceinture de l'autre –, et je me demande depuis combien de temps Zara n'a plus connu ce luxe-là, le simple réconfort d'une caresse humaine.

Elle m'adresse un sourire par-dessus l'épaule de Tess.

« Vous êtes des filles fortes. Intelligentes. J'aimerais tant qu'Anna soit ici pour le voir. Elle en serait fière.

— Vous croyez ? Parfois, je pense qu'elle nous demanderait de rester le plus possible à l'écart de tous ces remous. Mère détestait ses pouvoirs.

— Cela n'a pas toujours été le cas. Pas du temps où nous étions enfants. Il nous plaisait d'être sorcières, à l'époque. Mais Anna a usé de sa magie d'une façon qu'elle a regrettée ensuite, et elle en est restée torturée. Elle s'est mise à considérer ses dons comme un poison. »

Tess revient s'asseoir près de moi sur la couverture rêche. Je croise les mains pour cacher ma nervosité. Voici peut-être ma chance, enfin, d'obtenir des réponses.

« Qu'est-ce que les Sœurs l'ont obligée à faire ? »

Zara se tourne vers la fenêtre. Il n'y a rien d'autre à voir que le ciel gris, la neige aveuglante et la grange rouge, au flanc d'une colline.

« C'était à votre mère de vous révéler son secret, pas à moi.

— Mais elle ne nous l'a pas révélé. Il y a tant de choses qu'elle ne nous a jamais dites ! Je ne peux pas oublier la manière dont elle m'a regardée, le jour où elle a réalisé que j'étais capable d'intrusion mentale. Elle était horrifiée ! »

Zara se penche vers nous, les coudes sur ses genoux osseux ; elle ressemble à un pantin de bois.

« Mais pas horrifiée par toi, Cate, rectifie-t-elle. Par un souvenir qu'elle avait. Et qui lui faisait honte. Ce qui a brisé le cœur de votre mère n'est pas l'usage de la magie que les Sœurs avaient exigé d'elle. Mais une chose qu'elle-même avait choisi de faire. »

Tess et moi nous rapprochons l'une de l'autre.

« Vous devez savoir, poursuit Zara, qu'elle adorait votre père. Je me souviens de leur rencontre ; Brendan n'était alors qu'un pauvre étudiant en lettres classiques, mais Anna s'en fichait. Elle était tellement heureuse. Tellement impatiente de devenir épouse et mère, et de quitter le couvent. Elle avait toujours été un peu romantique. »

Oui. Je revois mes parents rire ensemble, marcher à travers le jardin main dans la main, quand Mère en avait la force. Du vivant de Mère, Père pouvait être un joyeux luron.

« Mais, malgré tout, elle ne lui a jamais parlé de ses pouvoirs », dis-je à mi-voix. Ce qui me semble avoir été une sacrée omission. Un trop gros mensonge pour la survie d'un couple.

« C'est là que tu te trompes », répond Zara.

Mais Père ne sait rien de notre magie ! Ou du moins, s'il est au courant, il n'en a jamais rien laissé voir. Et les instructions de Mère étaient catégoriques : nous devions cacher nos pouvoirs à tout le monde, Père y compris. S'il avait connu ses pouvoirs à elle…

Ma foi en lui est, au mieux, incertaine, mais il n'aurait jamais trahi Mère.

Ce qui signifie qu'*elle*…

Tess parvient à la même conclusion une fraction de seconde avant moi. Sa réaction est vive.

« Elle a effacé de sa mémoire ce qu'il en savait, c'est ça ? »

L'indignation me submerge. Pourquoi nous priver d'un père qui pouvait nous protéger, qui aurait su ce que nous sommes et nous aurait aimées quand même ?

« Oui, confirme doucement Zara. Pour sa sécurité à lui, et pour la vôtre. Il aurait fait n'importe quoi pour Anna. Lorsque les Frères ont commencé à s'intéresser à moi, elle a craint que son tour vienne ensuite. Et elle redoutait, si elle était arrêtée, que Brendan commette je ne sais quel acte désespéré pour lui venir en aide. Les Frères auraient fatalement découvert qu'il la savait sorcière. Et vous auriez perdu d'un coup vos deux parents.

— Ça n'aurait pas fait une grande différence », dis-je, amère.

Depuis qu'il est devenu homme d'affaires, Père a toujours beaucoup voyagé, et, même à la maison, toujours eu l'air un peu absent.

« Erreur. Si vous aviez été orphelines, les Sœurs vous auraient recueillies d'office, même si votre magie ne s'était pas encore manifestée. Du fait de la prophétie, elles vous auraient probablement séparées. C'était très exactement ce que votre mère craignait pour vous. Elle tenait à ce que vous ayez une enfance normale, ensemble. Quel que soit votre destin par ailleurs. »

Destin. Le mot rend un son grandiose, et pourtant il nous prédit un sort tellement affreux ! L'une de nous ne verra pas le siècle qui vient. L'une de nous en tuera une autre.

« Elle a fini par le regretter, d'avoir empêché votre père de vous connaître pour de bon – de la connaître, elle-même, pour de bon. Mais après avoir effacé une partie des souvenirs de Brendan, elle ne pouvait plus revenir en arrière. Elle redoutait trop, s'il comprenait ce qu'elle avait fait, qu'il en reste blessé à jamais. »

Ma gorge se noue. Du jour où j'ai su que j'étais sorcière, je me suis détachée de lui. Pour moi, il a surtout été quelqu'un d'assez facile à berner, et que je n'estimais qu'à moitié, plutôt qu'une source de protection et de tendresse. J'ai un peu de mal à accepter ce que j'apprends là. Je suis tellement habituée à voir en lui un faible.

« Je le savais ! s'écrie Tess. Il a des défauts, c'est sûr – j'ai hérité la plupart d'entre eux. Mais les raisons de Mère ne m'ont jamais paru tout à fait logiques. »

Tess n'avait que neuf ans à la mort de Mère, et à partir de là les voyages d'affaires de Père se sont faits de plus en plus fréquents, de plus en plus prolongés. Elle avait le cafard quand il partait, elle se tourmentait à l'idée qu'il ait un accident de voiture, qu'il se fasse agresser en route, ou qu'il attrape la grippe en ville et se retrouve sans personne pour veiller sur lui. Elle a toujours eu confiance en lui – voulu avoir confiance en lui –, beaucoup plus que Maura ou moi.

Les yeux sur le plancher, je laisse se former en moi une pensée qui ressemble à une trahison, et plus encore si je la formule à voix haute – mais je dois le faire. Pour Tess.

« J'adorais Mère, dis-je ; pourtant, je crois que, là, elle a eu tort. »

Tess lève un menton décidé.

« Père a promis d'être ici à Noël, pour passer les fêtes avec nous. Je veux lui dire la vérité. Il le faut *absolument*. »

Droite comme un I, elle est prête à batailler. Pourtant, Tess n'a aucun goût pour la bagarre. Elle préfère le silence et la paix, le calme des bibliothèques et le droit de lire tout son soûl.

Je me lève.

« Très bien. Entendu.

— Il a le droit de nous connaître. *Nous* avons le droit qu'il nous connaisse et… Attends, Cate, tu es d'accord avec moi ? » Elle se jette dans mes bras, sa tête vient me cogner le menton. « C'est vrai ? Tu ne m'en empêcheras pas ?

— Pas du tout. Je t'aiderai même à le lui dire.

— Oh, merci ! Tu es la meilleure des grandes sœurs. » Elle se rassied. « Tu crois que… que ça lui fera beaucoup de peine que nous ayons gardé ce secret si longtemps ? »

Une fois de plus, elle m'impressionne. Pas une seconde elle ne doute de Père. Elle a une foi totale en sa capacité d'accepter l'idée d'avoir pour filles trois sorcières. Seuls ses sentiments à lui la tracassent. Ce qu'elle ressent, elle, ne compte pas.

« Je ne sais pas, dis-je, rajustant mon chignon. J'espère qu'il comprendra que nous avons agi selon les désirs de Mère. Je suis surprise qu'elle ne lui ait pas avoué la vérité lorsqu'elle a su qu'elle allait mourir. »

Le fait est que Mère a gardé une foule de secrets. Si Zara ne m'avait pas écrit, qui sait si j'aurais un jour trouvé son journal ? Nous aurions pu ne rien connaître de la prophétie et devenir des pions aux mains des Sœurs.

« Elle a eu tort, murmure Tess, mais elle l'a fait pour nous protéger. C'était son idée fixe, ne l'oublions pas. Elle n'était pas parfaite, Cate, mais elle nous aimait.

— Oui. Elle a fait de son mieux. » Comme je le ferai. Je lui ai promis de veiller sur Maura et Tess, et, même si elles ne sont plus des enfants, je ne crois pas cesser un jour de tout faire pour qu'elles vivent heureuses et en sécurité. « Je peux te demander une faveur en retour, Tess ? Tu voudrais bien rester ici avec Zara, le temps que j'aille m'occuper de deux ou trois choses ? »

Tout au long de notre échange, Zara a gardé le silence, tournée vers les collines. Elle revient à la réalité, porte de nouveau la main à son médaillon et me demande :

« Où vas-tu ?

— Tess n'est pas la seule sibylle que nous connaissons. Je vais rendre visite à l'autre, pour voir si elle peut me dire quelque chose d'utile. »

Chapitre 17

Le cœur battant, je me hâte vers le deuxième étage de l'aile sud, là où les plans de Paul indiquaient « Isolement-Sécurité maximale ». À la porte du service, assise sur un tabouret, une infirmière à double menton et bouclettes grises monte la garde. Elle lit les Écritures à la lueur d'une chandelle et m'accueille d'un ton sec : « Que faites-vous là, ma Sœur ? Personne n'a le droit d'entrer ici. »

Je concentre ma magie sur ses cernes bleus, ses épaules tombantes, et lui ordonne en silence : *Dormez. Vous n'en pouvez plus. Oubliez que vous m'avez vue.*

Sa tête s'incline contre le plâtre du mur ; l'instant d'après, ses ronflements paisibles résonnent dans le couloir désert. Sur sa large poitrine repose son livre ouvert.

À ma surprise, je ne suis pas outre mesure perturbée d'avoir usé sur elle d'intrusion mentale. Les révélations de Zara concernant Mère ont un peu allégé ma conscience. Quand vient le moment d'agir, nous devons faire ce que nous pensons être le mieux – et espérer que ceux qui nous aiment ne nous jugeront pas trop sévèrement.

Je lui prends sa chandelle et m'engage dans le corridor. Mes semelles crissent un peu sur le carrelage. Toutes les sections du bâtiment sont plus lugubres les unes que les autres, mais celle-ci est littéralement sordide. Pas une fenêtre ; l'unique éclairage est fourni par deux misérables becs de gaz, haut perchés, en bout de couloir. En plein passage, deux seaux de fer recueillent l'eau qui s'égoutte de fuites dans le toit.

De l'une des cellules me parvient un bruit de pas traînants. Je mets l'œil au judas grillagé. À l'intérieur, une frêle silhouette en blouse blanche déambule dans la pénombre. Sitôt qu'elle aperçoit la lumière, elle se précipite vers la porte, et je reconnais la gamine blonde qui refusait de boire son thé la semaine dernière. Elle griffe la porte en crachant. Les bruits qu'elle fait me semblent étrangement assourdis, et je comprends bientôt pourquoi : les murs de la cellule sont capitonnés. La petite se met à miauler, je m'empresse de reculer.

Brenna ne devrait pas être loin.

J'inspecte la cellule suivante – vide. Mais de l'autre côté du couloir une porte affiche une étiquette. Une main appliquée a écrit : « B. Elliott ». J'imagine que Brenna, contrairement aux autres qui ne séjournent ici qu'en cas de mauvaise conduite, est installée à demeure dans cet espace d'isolement.

Je lorgne au judas. L'intérieur est si sombre qu'on y voit très mal, mais je finis par discerner une silhouette recroquevillée dans un coin. La petite pièce semble ne contenir qu'une paillasse à même le sol et des couvertures qui traînent en tas. La fenêtre, murée de briques, est tendue d'une étoffe.

Agito, dis-je en pensée, et les goupilles de la serrure sautent avec un cliquetis. Brenna se redresse brutalement. Je me raidis, prête à lancer un sort. Mais lorsque je pousse la porte et me glisse à l'intérieur, ma chandelle à la main, Brenna se contente de braquer sur moi son inquiétant regard bleu.

« Brenna, c'est moi. Cate Cahill. Je suis venue vous voir.

— Vous ressemblez… On dirait un des corbeaux. » Elle recule contre le mur capitonné. Sa blouse blanche est boutonnée de travers et sa jupe en toile grossière pendille sur ses pieds nus. « On vous envoie ici pour me briser encore plus ?

— Non. Non, ce n'était pas… » Comment lui dire que les dommages causés à son esprit ont été un accident ? « Je suis navrée que vous soyez… cassée, Brenna. J'aimerais vous aider.

— Vous ne pouvez pas. Personne ne peut. Ils vont venir me tuer. » Elle fredonne à mi-voix une petite mélodie, balançant sa tête ébouriffée. « Ça fait bizarre, vous savez, de connaître d'avance son futur. Et quand je dis "son futur", hein, c'est pas celui qu'on embrasse ! » Elle éclate d'un rire un peu bête.

« Je vous crois. » Je parle très bas, bien que nul ne puisse nous entendre. « Brenna, je voulais vous demander… Les choses que vous voyez, elles se réalisent toujours ? Toutes ?

— Oh oui. Et ce n'est pas moi qui les fais arriver. Vous le comprenez ? »

Brusquement, elle vient à moi, agrippe ma cape. Elle a encore maigri durant les quelques semaines qu'elle a passées ici. Elle a l'air d'un squelette, et un énorme bleu marque l'une de ses pommettes.

« Vous le comprenez ? répète-t-elle. S'il vous plaît. J'ai essayé d'empêcher. J'ai essayé avec Jack, j'ai essayé avec Grand-Père, mais personne ne me croit. Ils n'écoutent jamais.

— Je comprends. » Je tends un bras vers elle, mais elle recule d'un bond et me fait sursauter. Je m'interdis de battre en retraite. Ce n'est qu'une pauvre fille brisée. Je m'arme de courage. « Brenna, avez-vous vu quelque chose concernant mon avenir à moi ?

— Ah, c'est pour ça que vous êtes là. » Elle se couvre le visage de ses doigts maigres. « J'ai vu des choses.

— Voulez-vous bien m'en parler ? J'aimerais savoir.

— Non. Je ne crois pas que vous aimeriez.

— S'il vous plaît.

— Demandez à la petite, là, en dessous. Elle sait. L'avenir, elle, elle veut le changer. »

Mes jambes flageolent. Brenna sait-elle que Tess est la sibylle ? Peut-elle détecter sa présence, d'une manière ou d'une autre ? « Que voulez-vous dire ?

— L'autre. La petite sibylle. » Elle fronce les sourcils, passe les doigts dans ses cheveux. « Je ne veux pas qu'ils la prennent. Je ne vois pas… Pourquoi elle est ici ? Il ne faut pas la laisser prendre. S'ils savaient, ils l'enfermeraient, ils la forceraient à dire ses secrets. Je suis toute seule et je déteste ça, mais pas au point de vouloir qu'ils attrapent la petite.

— Il ne faut pas le leur révéler, Brenna. Il ne faut pas qu'ils l'apprennent.

— Par moi ? Jamais ! Je garderai le secret enfermé et je jetterai la clé. »

Avec un petit rire, elle tourne devant sa bouche une clé imaginaire, puis fait le geste de jeter celle-ci par-dessus son épaule.

Il y a plus rassurant que de savoir vos secrets gardés par une folle.

Je m'approche d'elle et chuchote :

« Mais vous non plus, je ne veux pas qu'ils vous retiennent ici. Et si… si je vous faisais sortir ? Si je vous emmenais dans un lieu sûr ? Vous et moi, et la petite sibylle. Et Rory aussi.

— Rory ? La Rory d'oncle Jack ?

— Oui. Nous veillerions sur vous. Vous seriez en sécurité. »

Ses sourcils se froncent, elle n'est pas certaine de comprendre. Puis elle se détourne et fait courir sa main le long du mur capitonné.

« Ils me feront la peau quand même, pour finir. Mais… oui. Je crois que ça me plairait de revoir Rory.

— Je reviendrai vous chercher bientôt. Dans quelques jours. Mais ça non plus, il ne faut le dire à personne.

— J'aimerais bien rencontrer la petite, aussi. Elle n'est pas cassée, elle. Pas encore. »

Elle me fait frémir.

« Je la protégerai, dis-je. »

Elle hoche la tête, dubitative. « Vous ne pourrez pas protéger les deux, Cate. Il est là, votre destin. »

Qu'entend-elle par là ? Qu'un jour j'aurai à choisir entre Maura et Tess ? Je brûle de lui poser la question, mais j'ai peur que la réponse ne m'anéantisse.

Je me retire à reculons, jusqu'à ce que la poignée de porte me rentre dans le dos.

« Il faut que je m'en aille, maintenant, Brenna. Mais je reviendrai vous chercher, promis. »

Son regard me déchire le cœur ; il dit la longue habitude des promesses non tenues. Ses cheveux emmêlés retombent en rideau sur son visage.

« Au revoir, Cate. »

Seigneur, pourvu que je tienne ma promesse ! Brenna est malade et misérable, elle mérite mieux que cette vie-là. Toutes méritent mieux.

Sitôt de retour dans le corridor, je m'adosse contre le mur, chancelante comme un tournesol fané. L'infirmière ronfle doucement, les fuites du toit gouttent, régulières, dans les deux seaux de fer émaillé.

Je refuse la vérité, je refuse de l'accepter. Je refuse d'envisager ce genre de choix – froidement mettre en balance une vie contre une autre. Si je dois diriger l'ordre des Sœurs, je ne laisserai pas cette charge me transformer en une Inez, ni même en une Cora. Je resterai moi-même.

Mais la réalité est là et tourne sans fin dans ma tête.

Brenna sait.

Brenna est folle. On ne peut pas espérer d'elle qu'elle garde des secrets indéfiniment.

Tess n'est plus seulement ma petite sœur. Elle est la sibylle qui pourrait nous faire remporter le combat contre un ordre des choses insoutenable.

Autrement dit…

Si j'échoue à tirer Brenna d'ici, il faudra *faire quelque chose* contre cet élément à haut risque.

J'arrive à l'infirmerie sur le coup de trois heures et demie, comme convenu. Sœur Sophia est en discussion avec les deux infirmières ; sa mission consiste à accaparer leur attention. Addie est au chevet de la même patiente que l'autre jour, celle qui tousse sans arrêt. Le lit de la vieille femme décharnée est vide, je me demande si elle est morte. La jeune mère que j'avais apaisée n'est plus là non plus – j'espère qu'elle a été transférée à l'étage, et pas dans cette fosse dont a parlé Zara. Je forme le vœu que plus aucune de ces femmes ne mourra entre ces murs.

Mei m'aperçoit de loin et s'empresse de me rejoindre à l'entrée de la salle.

« Prête ? me souffle-t-elle.

— Oui. »

Nous nous engageons dans le corridor désert. De la cuisine, sur notre gauche, s'échappe une odeur à la fois douce et écœurante, mélange de pain chaud et de viande fortement faisandée. Je retiens ma respiration. Au passage nous parvient le tintement de marmites et de chaudrons à la plonge. Une jolie voix de soprano entonne une chanson ancienne, puis se tait net, remplacée par des claquements de talons qui se hâtent. Vite, Mei et moi faisons demi-tour pour repartir vers l'infirmerie – au moment même où sort de la cuisine, en trombe, une matrone traînant en remorque une gamine rouge comme une tomate, au grand tablier détrempé.

« Combien de fois faudra-t-y te le dire, Livvy ? On ne chante pas ! Maintenant, j'ai plus qu'à te ramener en cellule, et pendant ce temps mon thé refroidit !

— Désolée, m'dame. C'est sorti tout seul. » Les yeux de la fille préposée à la vaisselle croisent les miens. Je crois qu'elle va les baisser, mais non, elle me lorgne et dit : « Bonjour, mes Sœurs.

— Allez, ma fille, j'ai pas toute la journée », grogne la cuisinière, et elle la tire en avant d'un coup sec.

Livvy la suit, mais plusieurs fois encore elle nous jette par-dessus l'épaule un regard brûlant de curiosité.

Nous attendons qu'elles aient passé les portes à l'autre bout du couloir, puis revenons sur nos pas. Direction : la resserre, au fond. Juste en face, une bâche blanche masque la béance de l'accès au chantier du nouveau bâtiment.

« Si quelqu'un arrive, dis-je à Mei, toussez doucement. Je vais tâcher de faire vite. » Le verrou s'ouvre à ma demande, et je me faufile à l'intérieur.

Allons bon, il fait si sombre que je distingue à peine mes mains. Je sors ma chandelle de secours et les deux allumettes chipées à l'infirmière du quartier d'isolement. Je tremble tant que la première me brûle les doigts avant d'avoir enflammé la mèche. Le second essai est le bon.

C'est un réduit exigu, au sol en terre battue, et dont les murs de pierre à nue suintent d'humidité. Dans un angle, une bestiole détale vers un trou d'aisance. L'endroit a dû être une cellule jadis.

J'examine les planches qui tiennent lieu d'étagères. En bas, du matériel chirurgical : plusieurs lames, une grande scie et quelques scalpels redoutablement tranchants. Tenus sous clé, j'imagine, pour empêcher les patientes de les brandir contre les infirmières

– ou inversement. En haut, des flacons bruns portent la mention Chloroforme. Au milieu, un alignement de bouteilles de whisky et de xérès, ainsi que des fioles étiquetées Opium-Poudre, des sacs de sucre et des boîtes de cannelle : tous les ingrédients d'un bon laudanum.

J'ouvre les fioles une à une et déverse leur contenu dans le trou d'aisance, enchantée de le trouver là, même si les bruits de griffes en provenance du fond n'ont rien pour me rassurer. Je pose ma sacoche sur une planche du bas et retire avec précaution la toile qui protège les flacons préparés par Sœur Sophia.

« Cate ? chuchote Mei de l'autre côté de la porte. Tout va bien ?

— Une minute encore ! »

Je transvase dans les fioles la mixture de Sophia. Je les rebouche toutes et les remets en place. D'un sortilège d'imitation, je m'efforce de masquer l'odeur de rose et de recréer le goût amer de l'opium. Avec un peu de chance, l'infirmière en chef ou la cuisinière, bref, la personne qui concocte le laudanum ne s'apercevra de rien.

Je me dépêche de remballer les flacons vides, puis je passe la sangle de la sacoche à mon épaule et souffle la chandelle.

En sortant, je manque d'emboutir Mei qui faisait les cent pas devant la porte. Son nez est rouge de froid, et elle a enfoui ses mains dans son manchon.

« Ouf, pas trop tôt ! » souffle-t-elle – mais à cette seconde je vois s'écarter les battants de la double porte au fond du corridor. D'un geste ferme, j'empoigne Mei et l'entraîne à travers la fente de la bâche gonflée par le vent du dehors. Nous nous retrouvons dans l'air glacé de la cour, dérapant sur la neige gelée. Au-dessus de nous, des poutrelles en bois préfigurent le passage couvert qui conduira à la nouvelle laverie. L'oreille aux aguets, j'entends les talons de la cuisinière claquer sur le carrelage, puis la porte de la cuisine se refermer.

« Moins une ! » chuchote Mei. Son haleine lâche des petits nuages de vapeur.

J'écarte un peu la bâche et inspecte le corridor. La voie est libre.

« Allez vite prévenir Sœur Sophia que nous pouvons partir. Je file chercher Tess. »

Peu après, me revoici dans la cellule de Zara. Tess est toujours assise sur le lit, ses genoux contre ceux de ma marraine, leurs deux têtes penchées l'une vers l'autre.

« Il est temps d'y aller, dis-je.

— Déjà ? »

Pour moi, il y a bien deux siècles et non deux heures que nous sommes ici. Il me tarde de quitter les lieux.

« Vous avez pu discuter comme vous le souhaitiez ? »

Les paupières de Tess sont rouges, à croire qu'elle a pleuré. Que lui a dit Zara qui l'ait tant bouleversée ?

« Oh oui ! » répond Tess. Elle brandit deux feuilles de papier froissées qu'elle métamorphose illico en épingles à cheveux.

« Zara a tracé pour nous les itinéraires des *trois* refuges et elle m'a donné les mots de passe.

— Merci mille fois ! » Je souris à ma marraine. « Et maintenant, viens, Tess. Ne faisons pas attendre les autres. Tu auras bientôt tout le temps que tu voudras auprès de Zara. »

Tess noue ses bras autour du cou de Zara et se serre contre elle. « Je suis très heureuse de vous avoir rencontrée.

— Au revoir, Tess. Merci. Pour tout », répond Zara, lui tapotant le dos. Elle aussi a les yeux noyés de larmes. « Et à bientôt, Cate. À très bientôt. »

Je frissonne sous ma cape. Entre la révélation des secrets de Mère, le babil sinistre de Brenna et mes transvasements dans la resserre, l'après-midi a été long et anxieux.

Le plus dangereux reste à faire.

« Cate ? Vous ne dormez pas ? » chuchote Rilla dans notre chambre, plus tard cette nuit-là.

Inutile de lui mentir : depuis une heure, je me tourne et me retourne dans mon lit, impatiente de rejoindre Finn.

« Pas encore. Désolée de vous avoir réveillée.

— Ce n'est rien. Vous allez vous faufiler dehors une fois de plus ? » À la lueur de la lune, je la vois qui se dresse sur ses coudes. « J'ai remarqué que vous étiez sortie l'autre soir, mais je n'ai rien dit à personne, cette fois. Je ne voulais pas vous attirer des ennuis. N'empêche, je me tracasse. Ce n'est pas prudent de vous balader seule la nuit.

— Je ne suis pas seule. » Il est temps de lui dire la vérité. J'allume la chandelle sur ma coiffeuse. « Navrée de vous avoir inquiétée. Je vais retrouver quelqu'un. Mon amoureux – celui dont Alice a parlé l'autre jour. Il s'appelle Finn. »

Elle se cale le dos contre sa tête de lit et bâille en plissant son petit nez retroussé, tel un chaton ensommeillé.

« Mais… je croyais qu'Alice avait dit que c'était un Frère ? Et qu'il vous avait plaquée ? »

Je m'assieds en tailleur, enroulée dans ma courtepointe.

« Nous devions nous fiancer, avant que les Sœurs me forcent à venir ici. C'est plutôt moi qui l'ai quitté, en vérité, mais contre mon gré. Il est merveilleux, Rilla. Il sait que je suis sorcière ; il sait tout de moi, et il a rejoint les Frères pour me protéger. J'adorerais que vous fassiez sa connaissance.

— Moi aussi, j'adorerais le connaître. » Elle se gratte le nez de sa main gantée. Alice s'est tant moquée de ses taches de rousseur – « si vulgaires » – qu'elle fait tout pour les éclaircir ; chaque soir, elle s'enduit les mains de crème au jus de citron, puis dort avec des gants. « Et donc, vous avez des rendez-vous la nuit ? Avec un homme ?!

— Euh… ce n'est pas seulement pour nous retrouver. » Je me sens rougir. « Ce soir, par exemple, lui et moi allons nous introduire aux Archives pour consulter les dossiers concernant les détenues de Harwood. »

Je lui expose notre projet d'évasion générale, et elle m'écoute sans rien dire, elle d'ordinaire si prompte à vous couper la parole. Lorsque j'en ai terminé, elle commente :

« C'est un plan génial, Cate. Sauf que… D'habitude, vous faites vos visites à l'asile l'après-midi, pas le soir. Et si la surveillante générale est prise de soupçons, ou si le garde ne vous laisse pas entrer, pour commencer ?

— Elena et moi leur ferons subir une petite intervention.

— C'est prendre un risque inutile, non ? » Elle remonte sa courtepointe jusqu'au menton. « Pourquoi ne pas vous transformer plutôt en Frères ? Ainsi, le premier indice qu'il se passe des choses n'apparaîtrait que lorsque vous déclencheriez l'alarme. Ce serait facile à réaliser. Bien plus que l'intrusion mentale.

— Pas pour moi. » Je ravale un soupir. « Je n'arrive pas à prendre le coup de main avec ce genre de sortilège.

— Je pourrais le faire pour nous deux sans problème. En plus, l'illusion n'aurait besoin de tenir que jusqu'à ce que toutes les infirmières soient sous clé, non ?

— Oui. En revanche, si l'affaire tournait mal, nous serions trois fois plus en danger. » Qu'elle n'aille surtout pas s'imaginer que ce sera comme dans un de ses romans d'aventures ! « Mais j'avoue qu'une sorcière de votre calibre nous serait d'une aide précieuse. Vous seriez des nôtres ? Vous en êtes sûre ?

— Cate, laissez-moi vous dire. Pour moi, vous êtes bien plus qu'une compagne de chambre. Vous êtes ma *sœur.* » Le sourire est lumineux, mais le regard grave. « Et maintenant, je veux en savoir plus long sur ce merveilleux Finn. Comment l'avez-vous rencontré ?

— En fait, je le connaissais depuis toujours. Mais jusqu'à ces derniers mois je ne lui avais pas vraiment prêté attention. Et puis, un jour, nous avons foncé l'un dans l'autre dans mon jardin. Père l'avait engagé comme jardinier et… »

« Vous voulez faire *quoi* ? » s'étrangle Finn une heure plus tard, au fond du jardin des Sœurs. Je ne distingue pas ses yeux dans la nuit, mais sa désapprobation est criante.

Je pousse résolument le portail donnant sur la rue.

« Vous m'avez très bien entendue.

— Si c'est le cas, vous perdez le sens commun. » Il plonge la main dans ses cheveux. « Pourquoi ne pas simplement demander à ces filles si elles sont capables d'intrusion mentale ?

— Parce que, lors de l'évasion, ce sera la pagaille complète. Et qui sait dans quel état elles seront, après avoir été droguées si longtemps ? Qui peut dire de quoi elles se souviennent ? Il se peut aussi qu'elles ne nous fassent pas confiance. Oh ! s'il vous plaît, n'essayez pas de m'en empêcher. »

Il décoche un coup de pied à une congère.

« Et pourquoi n'irais-je pas examiner ces dossiers à votre place ?

— Parce que le temps nous manque ! » Et nous en perdons à discutailler. « Des dossiers, selon vous, il y en a des centaines. Déjà, même à nous deux, rien ne prouve que nous trouverons ceux que nous cherchons. Alors, à vous seul…

— Je lis très vite », objecte-t-il. Vexé, ou ironique ?

« Je n'en doute pas. » Je baisse les yeux sur les pavés enneigés. Je m'en voudrais d'offenser sa fierté. « Mais si vous étiez pris à rôder en pleine nuit dans le bureau de Szymborska avec des dossiers secrets plein les bras ? Je doute que les gardes verraient la chose d'un bon œil. Alors que, moi, je peux leur infliger une petite amnésie bien ciblée. Je peux nous protéger. »

Il se plie en deux pour tirer de sa botte le pistolet qu'il y tient caché. « Moi aussi, je le peux. »

Je l'arrête d'un cri. « De cette manière ? Jamais de la vie ! Je ne vais pas vous laisser tirer sur quelqu'un rien que pour démontrer votre courage ! Non. Cette nuit, je vais aux Archives ; que vous m'accompagniez ou pas. Mais votre aide serait vivement appréciée.

— Bien, soupire-t-il, et il se met en marche. Mais vous êtes exaspérante, vous savez. »

Je lui souris à la lueur des réverbères et cherche sa main.

« C'est drôle, on me l'a déjà dit aujourd'hui.

— Cela ne m'étonne pas. » Il presse mes doigts, puis les lâche. « Maintenant, prudence. On ne sait jamais qui pourrait nous voir. »

Je lève les yeux sur le bec de gaz au-dessus de nous. Aussitôt, prise de faiblesse, sa flamme vacille et s'évanouit, plongeant notre coin de trottoir dans la nuit. Le suivant s'éteint à son tour, puis celui d'après. Je reprends la main de Finn.

« Mieux comme ça ?

— Nettement. » Il y a une pointe d'admiration dans sa voix. Sa bouche effleure la mienne. « Maintenant, redonnez-moi le détail de votre plan pour mercredi. »

Je reprends mon exposé par le menu, mais lorsque j'en arrive à notre sortilège d'illusion pour transformer notre apparence et celle de la voiture des Sœurs, il m'interrompt : « La voiture ? J'emprunterai celle de Denisof. Ce sera assez facile, puisqu'il sera à la réunion du Conseil. Et elle porte l'emblème des Frères, ça vous fera une illusion de moins à maintenir. »

Autour de nous, la ville sommeille, sombre et silencieuse. Pas de carriole cahotant sur les pavés, pas un chat dans les rues. Sans le halo des réverbères, les étoiles ont repris leur place dans le ciel. À voix basse, je m'oppose à Finn une fois de plus :

« Je ne peux pas vous laisser voler une voiture pour nous. Et si nous l'envoyions au fossé ? Si nous...

— Ce ne sera qu'un emprunt, me coupe-t-il. Et je la conduirai moi-même, parce que je viendrai avec vous. Vous autres, vous ferez semblant d'être des Frères, et moi, j'en serai un », conclut-il, ironique et amer.

Je force un petit rire.

« J'aimerais vous en dissuader, mais je sens que ce serait peine perdue. Vous êtes aussi tête de mule que moi.

— Exactement, dit-il, catégorique. Deux mules formant attelage, désormais. Où vous irez, j'irai.

— Je devrais pouvoir vivre avec cette idée. » Je sors de ma poche un petit sachet de plantes médicinales. « J'ai une autre mission pour vous. Vous disiez que Sean Brennan est un homme de bien. De toute évidence, vous aviez vu clair : il espionne le Conseil suprême pour Sœur Cora depuis des années. Pourriez-vous vous arranger pour le rencontrer mercredi matin ? Et lui proposer une tasse de thé ? Ces plantes lui causeront un petit dérangement digestif, bénin et passager, juste de quoi le rendre incapable d'assister à la réunion du Conseil.

— Bien pensé. » Il glisse le sachet dans sa poche.

Je lui caresse la main.

« Vous n'êtes pas mal non plus dans votre rôle d'espion, Mr Belastra. »

Tenir ainsi sa main ouvertement, même dans la nuit, me donne un sentiment d'extrême témérité. Nous passons devant un fromager, un fourreur et deux cafés. Tout est fermé pour la nuit, et aucune lumière ne filtre aux fenêtres. D'ordinaire, la ville me paraît étrangère, immense, hostile, mais en cet instant elle m'a l'air familière et sûre, si trompeur que soit ce sentiment. En cet instant, elle n'appartient qu'à nous.

Les Archives nationales sont un lieu magnifique. Je lève ma chandelle et m'extasie :

« On dirait un temple. Un temple dédié aux livres. »

Je n'ai jamais rien vu de tel. Le haut plafond voûté se perd dans l'ombre, loin au-dessus de nos têtes. Au centre de la pièce, des douzaines de tables sur tréteaux croulent sous des piles d'ouvrages. Des étagères garnies de milliers de livres tapissent les murs. Et un escalier en spirale s'élance vers une galerie tapissée d'autres étagères encore, garnies d'autres livres. Des lustres de cristal captent les rayons de lune qui entrent à flots par les hautes fenêtres cintrées.

Je murmure un peu sottement : « Que c'est beau ! » Mais le mot est faible. Il y a quelque chose de l'ordre du divin dans cette salle, quelque chose qui me commande d'aller à pas feutrés, respectueux. Dans ce palais des livres, je me sens minuscule et humble, comme face aux éclairs d'un orage violent.

Tess tomberait en adoration ici. Les bibliothèques et librairies sont ses églises, et ceci est une cathédrale.

« Dans d'autres pays, m'assure Finn, il y a des bibliothèques comme celle-ci dans toutes les villes. N'importe qui peut y emprunter n'importe quel ouvrage.

— J'ignorais qu'il existait *tant* de livres. »

Je jette un regard autour de moi, puis m'approche d'une étagère pour déchiffrer les titres à la lueur de ma bougie.

Finn effleure une rangée de reliures sombres au dos frappé d'or.

« À ce niveau, ce sont les ouvrages autorisés par les Frères : traductions des Écritures, histoire officielle de la Nouvelle-Angleterre, traités de philosophie, manuels de langues, dictionnaires, livres de sciences et d'histoire naturelle. Mais là-haut, il y a tout le reste. » Il m'adresse un sourire malicieux. « Tout ce qu'ils ne veulent pas que nous lisions : mythologie, théâtre, romans. Venez, je voudrais vous montrer quelque chose. »

À notre arrivée, les gardes faisaient leur ronde dans la bibliothèque principale. Tapis derrière des buissons, nous avons attendu leur départ avant de nous risquer à l'intérieur.

« Avons-nous le temps ?

— Il faut absolument que vous voyiez ça. »

Je rassemble mes jupes et gravis l'escalier en colimaçon. Finn me suit, sa main légèrement posée sur ma taille. Ses lèvres frôlent ma nuque, juste au-dessus des boutons de nacre qui ferment mon corsage. Mon cœur s'emballe.

En haut des marches, je pose ma chandelle sur un caisson à roulettes empli de livres et me penche par-dessus la balustrade pour admirer la salle en contrebas. Finn place ses mains sur la rambarde, de chaque côté de mes hanches. Sa bouche court, brûlante, sur mon cou, sur la peau frissonnante de ma nuque, sur la courbe de mes épaules. J'appuie mon dos contre lui. Mon corps tout entier est soudain traversé d'un désir fiévreux.

« Cate », soupire-t-il, et je me tourne face à lui.

Je porte la nouvelle tenue d'hiver qu'Elena a fait confectionner pour moi, celle que Tess m'a vue porter dans sa vision.

Le regard de Finn me parcourt, de ma jupe de mousseline rose brodée de fleurs fuchsia, en passant par le renflement de ma poitrine et jusqu'à mon cou. Il glisse les doigts dans la ceinture de soie qui m'enserre la taille et m'attire à lui.

« Vous, dans cette lumière de lune, dans cette bibliothèque, dans cette robe… » Ma respiration s'accélère. Il me touche à peine, mais j'ai l'impression d'être nue dans ses bras. « … Je suis peut-être en train de rêver ? » Sa voix est un peu rauque et lointaine.

« Alors, je suis en train de rêver aussi », dis-je, cherchant sa bouche.

C'est un long et lent baiser, trop bon pour que les mots puissent le décrire. Nos corps se pressent l'un contre l'autre, étoffe rose contre coton gris, nos lèvres, nos mains s'affolent et… oh ! je pourrais rester ainsi jusqu'au lever du soleil. Jusqu'à la fin des temps.

Lorsque nos bouches se séparent, je pose la tête sur son épaule, mes bras toujours autour de sa taille.

Mes lèvres sont gonflées, mes joues un peu brûlées par sa barbe naissante, et mes cheveux dégringolent sur mes épaules.

Il s'éclaircit la gorge. « Ce n'était pas vraiment dans ce but que je voulais vous faire monter ici. »

Mais l'épisode ne semble pas lui avoir déplu. Il attrape ma main et m'entraîne, le long de la galerie, vers l'un des rayonnages. Il en sort un livre et me le tend.

La joie me saisit. « *Arabella l'Intrépide !* » Je prends le roman du bout des doigts comme s'il était en verre filé. La couverture rouge est craquelée, les pages sont jaunies et cornées. « Il a l'air très vieux.

— Première édition, 1821. » Il me reprend le volume des mains, l'ouvre délicatement, et me montre une inscription manuscrite, en pattes de mouche, sur la page de titre. « Regardez : elle l'a dédicacé de son vrai nom.

— Qui, Arabella ? » dis-je en riant avant de me pencher sur la page.

Sous les lettres imprimées qui annoncent : CARTER A. JENNING, une signature s'affiche : *Catherine Amelia Jenning*.

J'effleure d'un doigt le paraphe. Comme éblouie.

Finn s'épanouit d'un grand sourire.

« Oui, l'auteur était une femme ; et une Catherine, qui plus est.

— C'est fascinant. Merci de me l'avoir montré.

— Je me doutais que ça vous plairait. Imaginez seulement : si l'ordre des Sœurs l'emportait, nous pourrions transformer ce lieu en une vraie bibliothèque. Nous pourrions réimprimer les livres interdits, pour remplacer ceux que les Frères ont brûlés.

Chacun pourrait les emprunter, les emporter chez soi et les lire – de la manière dont ils doivent être lus : sans crainte. »

À regret, je replace le volume sur son étagère.

« J'aimerais tant amener Tess ici !

— Peut-être un jour le ferez-vous. » Il jette un coup d'œil à sa montre de gousset et reprend vivement notre chandelle. « Hou là ! vite, avant la première ronde du matin !

— Vous savez où se trouvent les dossiers ? » Les Archives sont beaucoup plus grandes que je les imaginais.

« Dans un classeur à tiroirs du bureau de Frère Szymborska. Sous clé. Je les ai repérés hier lors d'une visite et je lui ai dérobé la clé : j'ai renversé du thé sur lui et pendant qu'il se nettoyait… Il en a tant à son trousseau, je suis sûr qu'il n'aura rien remarqué. »

Il est si fier de son exploit que je ne lui avoue pas que j'aurais pu ouvrir ce classeur sans clé.

À l'autre bout de la galerie, nous passons une petite porte qui donne sur un couloir. Finn avance jusqu'à la dernière pièce sur la droite, où trône un énorme bureau, complété d'une armée de meubles assortis. Un seul comporte une serrure. Finn l'ouvre avec une petite clé de métal terni.

« Et voilà, annonce-t-il, plongeant les mains dans l'imposante masse de papiers. Le dossier de Brenna Elliott est en haut de la pile. » Il le dépose sur le bureau, l'ouvre d'une pichenette. « Vous avez ici toutes les prédictions qu'elle a faites jusqu'à maintenant, les rapports des infirmières sur son comportement, etc. Apparemment, ils ont envoyé quelqu'un à Chatham la semaine passée pour parler d'elle avec ses parents et le Conseil. Frère Ishida a été consulté. Il ne m'en avait pas dit un mot. »

Je prends sur le bureau une feuille de papier et un stylo et les lui tends.

« Tenez. Vous voulez bien noter les prédictions qui vous paraissent utiles ? Je regarde le reste.

— D'accord. Les dossiers semblent classés par ordre alphabétique, mais quelques-uns, sur le dessus, sont marqués : HAUTE SÉCURITÉ. Ce doit être ceux que vous cherchez. »

Je jette un coup d'œil à la baie vitrée, encadrée d'opulents rideaux. La lune, encore assez basse dans le ciel, illumine la flèche en marbre blanc de la cathédrale. Un peu plus loin, on devine la pierre grise du Conseil national. Combien de temps s'est-il écoulé depuis que nous avons quitté le prieuré ? Le trajet lui-même nous a pris au moins une demi-heure.

La première dizaine de dossiers concerne des filles qui ont tenté de s'évader – en escaladant la clôture ou en se cachant dans les chariots de ravitaillement. Il y a deux ans, une femme a dérobé son pistolet à l'infirmière en chef et a tiré sur une infirmière. L'an dernier, une fille de seize ans nommée Parvati Kapoor a essayé d'étrangler un certain Frère Cabot avec sa propre cravate ; n'y parvenant pas, elle aurait tenté de le forcer à se crever les yeux lui-même avec le coupe-papier d'une surveillante. Par bonheur pour lui, il a repris ses esprits à temps, lame à la main, alors qu'il était prêt à se mutiler.

Cette fille m'a tout l'air d'une candidate pour l'ordre des Sœurs, intrusion mentale ratée ou non.

« Voilà, déclare Finn, j'ai tout noté pour Brenna. Onze prédictions depuis qu'ils la surveillent. »

Presque à égalité avec Tess.

Je tends à Finn une pile de dossiers.

Nous progressons à une lenteur d'escargot. Des douzaines de malheureuses se sont retrouvées à Harwood pour des raisons absurdes, comme le refus d'épouser les barbons auxquels les Frères les avaient fiancées, ou la malchance de se faire surprendre dans les bras de garçons qui n'ont pas voulu les épouser. Une dénommée Clementine a été arrêtée il y a six mois pour avoir prononcé un sortilège destiné à rendre sa sœur muette ; d'après le dossier, ce sort s'est retourné contre elle, et elle n'a plus prononcé un mot depuis lors.

Malgré ma compassion pour ces filles – et ma curiosité pour certaines d'entre elles, telle Clementine –, je m'impatiente : ce que je recherche, ce sont des preuves d'intrusion mentale. Mon dépit grandit à mesure que je compulse les documents et m'approche de la section du bas de la pile, intitulée : DÉCÉDÉES. Tous ces rapports ne contiennent guère de signes manifestes de sorcellerie. Dans celui de Zara, par exemple, il n'est fait mention nulle part d'intrusion mentale, alors que je l'en sais capable. Son crime est d'avoir été trouvée en possession d'ouvrages de sorcellerie.

Pour finir, je découvre tout de même une recrue en puissance : Olivia Price, accusée d'avoir ensorcelé un membre de l'ordre des Frères venu l'arrêter pour détention de « partitions et instruments de musique prohibés ». Olivia ? Ce pourrait être la petite Livvy que nous avons croisée cet après-midi, Mei et moi – celle qui s'est fait renvoyer dans sa cellule pour avoir chanté en faisant la plonge.

Dehors, le ciel étoilé est passé du noir d'encre à l'indigo. Je m'apprête à renoncer, lorsque Finn pousse un petit cri de satisfaction.

« Vous avez trouvé quelque chose ?

— Cordelia Alexander, annonce-t-il, agitant triomphalement un dossier.

— Accusée de quoi ? »

Il se fait grave.

« Dommages irréparables causés à l'esprit de son frère aîné. Elle n'avait que douze ans. En jouant à se déguiser avec les bijoux de sa mère, il semble qu'elle en ait égaré un ; et qu'elle ait ensuite forcé son frère à tout oublier. Ce sont ses parents qui l'ont dénoncée.

— Quelle horreur ! »

Mais brusquement Finn tend l'oreille et souffle la bougie.

« Chut. Voilà quelqu'un. »

Effectivement, j'entends un tintement de clés, doublé de voix masculines. Finn se penche en avant. Pour ramasser les dossiers sur le bureau ? Non ! il plonge la main dans sa botte.

« Que faites-vous ?

— Le pistolet…

— Arrêtez. Parions qu'ils sont armés eux aussi. Laissez-moi faire. Personne ne tirera si je peux l'éviter. Cachez-vous sous le bureau. » Je referme la vitrine, cueille la chandelle éteinte d'une main, les dossiers de l'autre. « Ils vont peut-être se contenter d'un coup d'œil ; sinon je m'occupe d'eux. »

Finn rampe sous le bureau. Je me glisse à côté de lui, pliée en quatre pour prendre le moins de place possible.

Les pas s'arrêtent dans le corridor, et une grosse voix déclare : « Je crois que c'est dans celui-ci que j'ai aperçu de la lumière. »

Quelle idiote je suis ! J'aurais dû penser à tirer les rideaux.

« Un reflet de lune sur les carreaux, à tous les coups, conteste une autre voix.

— Vaut mieux vérifier. »

La porte miaule, un pan de lumière s'étire sur le plancher. Je retiens mon souffle, mon cœur bat la chamade.

Ils ne sont que deux. Dois-je les forcer tout de suite à aller voir ailleurs ?

Maura a raison. Mes hésitations finiront par causer du tort à quelqu'un.

Finn cherche ma main dans la pénombre. À la porte, la seconde voix grogne : « Rien de rien, je te le disais bien. Qui veux-tu qui se balade la nuit au milieu de ces bouquins ? Même le vieux Szymborska, il y tient pas à ce point. »

La porte se referme. Nous attendons un long moment – longtemps après que les bruits de pas se sont évanouis au loin –, puis je m'extrais de notre cachette. Finn me suit, il étire son corps dégingandé.

« Chaude alerte. Et j'étais prêt à faire une grosse bêtise ; heureusement que vous avez gardé votre sang-froid. »

Je savoure la note d'admiration dans sa voix, mais le danger si proche m'a ébranlée.

« Vous croyez vraiment que notre plan va marcher ? Vous croyez qu'on peut les sauver ? »

Il s'approche de moi, pose ses lèvres sur les miennes, puis me caresse les cheveux.

« Je crois en *vous*, Cate Cahill ; et en nous deux ensemble. Je suis là pour vous aider, quoi qu'il arrive. Peu importe que le projet soit fou, que le risque soit grand. Ne l'avez-vous pas compris à présent ? »

Chapitre 18

La journée de mardi commence mal. Je n'arrive pas à me concentrer, et l'assiette que j'animais se fracasse au sol ; je ne peux pas maintenir mes sorts d'imitation plus de deux minutes ; et, en cours d'anatomie, je confonds *maxilla* et *patella*. Je suis exténuée ; l'aube commençait à poindre quand je me suis faufilée dans ma chambre, et je n'ai pas dormi plus de deux heures. Bien pire, j'ai l'esprit tout entier envahi par notre projet. La libération des détenues de Harwood semble dépendre d'une foule de détails qui doivent s'imbriquer à la perfection. Je prie pour que Sœur Inez soit assez absorbée par ses propres plans pour ne pas venir contrecarrer les nôtres.

J'ai obtenu des promesses de renfort de Sœur Sophia, Mei, Rory et Rilla, et Elena a passé le mot à celles qu'elle croit susceptibles de nous apporter leur soutien. Au cours du thé de l'après-midi, debout près du buffet dans une robe de soie vert tendre qui flatte sa peau sombre, elle prend à part élèves et enseignantes pour des entretiens à voix basse.

Je m'apprête à monter faire une sieste, quand elle me retient par la manche.

« Je pense que nous devrions tenir une réunion ce soir avec toutes celles qui veulent participer, afin qu'elles saisissent bien les enjeux de notre action. Cela dit, nos moyens de transport sont limités. Donc, pour pouvoir ramener des détenues, nous allons devoir refuser des volontaires.

— Elles sont si nombreuses ?

— Toutes celles que j'ai approchées. » Elle prend sur un plat un scone aux canneberges. « Harwood est pour nous toutes, et depuis l'enfance, la grande hantise, Cate. Pouvoir sauver les filles qui ont eu la malchance de se retrouver là-bas… L'idée seule est comme une petite flamme qui s'allume. Un espoir qui renaît. Or, avec Sœur Cora sur son lit de mort et les Frères qui multiplient les arrestations, c'est ce dont nous avons le plus besoin. Je dois vous le dire, en tant que votre ancienne gouvernante, je… je suis assez fière de vous. »

De l'autre côté du salon, assise avec Alice sur la causeuse, Maura me lance un regard féroce.

« Tout le monde n'est pas si satisfait de moi », dis-je, indiquant ma sœur d'un discret signe de tête.

Elena suit mon regard et croise les yeux de Maura. Elle se détourne en hâte.

« Oui, reconnaît-elle. Mais nous savions à quoi nous en tenir, n'est-ce pas ? »

Certes. Simplement, j'ignorais qu'il serait si dur de me retrouver dans la même pièce que Maura sans qu'elle daigne m'adresser la parole. Elle nous évite systématiquement, Tess et moi, depuis notre dispute sur les quais. Mes conciliabules avec Elena n'ont pas dû arranger les choses. Mais celle-ci se révèle une alliée de poids, je ne vais certes pas renoncer à elle pour calmer les humeurs de Maura.

Elle s'en remettra, non ? Il le faudra bien.

Lorsque Tess et moi pénétrons dans la chambre d'Elena, l'horloge du rez-de-chaussée sonne onze heures.

La pièce est bondée. Des filles sont assises coude à coude sur le lit ou installées tant bien que mal sur le parquet. Trois gouvernantes occupent le sofa jaune. Sœur Sophia partage la banquette capitonnée avec la maigrichonne Sœur Edith, professeur d'art, et la scandaleuse Sœur Mélisande, qui enseigne le français et porte le pantalon. Comme je n'assiste à aucun de leurs cours, je les connais à peine ; je ne m'attendais pas à les trouver ici. Autre surprise, parmi les élèves cette fois : Eugenia et Maud sont près de Vi sur le lit.

Toutes mes amies sont là : Rory et Rilla, bien sûr, mais aussi Daisy, Mei, Addie et Pearl, Lucy et Rebekah. Tess me presse la main, puis va rejoindre les plus jeunes sur le parquet.

Elena vient se planter debout à côté de moi. Nous sommes toutes en tenue de nuit, moi compris, sauf Elena, toujours vêtue de sa robe verte. Elle frappe dans ses mains et lance un « Bonsoir ! » d'une voix claire. Les conversations cessent, les regards convergent vers moi.

La sueur perle sur ma nuque, à la racine des cheveux, et je ne sais que faire de mes bras. Faute de poches à ma chemise de nuit, je décide de me croiser les mains dans le dos.

« Merci à toutes d'être venues », commence Elena. Malgré l'heure avancée, personne ne semble avoir sommeil. « J'ai déjà discuté avec bon nombre d'entre vous ces derniers jours, mais je voudrais le répéter, ici, ce soir, devant vous toutes : je crois que libérer les détenues de Harwood est la seule action juste à envisager à l'heure actuelle. Et nous agirons dès demain, mais nous aurons besoin de votre aide pour mener les choses à bien. Cate, à vous d'expliquer. »

J'expose à mon auditoire le plan que nous avons mis au point. Elena, Rilla, Rory et moi entrerons les premières, déguisées en Frères, dans la calèche conduite par Finn. Il nous faut plusieurs volontaires pour nous suivre dans les deux voitures du couvent, libérer les détenues de leurs chambres verrouillées et les guider vers la sortie. Nous comptons les partager en quatre groupes. Brenna Elliott et les sorcières avérées rentreront avec nous au prieuré, les autres seront réparties dans les trois refuges que Zara nous a indiqués. Sophia a repéré deux chariots de chantier dans la cour de l'asile. Il nous manque encore un véhicule de bonne capacité, chariot ou coche, ainsi que des volontaires pour acheminer les évadées jusqu'aux refuges et veiller à leur installation.

« Je conduirai l'un des chariots de chantier », propose Sœur Sophia, et mon regard croise celui de Tess. Je suis prête à parier que l'endroit où Sophia mènera ses protégées sera la maison rose près de l'océan, exactement comme dans la vision de Tess.

Maud lève la main, je lui fais signe de parler.

« Le père de Genie a un chariot pour ses livraisons », annonce-t-elle, tout en donnant un coup de coude à son amie.

Eugenia tiraille ses manches sur ses poignets maigres et proteste :

« Je ne vais quand même pas voler mon père.

— On le lui rapportera quand ce sera terminé, rétorque Maud.

— Et s'il perd des clients parce qu'il manque des livraisons ? » La voix d'Eugenia est enrouée, comme si elle avait pris froid. « S'il se retrouve compromis dans l'affaire, d'une manière ou d'une autre ?

— Allez, Genie, plaide Vi, on doit toutes donner un coup de main. Moi, je conduirai une des calèches.

— Vous savez conduire une calèche ? s'étonne Maud.

— Mon père est cocher, répond Vi sur un ton d'évidence. Bien sûr que je sais conduire.

— Vous comptez vraiment les secourir *toutes*, pas uniquement les sorcières ? insiste Sœur Mélisande.

— Absolument, dis-je. Personne ne sera oublié. »

Mélisande rejette en arrière ses cheveux bruns coupés court. « En ce cas, j'en serai aussi. Je me chargerai d'un des autres chariots.

— Et nous prendrons le troisième », promettent deux des gouvernantes.

La petite Lucy Wheeler, assise près du radiateur, agite bien haut la main. « Bekah et moi aussi, on veut venir ! »

Je leur souris.

« C'est courageux de votre part, et je vous en remercie. Mais je préfère réserver cette mission aux plus de quatorze ans. Le danger va être immense.

— Oui, mais ma sœur Grace… je veux la retrouver…

— Vous la retrouverez. Nous la ramènerons ici.

— Ici ? Mais elle n'est pas sorcière, elle !

— C'est votre sœur. Après ce qu'elle a vécu, sa place est avec vous. » Je n'y pense qu'à l'instant, mais cela me paraît évident. « Il y en a-t-il d'autres parmi vous, à part Lucy et Rory, qui ont des proches à Harwood ? Maud, votre cousine est là-bas, non ? Caroline, je crois ?

— Oui, confirme Maud, et elle ajoute avec un grand sourire : Si on pouvait la ramener ici… »

Sœur Edith nous apprend que sa nièce est à Harwood aussi, et nous décidons de la ramener avec Caroline.

Tess, assise en tailleur sur le tapis à fleurs, lève les yeux sur moi.

« Et moi ? Je peux venir, hein ?

— Treize ans, c'est moins de quatorze, ou je ne sais pas compter ? » Depuis deux jours, j'évite soigneusement le sujet.

Son petit visage se fripe, et elle tente de plaider :

« Oui, mais…

— Non, Tess. Tu es une sorcière de talent – comme vous deux, Lucy et Rebekah. Vous nous seriez d'un grand secours, j'en suis certaine, et je regretterai de ne pas vous avoir à nos côtés. Mais vous êtes trop jeunes, et je refuse de vous mettre en péril. Tess, s'il te plaît, ne reviens pas là-dessus.

— Je pense que Cate a raison, approuve Sœur Sophia d'une voix douce.

— Bien, conclut Elena. Il faut qu'au retour nous puissions caser tout le monde dans les trois véhicules qui regagneront le couvent. À mon avis, nous devons donc nous limiter à quinze volontaires pour l'opération proprement dite. Vous êtes d'accord, Cate ?

— Euh… oui. » Je suis sidérée : elle cherche mon assentiment ! « Il nous faudra deux personnes pour couvrir chaque aile de l'asile, et plusieurs autres à l'entrée pour guider les détenues. J'imagine que certaines d'entre elles n'auront qu'une idée, rentrer chez elles, et on ne peut pas les en blâmer. Mais il faudra les prévenir : si elles font cela, les Frères risquent de les reprendre. » Pas question de répéter l'erreur commise avec les manifestants de Richmond Square.

Addie remonte ses lunettes sur son nez.

« Pearl et moi, il faut absolument qu'on en soit : personne ne connaît Harwood mieux que nous. »

À côté d'elle, Pearl confirme d'un signe de tête.

Au bout du compte, nous nous retrouvons avec deux fois trop de volontaires. Après débat, notre choix définitif est celui-ci : Elena et les deux gouvernantes qui conduiront un chariot ; Sœur Sophia, Sœur Edith et Sœur Mélisande ; Rory, qui s'occupera de Brenna ; Rilla, pour ses talents en sortilèges d'imitation ; Addie, Pearl et Mei, parce qu'elles connaissent bien la configuration des lieux ; et enfin Vi, Daisy, Maud et moi. Elena assure aux autres qu'on aura grand besoin d'elles plus tard, ici même, et les envoie se coucher, mais elle demande aux futurs membres de l'expédition de rester encore un moment afin d'arrêter les derniers détails et de distribuer les rôles.

Je rattrape Tess par un coude.

« Tu comprends mes raisons, n'est-ce pas ?

— Franchement, je savais que tu dirais non. J'espérais me tromper, mais…

— S'il te plaît, nous avons encore besoin de ton aide. Il faut que tu nous en dises plus sur ce que t'a révélé Zara, concernant les refuges. »

Eugenia me presse l'épaule.

« Puis-je vous parler une minute, en privé ?

— Bien sûr. »

La réquisition du chariot de son père la tourmente, je suppose, et je ne peux pas lui en vouloir. Je l'entraîne dans le corridor, où nous attendons que les autres filles aient regagné leurs chambres à pas de loup, attentives à ne pas réveiller leurs voisines. J'observe la porte close de Sœur Cora. D'après Sophia, elle n'en a plus pour très longtemps. Je ferme les yeux et prie en silence pour que ce soit rapide et qu'elle ne souffre pas.

La dernière élève disparue, Eugenia se tourne vers moi. « Depuis quand Elena et toi êtes-vous si bonnes amies ?

— Je… Quoi ? »

Sa bouche s'étire comme celle d'une gargouille, je recule d'un pas. La chevelure brune d'Eugenia tourne au roux flamboyant, ses yeux marron deviennent d'un bleu intense, et son teint boutonneux laisse place à la complexion sans défaut de ma sœur.

« Maura ? » Je recule encore, horrifiée, et me cogne contre le mur. « Qu'as-tu fait d'Eugenia ?

— Oh, Genie va bien, répond-elle avec un geste désinvolte. Je lui ai jeté un sort de pétrification avant de l'enfermer dans son armoire. Je la libère dans un instant. Je suis bien contente d'être venue à votre stupide réunion et d'avoir découvert ce que vous mijotez, Elena et toi. C'était trop drôle, toutes ces bécasses qui font des pieds et des mains pour t'impressionner !

— Elles n'essaient pas de m'impressionner ; elles font ce qui leur paraît juste, c'est tout.

— Quelle moralisatrice tu es, ça me rend malade. » Elle croise les bras sur sa poitrine. « Et te voir faire équipe avec Elena, en plus ! Je croyais que tu la détestais ?

— Elle se soucie de toi, tu sais. Elle est désolée de t'avoir blessée. »

Maura contemple un instant le papier peint à fleurs vertes, puis lâche :

« Mais pas assez pour se ranger de mon côté.

— Deux personnes peuvent être en désaccord et continuer de s'aimer.

— Comme toi et Tess, vous m'aimez, c'est ça ? Non, Cate, non. Je suis toute seule dans cette affaire. Je devrais avoir l'habitude maintenant. Je suis *toujours* toute seule.

— Faux ! Arrête un peu de t'apitoyer sur ton sort !

— Tu n'as jamais compris. C'est toi que les gens suivent. » Son accusation me prend de court : je ne compte pas le nombre de fois où j'ai éprouvé de la jalousie à son encontre pour la même raison. « Et Finn, poursuit-elle, il est embringué là-dedans lui aussi ?

— Oui, dis-je prudemment. Pourquoi ? Tu cherches d'autres informations pour me faire chanter ?

— Tu ne devrais pas le laisser s'en mêler. C'est ton combat, pas le sien. » Elle me considère gravement. « Il ne devrait pas y prendre part.

— Il se trouve qu'il a insisté. Or, ces temps-ci, j'essaie de ne plus négliger l'avis des gens. Ça ne m'a jamais trop réussi. » Ma tentative de sourire la laisse de marbre. « Écoute, je sais que tu nous en veux, à Tess et à moi. Mais tout ça dépasse largement nos petites querelles. Ces filles ont besoin de notre secours. Si Sœur Inez et toi réussissez votre coup demain soir, tu ne sais pas ce que leur feront les Frères.

— Toi non plus.

— Je sais seulement que ce ne sera pas joli. Les Frères voudront faire un exemple... Ils les tortureront, ou les massacreront. Je ne peux pas rester les bras ballants et laisser ces atrocités se commettre. » Je l'implore du regard. Même maintenant tout un pan de moi espère qu'elle va entendre raison, qu'elle va se joindre à nous plutôt qu'à Inez. « Quoi que les Frères fassent en représailles, tu en porteras la responsabilité, Maura. Vous deux, toi et Inez. Es-tu prête à vivre avec ça ? »

Elle plonge ses yeux dans les miens. « La façon dont ils répliqueront, ça les regarde. S'ils rétablissent les bûchers, ils montreront aux gens leur vrai visage. Les Frères sont nos ennemis, Cate. On ne peut pas composer avec eux. Avec aucun d'eux. Plus tôt tu t'en rendras compte et mieux ça vaudra. »

L'asile de Harwood écrase le coteau de sa masse sombre, monstre trapu qui masque les étoiles. Aux étages supérieurs se dessinent vaguement les rectangles sinistres de fenêtres à barreaux. Deux ou trois becs de gaz éclairent chichement l'entrée, et un peu de lumière signale aussi la salle des infirmières au rez-de-chaussée. L'angoisse me noue l'estomac dans la calèche qui ballotte sur le gravier de l'allée enneigée, en direction du poste de garde. Elena, Rilla, Rory et moi n'avons pas échangé un mot depuis que nous avons quitté le prieuré. La neige étouffe le pas des chevaux. Seuls les craquements de l'attelage troublent notre silence anxieux.

Après une interminable attente devant l'entrée de l'enceinte extérieure, un garde vient s'enquérir de notre identité d'une voix forte et péremptoire. Finn lui répond, calme, assuré. Face à moi, Elena bat je ne sais quelle mesure du bout de ses bottines noires, le buste en avant, prête à user de magie si nécessaire. Rory se trémousse comme un enfant sur la banquette en cuir. Mais l'anneau qui authentifie la fonction de Finn et l'emblème sur la calèche produisent leur effet, même à cette heure tardive. Bientôt, le portail s'ouvre avec un grincement prolongé.

Je suis ici de ma propre volonté, mais une peur irrationnelle me revient, la vision cauchemardesque des portes qui claquent dans notre dos et nous piègent à l'intérieur.

La calèche, qui s'était remise en route, s'arrête brusquement. J'ouvre la portière et me penche audehors. Le garde s'approche de Finn. « Un problème, sir ? »

Dans ma tête, j'ordonne au garde : *Laissez le portail ouvert. N'empêchez plus personne d'entrer ni de sortir.*

Il regagne sa guérite en titubant un peu.

Notre calèche reprend sa montée et va s'immobiliser face aux larges portes de l'établissement. Je saute à terre et, du bout des doigts, passe en revue les nouveaux traits de mon visage, les angles carrés de ma mâchoire, sans oublier – étrange sensation – la barbe qui habille mes joues. Le sortilège de Rilla est toujours bien actif.

La surveillante générale ouvre la porte. C'est une grosse femme à la mine réjouie avec de bonnes joues de castor, encadrées d'anglaises en tire-bouchon.

« Bonsoir, mes Frères. Je suis Mrs Harris, la surveillante de nuit. Vous désirez ?

« Euh, nous voudri... » Je m'interromps ; ma voix est bien trop haut perchée.

— Nous sommes ici pour interroger la sibylle – ordre de Frère Covington », assène Elena d'un ton guttural assortie à sa nouvelle corpulence.

« La sibylle ? » La surveillante ouvre de grands yeux.

Finn s'avance. Elena s'est chargée de modifier son apparence, à lui aussi, afin qu'on ne puisse pas le reconnaître. Il s'incline devant Mrs Harris et ment avec aplomb :

« Frère Robbins. Bonsoir, madame.

— On ne m'avait pas prévenue d'une visite, mon Frère. Il est très tard. Presque toutes nos patientes sont au lit à cette heure-ci. »

Je piaffe d'impatience. J'aimerais mieux entrer grâce à un discours convaincant, si possible, et garder l'intrusion mentale pour plus tard. Cette fois, je contrefais ma voix : « Désolés. Notre assemblée annuelle nous a occupés jour et nuit. Mais Frère Covington tient à ce que nous allions voir cette détenue avant notre départ. À cause de notre formation sur les troubles psychologiques. »

Finn prend le ton de la confidence : « J'ai cru comprendre que les Frères venus la voir plus tôt dans la journée y sont allés un peu fort avec elle, parce qu'elle refusait de coopérer. »

Mrs Harris semble gênée.

« Elle est mal en point. Sauf votre respect, sir, ça ne me paraît pas trop normal que des hommes de Dieu traitent une femme de cette façon. »

Je frissonne à l'idée d'une Brenna meurtrie et ensanglantée. Lorsque Finn nous a rejointes dans la ruelle derrière le prieuré, il m'a confié qu'elle s'était rebellée aujourd'hui, et s'était fait punir en conséquence. Qu'ont-ils bien pu lui faire pour que Mrs Harris se risque à contester ?

« Gare à ce que vous dites, madame, la prévient Finn d'un ton cassant que je ne lui connais pas. Cette fille est une sorcière. Un fléau et un péril pour la Nouvelle-Angleterre, et sans notre miséricorde elle serait…

— Pardonnez-moi, sir. Je ne voulais pas mettre en cause votre jugement », se défend la surveillante, effrayée.

Finn lui indique le sol et elle s'agenouille sur le perron glacé.

Il pose une main sur sa charlotte blanche à dentelle.

« Que Dieu vous bénisse et vous garde, aujourd'hui et tous les jours de votre vie. »

J'ai un mouvement de recul. Cette formule des Frères, dans la bouche de Finn – comme il doit détester la prononcer ! Et je déteste l'entendre. Ce n'est pas lui, ce n'est pas mon Finn.

« Loué soit-Il, murmure Mrs Harris, tête basse.

— Purifions nos esprits et ouvrons nos cœurs au Seigneur. »

Nous ânonnons toutes après lui : « Purifions nos esprits et ouvrons nos cœurs au Seigneur.

— Debout ! ordonne-t-il d'un ton de mépris. Et ne doutez plus de vos supérieurs à l'avenir.

— Non, sir. Je m'excuse. Venez, sir. » Elle nous fait entrer. « Miss Elliott est au deuxième étage, dans le quartier d'isolement. Il y a une infirmière devant sa porte. »

Les bottes de Finn résonnent sur le plancher inégal, à travers le hall désert. Mais la surveillante se glisse derrière son bureau et nous crie : « Attendez ! »

Mon cœur cesse de battre. Elle a vu clair dans notre jeu, elle va braquer une arme sur nous.

Mais c'est une chandelle qu'elle nous tend.

« Tenez, sir, prenez. Il fait noir comme dans un four, là-haut. Nos patientes n'ont ni feu ni bougies, vous comprenez. C'est interdit.

— Merci. »

Je saisis la chandelle pour Finn, et la surveillante l'allume.

Nous gravissons en hâte l'escalier plongé dans l'ombre. À notre arrivée, l'infirmière postée devant la cellule de Brenna se tourne vers nous vivement.

Son esprit est simple, malléable. Je la persuade de rejoindre le quartier des cas difficiles sur ordre de Mrs Harris, et j'efface de sa mémoire toute trace de notre apparition. Elle quitte son poste sans résistance. C'est affreusement facile, je ne ressens même pas un début de fatigue.

Mes pouvoirs sont montés en puissance de façon étonnante depuis mon arrivée à New London. Il n'y a pas si longtemps, ce genre d'opération m'aurait mise sur les rotules ; désormais, c'est trois fois rien.

La cellule où était détenue la petite blonde est vide. Peut-être a-t-elle été transférée ailleurs ?

« Assurez-vous qu'il ne reste pas d'autres détenues dans cette aile, dis-je à mes compagnons. Je récupère Brenna, puis nous déclencherons l'alarme. »

Rilla relâche son sortilège d'imitation juste avant que je déverrouille la porte de Brenna et me faufile dans sa chambre. Elle est prostrée au milieu d'un nid de couvertures, dans la même tenue qu'avant-hier. Mais aujourd'hui elle a un œil poché et une lèvre fendue, ensanglantée.

Elle entrouvre son œil intact.

« Vous êtes revenue.

— Je vous l'avais promis, non ? »

Elle se redresse, non sans peine. Avec son bras gauche plaqué contre son corps, elle ressemble à un oiseau blessé.

« J'ai eu une vision aujourd'hui. Mais je n'ai rien voulu dire.

— Et ils vous ont battue pour ça ? »

Je ne devrais pas être surprise. Ils ont torturé Thomasina. Ils tortureraient Tess tout pareil.

« Ils ont dit que je faisais preuve d'insub… ordination. »

Elle me montre sa main gauche et j'ai un choc : elle a deux doigts retournés, dans une position anormale.

« Rory est ici. Elle va vous conduire en bas dans un moment et Sœur Sophia pourra vous soigner. » J'hésite un instant, puis je hasarde : « Dans vos visions… vous avez vu mes sœurs ? Ou moi ? »

Elle tripote d'une main sa longue natte hérissée.

« Vous ? Je vous l'ai dit un jour, vous vous souvenez ? Moi, je me souviens. On était dans le cimetière. » Sa voix n'est plus qu'un murmure. « Sacrifice.

— Comme de devoir quitter Finn ? » Un espoir fou m'envahit. « C'est déjà du passé.

— Les plus grands sacrifices restent à venir. Trois sacrifices. Et… » Elle dresse la tête vers moi. « Vous apporterez la mort. »

À qui ? Paralysée, je regarde les ombres danser sur son visage émacié à la lueur mouvante de la chandelle. Elle me considère d'un œil triste, puis reprend :

« Je vous avais prévenue que ça ne vous plairait pas de savoir. » Je baisse les yeux tandis qu'elle enchaîne : « C'est l'heure ? Alors, il faut y aller. » Je m'apprête à regagner la porte, mais elle ajoute presque gaiement : « La guerre va bientôt commencer. »

Je me fige. « La guerre ?

— Elle commencera cette nuit. »

Mon esprit s'emballe. J'imagine Tess, en pleine partie d'échecs avec ses amies au salon, et Sœur Gretchen au chevet de Cora. Et si les choses ont mal tourné à la réunion du Conseil suprême ? S'ils ont capturé Maura, si nous sommes toutes démasquées ?

Non. Ces pensées sont interdites. Il faut aller jusqu'au bout.

« Dans une minute ou deux, nous allons faire sonner la cloche d'incendie. N'ayez pas peur : c'est pour attirer toutes les infirmières en un même point. Rory restera avec vous, et ensuite vous partirez avec sa sœur. Vous vous souvenez de Sachi ?

— Trois sœurs, répond-elle, songeuse. L'une apportera la guérison et la mort. L'autre apportera la ruine. La plus puissante apportera la paix, mais ce ne sera pas sans sacrifices. Voilà ce que dit la prophétie. »

Mon cœur tombe comme une pierre à ces mots, *apportera… la mort.* Je suis prise de tremblements irrépressibles.

Je sors de la pièce en hâte, incapable d'émettre un son. Rory se glisse à l'intérieur à ma place, et j'entends les retrouvailles des deux cousines.

Adossée au mur du corridor, je respire à fond, lentement. Ne pas renoncer. Je peux tenir. Il reste à les faire sortir d'ici, après quoi nous rentrerons et affronterons la suite, quelle qu'elle soit. Il n'y aura ni meurtre ni sacrifice cette nuit.

Elena actionne l'alarme, déclenchant une série de tintements clairs et sonores. Par le biais d'un vieux système de cordes et de poulies, l'alarme se répand à travers le bâtiment et bientôt son écho nous parvient du rez-de-chaussée. Rilla me retransforme en Frère, puis se précipite avec moi vers le fond du corridor, Finn et Elena sur nos talons. Les deux infirmières du quartier des cas difficiles et celle du quartier d'isolement sont déjà presque en bas des marches. Au lieu d'évacuer leurs patientes, seraient-elles prêtes à les abandonner ? Mrs Harris et le reste des infirmières sont rassemblées sur le palier du premier étage.

« Je suis vraiment navrée d'interrompre votre inspection, sir, déclare la surveillante à Finn, qu'à l'évidence elle considère comme notre chef. Nous espérons qu'il ne s'agit que d'une fausse alerte ; ce ne serait pas la première fois qu'une de nos filles se serait procuré des allumettes et aurait tenté de mettre le feu. »

Elena glisse sa main dans la mienne pour me transmettre de sa puissance. Je respire un grand coup. Dix personnes. Même à deux, sommes-nous capables de forcer les pensées de tant de monde à la fois ? Mais l'heure n'est plus à tergiverser.

Suivez-nous au quartier des cas difficiles. C'est là que s'est déclaré l'incendie.

Les dix infirmières s'élancent à l'assaut de l'escalier.

« Mon Dieu, gémit Mrs Harris, son double menton frémissant. Ces filles nous feraient rôtir dans nos lits si nous les laissions faire. Qu'ont-elles inventé cette fois ? »

Étourdie par mes efforts d'intrusion mentale, je gravis les marches d'un pas incertain et dois me cramponner à la rampe. Finn, qui l'a remarqué, vient se placer derrière moi pour me rattraper si je perds l'équilibre.

« Ça va aller », lui dis-je très bas, mais je sens sa main m'effleurer le creux des reins.

Mrs Harris ouvre la porte de l'aile sud avec la clé suspendue à son cou. Ses consœurs se précipitent toutes à l'intérieur, puis s'arrêtent net : au lieu d'un nuage de fumée, elles se retrouvent face à des douzaines de détenues anormalement éveillées, prêtes à foncer vers la porte que Finn maintient ouverte.

« Qu'est-ce qui vous prend ? lui crie Mrs Harris. Fermez cette porte, avant qu'elles détalent !

— Mais c'est le but, répond tranquillement Finn. Voilà assez longtemps qu'elles sont retenues ici.

— Vous n'êtes pas vraiment des Frères, hein ? éclate une infirmière, terrorisée.

— Eh non, admet Elena, puis elle s'adresse aux détenues : N'ayez pas peur ; nous sommes des sorcières, venues vous aider à vous évader. C'est le moment ou jamais.

— Les sorcières sont là ! Les sorcières sont venues nous chercher ! » hurlent les prisonnières.

Elles se bousculent, surexcitées. De toute évidence, Zara a trouvé le moyen de les prévenir de l'évasion.

Une infirmière tombe à genoux.

« Seigneur, ayez pitié de nous ! » Ses collègues se blottissent dans un coin.

« Merci, merci », « Soyez bénies », marmottent pour nous quelques détenues au passage, mais la plupart sont trop pressées de fuir la salle qui leur a tenu lieu de prison. Je souris de voir la petite Sarah Mae filer à toutes jambes. Il reste encore sur leurs lits une dizaine de patientes hébétées, mais d'autres les aident à se lever.

Elena arrache la clé du cou de Mrs Harris.

« Mais que faites-vous ? glapit la surveillante.

— Vous n'en aurez plus besoin », répond Elena, tandis que d'autres clés s'envolent des poches des infirmières pour atterrir dans sa main tendue.

Une détenue se jette sur une infirmière et la plaque au sol en vociférant :

« À vous d'être enfermées là-dedans ! On devrait mettre le feu partout, et ce serait bon débarras !

— Non ! Ne... ne les laissez pas nous faire du mal », bégaie une autre en courant vers la porte.

Finn lui barre le passage.

« Personne ne mettra le feu nulle part, mais vous, vous restez ici.

— Ne vous inquiétez pas, ajoute Elena. Nous les emmenons. » Puis elle se tourne vers moi. « Si vous les accompagniez, pour veiller à ce que tout se passe bien ? »

Un flot de filles dévale les escaliers. Attendant mon tour pour descendre, je me retrouve face à la belle Indonésienne remarquée lors de ma première visite. *Une des favorites de Frère Cabot*, m'avait précisé l'infirmière, et un souvenir me revient. Une certaine Parvati Kapoor a été accusée d'intrusion mentale sur un dénommé Frère Cabot ; elle a tenté de le persuader de se crever les yeux avec le coupe-papier d'une surveillante.

Je la retiens par le bras.

« Excusez-moi. N'êtes-vous pas Miss Kapoor ? »

Son regard brun s'affole, mais elle acquiesce et murmure : « Vous êtes vraiment sorcière ? Où nous emmenez-nous ? »

À cet instant, Rilla apparaît et elle relâche l'illusion qui nous déguisait, elle et moi. Sous le regard ébahi de Parvati, nous redevenons une petite brune en brocart orange et une grande blonde en laine grise avec ceinture bleue.

« En ville, lui dis-je, nous avons un endroit sûr où vivent des dizaines d'autres sorcières. Vous pouvez venir avec nous si vous le voulez, ou bien partir dans l'un des chariots qui vont gagner nos autres refuges. »

Elle ébauche un sourire timide.

« J'aimerais venir avec vous, je crois. Je souhaite apprendre à développer mes pouvoirs. Apprendre à me protéger. »

Je la laisse en compagnie de Rory, Brenna et Rilla, et descends finalement l'escalier en hâte. Sur le palier du premier, je croise Sœur Mélisande, Vi et Daisy qui tentent de remonter à contre-courant. Je suis soulagée de constater que les véhicules attendus sont arrivés sans encombre.

« Sophia et quelques autres commencent à organiser les convois, m'informe Mélisande. Mais plusieurs détenues ont filé de leur côté.

— C'était inévitable, je pense. On ne peut pas leur en vouloir de ne plus faire confiance à personne. » Hélas, je crains que tout ce qu'elles y gagnent ne soit de se faire reprendre sous peu.

Vi se détache du groupe pour gagner l'aile sud et je décide de la suivre.

À ma surprise, le couloir est déjà plein de monde. Zara va de porte en porte pour libérer les détenues. Je me précipite vers elle.

« Zara ! Comment êtes-vous sortie de votre cellule ? »

Un sourire lumineux rend sa beauté à son visage anguleux.

« Ma magie est de retour. »

Je me joins à elle pour ouvrir les portes, Vi se charge d'en faire autant à l'autre bout du corridor. Les détenues de cet étage sont pour l'essentiel des femmes plus âgées, qui ont fait preuve de coopération et ont reçu l'immense « privilège » de travailler à la buanderie ou à la cuisine. Certaines, grisonnantes et voûtées, trottinent vers les escaliers comme si elles avaient rajeuni de vingt ans.

Zara déverrouille la chambre de la petite brune qui chantait en faisant la vaisselle.

« Olivia, dit-elle, je vous présente ma filleule Cate, celle dont je vous ai parlé. Cate, je te présente Livvy. Elle est sorcière.

— Zara m'a tout dit au sujet de l'ordre des Sœurs, déclare Livvy. Elle a dit que je pouvais venir avec vous. »

Mais dans mon dos j'entends qu'on m'appelle.

« Cate ! » Mélisande nous rejoint à longues enjambées. « Elena dit qu'il manque une infirmière. »

Aïe. J'étais persuadée qu'elles devaient suivre une sorte de procédure en cas d'alarme, et que nous les avions toutes enfermées dans le quartier des cas difficiles. Si l'une d'elles a filé… Certes, Harwood est suffisamment isolé pour qu'elle ait du chemin à faire avant de donner l'alerte. Mais nous espérions que nul ne remarquerait rien d'anormal jusqu'à l'arrivée de l'équipe de jour, demain matin. Quand la totalité des évadées serait loin.

« Elle en est sûre ?

— Oui. Il faut essayer de la retrouver. »

Bon sang.

« Quelqu'un a regardé dans le bureau de la surveillante ? Si je cherchais où me cacher, j'irais au rez-de-chaussée – quelque part à l'abri des détenues incontrôlables. Zara, vous voulez bien aider Vi à en finir ici, pendant que Mélisande et moi…

— Non, je viens avec vous. Livvy, donnez un coup de main à cet étage, voulez-vous ? Vérifiez qu'elles sont toutes sorties et conduisez-les en bas. »

Livvy accepte, et nous nous précipitons toutes les trois, Zara, Mélisande et moi, au rez-de-chaussée.

Dans le hall, c'est la pagaille complète. Sœur Edith hurle pour faire l'appel, et plusieurs de nos compagnes se démènent pour arrêter les évadées à la porte afin de leur donner des instructions. Plusieurs excitées les repoussent et partent en courant. Dans la débandade, certaines ne s'encombrent pas de délicatesse : Maud presse un mouchoir sur son nez en sang. Brenna, Sachi et Rory encadrent Parvati et une réplique de Lucy Wheeler en plus grand et plus maigre qui doit être sa sœur Grace.

Je m'autorise une petite bouffée de joie : le plan fonctionne.

Mélisande inspecte le salon des infirmières ; rien. Zara et moi inspectons le bureau de l'infirmière en chef. Songeant à ma récente aventure aux Archives, je vérifie le dessous des meubles. Rien, la pièce est absolument déserte. Nous remontons le corridor. Zara marche si près de moi que sa jupe se prend parfois dans la mienne. Rien dans le réfectoire, rien aux toilettes.

« Il ne reste plus un chat », constate Mélisande.

Le mouvement est à peine perceptible – une ondulation blanche en périphérie de mon champ de vision. La bâche qui ferme le chantier d'agrandissement oscille, comme agitée par une rafale de vent.

Une détonation retentit, Mélisande pousse un cri et s'écroule en arrière.

L'arme fait feu de nouveau. Zara s'effondre contre moi.

Intransito, dis-je en silence. L'infirmière, pétrifiée, bascule à travers la bâche qui s'enroule autour d'elle. Le pistolet percute le sol avec un claquement sec. Elle tombe à son tour, face la première. C'est une femme de grande taille, avec une tache lie-de-vin sur la joue – je l'ai déjà croisée.

Mélisande se soulève sur un coude, les traits crispés par la douleur, une main sur son épaule ensanglantée.

Mais Zara… Zara gît à mes pieds. Une fleur écarlate s'épanouit sur le devant de sa blouse.

Je m'agenouille auprès d'elle.

« Zara ?

— Cate. » La voix est rauque, voilée par la souffrance. « Pardon.

— Que faudrait-il vous pardonner ? Vous n'avez pas demandé à vous faire tirer dessus. »

Elle presse une main contre ses côtes. Le sang ruisselle entre ses doigts. Son autre main se pose sur le médaillon à son cou.

« Je ne crois pas que je retournerai au couvent, Cate.

— Ne dites pas de sottises. Bien sûr que si. Je vais vous guérir. »

Ses yeux s'agrandissent soudain d'horreur, alarmés par quelque chose derrière moi. Elle pousse un cri étranglé. Je me retourne vivement, affolée. Mais ce n'est que Finn.

« Tout va bien, dis-je, il est avec nous.

— Un… Frère ?

— Espion pour l'ordre des Sœurs. » Finn s'agenouille à son tour. « Zara, dis-je, je vous présente Finn Belastra, mon fiancé. Finn, ma marraine. »

Les lèvres de Zara s'étirent douloureusement.

« Le fils de Marianne.

— Oui, madame, souffle Finn.

— Et vous veillez sur Cate ? »

Il a un pauvre sourire.

« Nous veillons l'un sur l'autre.

— C'est bien », dit-elle résolument, mais une quinte de toux la prend. Finn tire de sa poche un mouchoir et me le tend. Je le donne à Zara, qui le presse sur sa bouche. Il a beau ne pas faire bien clair, je vois le tissu blanc, avec un B à arabesques brodé dans un coin, s'assombrir en un instant.

Je me penche vers Finn, réconfortée par sa présence.

« Je vais la soigner, mais j'aurai besoin de vous pour la porter hors d'ici. »

Sophia nous a rejoints, elle aide Mélisande à se remettre sur pied.

« Que faut-il faire de l'infirmière ? demande Finn d'un ton sombre.

— Emmenez-la en haut avec les autres. Chargez Elena d'effacer sa mémoire. » Puis j'ajoute, vindicative : « Mais dites-lui bien de maintenir le sortilège de pétrification. »

Dans le corridor, une odeur de métal rappelle celle des anciens pennies. Celle du sang.

Précautionneusement, j'effleure la main de Zara. Sa souffrance déferle en moi et me fait reculer. Zara est à l'agonie. Comme Sœur Cora, elle semble plus proche de la mort que de la vie.

Puis-je y arriver ? Je ne tiendrai peut-être plus sur mes jambes ensuite.

Zara redresse la tête. D'une voix à peine audible, elle déclare :

« Je ne veux pas que tu me guérisses, Cate. C'est impossible. Essayer ne fera que te rendre malade.

— Qu'en savez-vous ?

— Tess. Sa prémonition dans ma chambre. Cela aussi, elle l'a vu. »

Voilà pourquoi Tess était si bouleversée. Pourquoi elle pleurait et ne voulait pas lâcher Zara au moment de la quitter, comme si elle devait ne plus jamais la revoir.

Elle savait qu'il en serait ainsi.

Non ! Je fais non de la tête, si fort que mes cheveux s'échappent de ma tresse.

« Je ne peux pas renoncer. Je ne vais pas vous abandonner ici pour que les Frères vous trouvent. »

Il pourrait s'écouler des heures avant qu'elle perde conscience. S'ils mettent la main sur elle, ils la tortureront. Par représailles et pour tirer d'elle des informations. Elle doit bien le savoir.

« Il n'y a qu'une chose que tu puisses faire pour moi, Cate. » Ses doigts marbrés de sang se posent sur les miens. Sa douleur s'engouffre en moi.

Je me penche sur elle, une mèche de mes cheveux tombe sur sa joue.

« Je ne comprends pas. » Veut-elle que nous l'emmenions au prieuré ? Je ne pense pas qu'elle survive aux cahots du voyage. À mon avis, cela ne ferait qu'aggraver sa blessure. « Que puis-je faire ? Dites-le-moi.

— Guérison et mort. Tu peux donner l'une et l'autre. Deux faces d'une même médaille. »

Je retire ma main vivement.

« Certainement pas !

— Je suis en train de mourir, Cate. Aide-moi à m'en aller plus vite, sans agonie. Sans les laisser se délecter de mon calvaire. Permets-moi de conserver cette dernière bribe de dignité. »

À sa place, aurais-je le même désir ?

Inutile d'y réfléchir des siècles. Oui. Je voudrais que la chose se fasse vite, sans souffrance. Je ne voudrais pas donner aux Frères la satisfaction d'assister à ma fin.

Je ferme les yeux pour tenter de lui résister, mais elle insiste, entre deux respirations sifflantes.

« Je veux... aller retrouver Anna. Je lui dirai... quelle fille... courageuse tu es. »

Vous apporterez la mort.

Les prophéties se réalisent toujours.

Je me penche un peu plus sur elle, pose mon front contre le sien. Je laisse sa douleur m'envahir, m'envelopper, jusqu'à mesurer l'étendue réelle, insoutenable, de ses lésions. Je peux sentir ses poumons s'emplir de sang à chaque inspiration, et les dégâts causés par la balle, et les pulsations lentes, régulières, de son cœur qui lutte pour continuer de battre.

Au lieu de repousser les ténèbres, je les invite, les laisse nous recouvrir toutes deux d'un manteau d'obscurité. Je songe au repos de Zara. Libérée de ses souffrances. Libérée tout simplement.

Deux battements encore, puis son cœur s'arrête.

À présent que s'est tu le râle de sa respiration, l'endroit est totalement silencieux.

Je me redresse et ferme les yeux bruns de Zara.

C'est moi aussi qui ai fermé ceux de Mère. Ils étaient tellement bleus. Comme ceux de Maura.

Je soulève sa tête inerte et détache la chaînette en or à son cou. Le médaillon tressaute entre mes mains tremblantes.

Des mains de tueuse, désormais.

Guérison et mort.

Les sibylles ne se trompent jamais.

Chapitre 19

Je regagne le hall d'un pas chancelant. Sous la direction de Sœur Edith et de Maud, un flot de détenues descend encore les escaliers pour franchir les portes donnant sur la cour. Finn et Elena m'attendent, adossés au mur.

Lorsque Finn lève sur moi son regard doux, mes larmes s'échappent.

« Zara est morte. Je… lui ai donné la mort.

— Cate. » Il m'ouvre ses bras. « Sa blessure était… gravissime. Vous ne pouviez pas la sauver ; mais cela ne signifie pas que vous l'avez tuée.

— Si, je l'ai fait. Elle me l'a demandé. »

Les effets secondaires me submergent brutalement. Je me laisse lentement glisser contre le mur. Elena pousse vers moi un petit seau dans lequel je vide le contenu de mon estomac. Puis je me laisse aller en arrière contre le plâtre froid et crasseux, trop malade pour éprouver de l'embarras. Comment se fait-il que donner la mort provoque les mêmes sensations que guérir ?

Finn et Elena ont un bref échange à voix basse. Je n'y prête guère attention. Mes pensées s'enroulent sur elles-mêmes. Zara est morte. Elle n'étudiera plus les oracles, elle ne nous racontera plus ses souvenirs de notre mère, du temps où elles étaient en classe ensemble. Zara est partie pour toujours ; à cause de moi.

Elena s'agenouille près de moi, sa robe rose en corolle sur le parquet.

« Cate, à quel point avez-vous puisé dans vos pouvoirs ?

— Je n'en sais rien. Je n'avais jamais donné la mort jusqu'à présent. » Je ferme les yeux pour qu'elle me laisse tranquille.

Elle m'attrape par le menton.

« Testez votre magie. Essayez n'importe quoi. Changez la couleur de ma robe. »

Je tente de mobiliser mes pouvoirs, mais je suis comme une allumette en bout de course : un filet de fumée, pas de flamme. Je secoue la tête.

« Je n'y arrive pas. »

Elle se tourne vers Finn.

« Bon, d'accord, vous avez gagné. Elle ne va plus nous être d'une grande utilité ici. Ramenez-la au prieuré. »

Puis Sachi est accroupie à ma droite. C'est étrange de la voir ainsi, vêtue de cette affreuse blouse blanche et d'une grossière jupe marron, ses cheveux tirés en arrière en longue natte. Elle doit avoir froid. Pourquoi n'a-t-elle pas enfilé la cape que nous lui avons apportée ? J'enfouis ma tête douloureuse dans mes mains.

Rory s'affale à ma gauche. Elle paraît préoccupée. Je croyais que la libération de Sachi la rendrait folle de joie.

« Sachi et moi, on ne rentre pas au couvent cette nuit. Nous devons conduire le chariot que Sœur Mélisande devait prendre. Mais nous reviendrons bientôt. Ça va aller ?

— Cate ? » Sachi claque des doigts devant mon nez ; j'ai l'impression qu'elle est très loin, derrière un paravent en partie opaque.

« Elle va tomber dans les pommes », annonce Brenna. Mais c'est une prédiction que n'importe qui pourrait faire.

J'ai à peine conscience de quitter l'asile.

Je suppose que Finn m'a portée.

À présent, je suis dans la calèche. En chien de fusil sur la banquette en cuir et enroulée dans une couverture râpeuse, je regarde par la portière la pluie qui noie les rues de New London.

Je n'arrête pas de trembler. Je ne peux pas oublier la peau brûlante et sèche de Zara, l'odeur de sang dans son haleine, ses yeux aveugles rivés sur moi.

La calèche s'arrête devant le prieuré. Finn attache les chevaux et vient nous aider à sortir, Brenna et moi. Sans se soucier du bras qu'il lui tend, Brenna saute sur le marchepied, et d'un autre bond, atterrit joyeusement dans une flaque d'eau. Elle est libre. Au moins une chose que j'ai réussie.

Finn me soutient pour m'aider à descendre, puis glisse son bras autour de ma taille. Je suis parcourue de frissons. Je n'ai pas cessé d'en avoir depuis que j'ai touché Zara. Je ne peux pas les retenir.

La porte du prieuré s'ouvre à la volée, un rectangle de lumière dorée tombe sur le perron. Maura se précipite au bas des marches en robe bleu vif. Elle n'a pas pris le temps de mettre sa cape.

« On l'a fait ! claironne-t-elle. Les onze qui siégeaient là ! Il en manquait un qui était malade et n'a pas pu venir, mais les autres ne se souviennent même plus de leur nom ! »

Finn lui jette un regard sans indulgence.

« Et vous en êtes *fière* ?

— Et comment ! Mais je me doutais bien que *vous* ne comprendriez pas.

— Ce que je comprends, c'est qu'après ce que vous venez de faire un point de non-retour est atteint. Il ne leur fallait qu'un prétexte pour rétablir les bûchers. Êtes-vous prête à en voir les effets ?

— Oui ! Cora est morte, et Inez est à la tête de l'ordre des Sœurs, maintenant. Nous n'avons plus l'intention de collaborer avec les Frères. Vous feriez mieux de filer.

— Du diable si je m'en vais ! » Sa voix claque comme un fouet. Il raffermit sa prise sur ma taille. « J'aime votre sœur, Maura, et vous n'y changerez rien. Alors, vous feriez aussi bien, Inez et vous, de vous habituer à ma présence dans les parages. Je ne vais certainement pas l'abandonner dans cet état.

— Qu'est-ce qui lui arrive ? » Elle m'examine en plissant les paupières. « Je pensais que tout s'était bien passé, puisque Brenna est arrivée. Quelque chose a mal tourné ?

— Zara est morte, dis-je d'une voix atone. Je lui ai donné la mort. Une infirmière lui avait tiré dessus…

Elle aurait fini par mourir, de toute façon, mais je… j'ai accéléré les choses.

— Tu as fait *quoi* ? »

Elle se rapproche de moi. Je palpe le médaillon de Zara dans ma poche, je quête du secours dans les yeux de Finn, c'est à lui que je m'adresse.

« Je n'ai jamais voulu ça, jamais. Je croyais que la magie guérisseuse était une bonne magie. Mais Zara me l'a demandé. C'était pour son bien, n'est-ce pas ? Pour lui éviter de souffrir. Ce n'était pas maléfique, si ?

— Bien sûr que non », répond Finn.

La pluie assombrit ses cheveux et ruisselle sur ses verres de lunettes, mais il ne remonte pas sa capuche.

« Laissez-la-moi, à présent, ordonne Maura. Je vais m'occuper d'elle. Elle sera mieux à l'intérieur, au chaud. »

Finn se penche et m'embrasse, au beau milieu du trottoir.

Je lui rends son baiser. Après tout, je suis une mauvaise fille. D'ailleurs, si les Frères savaient ce que j'ai fait, ils me brûleraient en place publique.

Et ils auraient peut-être raison.

« Au revoir, lui dis-je.

— Au revoir. » Il replace une de mes mèches derrière mon oreille. « Je vous aime, Cate Cahill. Vous êtes belle, et courageuse, et *forte*. Quelle que soit la suite, nous l'affronterons ensemble.

— Oui. »

Brenna gravit d'un pas dansant le perron de marbre du prieuré. Je monte à sa suite quand, derrière moi, un bruit sourd m'arrête. Je me retourne. Finn est à quatre pattes sur les pavés. Il se relève, remet ses lunettes en place et se dirige vers sa calèche, mais sa démarche n'a pas sa grâce habituelle. Il s'immobilise et examine le véhicule d'un air perplexe.

Je le hèle : « Ça va ? »

Il me considère, puis baisse la tête, l'air embarrassé. « Excusez-moi, mademoiselle… Est-ce ma calèche ? »

Le ton est poli, impersonnel. Comme s'il s'adressait à une étrangère.

Ses paroles résonnent à mes oreilles : *Excusez-moi, mademoiselle.*

Je me croyais déjà en état de choc. À présent, c'est bien pire. Je ne tremble plus, mais je suis clouée sur place. Je ne peux pas aller vers lui, je peux à peine respirer. Seul le battement fiévreux de mon cœur me prouve que je suis toujours en vie.

Je ne comprends pas. J'inspecte la rue déserte. Il n'y a que Brenna et moi ici. Et Maura.

Maura.

Elle est campée sur le trottoir, les yeux rivés sur Finn. Mon Finn.

Elle n'aurait pas fait une chose pareille.

Pas ma propre sœur.

« Oui, Frère Belastra, c'est votre calèche, lance-t-elle d'une voix claire. Vous vous apprêtiez à rentrer chez vous.

— Chez moi. Oui. Parfait. » Il passe une main sur son front. « Désolé, je me scns un peu confus. J'ai un terrible mal de tête. »

Je redescends les marches.

« Finn… »

Maura me jette un regard d'avertissement, mais Finn m'adresse un sourire gêné.

« Oh. Je vous connais, non ?

— Oui. »

Ma respiration reprend son rythme. Il se souvient de moi, forcément. Peu importe ce qu'a fait Maura, elle ne peut pas m'avoir effacée, moi.

« Vous venez à la boutique, parfois. Récupérer des livres pour votre père. Vous-même n'êtes pas une grande lectrice... » Il claque des doigts. « Miss Cahill, c'est ça ? Ou plutôt, pardon, Sœur Cate désormais ? »

Sœur Cate. Ma vue se trouble, voilée par des larmes d'effroi.

« C'est bien ça, Sœur Cate ; et Sœur Maura, confirme ma sœur traîtresse d'une voix doucereuse. Vous nous avez rendu visite pour avoir des nouvelles de Chatham. Je suis navrée que vous ne vous sentiez pas bien. Si vous vous mettiez à l'abri dans votre calèche ? Nous allons appeler notre cocher, il vous reconduira chez vous.

— Ma foi, je ne voudrais pas vous déranger, mais avec cet affreux mal au crâne... J'y vois à peine clair.

— Cela ne nous dérange pas du tout, rassurez-vous. Robert fera le retour à pied ; ce n'est pas comme si c'était loin. Je vous l'envoie dans une minute. »

Elle l'escorte jusqu'à la calèche et referme la portière sous mes yeux impuissants.

Notre premier baiser, les plumes, la caresse de ses mains dans mon dos : envolés.

Nos conversations au jardin sur les histoires de pirates : envolées.

Sa demande en mariage et la bague de sa mère, ornée d'un rubis, passée à mon doigt : envolées.

Ses escapades pour venir me retrouver au portail du jardin des Sœurs : envolées.

Sa joie de me faire découvrir une vraie bibliothèque et l'exemplaire dédicacé d'*Arabella* : envolée.

Tout a été effacé. Tout ce qui faisait que nous étions « Finn et Cate ».

Maura se racle la gorge.

« Je suis désolée, Cate, mais… c'est un membre de l'ordre des Frères. Un ennemi. Il n'est pas question qu'il soit au courant de nos secrets. Tu as vu comment il a réagi à propos du Conseil. Tu n'aurais jamais dû lui parler de tes pouvoirs. »

Mais c'est un tout ! Notre histoire d'amour et ma magie sont entrelacées depuis le début. Si je n'avais pas été sorcière, si je n'avais pas dû protéger mes sœurs des Frères, jamais je ne me serais approchée de Finn ni des ouvrages interdits dans la librairie de sa mère.

Si je n'avais pas été sorcière, je n'aurais pas été celle qu'il aime.

Je le comprends à présent.

Je lève la tête. Des glaçons circulent dans mes veines.

« Tu me hais donc tant ?

— Ça n'a rien à voir avec toi », assure Maura, mais son regard tombe sur le trottoir mouillé.

Je la considère, abasourdie. Sa chevelure de feu est la seule note de couleur dans la nuit de New London. Je sais qu'elle est la gamine qui nous suivait partout, Paul et moi, nous suppliant de la laisser jouer avec nous ; l'adolescente qui cachait des romans d'amour sous une latte du plancher et rêvait d'aventures échevelées au bout du monde ; la sœur que j'aurais protégée à n'importe quel prix.

Mais je n'éprouve plus à son égard qu'un mépris harassé.

« Inez m'a demandé de me charger de lui, poursuit-elle. Pour prouver que je pouvais mettre mes sentiments de côté et accomplir ce qui doit être accompli. Et quand je commencerai à avoir des visions…

— Tu n'auras pas de visions, Maura. Tu n'es pas la sibylle. La sibylle, c'est Tess. Ça a toujours été Tess. Je voulais te le dire, mais elle n'était pas certaine de pouvoir te faire confiance. À l'évidence, elle avait raison : on ne peut pas te faire confiance. »

Elle recule en titubant comme si je lui avais lancé un coup de poing.

« Ce n'est pas vrai !

— Eh si. »

Je lui adresse un sourire mauvais. Ce n'est pas le sourire de Cate, mais je me sens si peu Cate en cet instant.

Finn m'a regardée comme une étrangère. Comme si je n'étais pas la fille qu'il venait d'embrasser en lui disant qu'elle était belle. Comme si je n'étais pas *sa* Cate.

Et je ne le suis pas. Je ne le suis plus. On dit que les nations sont façonnées par les guerres ; il se pourrait que les femmes aussi. La Nouvelle-Angleterre et moi, nous renaîtrons ensemble dans cette guerre entre les sorcières et les Frères. Entre Maura et moi.

Je suis forgée d'un nouvel alliage – d'acier, de glace et d'adieux déchirants.

Mes pouvoirs sont renouvelés, revivifiés par mon cœur en charpie. Ils palpitent au bout de mes doigts, tournoient autour de moi. Le vent forcit, glacé à présent. La pluie se change en neige, auréole les réverbères dressés le long de la rue, tels des anges de fer. D'énormes flocons commencent à tomber – de plus en plus vite –, ils éclipsent ma sœur, l'estompent, ainsi que Brenna, la calèche, et la grande bâtisse de pierre grise qui est devenue mon foyer.

Je suis seule, absolument seule au milieu d'un tourbillon blanc.

Et sans doute faut-il qu'il en soit ainsi.

Remerciements

Bâtir un livre et l'envoyer dans le monde à la rencontre de ses lecteurs est un processus très complexe – bien plus que je ne l'aurais cru avant d'être publiée. Merci à tous ceux qui ont apporté leur contribution à l'aventure des sœurs Cahill, et plus particulièrement à :

Jim McCarthy, mon agent, pour avoir répondu à toutes mes questions de débutante, et m'avoir fait de gentils compliments quand j'en avais le plus besoin.

Art Lewin, éditeur hors pair, pour m'avoir inlassablement poussée à faire toujours mieux. J'ai travaillé sur ce récit plus durement que sur quoi que ce soit d'autre jusqu'ici, et je suis fière de ce que nous avons accompli ensemble. Paula Sadler, pour ses suggestions géniales, et pour m'avoir, de surcroît, approvisionnée en excellentes lectures. Anna Jarzab et Dana Bergman, pour toutes leurs précieuses fiches et remarques. Ana Deboo, correctrice au regard d'aigle, qui a attiré mon attention sur mes tics d'autrice. Elizabeth Wood, pour ses superbes jaquettes. Eileen Kreit, Jennifer Bonnel et toute l'équipe de la publication au format poche, pour le tout nouvel avatar du premier tome. Elyse Marshall, Jessica Shoffel, et tout le département des ventes et de la promotion, pour avoir permis aux sœurs Cahill de trouver leurs lecteurs.

Andrea Cremer, Marie Lu et Beth Revis – pour leurs contributions généreuses, drôles et pleines de talents.

Ma première équipe de lectrices – Kathleen Foucart, Andrea Lynn Colt, Miranda Kenneally, Caroline Richmond, Tiffany Schmidt et Robin Talley –, pour avoir su poser les bonnes questions et su m'encourager, et me critiquer, quand il le fallait.

Tous mes amis – mais plus particulièrement Jenn Reeder, Liz Auclair, Laura Sauter et Jill Coste –, pour m'avoir soutenue tout le long du chemin, puis avoir recommandé mes livres autour d'eux.

Mes parents, Connie et Chris Moore, et John Emanuel. Mes sœurs, Amber Emanuel et Shannon Moore. Et mes grands-parents, Elen et Jack Emanuel, Mary et Frank Scott, et Norma et Gene Moore – pour avoir contribué à m'instiller le goût des récits de toutes sortes.

Ce livre est dédié à mon mari, Steve, car sans lui, toujours prêt à lire ce que je venais d'écrire et à m'assurer que les choses s'amélioraient, j'aurais renoncé dans une crise de désespérance. Merci de croire en moi, y compris lorsque moi-même je n'y crois pas.

Merci aussi aux libraires, bibliothécaires, représentants et vendeurs, sans oublier les blogueurs, qui ont également contribué à la rencontre entre mes livres et leurs lecteurs. Je ne connais pas vos noms à tous, mais vous avez mon entière gratitude.

Enfin, merci à mes lecteurs, et en particulier à ceux qui m'ont envoyé des messages, tweets, courriels et lettres, pour me dire combien ils aimaient Cate et ses sœurs, ainsi que Finn Belastra. C'est une immense chance pour moi que d'écrire des histoires et de les partager avec vous. Merci d'avoir choisi de passer du temps avec nous.

Ouvrage composé par
PCA – 44400 Rezé

Imprimé en France par
CPI Brodard & Taupin
en octobre 2021
N° d'impression : 3044705
S31483/01

FSC www.fsc.org
MIXTE
Papier issu de sources responsables
FSC® C003309

L'éditeur de cet ouvrage s'engage dans une démarche de certification FSC® qui contribue à la préservation des forêts pour les générations futures.

Pour en savoir plus :
www.editis.com/engagement-rse/

PKJ • www.pocketjeunesse.fr
POCKET JEUNESSE

92, avenue de France - 75013 PARIS